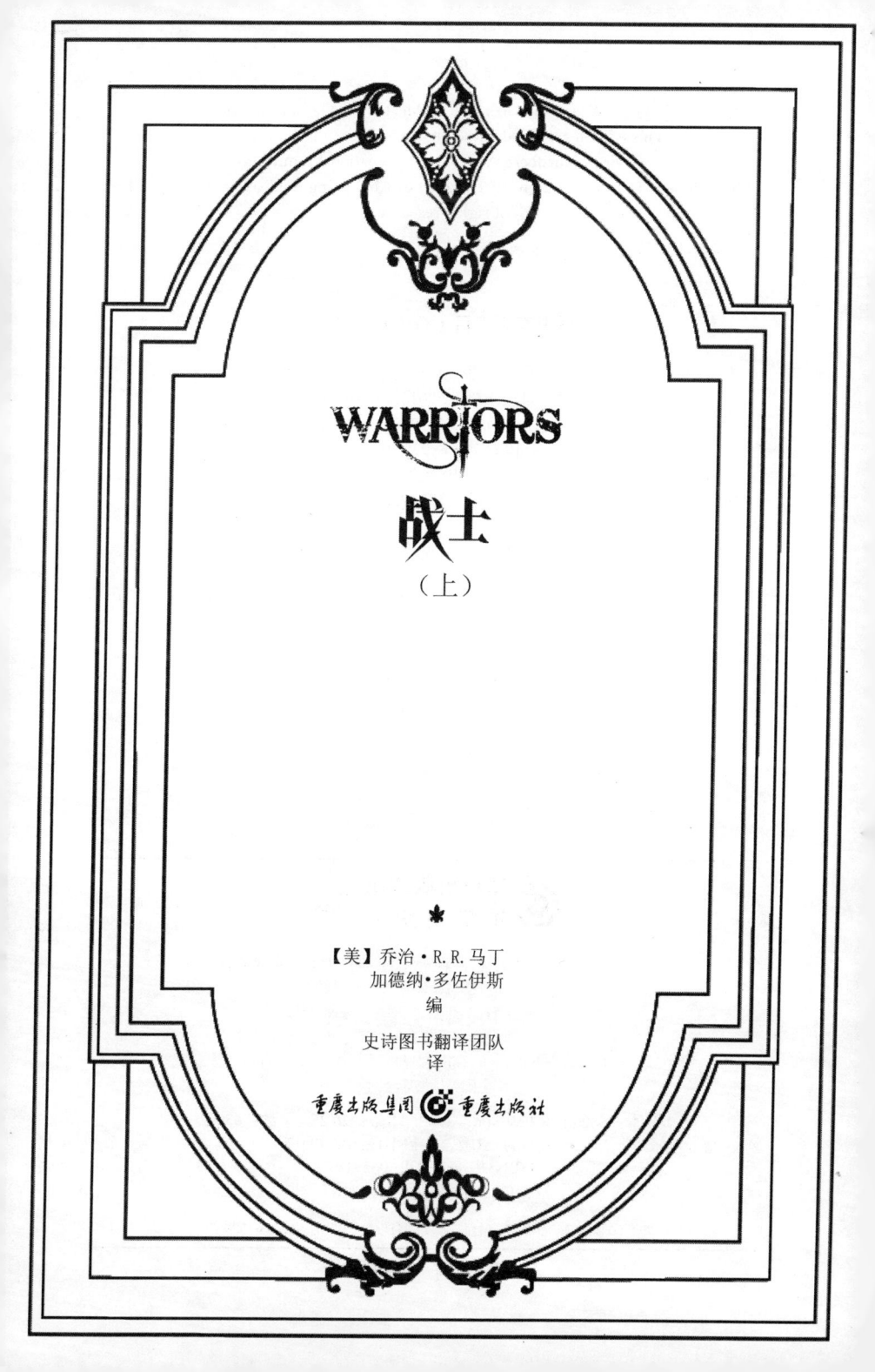

WARRIORS

战士

(上)

【美】乔治·R.R.马丁
加德纳·多佐伊斯
编

史诗图书翻译团队
译

重庆出版集团 重庆出版社

Warriors

Copyright ©2010 by George R.R. Martin and Gardner Dozois
This edition arranged with The Lotts Agency Ltd.through
Andrew Nurnberg Associates International Limited.
Simplified Chinese Translation Copyright © 2013 by Chongqing Publishing House Co., Ltd.
All rights reserved.

版贸核渝字（2013）第50号

图书在版编目（CIP）数据

战士／(美)马丁,(美)多佐伊斯编；史诗图书翻译团队译.
－－重庆：重庆出版社,2013.7（2019.1重印）
书名原文：Warriors
ISBN 978-7-229-06591-1

Ⅰ.①战… Ⅱ.①马… ②多… ③史… Ⅲ.①短篇小说－小说集－美国－现代 Ⅳ.①I712.45

中国版本图书馆CIP数据核字(2013)第109445号

战士（上下）
ZHANSHI(SHANG XIA)

[美]乔治·R.R.马丁 [美]加德纳·多佐伊斯 编 史诗图书翻译团队 译

责任编辑：邹 禾 唐弋淄
装帧设计：谢颖设计工作室
封面图案设计：罗 烜
责任校对：胡 琳

重庆出版集团 出版
重庆出版社

重庆市南岸区南滨路162号1幢 邮政编码：400061 Http://www.cqph.com
重庆出版社艺术设计有限公司 制版
重庆青松实业公司印刷厂 印刷
重庆出版集团图书发行有限责任公司 发行
E-mail:fxchu@cqph.com 邮购电话：023—61520646
全国新华书店经销

开本：880mm×1230mm 1/32 印张：26.25 字数：650千
2013年7月第1版 2019年1月第3次印刷
ISBN: 978-7-229-06591-1
定价：118.00元（全两册）

如有印装问题，请向本集团图书发行有限公司调换：023—61520678

版权所有 侵权必究

致

劳伦和杰夫
泰勒和伊萨贝拉
希恩和迪恩

愿 你们远离战争

目录
Contents

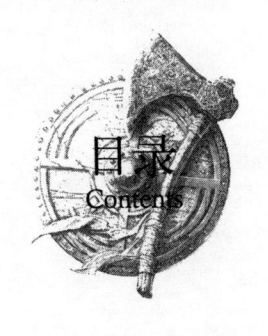

前言：杂货架上的故事　　　　乔治·R.R.马丁著　屈畅译

我的名字叫军团……………大卫·莫雷尔著　妲拉译【1】

鹰与兔……………………斯蒂芬·塞勒著　妲拉译【31】

凯旋……………………罗苹·荷布著　白文革译【62】

清单……………………劳伦斯·布洛克著　邹运旗译【100】

神之仆人……………………泰德·威廉姆斯著　eloa译【131】

离家七年……………………娜奥米·诺维克著　denovo译【171】

"黄蜂"天使……………………嘉利·沃恩著　梁涵译【203】

巴别新篇…………哈罗德·沃尔德洛普著　梁涵译【245】

冲破黑暗……………………大卫·韦伯著　妲拉译【270】

魅影…………………彼得·S.毕格著　白文革译【364】

斗犬……………………詹姆斯·罗林斯著　邹运旗译【392】

前言：杂货架上的故事

乔治•R.R. 马丁

我小时候生活的新泽西州贝约恩市没有书店。

这不是说我们没地方买书。只要能接受平装本，那么很多地方都可以买书（要买精装书，你得坐巴士去纽约）。那些卖书的地方当时被我们称作"糖果店"，但它们售卖的远不止是贺喜巧克力、银河路糖和一便士糖果。每家糖果店都有自己的特色，有的卖百货，有的卖冷饮，有的早上卖烤饼、白天卖熟三明治，有的还卖水枪、呼啦圈和儿童棍球游戏所需的粉色橡胶球……但它们有一点相同，则都卖报纸、杂志、漫画书和平装小说。

我在贝约恩市的街区长大，我家附近的糖果店位于第一大街和凯利公园道之间的夹角，街对面就是范库尔水道。店里的"书架"是铁丝网做的杂货架，比我人还高，而且就搁在漫画书架旁——这对我来说简直太完美了，因为我很快便不满足于阅读"小人书"。家长给我的零花钱是一周一美元，这一美元如何在十美分一本的漫画书（当漫画书涨价到二十美分一本时，我真的很难维持收支平衡了）、三十五美分一本的平装小说、一两颗硬糖、珍贵的二十五美分麦芽酒或冰激凌、街区外面米乐迪叔叔家偶尔举办的冰球比赛中分配，总是最头痛的问题。这极大提高了我的算术成绩。

放漫画书和平装小说的杂货架不只距离上近，共通点也很多。譬如，它们当时都没能形成流派。当年的超级英雄漫画还没有获得今天的统治地位。噢，是的，当时已有了超人、蝙蝠侠、美国正义联盟,后来又加入蜘蛛侠、神奇四侠,但那时也有其他许多漫画——战争漫画、犯罪漫画、西部漫画、女生看的少女漫画、电影和电视改编漫画、《石之子——恐龙猎人》这样的类型混合漫画(这部漫画讲的是印第安人和恐龙的故事,漫画中的印第安人管恐龙叫"醉鬼")。你会读到阿奇、贝蒂、维罗尼和《快乐的火星人科兹摩》等幽默漫画,你会读到《鬼马小精灵》和《鸭宝宝休易》等童书(我真怀念它们啊),你也会读到卡尔·巴克斯画的唐老鸭和史高治舅舅。架子上有飞车党漫画,有衣服被撕破的模特的漫画,当然,也有名著经典图画书——从罗伯特·路易斯·史蒂文森[1]到赫尔曼·麦尔维尔[2],我对他们最初的印象都来自于这些名著改编。

而所有这些漫画都杂放在一起。

临架的平装小说也是如此。由于小说只有一个杂货架可放,所以每种小说只可能有一两本。自某年圣诞,某个朋友的母亲送了我一本罗伯特·A.海因莱因的《穿上航天服去旅行》之后,我就成了科幻小说迷(在近十年时间里,那是我拥有的唯一一本精装书),我总在寻觅海因莱因的小说,总是在找科幻小说,但由于所有小说混放在一起,要找到科幻小说非得一本一本地查,还得跪下来观察杂货架最底层的那些书脊。当时的平装书要薄一些,所以架上每格可放四五本不同的小说。你会发现ACE出版社的双面科幻小说(指一本书的正面和反面各登载一篇小说)和《卡拉玛佐夫兄弟》的大众平装本放在一起,两旁是护士小说和米奇·斯皮兰的新 期麦克·汉默故事。桃乐丝·帕克、桃乐丝·塞耶斯与拉尔夫·艾里森、J.D.塞林格在一个格。马克斯·布兰德靠着芭芭拉·卡特兰放(芭芭拉若是知道会抗议的)。A.E.范格尔特、P.G.沃德豪斯、H.P.洛夫克拉夫特和

---

[1] 史蒂文森(1850—1894),英国浪漫主义代表作家之一。
[2] 麦尔维尔(1819—1891),19世纪美国最伟大的小说家,散文家和诗人之一。

F. 斯科特·菲茨杰拉德挤成一堆。无论神秘小说、西部小说、哥特小说、鬼故事、经典英语文学、最新的"文学著作",还是科幻、奇幻和恐怖小说——你都能在第一大街和凯利公园道之间夹角的糖果店的杂货架上找到。

站在近半个世纪后的今天回顾,可以明确地说那个铁丝网杂货架对我成为作家有莫大的影响。每个作家起初都是读者,每个作家写的都是自己想读的书。我幼年时代喜欢科幻小说,现在也是……但不可避免的,当我在那些平装小说中挖掘时,也被其他种种小说吸引。一本封面上印有波利斯·卡洛夫扮演的科学怪人的书吸引了我的注意,于是我开始读恐怖小说;罗伯特·E. 霍华德和L. 斯普拉格·德坎普带我走上奇幻之路,刚好让我赶上J. R. R. 托尔金和《魔戒》;大仲马和托马斯·B. 柯斯坦的历史史诗小说里也有斗剑,所以我也读它们,接着它们又引领我去了解其他历史时期和类似的作家。当我在书架上发现查尔斯·狄更斯、马克·吐温和鲁德亚德·吉卜林的小说时,我取下来,去看我最喜欢的那些故事的原始版本,看看它们和"经典名著图画书"中的呈现有何区别。我在书架上弄来的一些神秘小说的封面如此色情,我只能悄悄带回家,趁我妈不注意的时候读,但我也从中汲取了营养,并从此以后一直关注神秘小说。伊安·弗莱明和詹姆斯·邦德带我进入惊悚和间谍小说的领域,杰克·舍费尔的《原野奇侠》则带我进入了西部小说(好吧,我承认,我从未喜欢上言情小说或护士小说)。我当然明白太空歌剧、硬汉侦探和历史小说的区别……但我从不在意这种区别。对我来说——当时和现在都是如此——只有好看的故事和不好看的故事的差别,这种差别才要紧。

半个世纪之后,我的观点也没变,但图书出版和销售的世界业已沧海桑田。毫无疑问,某些地方仍有那样的老旧杂货架存在,所有的书在那样的架子上混放一起;但今日世界里大部分人买书是在连锁超市，在超市里，类型文学才是王道。科幻与奇幻放在一起，神秘小说放在另一旁，言情小说在后方，畅销书在前面。没有混杂与融合，纲目清晰，读者可以一目了然地找到归属。"正统文学"也有自己的区域，因为"文学类"本身也成了一种类型，但另一方面，儿童文学和青少年小说却是分开的。

我猜，这样分类有助于图书销售，它使得读者可以方便地找到自己喜欢的类型。读者再也无需跪下来，在《如何交际和影响他人》的后面去寻觅杰克·万斯的《大星球》。

但我觉得，这种分类对读者也有不利影响，尤其我可以肯定的是，这样安排对作家不利。书籍的目的应是拓宽我们的视野，带我们去从未去过的地方，让我们领略从未见识的美景，丰富我们看待世界的方式。把阅读面缩小在一个类型从很大程度上说是种倒退，它限制了我们，让我们更渺小。

但类型之间的隔阂是如此之深。在职业生涯中，我写过科幻、奇幻和恐怖小说，偶而还有一些杂糅融合，添加上谋杀悬疑与主流文学表现手法的作品；可现在的编辑和出版商会极力劝阻年轻作家们做类似尝试，诸如奇幻新秀作家会被告知，如果要写科幻小说，最好用笔名……如果要尝试神秘小说，那么上帝才知道他该怎么办。

从卖书的角度上说，我觉得他们也没错。

但从读书的角度出发，我要他们见鬼去。

我小时候的贝约恩市也许没有书店，披萨店却很多，贝约恩的披萨是最好的披萨——难怪它成了我最爱的食品——但这并不意味着我每天都得吃披萨，以至于对世上其他所有美食视而不见。

本着这样的精神，我编辑了你手上的这本书。

目前的读者主要把我当成著名的奇幻作家，但《战士》却并非是奇幻选集……当然，集子里有许多优秀的奇幻小说。我的合作编辑，加德纳·多佐伊斯，数十年如一日地编辑着一本科幻杂志，但《战士》也并非是科幻选集……虽然它里面的科幻小说丝毫不比《类比》或《阿西莫夫》上的逊色。集子里还有一篇西部小说，几篇神秘小说，几篇历史小说，几篇主流小说，以及几篇我无法给贴标签的作品。

《战士》就是一部包罗万象的杂货架。

人类从开始讲故事起，就开始讲述战士的故事。从荷马歌颂愤怒的阿喀琉斯，从古苏美尔人歌颂吉尔伽美什开始，战士、士兵和勇士的故事就深深吸引了我们。它们的形象出现在每个文化、每个文学传承和每个文学类型中。《西线无战事》、《乱世忠魂》和《红色英勇勋章》成了文学经典，在全美国乃至全世界的课堂上传授；奇幻文学给我们带来野蛮人科南、美尼博的艾尔瑞克和亚拉松之子阿拉贡；科幻文学让我们窥见未来战争和未来战士，他们存在于罗伯特·A.海因莱因的《星舰伞兵》，乔·W.霍尔德曼的《千年战争》，及大卫·韦柏、洛伊斯·麦克马斯特·比约德和沃尔特·琼恩·威廉姆斯的太空歌剧中；典型的西部小说中的枪手也是战士；推理神秘小说塑造了城市里的战士，他可能是警察、特警，也可能是杀手，或是钱德勒、哈米特那样的私人神探。除此之外，我们还有女战士，儿童士兵，橄榄球场和板球场上的战士，希腊方阵兵和罗马军团兵，维京人，火枪手，十字军，美国大兵，二战的英雄与越战的幸存者……他们都是战士，而在这本集子里，你将与他们一一会面。

为这本集子献礼的是一套全明星作家阵容，他们代表了十几个出版社和十几个不同的领域。我们对他们每个人的要求都是一样——给我们一个关于战士的故事。针对这个要求，他们中有的人选择在自己成名的领域创作，有的则选择全新的尝试。由此，你们将欣赏到形态、模式乃至尺寸各不相同的战士，来自人类历史的各个时期，来自昨天、今天、明天和也许不曾有过的世界。有的故事会让你悲伤，有的故事会让你欢笑，有的故事会让你喘不过气来。

但你在读到它们之前，决不会知道某个故事是讲什么的——因为我和加德纳已根据铁丝网杂货架的精神，将它们打乱分放。这本集子里没有科幻部分，没有历史小说或言情小说的自留地，没有标签和壁垒。它们只是故事。有的由你最喜欢的作家所写的，有的作家也许你根本没听过（至少到目前为止），我们希望当你读完这本书时，后一类作家中的某些人能被你归入前一类。

好吧，让我们旋转杂货架，打开书页，许多精彩的故事等着你们欣赏呢。

（屈畅　译）

大卫·莫雷尔

士兵的生命常常握在战友手中，战友情比兄弟情更亲密。可如果想杀你的是你的战友，会发生什么事？……

兰博是同时代文学作品中最著名的勇士，他的创造者正是大卫·莫雷尔。作为一位畅销书作家，莫雷尔作品的总销量超过1800万册，被译作26种语言，一些精彩的作品被改编成电视剧和电影，也十分卖座。他的处女作是广为人知的《第一滴血》，兰博正是在这部小说中诞生的。他的其他作品超过28种，包括经典的间谍三部曲"玫瑰兄弟情"，此外他还有《第五个信仰》《冒牌》《火之盟约》《彻底拒绝》《绝望测量》《爬行者》等多部作品。他的短篇小说收录于《黑夜》和《夜景》两本集子中。莫雷尔也出版过一本写作教程《成功的小说家》及其他非虚构类作品。莫雷尔以惊悚小说最为著名，但对恐怖、幻想和历史题材亦有涉猎，曾三次荣获布莱姆·斯托克奖，国际惊悚作家协会也曾颁给他代表至高荣誉的"惊悚大师奖"。莫雷尔目前居住在新墨西哥州圣达菲市，最近的一部作品是《闪光》。

WARRIORS

我的名字叫军团

> 任务是神圣的，你必须不惜一切代价去完成。
> ——节选自《法国外籍军团荣誉准则》

叙利亚　1941年6月20日

"上校找人雕了一只木手。"杜拉多的声音从身后传来，克莱恩没有回头，他继续透过面前两块巨石的缝隙往外看，这两块石头挡住了对面狙击手的视线。他趴在坚固的斜坡上，盯着远处的黄色建筑。

"木手？"克莱恩奇怪的不是这玩意儿，而是现在的时间，"现在不是四月份。"

"我猜上校觉得需要有点东西提醒我们一下。"杜拉多说。

"想想明天会发生什么，也许他是对的。"

"仪式时间是1500[①]。"

"去不了，"克莱恩说，"天黑之前我都得值班。"

"有第二场。中士叫我一会儿过来替你，好让你去参加。"

克莱恩点点头表示感谢。"我想起小时候一家人去教堂。上校

[①]军队中常用的计时法，前两位表示24小时制的几点，后两位表示几分。

就是我们的布道者。"

"外面有什么动静吗?"杜拉多问。

"连个会动的东西都没有——除了热浪。"

"明天就不一样了。"

杜拉多离开时,克莱恩透过军靴声响听见时钟"嚓嚓"走动。他裹着一条破毯子。制服很简单——一条褐色短裤,一件短袖上衣,两样都被沙漠的烈日晒得褪色了;帽子是军团标志性的高顶白军帽①,白帽子上有个平的圆顶,帽舌是黑的,颜色同样褪得厉害。后边的护耳能遮住脖子和耳朵,不过除此以外,克莱恩就靠这条毯子遮住赤裸的双腿和胳膊,防止被两边晒得灼人的石头烫伤。

他身边放着MAS 36手动步枪,随时准备瞄准露头的狙击手开火。当然,开枪也会暴露自己,引来敌人的子弹,他得重新找个好地方。考虑到他已把附近地面清理干净,还尽可能地让这儿变得舒服了一点,克莱恩宁可等到明天。

敌人的子弹?这个短语不假思索就蹦进了脑子里,他为此烦恼起来。

是的,等到明天再开枪也不晚。

◆

克莱恩不是他的真名。1934年,也就是七年前,他来到巴黎万塞讷区的老城堡,志愿加入法国外籍军团——军团之所以叫这个名字,是因为它是外国人加入法国军队的唯一途径。

"美国人。"一位中士轻蔑地说。

克莱恩领到一顿饭,有咖啡、面包和寡淡的豆子汤。军营里

---

①法国外籍军团独有的制式装备。

WARRIORS

拥挤不堪,他睡在一张三层金属床的上铺,床垫里塞满稻草。两天后,他和其他二十个新来的一起坐上南下的火车,来到马赛。伙伴多是西班牙人、意大利人和希腊人,也有一个爱尔兰人。他们被赶进空气污浊的底舱,在颠簸的旅程中大吐两天,最终跨越地中海来到阿尔及利亚。然后他们坐上卡车沿一条灰尘漫天、颠簸不堪的公路来到位于偏远沙漠小镇西迪贝勒阿巴斯的军团总部。这里热得不可思议。

就是在这里,对克莱恩的审讯开始了。尽管军团以吸引逃犯著称,但事实上他们很清楚要把犯人训练成纪律严明的士兵有多困难,所以绝不会故意接收重犯。因此,每个报名应征的人都会受到无微不至的讯问,其背景也会被详尽调查。许多应征者虽不是罪犯,却走进了生活的死胡同,希望能有个新开始,也希望有机会能成为法国公民。通过审查后,军团将允许他们挑个新名字,换个全新的身份。

那时的克莱恩走进了死胡同。来到法国志愿加入军团之前,他住在美国伊利诺斯州斯普林菲尔德,大萧条让他丢掉了厂里的工作,没法养活妻子和襁褓中的女儿。他交上了坏朋友,一次银行劫案中,他替人放风,死了个警卫,但抢到的钱只有24.95美金。在他逃亡的那个月里,女儿死于百日咳,悲痛欲绝的妻子割脉自杀了——克莱恩没走那条路的唯一原因是他决定惩罚自己,这个目标最终驱使他做了自己能想到的最极端的事。他从街上捡来的报纸上读到一篇文章,于是结束了痛苦的流浪生涯,去一艘船上当了铲煤工。船将他带到法国勒阿弗尔,然后他一路走到巴黎,报名加入军团。

报上那篇文章说,军团的生活艰苦卓绝,克莱恩高兴地发现,那描述比实际差得远。为抛开自己的犯罪前科,他忍受了似乎没完没了的武器使用技巧培训、实打实的格斗训练、强行军和其他所有难耐的考验，训练带来的痛苦让他感到满足。当他最终领到那份正式的入伍证书时，克莱恩觉得自己真的有了一个新开始。因为曾经的家破人亡，克莱恩永远不会原谅自己，也不原谅这个世界，包括上帝。但对这个以"选择决定命运"为信条的团体，他意外地产生了深厚的感情。

◆

那个爱尔兰人自称洛克。新兵连里只有他们两个人说英文，所以在长达几个月的训练中，他们成了朋友。和军团里其他人一样，洛克对自己的过去含糊其词，但他对步枪和炸药很有一手。克莱恩猜测，洛克也许在爱尔兰共和军里待过，为了把英国人赶出自己的国家，曾杀过英国兵；也许英军发誓不惜一切代价也要找到他的下落，于是他加入法国军团躲风头。

"估计你不是罗马天主教徒吧？"一天夜里，在高温下行军50英里后，洛克问。他带升调的口音听起来铿锵悦耳，尽管当时他们正在包扎脚上疼得要命的水疱。

"不，我是浸礼会教友。"克莱恩回答，随后又更正了一下，"至少曾经是。我已经不去教堂了。"

"我在爱尔兰没见过多少浸礼会的。"洛克笑道，"你知道你们的圣经吗？"

"每天晚上我父亲都会大声读一段。"

"'我的名字叫军团，'"洛克引用了一句。

"'因为我们众多，'"克莱恩回答，"《马可福音》。这是一个着魔的人对耶稣说的，想说明自己身体里有多少恶魔……军团。"克莱恩终于弄明白洛克为何挑起这个话头，"你把我们比作魔鬼？"

"让我们走这么远,中士够格当魔鬼了。"

克莱恩忍不住轻笑。

"中士肯定是想让敌人把我们当魔鬼,"洛克说,"卡梅伦战役之后,墨西哥兵这么叫我们军团的人,不是吗?"

"是的。'他们不是人类,是魔鬼。'"

"你记性不错。"

"我倒是希望记性差点。"

"不会比我更希望的。"洛克总带着戏谑的眼睛暗了下去,他脸上的雀斑都被灰尘盖没了,"不过,走了这么一段路,没准我们和魔鬼也差不多了。"

"为什么这么说?"

洛克擦去脚上的血迹,他的下一句话听起来又像是在开玩笑了:"我们知道待在地狱里是什么感觉了。"

◆

现在洛克不在了。

军团里的岁月教会了克莱恩忘掉软弱的情感。尽管如此,失去朋友仍让他感到悲伤。他从巨石的缝隙里观察着对面似乎已被遗弃的砂石建筑,想着洛克和自己说过的话。1940年,德国对欧洲的威胁日益增长,他俩在德法边境马其诺防线的混凝土工事里并肩作战。他们的小队挺过了机关枪、坦克和轰炸机的狂轰滥炸,只要德国人露出一丝弱点,就毫不留情地加以反击。

伤亡惨重。但克莱恩、洛克和战友们仍奋力抵抗。指挥权在一个来自普通法军的军官手里,他坚持说已经毫无机会,向德国人投降是最好的选择,军团指挥官一枪就崩了他。另一个法军军官试图反击,军团指挥官刚刚转过身子,后背暴露在外,这回开枪掩护他的是克莱恩。每个军团士兵都能理解他们的举动。从受训第一天起,信念就植入了他们的灵魂,其中一条是,永不投降。

"浸礼会信什么?"另一场战斗之后的夜里,洛克问。当时他们正清理自己的步枪。

"上帝惩罚我们,因为我们有罪。"克莱恩回答。

"那你做什么才能得救?"

"什么都不能。全靠基督的慈悲。"

"慈悲?"洛克瘦削的脸绷紧了,"你见到过很多?"

"没见过。"

"我也没见过。"洛克说。

"天主教相信怎样才能得救?"克莱恩问。

"我们告诉上帝,我们为自己的罪孽忏悔,并以苦修来证明。"

想到自己的妻女,想到自己抢银行时丢下她们孤苦伶仃,想到女儿夭折后妻子如何决心自尽,克莱恩问:"可要是你罪孽深重,无法弥补呢?"

"我也问过自己很多次。我做过祭台助手,差点儿就进了神学院。也许我没选对信仰。你说上帝为我们的罪降下惩罚,我们唯一的指望就是他的慈悲?听起来很适合我。"

正是那天晚上的对话让克莱恩确信洛克加入军团不是为了逃避英军的追杀。根本不是。他加入军团的原因和克莱恩一样,罪孽深重,自我惩罚。

◆

克莱恩想念自己的朋友。他透过巨岩缝隙往外看,为摆脱懊恼,他伸手去遮阳的毯子下面找水罐。然后他从那幢老旧的砂石建筑上暂时收回视线，拧开罐子喝了一口带金属味儿的热乎乎的水。

克莱恩重新盯住了目标。那边有带步枪的人，他们也在观察这边山脊，克莱恩对此确信无疑。明天肯定有场仗要打。对此，克莱恩也确信无疑。

身后响起脚步声，石头被踢到一边。

是杜拉多的声音："第一场仪式结束了。我来替你。"

"没什么动静。"克莱恩汇报。

"明天就不一样了。上尉说我们一定要打进去。"

克莱恩扯掉身上的毯子，立刻感觉到热辣辣的阳光照在自己赤裸的胳膊和腿上。他小心翼翼地伏低身子，顺着斜坡底走开。他经过其他观察哨，回到营地，帐篷旁十三旅一半的人列成队形。

阳光亮得耀眼，上校踏上一块巨石，转身面对他们。他叫阿米拉瓜里，是个俄国人，十一岁时逃离共产主义革命，二十岁时加入军团。现在三十多岁了，在沙漠上打了几个月仗，看起来有点憔悴，肌肉却还很结实，天气如此炎热，他的制服却一丝不苟。

上校是俄国人，但他演讲时说的是法语，这是军团的通用语言，虽然私下里很多人说的仍是母语，并以此为基础建立友谊，就像曾经的克莱恩和洛克一样。上校庄严地举起一只手，但这只手不是他自己的。它由木头雕成，手掌和指头都栩栩如生。

无须说，克莱恩和其他人都知道，这象征着军团最伟大的英雄让·丹如上尉的木手。他们心里都知道上校要说什么，每个经过战火洗礼的士兵都知道，在仪式结束之前，泪水将从上校脸上滑落。

◆

墨西哥卡梅伦。

尽管这个故事克莱恩已经听过无数次，但每听一次，它的力量就更强一分。听着上校的叙述，克莱恩仿佛身临其境，感受到1863年4月30日凌晨1点，巡逻小队出发时夜晚凉爽的空气。

他们是步行前进的：六十二个士兵，三个军官，还有丹如上尉，一位久经考验的老兵，留着一把漂亮的胡子。没多少人知道他们来墨西哥的原因——当时美国深陷内战泥潭，法国拿破仑三世与奥地利皇帝马克西米利安密谋入侵墨西哥，这支小队执行的就是与此有关的任务。不过军团士兵不关心政治，他们只关心接到的任务，无论它是什么。

法军抵达墨西哥湾韦拉克鲁斯港后立刻遭遇了与墨西哥士兵和拼死抵抗的平民一样棘手的敌人：黄热病带走了三分之一士兵的生命，他们不得不向内陆推进六十英里，将总部搬到地势较高的科尔多瓦，希望这里的空气没被污染得那么厉害。转移阵地意味着必须确保韦拉克鲁斯和科尔多瓦之间的补给线，这个任务落到了巡逻队身上，丹如上尉率领的就是其中一队。

克莱恩想象着那漫长的一夜，沿着偏僻贫瘠的道路行军。凌晨时分，士兵们获准停下来吃早饭，就在他们搜寻木头点燃篝火时，哨兵发现了西面的敌情。

"墨西哥骑兵！"

疾奔而来的马匹扬起滚滚烟尘，很难看清到底有多少人，看那规模——来袭的敌人成百上千。

"组成方阵！"上尉下令。

士兵排列成行，组成四面戒备的方阵。第一排单膝跪地，第二排站直身子，步枪举在前一排战友头顶。

墨西哥骑兵开始冲锋。第一排士兵同时开火，击溃了这波攻势，他们重新装弹时，第二排举枪瞄准，随时准备开火。

丹如上尉知道自己只争取到一点点时间，他环顾周围的开阔地带寻找掩护。东边一座坍塌的庄园吸引了他的注意,他督促手下朝那边移动,但墨西哥人再次冲了过来,士兵再次开火齐射打散冲锋。

"保持移动!"丹如喊道。

靠近废墟时他回头瞥见对面出现了步兵,于是带着队伍气喘吁吁地冲进遍地瓦砾的庭院。

"关上大门!挡住他们!"

丹如打量了一下周围的环境。庄园呈方形,边长五十码,破旧的农舍东倒西歪,周围有一道石墙。石墙有几处高达十码,但大部分已坍塌成齐胸高的石堆。

"分散!找掩护!"

哨兵借着梯子匆匆登上马厩屋顶,报告说有大股烟尘靠近,出现了更多骑兵和步兵。

"每个方向上都有宽边帽!"

"有多少人?"丹如大喊。

"至少两千。"

丹如迅速计算了一下比例:三十比一。

"很快他们就会少掉好些!"他对手下喊道。

底下如他所愿地发出了笑声。但上尉宽松的红裤子和深蓝色夹克都被紧急撤退时跑出的汗水浸透了。相反的,他的嘴干得发慌,他心里清楚,随着气温升高,手下的兵会渴得要命。

"来了个骑兵!"哨兵叫道,"举着一面白旗!"

丹如抓住梯子,爬到马厩顶上。这对他来说十分艰难,因为他只有一只好手,几年前他的另一只手被火枪炸飞了。之后他找了个木匠,雕了一只考究的木手来代替。木手漆成肉色,手指上装了便于活动的铰链,手腕处黑色镶边,残缺的前臂就插在里面。利用残臂拉动里边的皮带,可以控制木质手指。

丹如把假肢藏在背后看不见的地方，唯恐敌人觉得这是软弱的标志。墨西哥军官靠近了。军团士兵说的语言五花八门，丹如也被动地学会了不少。

"你们的人比我们少得多，"墨西哥军官说，"你们没有水，食物很快也会吃光。投降吧，你们会得到公平的待遇。"

"不。"丹如回答。

"不投降就是死。"

"我们决不放下武器。"丹如毫不动摇。

"愚蠢。"

"来攻击我们吧，然后你会知道那有多愚蠢。"

墨西哥军官被激怒了，他策马离去。

丹如迅速下了梯子。虽然给手下打气时他自信满满，但实际上却很担心，庄园地势比较低洼，敌人的射手完全可以居高临下把子弹打进石墙里来。

墨西哥狙击手开火为新一轮骑兵冲锋提供掩护。马匹扬起的烟尘掩护步兵前进。子弹呼啸着穿过农舍木板，石墙上粉屑四溅。尽管对方攻势猛烈，但军团士兵训练有素的齐射仍击退了一波又一波攻击。

上午11点，阳光炽烈。步枪枪管烫得没法摸。十一位士兵牺牲了。

丹如督促剩下的人继续抵抗。他匆匆巡查一个又一个小队，挥舞着木手告诉每个人：大家靠的就是你。当他穿过庭院赶去对面支援时，突然倒了下去，一颗狙击手的子弹打中了他的胸膛。

冲过去扶他的士兵听见，他痛苦地呼出最后一口气，喃喃地说："永远不要放弃。"

丹如的副手接过了指挥权，他对手下大声说："我们也许会死，但我们永不投降！"所有人都发誓为了丹如的荣耀更加努力地战斗。

两千墨西哥人的进攻，射向农庄的弹雨——可能多达每分钟八千发——本该产生无与伦比的效果，就像现代战争中无数机关枪扫射出的子弹一样。枪声震耳欲聋，建筑分崩离析，硝烟弥漫战场。

农舍着了火，也许是被枪口喷出的火光点燃的。浓烟让视线更加模糊，军团士兵连呼吸都很困难，但他们仍在射击，无视敌人再三的招降，打退了无数次进攻。

到下午4点，只剩十二个军团士兵还活着；到6点，还能开枪的人减少到了五个。墨西哥人冲进庭院时，他们射出最后的子弹，然后穿过浓烟用刺刀肉搏。

一位二等兵为掩护中尉，身中十九枪；又有两个人中弹倒下，但其中一人仍挣扎着站起来，加入最后两名战友的行列。他们背靠背用手中刺刀抵抗。

曾与丹如对话的墨西哥军官从未见过这样的战斗。

"停手！"他命令自己的手下。

然后他转身面对几名幸存者："看在上帝的分上，这毫无意义。投降吧。"

"我们不会放下自己的武器。"一位受伤的士兵坚持。

"你们的武器？你是在和我讨价还价吗？"墨西哥人惊讶地问。

身体还在流血的士兵摇摇欲坠，他努力支撑着自己："也许我们是你的阶下囚，但我们不会放下自己的武器。"

墨西哥人目瞪口呆。"你们没有子弹了。无论如何，你们的步枪基本上没什么用了。留着那该死的玩意儿吧。"

"你得允许我们照顾自己的伤员。"

墨西哥军官被他们的无畏震撼了，他抓住眼前这个摇摇欲坠的人:"你这样的人提出的任何要求我都不会拒绝。"

◆

克莱恩站在叙利亚的骄阳下,听指挥官讲述卡梅伦战役。

这些细节他听过许多次,但每一次,都能获得更多力量。在想象中,他嗅到了鲜血的气息,听见苍蝇在尸体上"嗡嗡"盘旋,尝到了火药和建筑燃烧的烟雾的苦涩。垂死之人的惨叫似乎在周围回荡,他感到自己的眼睛因动情而模糊了,而且他觉得,周围的战友一定与他感同身受。

自始至终,上校一直举着那只复制品。那场很久以前的战斗结束后,丹如上尉的木手被找了回来,现在收藏在军团总部的玻璃匣子里。每年4月30日的卡梅伦战役纪念日,它都会被安放在一间挤得水泄不通的会议室里,让每个人亲眼目睹军团最珍贵的遗物。同一天,军团在全世界的每个基地也会举行相似——只是没有木手——的纪念仪式。这是一年中军团最重要的典礼。

可从来没有人复制过丹如上尉的木手。从来没有人如此相似地模仿过军团总部一年一度的仪式。而且,今天也不是4月30日。考虑到明天早上会发生的事,克莱恩能理解,不对头的日子更能显示出上校让自己和全体同袍铭记传统的决心。

上校站在巨石上面,将木手高举过头,他的演讲如此有力,每个人都听得清清楚楚。

"在那场战斗中,六十六位军团士兵每人携带了六十发弹药。每一发都打得干干净净,这意味着他们开了三千九百枪。在炎热、干渴、灰尘和烟雾的折磨下,他们杀掉了约四百个敌人。想想吧——每十颗子弹就有一颗击中目标。考虑到当时的环境,这实在令人震惊。那些士兵有过很多次投降的机会,也随时可以放弃自己的任务,但他们不愿让军团和自己蒙受耻辱。"

"明天,记住这些英雄;明天,你们就是英雄。你们明早将要面对的事,以前没有任何一个军团士兵遇到过。我们永不逃避任务。我们一定不辱使命。我们的座右铭是什么?"

"军团就是我们的祖国!"克莱恩和所有人一起不假思索地大喊。

"我听不见!"

"军团就是我们的祖国!"

"我们的第二座右铭是什么?"

"荣誉与忠诚!"

"是的!永远不要忘记!永远不要忘记卡梅伦!永远别为军团丢脸!永远不辱使命!"

◆

克莱恩沿坚固的坡底返回岗位,一路思索明早将要面对的艰难抉择,几乎没有注意到路上的无数岗哨。杜拉多趴在毯子下面,透过两块巨岩盯着对面的大马士革。

"你回来了?我才开始舒服了点儿。"杜拉多说。

克莱恩勉强笑笑。杜拉多的幽默让他想起洛克。

热气从岩石中散发出来。

"你觉得上校的演讲有用吗?"杜拉多爬到坡底。

"明天就知道了。"克莱恩回到自己的位置,"以前的军团士兵从没遇到过这种情况。"

"嗯,我们奉命行事。"杜拉多开始往回走。

"是的,上帝惩罚我们,因为我们有罪。"克莱恩喃喃地说。

杜拉多停下脚步,回过头来。"什么?我没听清。"

"自言自语而已。"

"我以为你在说上帝什么的。"

"你觉不觉得那事儿根本没必要？"克莱恩问。

"什么没必要？"

"卡梅伦。当时他们没有水，几乎没有食物，弹药也有限。在那样的高温下，三天不喝水，完全有可能昏迷，甚至更糟。墨西哥人只要等着就行了。"

"也许他们害怕会有援兵。"杜拉多猜测。

"墨西哥人为什么要怕？"克莱恩问，"他们人那么多，就算有一个纵队的援兵也无济于事。要是好好安排，让我们以为只有几百个人包围着庄园，说不定还能把援兵引进陷阱。"

"你到底想说什么？"

"我说的就是这个——有时候根本没必要打仗。"

"比如说明天？"杜拉多问。

克莱恩指着对面的建筑。"也许他们会投降。"

"也许他们还盼着我们投降呢。这可能吗？"

"当然不可能。"克莱恩引述了军团荣誉准则，所有新兵接受训练时都得背下来，"'决不放下武器。'"

"决不放下武器。"杜拉多重复。

"可是最后，法国还是被迫撤出了墨西哥。卡梅伦之战于事无补。"克莱恩说。

"小心点，最好别让上校听见你这么说。"

"也许明天的仗也于事无补。"

"思考不是我们干的事儿。"这回轮到杜拉多引述军团荣誉准则了，"'任务是神圣的。你必须不惜一切代价去完成。'"

"'不惜一切代价。'"克莱恩嗤了一声，"你说得太对了。我领军饷不是让我来这儿思考的。明天，我会和你一样努力战斗。"

"上帝惩罚我们,因为我们有罪?你刚才说的是不是这个?"杜拉多问,"我在这场战争中见到的事情告诉我根本没有上帝。要是有上帝的话,他怎么会允许这些事发生。"

"除非明天这一仗是上帝给我们的回报。"

"为了惩罚我们的罪?"

"为了那些我们愿意付出任何代价去遗忘的事。"

"这么说的话,上帝是在帮我们。"杜拉多语气里的嘲讽又让克莱恩想起了洛克。

◆

克莱恩趴在毯子下,透过巨岩往外看,对面的建筑仿佛在热气中摇晃。他知道,那边也有和他一样的士兵在掩体里盯着这边,身旁放着武器,在那座城市的坚壁、胸墙、塔楼和大门后面,看着同一轮太阳。他们或许也在思索,明天早上,战斗就要打响。

克莱恩突然想起,一年前,事情还不是这样。德国人冲破马其诺防线的混凝土工事,侵入法国,对他、洛克和其他所有军团士兵来说,唯一合理的策略是边打边退,尽可能拖慢德军的脚步。

而且当时我们还有机会打败他们,克莱恩想,如果德国人没有意识到他们即将犯下的错误的话。

入侵德军面临的风险是,急于占领法国全境会让他们的补给线拉得太长,面对法国平民和残余军队的游击战术,他们毫无应对之策。而一旦没了补给,德军就成了待宰羔羊。为避免这种情况出现,德国人想出了一个天才的策略,他们将军队集中在法国西北部包括巴黎的区域,以强大的威慑力让法国其他地区相信德军占领全境只是时间问题,所以最好趁早投降,以争取有利条件。

南方那些杂种就这样成了叛徒,克莱恩心想。

最后达成的交易是,法国南部五分之二的国土将不会入驻德军,与此同时,法国在中部的维希成立新政府。从理论上说,新政府保持中立,但事实上,维希政权渴望安抚德国人,他们巴不得把犹太人或其他任何德国人想要的"不良分子"交出去。

这跟法国全境被侵略、占领的后果没什么两样,克莱恩心想。如果他们作过抵抗,也许还能为通敌的行为辩护。可事实上,他们干脆利落地举手投降,转头对付自己人。

他痛苦地回忆起见洛克的最后一面。当时他们和本单位的残余部队一起藏在一座废弃的法国谷仓里,等待夜幕降临,好避开维希政权的巡逻队溜走。

通讯员收到了一段无线信号,他立刻报告:"十三旅从挪威坐船回来了。"

谷仓里所有人都从躺着的稻草上坐了起来。这个消息的含义无需解释——军团曾在两条战线上同时作战,十三旅对付的是挪威那边,可和马其诺防线这边的战友一样,他们也被迫撤退了。

"他们在布雷斯特上的岸。"通讯员继续报告。

士兵们点点头,他们知道布雷斯特是法国最西面的港口。

"他们得知法国已经投降,德国正要占领港口就立刻撤回了船上,掉头开往英国。"

"所以他们会帮助盟军收复法国?"克莱恩问。

"是的,"通讯员回答,"但并非所有人都去了英国。"

洛克坐直身子:"什么意思?"

"一部分人决定返回阿尔及利亚的总部。"

士兵们安静了一会儿,思考这个消息的含义。德国没有侵略法国全境还有一个原因:这会引来阿尔及利亚和摩洛哥的敌对,二者都是法国在北非的领土。德国人说服法国成立了维希政府,说是中立,实际是个傀儡政权,德国人借此间接控制了那两个地方,阻止了驻扎在当地的军团帮助英国。

"他们要去打英国人?"克莱恩惊讶地问。

"看起来他们希望阿尔及利亚保持中立。那样的话,他们就能置身事外,不用去打任何人。"通讯员解释。

"妈的祝他们走运。"有人说。

"消息来自英国,"通讯员继续说,"戴高乐准将。"

"他是谁?"

"我也没听说过这个人,"通讯员续道,"不过显而易见,他掌管着一个叫自由法国军什么的组织,里边包括去了英国的军团士兵。他希望每个法国士兵都设法去投奔他,重新组织起来,战争还未结束。"

"感谢上帝,总算有个带种的人了,"另一个士兵说,"我猜咱们现在知道今晚该往哪儿走了吧。往南走,去海边,找条船去英国。"

提议很快得到大多数人的赞同。他们在西班牙、葡萄牙、希腊或其他许多国家出生长大,但现在,他们都是法国公民,忠于自己曾奋战保卫过的国家。

克莱恩不由自主地注意到,有人一言不发,若有所思。显而易见,过去一年的战斗让去阿尔及利亚坐山观虎斗的做法充满诱惑。

他还注意到,沉默不语的人里面就有洛克。

◆

天黑以后,他们从谷仓里溜出去时,克莱恩朝洛克打手势,示意他等一下。

"我感觉你似乎不打算和我们一起去英国。"只剩他俩时,克莱恩说。

阴影中洛克沉默了一会儿："是的。等我们走到地中海，我就想个办法去阿尔及利亚。"

"你打够了？"

"我不是想置身事外，相信我，我很乐意去打德国佬。"洛克停顿了一下，"但我不能去英国。"

"我不懂。"

"我们从来不谈自己的过去，我的朋友。"洛克把一只手放在他肩头，"不过我想你大概猜到了不少。如果我回英国，也许会和曾在爱尔兰追杀过我的英国兵并肩作战。别误会，我加入军团不是为了逃避他们。"

"我知道。你是为了赎罪。"

"看吧，我们了解彼此。"洛克说，"我曾告诉你，天主教徒需要告诉上帝他们为自己的罪孽忏悔，然后尽己所能地证明自己的悔悟。"

"我记得。"

"那么，如果哪个英国杂种认出我来，朝我开枪，我还怎么继续赎罪？"

谷仓外的黑暗中，一个士兵低声喊道："克莱恩，我们该上路了。"

"马上就来。"他隔着快散架的门小声回答。

然后他转身面对洛克："保重。"

"别担心，"洛克握住他的手摇了摇，"战争结束之后我们还会再见。"

但洛克错了。他们再见的时间并非战争结束之后。军团分道扬镳，有人去了英国，有人去了阿尔及利亚，不久后，维希政府命令阿尔及利亚的军团士兵协助德军。

1941年6月，盟军发动攻势，解放侵略者铁蹄下的叙利亚，克莱恩所在的队伍受命协助英军。与此同时，另一支军团的队伍，维希政府领导下的那个旅，正在帮助德国人。

克莱恩知道，天一亮，不堪设想的事情就要发生。在这场争夺大马士革的战斗中，曾经一同受训、一同露营、一同痛饮、一同战斗的同袍将彼此为敌，洛克将成为克莱恩的敌人。

除非他已经阵亡。

◆

太阳就要落山了，杜拉多最后一次过来接班，晚上该他放哨。热浪依旧灼人。

"那边还是没动静？"杜拉多问。

"什么动静都没有。也许他们撤退了。"克莱恩如此盼望。

"我很怀疑。"

"我也一样。他们知道我们不会撤退。"

"他们肯定也知道自己站错边了。"杜拉多说。

"或许他们也这么说我们。"

"你的意思是？"

"他们才是为法国而战的人。"

"他们为的是拍德国佬马屁的那个政府。"杜拉多说。

"就算是这样，那也是法国现在唯一的政府。你还记得盟军在挪威让弗纳司令打德国人时他怎么说的吗？"

"我已经忘了。"

"军团离开了沙漠，在冰天雪地里打仗，他明白这有多疯狂。可他没有争辩，他说，'我的目标是什么？拿下纳尔维克港。为了挪威人？为了磷酸盐？为了凤尾鱼？我不知道。但我有我的任务，我会拿下纳尔维克。'"

"是的,"杜拉多说,"我们有我们的任务。"

"那边什么东西在动?"克莱恩说。

杜拉多爬到他身边,透过缝隙观察。

大马士革城门上打出一面白旗。几个士兵出现在视野中,是军团的人,因为他们都戴着军团传统的高顶白军帽。他们的制服不是克莱恩穿的短袖上衣和短裤,而是长衣长裤。

落日余晖中,他们在墙边立正列队,向着克莱恩这边正式地举枪致敬。

克莱恩紧张地辨认着他们的面孔,可他看不清洛克在不在里边。但他毫不怀疑,要是靠得近点儿,他叫得出对面每个人的名字。

他立刻一把按住右手边的石头,借助它的支撑站起身来。

"你在干什么?"杜拉多惊恐地说。

但站起来的不止克莱恩一个,沿着小山山脊,一个个哨兵站了起来。

不久后杜拉多也站了起来。

有人大喊:"举枪……致敬!"

一排哨兵像对面的兄弟那样举起了手中的武器。克莱恩紧握住自己的步枪,枪尾朝下,枪管朝天,他感觉胸口抽紧了。

大马士革那边吹响了号角,号声在山谷中回荡。这首歌每一个军团士兵都很熟悉:《香肠歌》,每个新兵受训之初都学过。这首歌始于十九世纪,那时比利时拒绝让自己的公民加入军团。铿锵的旋律进行到尾声,十三旅这边的号手接着吹下去。很快,人们开始唱起来,歌声回荡在山谷中,若在平常,这首歌的歌词听起来有些好笑,它夸赞黑香肠多么美味,军团绝不会和任何一个比利时人分享香肠,因为他们当兵实在蹩脚。

《香肠歌》之后是另一首从入伍第一天起就耳熟能详的歌，《军团进行曲》。克莱恩的胸膛涨得满满的，他放声高唱，声音都快嘶哑了。虽然在山谷两边成千上万人的歌声中，他的声音如此微不足道，但他仍竭尽全力，希望洛克能够听见。

军团齐步向前。
唱起来吧，我们继承传统，
捍卫军团。

这首歌颂扬荣誉与忠诚，军团的强大正源于这些美德。克莱恩突然意识到，正是因为彻底地忠于任务，军团才陷入如今的处境，他的声音不禁颤抖起来。

唱到副歌的时候，歌词让克莱恩彻底闭上了嘴巴。

我们有的不只是武器。
魔鬼与我们同行。

他不由自主地想起很久以前，他和洛克刚入伍时的对话。

"'我的名字叫军团，'"洛克曾说。

"'因为我们众多，'"克莱恩曾回答，"这是一个着魔的人对耶稣说的，想说明自己身体里有多少恶魔。"

大马士革城里和山脊上的士兵齐声重复着副歌，声音越来越大。

魔鬼与我们同行。

太阳完全沉到了地平线下，音乐声也低沉下来，在山谷中缭绕,最终归于寂静。

克莱恩站在掩体里,黑暗中他抬头仰望刚刚开始浮现的寒星。

他离开杜拉多,走向乱糟糟的帐篷。虽然没什么胃口,但他知道,明天早上需要充沛的体力,所以他吃下自己那份面包和培根,还喝了点咖啡。周围坐着很多人,却没有一个人开口说话。

片刻之后,在帐篷投下的阴影中,克莱恩突然很想知道洛克到底做了什么糟糕的事,以至于要加入军团作为自我惩罚。他是不是埋下了一枚伏击英军的地雷,却眼睁睁地看着它将一辆满载孩子的校车炸得四分五裂?他是不是放火去烧泄露爱尔兰共和军作战计划的叛徒的房子,却摸错了门,让一家无辜的人在火海中丧生?这些事糟糕得让洛克那样的人到自我厌弃的地步?噩梦中他是否会听见孩子们垂死的惊叫,就像克莱恩总是想着妻子如何抱着女儿的尸体肝肠寸断,用刀子割开自己的手腕,而在那一刻,他自己正为了24.95美元的劫案东躲西藏?

当时大家四散奔逃,克莱恩想起来,我连一分钱都没拿到。

克莱恩想象着无情的咳嗽折磨着女儿稚嫩的身体,最终让她窒息而死,我原本应该待在她们身边。

他盯着帐篷顶,久久无法成眠。

◆

爆炸声将他从混乱的睡眠中惊醒,无数巨响在耳边呼啸而过,他根本分不清都是些什么声音。大地、帐篷、空气——周围的一切都在颤抖。起初一轮爆炸声震得耳朵"嗡嗡"作响,不过在持续的狂轰滥炸中,耳朵很快麻木了,像是被棉絮堵起来了一样。克莱恩端起步枪冲出帐篷,营地被炮弹炸得一片狼藉。威力十足的闪光照亮夜空,巨响中,石块、帐篷和人体四分五裂。

士兵们模糊的身影绝望地奔向巨石掩体,奔向挖出来的壕沟,奔向任何能避开纷飞弹片的地方。营地里的炮兵开始还击了,炮火倾泻到大马士革,榴弹炮和坦克都因后坐力而颤动不已。

对面的砂岩建筑开始爆炸,火光和炮口的闪光短暂地照亮了夜空,克莱恩借着闪光冲向一堵岩壁,缩在下面,附近有一颗炮弹爆炸,密集的弹片从他头顶飞过。

炮击持续了几小时,当它终于结束时,空气中弥漫着厚重的硝烟。克莱恩的耳朵还在"嗡嗡"作响,却隐约听见军官们的喊叫,"前进!前进![1]站起来,你们这些懒鬼!进攻!"

克莱恩缓缓站起身来,浓重的硝烟遮蔽了视线,但他感觉到周围的人和他一样站了起来。

他们匆匆爬上山脊,偶尔有人踩到松动的石头滑下去,但这是他们遇到的唯一阻碍。士兵们登上坡顶,越过巨石掩体,冲向对面的城墙,克莱恩感觉到战友们一往无前的决心。

浓重的硝烟为他们提供了掩护,但很快烟雾开始散去,士兵们的身影暴露出来,对面开枪了。克莱恩看到身旁的人猛地打个趔趄,向后一仰。身前也有一个人倒下了。

但他没有停下脚步,一边冲向对面的矮墙,一边开枪。很快,城墙被炮弹炸开了一角,第二发炮弹将缺口撕得更大。

克莱恩停下脚步,拉开手榴弹引信,竭尽全力地扔进缺口;战友们也做出同样的举动。然后他们蹲下身子,等着一连串爆炸清出前进的道路。

他爬过残壁,进入城市。石头建筑之间狭窄的巷子通向四面八方,一颗子弹从他身旁掠过,打得砂石墙碎屑迸飞。他猛地转身对着一扇窗户射击,根本不知道自己打中没有,然后拐进一条巷子,

---

[1]原文为法语,allez。

警惕地举枪向前。有战友跟上他的脚步，他们前进得很慢，随时准备开火。

周围似乎陷入了混战。炮声隆隆，硝烟四溢，到处传来惨叫声。那幢建筑不超过三层，浮在楼顶上空的烟雾缓缓沉入巷道，但他丝毫不敢分心，全神贯注地盯着房子的门窗。

旁边的人发出一声惨叫，倒了下去，子弹来自底楼的一扇窗户。克莱恩开枪还击，这一回他看见了飞溅的血花。附近一个士兵朝那扇窗扔出一枚手榴弹，爆炸过后，他们闯进门里，继续开火。

地板上躺着两个死去的士兵，圆顶白军帽上溅满血迹。他们的制服是长袖长裤。这两个人克莱恩都认识。里纳尔多，斯塔夫罗斯。他曾与他们一起训练，一起行军，住同一顶帐篷，在西迪贝勒阿巴斯的食堂里，他们还曾在早餐时一起唱歌。

一道楼梯通向二楼，克莱恩听见上面传来枪声。他和战友端着枪检查了附近的房间，然后踏上楼梯。克莱恩瞥了同伴一眼，这回的搭档又是杜拉多。西班牙人黝黑的面孔现在一片蜡黄。

一路上谁都没说话。

楼上的枪声一直在持续，听起来像是在朝他们的来路或屋后的什么地方开枪。也许附近的爆炸声过于密集，楼上的射手根本没意识到这座房子已经被手榴弹炸开通路。又或者，射手不止一个。也许有一个人在不断开枪，另一个则盯着楼梯，盼着克莱恩和杜拉多一头撞进陷阱。

汗水从克莱恩脸上淌下。快到楼梯顶上时，他又掏出一颗手榴弹，扔进了上面的房间。手榴弹一经脱手，他和杜拉多立刻一起抱头蹲下，躲开爆炸的冲击力。之后，两人端着枪冲过最后一段路，闯进房间，扫出一排子弹。

房间没人，旁边另一个房间也空荡荡的。射手一定是在最后一刻沿着楼梯往上跑了，他可能藏在三楼或顶上。

克莱恩和杜拉多轮流更换了步枪弹夹,然后继续往上爬,这回扔手榴弹的是杜拉多。爆炸之后他们冲上顶楼,可弥漫的硝烟中依然空无一人。

房间角落有一架梯子,屋顶上开着一扇天窗。

杜拉多的声音十分僵硬:"我不打算上去。"

克莱恩明白。也许他们的猎物正趴在屋顶上,瞄准天窗,一旦有人从那个小小的窗户里露头,立刻就会被轰飞。而如果他们打算用手榴弹来清理屋顶,根本就搞不清该往哪个方向扔。

"也许他逃去别处了。"克莱恩说。

"也许没有。我不打算爬上去搞清楚这事儿。"

"好吧。真该死。"克莱恩说。透过一扇开着的窗户,他看见对面窗户里有一个狙击手。那人戴着一顶军团的白帽子,上衣是长袖的。在他瞄准下面的巷子准备开火时,克莱恩打中了他。

杜拉多指指外面。"屋顶上都是狙击手!"

克莱恩拉开枪栓,对着窗户外面开火。拉枪栓—开火,拉枪栓—开火,完全成了机械化动作。杜拉多守着背后那扇窗户,也在干一样的事情。克莱恩听着身后的动静,换上全新的弹夹,继续猛烈射击。他的制服被汗水浸透,子弹击中那些穿长袖上衣的白帽子,他们纷纷从屋顶上滚落,摔进下面的巷子。

一阵爆炸让克莱恩猛地向前一扑,差点从窗户里摔出去。他努力转头,抓住窗框稳住身子。背后一阵刺痛,衣服湿得更厉害了,但这一次,他知道,是血。

他朝房间里转回身子。爆炸来自对面角落,梯子被炸碎了,屋顶上的人从天窗里扔进来一颗手榴弹。

"杜拉多!"

现在跑过去帮他毫无意义。杜拉多一直守着梯子旁的窗户,手榴弹的落点就在他身边,爆炸将他撕成了两半。他的血溅得到处都是，内脏撒了一地。苍蝇已经开始"嗡嗡"飞舞。

克莱恩举枪瞄准天窗。突然间，无数子弹从他身边的窗户里飞进来。对面的狙击手发现了这边的子弹来自哪里。要不是这堵砂石墙壁够厚，穿过来的子弹早要了他的命。尽管如此，在这么密集的火力下，墙早晚会被射穿。他不能再待在这里了。

又一颗手榴弹从天窗扔了下来，克莱恩扑向楼梯。从楼梯上滚下去时，台阶硌着受伤的后背，痛得他缩成一团。后面传来一阵爆炸，他摔到底之后呻吟了一声，但没有停止滚动。

滚下最后几阶时克莱恩故意踢踏靴子，弄出很大的声响；他在底楼开了一枪，好让对方以为他和什么人交火之后离开了这幢房子。然后他悄悄溜回二楼，藏在楼梯边上的房间。

潜伏在这里等待，最困难的莫过于如何控制自己的呼吸声。他的胸膛剧烈起伏，流过鼻孔的空气发出尖锐的声响，这一定会出卖他。他绝望地试图控制呼吸，但这只让肺绷得更紧。他的心跳得快要爆炸了。

一分钟过去。

两分钟。

鲜血从布莱恩受伤的后背汩汩流下。外面的爆炸和枪声仍未停歇。

我这是在浪费时间，克莱恩心想，我应该出去，干点儿有用的事。

就在他打算离开时，头顶传来一声枪响，克莱恩笑了。房顶上那个人终于确认屋子里已经没人。他跳了下来，借着窗户的掩护继续开火。

克莱恩走出房间，头顶又传来一声枪响，他沿楼梯轻轻向上走，然后停了下来，等着另一声枪响，等着步枪枪栓被拉开的声音。这些声音盖过了他发出的响动，他爬到楼上，对着那个人的后背开火。

穿长裤的士兵朝前一扑，头搭在了窗台上。他的脖子肌肉发达，克莱恩认出了这个背影，他名叫埃里克，是个德国人，1934年和克莱恩同一批志愿入伍。外面，别的德国人正在自相残杀，有人为维希军团，有人为自由法国军。但无论生于何地长于何方，军团士兵全都殊途同归。

军团是我们唯一的祖国，克莱恩心想，愿上帝保佑我们。

他转身打算冲下楼梯，再次加入战团。二楼到了。就在他到达底楼时，一个人摆脱身后的混乱，闯进了一团乱的房子。他戴着军团的高顶白军帽，穿的是长裤。

他目瞪口呆地看着克莱恩。

克莱恩也目瞪口呆地看着他。

他比分别时更瘦了，脸上的雀斑几乎被硝烟掩盖。

"洛克。"

克莱恩几乎是从牙缝里挤出这个名字，然后他的子弹击中了洛克的胸口。手指扣扳机的动作一气呵成，千百次自卫训练养成的习惯抢在了大脑思维前面。

洛克踉踉跄跄地后退几步，撞上一堵墙，滑了下去，墙上留下一条血迹。他的眼睛迅速黯淡，但他仍努力收起涣散的目光，看着克莱恩。

他颤抖了一阵，不动了。

"洛克。"克莱恩又叫了一声。

他从开着的门里冲出去，朝对面的士兵开火，他冲进一片混乱的巷道，希望自己就此死掉。

◆

　　战斗持续到第二天。日落时分，维希军团终于被击溃，大马士革落入盟军手中。

　　克莱恩筋疲力尽地和其他士兵一起躺在建筑物的废墟上，背后的伤口已经结痂。在这片废墟中找到一个舒服的位置不容易，他们舔掉壶嘴上最后几滴水，嚼着口粮里最后几片变质的饼干。

　　太阳下山了，寒星浮现在空中。克莱恩仰望浩渺的夜空，为刚刚听说的伤亡人数困惑不已。他们这边只有21个士兵阵亡，47人负伤，而对面的军团阵亡128人，负伤728人。

　　对比如此悬殊，克莱恩难以置信。

　　他们有足够的时间加强城防，他想着。他们有建筑物作掩体，而我们是暴露的。我们就是一群活靶子。他们本该把我们挡在城墙外。

　　一个令人不安的想法出现在他脑海里。他们留手了？他们故意放空枪？他们在战场上，是不是一心想着让战斗在自尊能允许的范围内尽快结束？

　　克莱恩想起与杜拉多的谈话，他们讨论过维希军团的人知不知道自己站错了边，自己站在挑衅者那边、侵略者那边。

　　那些窗户里、房顶上的狙击手——他们是不是根本没瞄准，只是胡乱开枪？他们是不是在寻求以光荣的方式输掉这场仗？

　　克莱恩回想起洛克冲进房门时脸上的惊讶。当时他条件反射地开了枪，而现在，他搜肠刮肚地想着当时洛克的步枪在哪里。洛克举枪了吗？还是说他正打算放下武器，拥抱自己的朋友？

　　没有答案。一切都发生得太快了。

　　我只是做了训练中让我做的事，克莱恩想，下一秒，也许洛克就会对我开枪。

但也许他不会开枪。

我们的友情对他来说会比军团士兵的职责更重要吗?克莱恩很想知道,还是说洛克接受的训练会让他扣下扳机?

克莱恩仰望天空,天上的星星更多了。它们冷冷地眨着眼睛,寒冷、残酷,就像他脑海里无数烦乱不安的念头。他想起曾无数次和洛克谈论过的救赎。

"浸礼会信什么?"洛克曾经问。

"上帝惩罚我们,因为我们有罪。"克莱恩曾这样回答。

现在,克莱恩很怀疑,让他亲手杀死自己的朋友,是不是上帝惩罚他的另一种方式。

"那天主教相信怎样才能得救?"克莱恩曾经问。

曾经的祭台助手这样回答:"我们告诉上帝,我们为自己的罪孽忏悔,并以苦修来证明。"

苦修。

想着死去的妻女,想着死去的银行警卫,想着洛克,克莱恩哽咽了。

他喃喃地说:"对不起。"

(妲拉 译)

斯蒂芬·塞勒

斯蒂芬·塞勒的名字经常出现在《纽约时报》畅销书榜上，他与林德赛·戴维斯、约翰·玛多克斯·罗伯茨和小埃利斯·彼得斯一样是历史冒险小说界最闪亮的星辰。他创作的以古罗马为主题的系列小说描绘了侦探戈迪亚努斯的冒险之旅。在他笔下，真实的古罗马跃然纸上。该系列小说包括《罗马之血》《复仇女神之手》《卡缇妮娜谜语》《维纳斯投掷》《亚壁古道上的谋杀》《卢比孔河》《马赛的最后一幕》《预言迷雾》《凯撒的裁决》等多部。以戈迪亚努斯为主角的短篇小说收录在《圣女神殿：侦探戈迪亚努斯的调查之旅》和《角斗士只死一次：侦探戈迪亚努斯的进一步调查》两本书中。塞勒的其他作品还包括《终极回旋》《你见过黎明吗？》以及一部非戈迪亚努斯系列的历史小说《罗马》。他最新的作品是戈迪亚努斯系列的新作《凯撒凯旋》。目前塞勒居住在加利福尼亚州伯克利市。

在下面这篇小说中，塞勒将我们带回古迦太基最后的岁月，让我们亲眼目睹一场席卷一切的胜利以及一场彻底的、破坏性的征服带来的后果。也让我们看到，如果施加足够的压力——以足够聪明的方式——人能达到怎样的极限。

鹰与兔

I

罗马人让我们赤身裸体站成一排,双手绑在背后,脖子上的铁枷用链子锁成一串。

那个高个子出现了,别人都叫他费比乌斯,他是他们的头儿。在战斗中,我近距离见过他的面孔,那也是我当时最后一眼看见的东西,他手里的棍子敲在我头上,令我眼前冒起一阵慈悲的星星,我晕了过去。没错,慈悲的星星,因为看见他面孔的那瞬间,我才真正知道什么叫恐怖。他脸上有道狰狞的疤痕,从前额划过鼻子和嘴,一直拉到下巴上,很吓人,不过让我浑身冰凉的是他的眼神。我从未见过那样的眼神。他有一张战士的脸,这样的人会对着自己的痛苦放声大笑,会将别人的痛苦视作甘露,从不知怜悯和同情为何物。

那张冰冷而坚硬的脸,属于典型的罗马猎奴者。

也许你很想知道为何费比乌斯拿的是棍子而非刀剑。棍子意味着他只想把人敲晕而不是杀死。迦太基已经陷落,幸存者寥寥无几,男人、女人和孩子仓皇逃亡,我们食不果腹,也没有什么像样的武器。在沙漠中几个月的东躲西藏让我们衰弱不堪,根本不是训练有素的罗马士兵的对手。他们的目标不是杀戮,而是抓住我们。我们是这座陷落的城市最后的战利品,他们打算把我们一网打尽,卖作奴隶。

迦太基必须被摧毁!他们的领袖——残忍的加图——如是说,

这些征服者说的是刺耳的拉丁语。迦太基与罗马的战争已经持续了几代,从海上到陆上,从西西里到西班牙,再到意大利、非洲,处处都有战火燃起。也曾有过短暂的和平,休战期间,这句话成了加图的口头禅,无论在罗马元老院演说还是与同僚交谈,无论谈的是什么话题,他总会在最后高喊:Carthago delenda est!——"迦太基必须被摧毁!"

加图没能等到梦想成真就撒手人寰,可怜的老头。他的死讯传到迦太基时我们欢欣鼓舞。那个疯子一门心思只想消灭我们,简直成了我们心头的噩梦,而现在他死了。

但他的口号活了下来。迦太基必须被摧毁!战火重燃。罗马人侵入我们的海岸,围困了迦太基城。他们占领了大港,陆路和海路都已断绝,最终,城墙也被攻陷。我们节节抵抗,一条条街道、一座座房屋,都是我们的战场。巷战持续了六天,街道上血流成河。激战结束后,幸存的迦太基人被围起来,卖作奴隶,四散运去遥远的地方。他们的身价被用于偿付罗马的军费,他们的舌头被割掉或是用烙铁烫坏,于是迦太基语也随他们而消亡。

城里的房屋被洗劫一空。值钱的小物件——宝石、首饰和钱币——成了罗马士兵的战利品,大件——漂亮的家具、精美的灯盏、豪华的马车——由罗马国库人员评估后运走,没有商业价值的传家宝——纺锤和织机、孩子的玩具、祖先的画像——则付之一炬。

图书馆被烧毁,以迦太基文写就的书籍就此成为绝唱。伟大的剧作家、诗人和哲学家们的杰出著作,汉尼拔及其父哈米尔卡的演说、回忆录,狄多女王与腓尼基航海家建立迦太基城的传奇,这片土地上曾有过的所有伟大领袖的记录——统统被烧成灰烬。

迦太基的神祇也被推下宝座,他们的庙宇空余一片废墟。石雕塑像被敲碎,象牙、缟玛瑙和青金石镶嵌的眼睛被挖掉,金银塑像则被熔化成条——为罗马国库增添了更多战利品。圣父巴力、圣母坦尼特、勇敢无畏的梅尔卡特、妙手仁心的伊斯蒙——一日之间，他们便从这个世界上销声匿迹。

城墙被推倒，整座城市被夷为平地，废墟上燃起熊熊大火，城郊肥沃的田野被撒了盐，一代以内，这样的土地上连杂草都不会生长。

围城开始时，一部分不在城里的人侥幸逃脱了这场灾难。我们逃离城郊的别墅和渔村，从海岸一路逃到干燥多石的内陆。罗马人宣布，一个迦太基人都不能放过。为围捕逃亡者，他们不但出动了军团，还征召了专门抓捕逃奴的退役士兵。

这就是费比乌斯除了刀剑还带着棍棒的原因。他们是猎手，我们是猎物。

◆

我们赤身裸体，锁成一串，背靠砂石悬崖。

那天清晨，我正是在这座悬崖顶上发现了罗马士兵的到来，并发出警报。放哨是年轻人的职责，只有强壮敏捷的年轻人才能爬上崎岖的山崖，用敏锐的双眼发现敌人的踪迹。我曾对这一职责深恶痛绝，因为得整整几小时待在山顶，向北盯着那条通往海边的宽阔峡谷，这实在乏味透顶。可老人们坚持说放哨一刻都不能松懈。

"他们会来的，"老马索喘着气，平静地说，"虽然一年多来，我们一直在东躲西藏，但罗马人从不轻易放弃。他们知道沙漠里的游牧民不肯帮助我们，他们知道我们虚弱不堪，他们知道我们没有吃的，武器少得可怜。他们会来抓我们，等他们来了，我们必须做好逃跑或是战斗的准备。永远不要觉得自己是安全的，永远不要奢望他们忘掉我们。他们会来的。"

他们的确来了。我值班的时间是晚上。我没睡觉,我从不粗疏大意,一直紧盯着北方,留意马索警告过的信号——像火蛇般沿峡谷游来的火把,或是远处月光下金属的反光。但那天晚上没有月亮,在绝对的黑暗中,罗马人突然出现。

我先是听见了他们的声音。天还没大亮,夏夜里干燥的风吹过峡谷,我听见风中似乎夹带飘渺的蹄声。我本该在怀疑危险逼近的第一时间发出警报,就像马索一直教导的那样;可是透过浓重的黑暗,我什么都没有看见。于是我保持沉默,继续观察。

黎明来得很快。太阳从东方参差不齐的山峰中探出头来,琥珀色晨雾照亮了西边破碎的大地。我还是什么都没看见。但突然间,我听见如雷的蹄声。我低下头,悬崖下已出现了一支全副武装的军队。

我大叫一声,山脚下老马索和其他人便从夜间藏身的岩缝里冲了出来。他们和罗马人中间还隔着一条矮矮的山脊,但罗马人马上就会攀过山脊,出现在他们头顶。他们抬头看着我,罗马军队领头的骑手也看见了我。他只穿着轻甲,没戴头盔。就算隔着这么远,就算拂晓的光线仍很朦胧,我还是看见了他脸上的伤疤。

罗马人成群结队涌过山脊,看起来那么渺小,好像在我的手掌上一样。我们的人四散奔逃,然后我听见远处传来他们痛苦的喊叫。

我沿着崎岖的小道,拼尽全力冲下去,往下滑时手和膝盖都磨得生疼。快到山脚,我碰上了马索。他把一个东西塞进了我右手——一把精致的银匕首,柄上嵌着梅尔卡特的雕像,这是我们为数不多的金属武器之一。

"汉索,快跑!要是你、逃得掉的话!"他喘着气说,他身后传来罗马士兵野蛮的呼号。

"可是女人和孩子……"我低声说。

"都藏好了。"马索说。他的目光扫向悬崖对面岩石中一条狭窄的缝隙。从大多数角度看去,都完全不可能发现那条岩缝,它通往一个大山洞,老人和未婚的女人全睡在里面。警报一发出,他们就把孩子和孩子们的母亲一起送去藏了起来。马索提前计划好了遇袭后我们的反应,若不能一起逃走,那就只留最强壮的人来抵抗,其他人藏进山洞。

战斗非常短暂,几分钟内罗马人就把我们打垮了。然后他们有所保留,企图把我们抓住而不是杀掉。我们竭力抵抗,但毫无希望。双方的差距十分悬殊。我们恐惧不已,像无头苍蝇般四处乱转,大叫大嚷。有人被棍棒击倒在地,有人像陷阱中的困兽般左冲右突。我看见那个脸上有疤的高个子厉声下令,于是我朝他冲去。我举起匕首,高高跃起,有一瞬间我觉得自己快飞起来了。我的目标本来是人,但他的坐骑突然转向,我只扎到马脖子。马儿痛嘶一声,人立而起,鲜血四溅。骑手俯视着我,嘴边拧出一个可怕的怪笑。一阵风吹开他脸上乱蓬蓬的头发,我看见了那道完整的伤疤,从前额一直延伸到下颌。我看见了他那双野蛮而可怕的眼睛。

他举起手里的木棍。然后是星星,和黑暗。

◆

他们把我们锁起来,让我们背靠悬崖站成一排时,我的头还在"嗡嗡"作响。背后的石头被正午的阳光晒得暖洋洋的,我的鼻孔被烟尘呛得有些发痒。罗马人找到了我们睡觉的地方,搜出少得可怜的食物和衣服。所有东西都被他们付之一炬。

现在他们骑在马上的样子很轻松,彼此开着玩笑,但对我们的看守毫不松懈。他们把长矛兜在肘弯里,对着我们的喉咙。有时罗马人会突然用长矛指向自己负责看管的俘虏,戳戳他的胸口或脖子,眼看毫无防备的俘虏吓得发抖,他们哈哈大笑。他们人比我们多,所以每个俘虏有三个罗马人看管。马索总是警告,他们的人数肯定会有压倒性的优势。我觉得要是我们的人再多点就好了,然后我马上想起我们的抵抗多么徒劳无力。就算把整个沙漠里零散的迦太基人全聚到一块儿,也打不过这些猎奴者。

罗马人退后几步,队列左边,他们的头儿骑马出现。马索脖子上系着根绳子,被牵在他的马后。和其他人一样,老人也赤身裸体,手反绑在身后,我耻辱地低下了头。这次我没看那个罗马人的脸庞,但他的马蹄声仍敲在我心上。

他走到队列尽头,拨马转身,然后我听见了他的声音,尖锐刺耳。他的迦太基语说得不错,却带着难听的拉丁口音。

"二十五个!"他宣布,"为了罗马的荣耀,今天我们抓住二十五个迦太基男人!"

罗马士兵用矛杆跺着石头地面,高喊他的名字:"费比乌斯!费比乌斯!费比乌斯!"

我吓了一跳,抬起了头。他正看着我。我马上又低下头。

"你!"他大喊。我抖了一下,差点抬起头来。但我从眼角瞥见他猛拉一下绳子——他叫的是马索,"看来你是他们的头,老头儿。"

费比乌斯缓缓绕着手上的绳子,绳子越拉越短,马索被他越拉越近,一直凑到他的脚趾头边上。"二十五个男人,"他说,"一个女人、一个小孩都没有,老人也只有你一个。其他人去哪儿了?"

马索一言不发,脖子上的绳子拉得更紧,他开始窒息。马索挑衅地瞪着敌人,嘴唇向后一缩,啐了一口。俘虏们纷纷倒抽了一口气。费比乌斯微笑着擦去脸上的唾沫,轻轻弹到马索脸上。马索缩了一下。

"很好，老头。逃亡者不需要领头的了，我们也不需要你这么个老废物。"罗马人"铛"一声拔刀出鞘，举过头顶，阳光下金属闪着寒光。我闭上了眼睛，本能地试图捂住耳朵，可我的手被绑得紧紧的。我听见刺耳的砍劈声，然后马索的头落在地上，发出沉闷的声响。

俘虏群中爆发出一阵哭号和呻吟，我听见右手边有人低声说："开始了。"说话的是里诺——他知道猎奴者的套路，因为他曾被抓住又逃了出来，但他的家人都没能幸免。里诺比我还年轻一点，但在那一刻，他看起来就像个老头。他被绑起来的身子一下子萎顿在地，脸色变得苍白黯淡。我们的视线撞到一起，我先转开了，他眼里的痛苦让人难以忍受。

里诺是几个月前加入我们的，当时他瘦弱不堪，几乎和现在一样赤身裸体，身上全是太阳晒出的水疱。他说的迦太基语十分粗鲁，和我们这些城里人柔和的口音截然不同。里诺一家原是牧羊人，在迦太基城外丘陵中放牧羊群。罗马人包围迦太基时发过安民告示，所以他们以为自己是安全的；只是后来，罗马人迁怒于平民，远在乡下的牧羊人和农民也未能幸免。里诺的部族逃进沙漠，但罗马人一路追杀。很多人送了命，剩下的被抓住了，其中就有里诺。在被押送前往海滨的路上，里诺设法逃了出去，然后他遇到了我们。

有人坚决不肯接受里诺，因为他正被罗马人追捕，也许罗马人会跟着他的踪迹找到我们。"他不是我们的人，"他们说，"让他自己找个地方藏吧。"但马索坚持要我们接纳里诺，他说，从罗马人手里逃出来的年轻人也许知道什么有价值的事情。随着时间流逝，里诺没有引来罗马人，那些原本想要把他赶走的人便也接受了他的存在。但关于被俘期间的经历，他一直绝口不提。里诺很少说话，虽然和我们住在一起，却像个外人一样保持着距离。

我感觉里诺看着我又低声说了一句:"和上次一样。同一个领头的,费比乌斯。先杀带队的老人,然后——"

他的声音被"嗒嗒"的蹄声淹没,费比乌斯策马飞奔到队伍另一头,转身命俘虏集合整队,然后一个个检查。

"这家伙的腿伤得太重,他走不完这段路。"

两个罗马人跳下马解开伤者的枷锁,把他领走了。

"耻辱啊,"费比乌斯慢慢踱步,"那个很壮,好奴隶苗子。"他又停了一下,"这个太老,没人会要的,不值得浪费食物。这个——看见他白痴的眼神和嘴巴上的口水了吗?这是个傻子,近亲交配的迦太基人经常养出这种傻子。废物!"

罗马人把提到的人从队伍里拉了出去,重新锁上链子。我被拉得歪了下身子,连带里诺也打个趔趄。

筛选出的俘虏被带到一块大石头后面。他们的死只发出了一点点响动——像是呻吟,像是叹息,又像是垂死的挣扎。

费比乌斯继续检查队列,这个野兽般的男人终于走到我面前,他的影子遮住了太阳。我咬住嘴唇,祈祷他的影子赶紧继续移动。

最后我终于抬起头来。

他乱蓬蓬的金发在阳光下闪出炫目的光晕,令我看不清他的脸。"这个人嘛,"他声音里带着冷酷的笑意,"这个人战斗中砍死了我的马。在这群懦夫里面,他是最好的战士,虽然他还几乎是个孩子。"他举起长矛,戳了戳我的肋骨,皮肤被划破了,但没怎么流血,"精神点儿,小孩!还是说我们把你吓破胆了?跟那老头儿学学,你连吐口水都不会吗?"

我看着他,一动不动——这并非出于勇敢,虽然看起来也许有点像,实际上我吓得浑身都僵了。

他拿出一把银匕首,正是我捅进马脖子的那把。上面的血已被擦掉,刀锋在阳光下闪闪发亮。

"这玩意儿做工很好,柄上的赫拉克勒斯①雕得不错。"

"那不是赫拉克勒斯,"我低声说,"是梅尔卡特!"

他笑起来。"没有梅尔卡特了,小孩!梅尔卡特已经不复存在,你懂吗?你们的神都走了,永远不会回来了。这上面雕的是赫拉克勒斯,我们罗马人这么叫他,从现在开始,全世界也只知道这个名字,直到永远。我们的神比你们的强大,所以现在我骑马,而你赤身裸体被锁在这里。"

我浑身颤抖,脸也红了。我闭上眼睛,努力忍住泪水。费比乌斯"咯咯"笑着,继续往前走,可是刚走出几步,他又猛地勒住坐骑。他低头看着里诺,里诺却没有抬头。过了好一会儿——比盯着我看的时间还长——费比乌斯才继续向前,他一个字都没说。

"他记得我,"里诺的声音小极了,简直像在自言自语。他抖如筛糠,通过脖子上的链子传了过来,"他记得我!一切都会重现……"

又挑出两名俘虏后,巡查结束了,费比乌斯骑马跑回中央。"好吧,那么——女人去哪里了?"他平静地问。没人回答。他举起长矛,猛地掷向我们头顶的岩壁,岩壁发出轰然巨响,碎石纷纷落下。每个俘虏脸上的肌肉都惊得跳动了一下。

"她们在哪里?"费比乌斯咆哮道,"一个女人比你们这些没用的懦夫加起来都值钱!你们把女人藏哪儿了?"

没人说话。

我的视线越过费比乌斯,投向对面那条通往山洞的岩缝,然后又迅速地转开。我担心他会看见我的眼神,发现我心里的秘密。费比乌斯在马背上弯弯腰,抱起双臂。"明早出发之前,总有一个人会告诉我。"

---

①希腊、罗马神话中的大力神。

II

那天晚上我们被链子锁在一起，睡在夜空下。夜里很冷，罗马人自顾自点了一堆篝火，缩在毯子下面，却没给我们任何取暖的东西。他们睡觉时也留了看守的哨兵。

那天夜里，我们一个个被带出去，不久又送了回来。当第一个人被送回来，第二个人被带走以后，有人低声问："他们怎么对你了？你说了吗？"说话的人被哨兵用长矛狠狠戳了一下，于是我们都闭上了嘴巴。

后来，他们带走了里诺，接下来就是我了。我不停给自己打气，准备面对接下来的严刑拷打，可里诺一直没有回来。想象中的恐惧折磨着我，很快弄得我筋疲力尽，好不容易鼓起的勇气悄悄溜走了。他们来找我时，我都快睡着了，完全没注意到里诺还是没回来。

罗马人带我翻过山脊，穿过迷宫似的巨石阵，来到费比乌斯扎营的空地上。绿帐篷里透出一道柔和的光线。

帐篷里是另一个世界，罗马人在行程中随身带着这个世界。脚下是厚厚的地毯，精致的三脚架上摆着狮鹫头形状的灯。费比乌斯卸下武器和盔甲，穿着漂亮的刺绣袍子，倚在一张矮榻上，手握盛满美酒的银杯。他笑了。

"啊，是那个有种的。"他招招手，卫兵向前推了我一把，逼我跪下，把我的脖子拉到矮榻脚下安装的枷铐上。铁枷在我颈后合起来，我的头被锁住了。

"我猜你一定会说：'女人？孩子？根本没有女人和孩子，只有我们这些男人！你杀掉了我们敬爱的老首领，剔除了我们的弱者，你还想怎样？'"他把银杯举到唇边，然后俯身啐在我脸上，酒灼痛了我的眼睛。

他的声音坚定而冷酷,因为嘴里含着酒,稍稍有点含混。"我不蠢,小孩。我生来是罗马贵族,曾是军团里一名光荣的百夫长,直到……直到出了点小问题。现在,我负责追捕逃奴,这活儿不怎么光荣,不过我他妈干得很好。"

"我不是奴隶。"我低声说。

他笑了。"就算你生下来不是奴隶,可你是个迦太基人,我了解你们迦太基人。你们的男人十分软弱,不可能丢下妇孺。你们总是成群结队逃到沙漠里,拖着那些老骨头和婴儿。你们在荒野里过的是什么日子?你该感谢我们终于来了!苦哈哈地熬了多时,就算奴隶过的日子在你们现在看来也应该和天堂差不多。你叫什么,小孩?"

我咽了口口水。枷锁紧紧勒着我的喉咙,令这个动作格外艰难。"汉索。还有,我不是小孩。"

"汉索。"他撇了撇上唇,"很普通的迦太基名字。不过我记得今天早上你在战场上那股劲头,我很好奇,你的血管里是不是流着点罗马人的血。我爷爷经常吹嘘他在西班牙跟你们的殖民者打仗时上过多少迦太基女人。能用费比乌斯家的种子改良一下你们这些孬种的品质,他自豪得很呐!"

我想朝他吐口水,可枷锁紧紧勒着我的喉咙,我做不到。

"你说你不是小孩?那就接受点男人的考验。现在,告诉我:女人藏在哪里?"

我没有回答。他举手对我背后的人做了个手势,我听见"嗖"的一声,背上立刻火辣辣地燃烧起来。鞭子灼痛了我的血肉,然后像条大蛇一样从我肩上溜走。

我从没感受过这样的疼痛。听说罗马人会用拳头教育孩子,但我小时候没挨过打。疼痛让我脑子里一片空白。

费比乌斯似乎很享受这样的刑罚,鞭子一下接一下落在我背上，他轻笑着，重复那个问题。我背上疼得像火烧，我对自己说，我决不会哭泣，也不会喊叫，可我很快就控制不住自己的嘴巴了，我啜泣起来。

费比乌斯俯身看着我，抬起一边眉毛。我唯一能看见的是那条可怕的伤疤。"你很坚强，"他点点头，"和我想的一样。那么，你是不会告诉我女人藏在哪里了？"

我想到了马索，想到他定下的无数计划，想到我晚发了警报，害苦了大家。我颤抖着深吸一口气，吐出一句："永远不会。"

费比乌斯呷了口酒，说话时几滴酒从嘴角淌下。"如你所愿。无所谓，我们已经知道他们藏在哪儿了。现在，我的人正忙着把他们赶出来呢。"

我不敢相信地抬起头，他眼里冷酷的笑意告诉我，他说的是真的。我的牙齿格格发抖，"你怎么会知道？谁说的？"

费比乌斯拍了拍手，"出来吧，小鹰。"

里诺从一扇屏风后出现了。他的手被解开了，脖子上也没枷锁，身上穿着和费比乌斯一样的刺绣袍子，但他脸上满是恐惧。他在发抖。他甚至不敢看我。

行鞭刑的卫兵松开枷锁，把我拉了起来。如果不是我的手还被绑在背后，我一定会当场勒死里诺。可是我不能，我只好像马索一样啐了他一口。唾沫黏在里诺脸上，他抬手打算擦掉，但旋即放下了胳膊。我想，他知道自己活该。

"克制点儿，"费比乌斯说，"毕竟你们还有一整晚时间亲密接触，消除隔阂。"

里诺抬起头，眼里满是恐慌。"不！你答应过我！"他尖叫起来，奋力挣扎，可在罗马人面前他毫无还手之力。罗马人剥下他身上的袍子，把他的手扭到背后，又往他脖子套上枷锁。他们用铁链锁住我们俩，押我们出帐篷。

我听见身后费比乌斯哈哈大笑。"睡个好觉!"他大声说,"明天,'试炼'①就要开始了!"

我们跌跌撞撞离开营地,罗马人正从秘密山洞里把新的俘虏驱赶出来。场面一团混乱——摇晃的火炬和影子,孩子在尖叫,母亲在哭号,到处都能听见长矛的"咔咔"声,罗马人的呵斥声。在这一片混乱中,我最后的族人也沦为了俘虏。

◆

篝火快熄灭了。大部分罗马人忙着驱赶新俘虏,留下来的几个守卫懒洋洋地打着盹儿,反正我们脖子上都套着锁链。

我背朝里诺躺在地上,看着篝火,盼望自己能赶紧睡着,这样就感觉不到鞭痕的疼痛了。我听见里诺在背后轻声说:"你不明白,汉索,你不会明白的。"

我转头看了他一眼。"我明白,里诺,你背叛了我们。这对你来说根本不重要吧?我们又不是你的族人。你是个外人,一直都是。可在你饥寒交迫、赤身裸体时,是我们收容了你,你欠我们。我发誓,一旦我的双手得到自由,我一定会杀了你。为了马索。"我差点哭了出来,又硬生生把喉咙里的呜咽吞了回去。

过了很久很久,里诺又开口了:"你背上在流血,汉索。"

我转身对着他,背上的伤口疼得我缩了一下。"那你呢?"我嘶声道,"给我看看你的伤口,里诺!"

他迟疑了一下,然后转过身去。他背上血迹斑斑,落在他身上的鞭子比落在我身上的更无情。他又转回身,将灭的篝火照亮了他憔悴苍白的面孔,一瞬间,我的怒火平息了一点。然后我想到了马

---

①原文为拉丁文。

索和那些妇女。"那又怎样？那些野兽打了你，可我们都挨了打，这儿的每个人都带着伤。"

"你觉得只有我一个人说出了他们藏身的地方？"他的声音陡然尖锐起来，一个守卫在梦中喃喃说了句什么。

"你什么意思？"我低声说。

"汉索，你什么都没说。我知道，因为当时我一直听着。鞭子每次落在你身上，我都会打个哆嗦，最后你拒绝了他，我觉得……我觉得自己好像重新活了过来。可其他人呢？你凭什么觉得他们没说？现在，也许有的人睡着了，也许有人醒着，吓得不敢说话，因为感到羞愧。这里所有的人里面，也许只有你守住了马索的秘密。"

我沉默了很长时间，真希望自己没听见他这番话。他又开始小声说话时，我恨不得捂上自己的耳朵。

"汉索，这就是他们的手段。罗马人的手段，目的是分化我们。他们把我们每个人孤立起来，让我们独自承受不幸，让我们为自己的软弱而羞愧，在我们之间播下怀疑的种子。费比乌斯总是对俘虏玩各种花样，每个把戏都有其目的。去海边的路很长，他一定会把我们捏在掌心，每一天都会出点新招来摧残我们，等到旅程结束那天，我们会变成拍卖场上的好奴隶。"

我思考着他的话。马索是对的。我们所有人中只有里诺了解罗马猎奴者的手段。要是我想活下去，里诺也许能提供帮助。也许我应该向他学习——虽然我还是痛恨他做过的事。

"费比乌斯提到'试炼'什么的。"我低声说。

里诺叹口气。"那是拉丁语，意思是测验、考察、严酷的折磨。现在的情况下，试炼说的就是穿越荒原的这段路。试炼将把自由人变成奴隶，试炼明天就开始了。他们会把男人锁成一串，让我们赤裸着上路。妇女和孩子只绑住手，像放羊一样驱赶着走。傍晚我们会走到岔路口,到时妇女和孩子会和我们分开,一部分罗马人带他们走一条更短、更好走的路去海边另一个目的地;男人则一路沿峡谷走下去,海边有奴隶船等着我们。"

"他们为什么要把男人和女人分开?"

"我觉得是因为费比乌斯不想伤害女人,要让她们保持柔弱的品性,所以让女人走比较好走的路;可是对男人,他想的是考验和锤炼,所以他打算驱赶我们徒步穿越沙漠,走不动的就留下来等死。到达终点时,幸存者会比出发时更强壮,对费比乌斯和他的手下来说,强壮的奴隶值一大笔钱。试炼就是这意思。"

他的语气如此冷静,像是在解释燧石或是滑轮的工作原理,可火光照到他脸上,我看见他眼里流露出因回忆而生的痛苦。我费了很大劲才保持住对他的痛恨,好让我的声音像他的一样平静而冷漠。"费比乌斯叫你小鹰,那是什么意思?"

里诺深吸一口气,把面孔藏进阴影里。"他在撒谎,他那么叫我无非是为了表现自己的冷酷。"里诺的声音有一丝颤抖,他在瑟瑟发抖,"好吧,我告诉你——放在从前,我根本不会说出来,因为我像个傻瓜一样希望一切都过去,而我再也不用面对此事——试炼一开始,费比乌斯会从奴隶里挑出两个人,一个专门受罚,一个专门领奖。鹰与兔。这两个人是他为其他奴隶树立的榜样,他们用这样的手段蒙蔽我们的头脑,让我们因恐惧而羞愧,因诱惑而产生希望。他会把'鹰'抬举到其他俘虏头顶上,让鹰吃好穿好,像待自己人一样待他,用自由的承诺诱惑他,看能不能由此让这个人站到其他人的对立面。"他陷入沉默。

"那兔呢?"

里诺没有说话。

"兔子怎么说,里诺,告诉我!"

"兔子的命运大不一样。"他声音干涩,毫无生气。我突然理解了,不禁打了个寒战。

"上一次,"我低声说,"费比乌斯抓住你族人的时候——你是那只兔子。"

他没有回答。

我叹了口气。"而今晚,在那间帐篷里,费比乌斯答应让你做鹰。所以你告诉了他妇女藏身的地方。"

里诺点点头,啜泣起来。

"可你从他手里逃过,里诺。上次你逃跑了。这次我们也可以。"

里诺摇摇头,他的声音因哽咽而断断续续,我几乎听不明白。"不会有第二次。我打败了他,汉索,你明白吗?我逃跑了,所以那场游戏里他是输家。你觉得他会让我再赢一次吗?不可能!就在他一个个巡视我们时,就在他从人群里认出我来时,他就决定了这次的兔子是谁。"

"我懂了。可如果他挑了你当兔子,那谁是鹰?"

里诺抬起头,篝火照在他脸上,泪水从他脸颊边滑过。他用一种奇怪的眼神看着我,有悲哀,有愤怒,也有惊讶。

当时我并不明白。

III

早晨,罗马人给我们每个人吃了满满一勺粥,然后带我们去妇孺那边。老人都不见了,费比乌斯没说他把那些人怎样了,但山脊后的空地上方已有秃鹰盘旋。

他们驱赶我们走过碎石遍地的山麓,沿崎岖盘旋的小道前进。我们走得很慢,好让孩子们跟上,但骑在马上的罗马人甩着鞭子,呵斥我们保持队形,抽打走得慢的人,恐吓孩子,不准他们哭。

太阳下山时，我们走到丘陵里的岔路口，妇女和孩子被赶往另一个方向。罗马人不准我们道别，哪怕偷偷瞥一眼都会招来鞭子。那天晚上我们排成一行睡在露天，脖子上的锁链扣栽进地里的铁桩上。罗马人自己扎了帐篷，后来他们带走了里诺。一整晚我都听见他们的歌声和笑声，费比乌斯的笑声比谁都响。

天亮前里诺回来了，锁链的"叮叮"声惊醒了我，里诺不停地发抖。我问他发生了什么，他深深地埋下头，没有回答。

第二天我们从丘陵地走进长长的峡谷。两旁山峰越来越远，最后头顶只剩下枯燥的蓝天。植物越来越稀少，脚下焦干的大地慢慢变成一大片满布沙尘的白石，除此以外别无他物，像是被一把巨大的铁锤砸过一样。

在这片旷野中央，我们竟发现了一条蜿蜒向北的小河，小河又深又宽，两旁的河岸陡峭，根本没法跳过去。

太阳火辣辣地晒着我赤裸的肩膀，虽然河流就在咫尺之外——我们听见水流拍打河岸的声音——但罗马人只在清晨和傍晚给我们水喝。我们渴极了，河水"哗啦啦"地响着，浪花闪烁着光芒，简直能把人逼疯。

那天下午，费比乌斯骑马走到我身旁，给我水喝。他在马背上弯下腰，把自己的水壶递到我唇边。我抬起头，看见他露出微笑。我感觉到背后里诺的目光。可当壶嘴塞进我嘴里，我没有拒绝。清凉的水灌满了我的嘴巴，我来不及吞下去，水流得满下巴都是。

那天晚上我得到了额外的一份粥。其他人注意到我的待遇，窃窃私语起来，罗马人"噼啪"甩着鞭子，叫他们安静。

所有人都睡着以后，里诺又被带去费比乌斯的帐篷，他很久都没有回来。

第三天，试炼迎来第一位牺牲品：格博，我的舅舅。我的第一副弓箭就是格博舅舅送的，那时我还没成年人的膝盖高，他教我在迦太基城外的山林里猎鹿，给我讲狄多女王和她的兄弟提尔王皮格马利翁的传说。格博舅舅教我在祈祷时赞颂伟大的汉尼拔，虽然汉尼拔没能征服罗马，最终在流亡中郁郁而逝。中午时分，格博舅舅开始大叫大嚷，然后一头扑进河里，队伍中和他锁在一起的人也被拖了过去。罗马人立刻发现了这边的动静，他们用长矛逼着格博归队，可他拼命挣扎叫嚷，并一头撞上锋利的矛尖。

费比乌斯翻身下马，把格博从铁链上解下，然后把他的尸身从高高的河岸上抛进水里。由于脖子上套着沉重的铁枷，格博舅舅一定像块石头一样沉了下去。"扑通"一声，然后一片寂静，我听见干燥的北风吹过沙地的呜咽。没有哪个俘虏出声，我们受的打击太大，说不出话来，我们的眼睛太干，也流不出泪。

"受不了口渴的人就是这个下场。"费比乌斯说。

也就在那天，费比乌斯正式将我和其他人区别开来。在此之前，他的关怀只是给我额外的水和食物，但是那天，当太阳升到头顶，最强壮的俘虏在酷热下也开始踉跄的时候，费比乌斯将我从队伍里提了出去。

"你骑过马吗？"他问。

"没有。"我回答。

"那我教你。"他说。

连在我脖子上的铁链被解开了，我的双手也被松开后重新绑到身前，他们给我肩上披了件薄袍子，把我送到一匹黑马背上。马笼头上拴了两套缰绳，一套系在费比乌斯的马鞍上，一套塞到我手里。罗马人给我脖子上挂了个水囊，这样我想喝水就能喝到。我知道其他人嫉妒而困惑地看着我，但我的腿累得走不动路，我的喉咙干得冒火，我的肩膀被太阳晒得起了疱。我没法拒绝他的关怀。

费比乌斯和我并肩策马而行，他简洁地教我认识挽具和马鞍的各个部分，告诉我骑马的技巧。刚骑到马背上我有点害怕，生怕被甩到地上；不过队伍前进得很慢，很快我就自在起来。我还感受到一种奇怪的骄傲：坐在离地这么高的地方，毫不费力地前进，如此强壮的马儿驯服地被我骑在胯下。

那天晚上，我被单独锁在一边，有一条草垫子可以睡，想要多少吃喝就能得到多少。入睡时，我听见别人窃窃私语。他们会不会觉得出卖妇女的是我，所以我得到了奖赏？白天那么热，肚子又填得满满的，我实在太困了，顾不上他们的议论。晚上我睡得很好，甚至没注意到里诺是什么时候被带走的。

日子一天又一天过去，对我来说，旅程漫长而劳累，不过还能忍受。我不满的只是屁股和大腿被磨得生疼，那是因为我还没习惯马鞍。

可对别人来说就不一样了。日复一日，我看见他们越来越绝望。里诺受的折磨最多，他被移到了队伍最前面，前进的快慢由他控制。罗马人像黄蜂一样围在他身旁，不停用鞭子抽打催他快走。队伍里面不管有谁开始摇晃，他脖子上的铁枷都会被链子扯到，所以他脖子上满是水疱和瘀伤。我尽量不去看他。

"你和别人不一样，汉索。"有一天，费比乌斯骑马和我并肩而行时说，"看看他们。试炼不会改变一个人，只会暴露其本性。看看他们有多软弱，他们走得跌跌撞撞，连路都不看，他们的脑子像沙漠一样空旷。不管他们彼此许下多少多愁善感的诺言，实际上他们之间根本没有什么兄弟情谊和荣耀。看看他们，你推我挤，走错一步就大吼大叫，彼此指责。"

他说的是真的。锁成一串的俘虏经常拽到其他人，勒住别人的喉咙，而队伍一停下来就会招来头顶的鞭子。人们心中满是愤怒、恐惧和绝望，他们没法向罗马人还手，只好把怒火对彼此发泄。现在，罗马人拉开打架的俘虏花的时间和驱赶他们前进花的时间一样多。我骑在马背上，居高临下看着这群俘虏，几乎看不出他们的人样。他们的头发纠缠打结，皮肤被太阳晒得漆黑，前一刻还狰狞地咆哮，下一刻就畏缩怯懦，简直是群野兽。

"你和他们不一样，汉索，"费比乌斯靠过来，低声说，"他们是兔子，只知道躲在洞里发抖，提心吊胆地嗅着空气里危险的气息，生存的唯一目的就是交配后被抓。而你，汉索，你是一头雄鹰，强壮而骄傲，你生来是为了在他们头顶飞翔。第一眼看见你我就知道，你握着匕首朝我扑来。你是这群人中唯一的勇士。你和他们毫无共同点，不是吗？"

我低头看着那群形容憔悴的俘虏，没有回答。

随着试炼继续，我对其他人的苦难越来越麻木。晚上睡觉时我脖子上仍套着铁链，但罗马人开始让我在费比乌斯的帐篷里和他们一起吃晚餐。我喝着他们的酒，听着他们在远方打仗的故事。罗马人杀过不少人，而且他们为此自豪，因为他们为之作战的是世界上最伟大的城市。

罗马！谈到这座城市，他们的眼睛立刻亮了起来。伟大的神庙里，他们敬奉名字古怪的神祇——朱庇特、米涅瓦、维纳斯，以及最受尊崇的战神玛尔斯。玛尔斯宠爱罗马人，指引他们走向一个又一个胜利。宽阔的市场上，他们拿薪水购买来自世界各地的奢华享受。大斗兽场里，他们成千上万地聚集在一起，为世界上最快的战车御者欢呼。竞技场上，他们观赏来自世界各地的奴隶和俘虏作殊死搏斗。豪华的公共浴室中，他们放松因战争而疲惫的肌肉，观赏裸体的运动员竞技，享受闲暇时光。郊外的客栈、斯巴鲁（这个地方臭名昭著，连我都听说过）的妓院里，柔顺的奴隶会满足他们的任何情欲需求。

我开始意识到，我们在沙漠里逃亡的生活是多么狭隘、可悲。那时我们心里满是恐惧和绝望，带着对一个永远逝去的城市的记忆东躲西藏。现在，迦太基已成回忆，罗马成为世界上绝无仅有的最伟大的城市，她的兵团正昂首东顾，征服新的领地，而罗马必将随之变得更加伟大。对奴隶们来说，罗马不是个好地方，可对她治下的自由公民而言，她提供了无数通往财富和享乐的机遇。

每天晚上，罗马人领着恋恋不舍的我离开凉爽舒适的帐篷时，里诺都会被带进去。只消一瞥，我便能看见他眼里的恐惧，这时我总是转过头。在我离开之后，他们在帐篷里对里诺做了什么，我不想知道。

IV

试炼开始后第十四天，里诺逃跑了。

空旷的沙漠渐渐消失，代之以低矮的小山，山上长着稀疏的野草，偶尔有矮树点缀。两旁的大山开始收拢，在遥远的北方，它们几乎碰到一起，只留一条狭窄的小路通往山后的海岸。远方，小河流过狭窄的通路，汇入一片朦胧的绿色。越过峡谷峭壁，我隐约看到了海水的反光，朝阳映照下，大海闪着星星点点的银光。

我先是从俘房的窃窃私语中得知里诺的逃亡。天亮了，他却没从帐篷那边回来，人群兴奋地议论起来。他们嘶哑的嗓音里又有了从试炼开始以来就已消失的生气。俘房们低声交谈，满怀希望，似乎里诺的逃亡往他们破碎的灵魂里又注入了一点人性。

"他说过他会逃走，"一个俘房低声说，"他做到了！"

"可他怎么逃掉的？"

"以前他逃过一次——"

"他一定逃走了，要不是还在帐篷里，或是终于被罗马人残酷的游戏弄死了……"

罗马人来找我。我走过俘房群，听见他们嘴里咕哝着"叛徒"，然后朝草丛吐口水。

我在帐篷里环顾一圈，只见面孔熟悉的罗马人忙碌着早上的准备工作。那么俘虏们说的是真的，在昨夜漫长的欢宴中，里诺确实设法逃跑了。

一个罗马人往我肩上披了件薄袍子，解开我的双手。突然我产生了很糟糕的预感，也许他们会让我代替里诺。

但他们只在我面前放了双马靴，还有一件士兵的上衣、一套青铜盔甲——和他们身上穿的制服一样。他们递给我一个褡裢，并打开给我看里面的东西：一段绳子、一条鞭子、一个水囊、一大堆食物，还有一把银匕首——正是马索给我的那把，柄上雕着梅尔卡特——最后，他们在这堆东西上面放了一杆长矛。

我转头看着费比乌斯，他正倚在榻上吃早饭。费比乌斯微笑着看我，我的惊惶让他觉得好笑。他冲我面前的东西比个手势。

"这是你执行任务的补给。"

我沉默地看着他。

"兔子跑了，孩子。你没听说吗？现在，你该回报我的慷慨了。"

"我不明白。"

费比乌斯咕哝着："试炼快结束了，再走一天就到海边。那儿有条船会把奴隶运往现在出价最高的地方。安提阿、亚历山大、马赛——鬼知道是哪儿。可我的一个俘虏逃跑了，他脖子上还套着铁链，跑不远。河是朝东流的，南边是沙漠，所以我猜他肯定往西边跑了，估计他觉得藏在小山里不错。我的手下人只要几个小时就能逮住他，不过我另有主张。你会替我找到他。"

"我？"

"你的马骑得不错了，他双手还反绑着，很容易逮住。要是太麻烦，就杀了他——我知道你做得到，我见过你作战——记得把脑袋带回来作证。"

我想着里诺受的折磨，想着别人叫我叛徒。然后我意识到，这也许是我逃跑的机会；费比乌斯看着我脸上闪过的一丝希望，摇了摇头。

"想都别想，孩子。是，你也许可以骑马带着食物逃向南边，但除非你走得过这片沙漠，路上也别碰到另一支罗马军队。别以为这身衣服就能瞒天过海，你的拉丁语太糟糕了。就算这回你真从我手里跑掉，我还是会抓住你的。也许我会花上一年，或者两年，但我一定会找到你。反正外面还有些迦太基人等着我去抓。我和我的手下一定会搜查每一条岩缝，翻遍每一块石头，逃亡的迦太基人越来越好抓了——他们越来越虚弱，越来越饥饿，士气越来越低落。敢于反抗的人越来越少，越来越多的人开始接受奴隶的命运。罗马的势力很大，汉索，她复仇的欲望永不熄灭。你永远逃不脱罗马的追捕，你永远逃不出我的手心。

"还有，我还没告诉你报酬。三天内带着那只兔子回来——或把他的头挑在你的长矛上带回来，我不在乎——那么等我们走到海边，我会给你自由，让你成为罗马公民。你很年轻，汉索，你有脑子。你的口音会拖后腿，不过就算如此，有了自由民身份，凭借年轻人的强壮身体，再加上一点冷酷，你在罗马会走得很远。想一想，然后再做决定。"

我看着脚下闪亮的靴子、长矛、鞭子、绳套、雕着梅尔卡特的匕首——或者说赫拉克勒斯，费比乌斯会这么叫——想到了里诺。来到我们中间时，他是个陌生人，是个外人，他出卖过我们的妇女，即便我不亲手抓他回来，他唯一的结局也是被又一次抓住，经受第三次试炼。归根到底，我欠过里诺什么？

"要是你骗我呢？"我说，"我凭什么信你？你骗过里诺——你骗他说让他做鹰，不是吗？可实际上你让他做了兔子。"

费比乌斯拔刀出鞘，马索就是死在这把刀下。他用刀尖在自己前臂上划了一道，然后举起手。"罗马人歃血为盟时绝不撒谎。以父神朱庇特和伟大的玛尔斯之名，我发誓谨守对你的承诺。"我看着他胳膊上那道浅浅的伤口，鲜血从里面涌出。我看着费比乌斯的眼睛，那双眼睛里没有戏谑，没有欺骗，只有崇高的荣耀，我知道他说的是真话。

V

我记得自己离开帐篷时那些俘虏的表情，他们看见我身上的行头，脸上满是震惊。我记得骑马离开营地时他们的嘲笑，然后罗马人的鞭子让他们闭上了嘴。我记得我转身向北眺望，透过山间小道，远处的大海闪着微光，像是阳光下的青金石。

找到里诺根本不需要三天，连两天都不用。他留下的痕迹很容易追踪。从他每一步跨出的距离、每一脚下去野草被碾碎的方式，我发现他起初跑得很快，很少停下休息。然后他的步子变小了，脚步也更重了。

这么快他就累了。

我追踪着地上的痕迹，走得很慢，因为我不确定自己的骑术能否纵马飞奔。太阳开始沉向西边地平线后，暮光中里诺的痕迹越来越难辨认。我加快了脚步，感到离他越来越近。

我登上一座小山，低头搜寻下面昏暗的峡谷。他一定是先发现了我；我眼角余光捕捉到他踉跄的身影，也听见了他身上锁链的声响，他正打算躲到一棵矮树后面。

我小心地靠近他，也许他设法解开了双手，也许他还有力气反抗。可当我看见他的时候，他赤身裸体靠在树上瑟瑟发抖，双手仍绑在身后，脸紧贴着树干，好像要钻进去一样。

我知道了，不会有反抗。

周围一片寂静，只听见马蹄踏过野草的"沙沙"声。随着我逼近，里诺抖得更厉害了，那一刻他看起来完全像是费比乌斯给他的名字——兔子，战战兢兢，吓得浑身瘫软。

他和我不一样，我想着，我什么都不欠他。在冲动的驱使下，我举起长矛，矛杆架在肘弯里，和那些罗马人的动作一样。我用矛尖戳了戳他的肩膀，他剧烈颤抖，令我体内涌起一阵奇妙的兴奋，那是权力带来的战栗。

"看着我。"我说。我用自己的声音冷酷地发号施令，把我自己吓了一跳。我从费比乌斯嘴里听见过这样的声音，它自有其权威，而里诺的反应——颤抖和畏缩——告诉我，我头一次试验就把握得很好。费比乌斯一定是第一眼就看出了我的潜力，我想着，他挑我做鹰真是一点没错，他把我和其他人区分开，就像矿工从沙子里淘出黄金。

如果面前不是里诺，这一刻我就会杀死猎物了。记忆的洪流一下子淹没了我，我想起第一次猎鹿的经历。格博舅舅教给我追猎的奥秘——然后我想起格博是怎么死的，他像块石头一样沉进河底。我想到马索，想到他那颗智慧的头颅被残忍地砍下，像甘蓝菜一样跌落在坚硬的地上。我咬紧牙关，按捺住心里的念头，又用长矛戳了戳里诺。

里诺停止颤抖，他从树干那边转过身，弯腰低头站到我脚下。"下手吧。"里诺低声说，他的声音又干又涩，"这回就让费比乌斯赢吧。"

我伸手去掏褡裢里的绳子。

"不！"里诺大叫一声，开始后退，"你不能把我活着带回去。你必须杀了我，汉索。反正你本来就想杀我，不是吗？我出卖妇女的那天晚上，你说你一有机会一定会杀了我。下手吧！费比乌斯没告诉过你带着我的头回去也一样吗？"

黑暗越来越浓重。他的眼睛闪亮。这双眼睛不属于一头猎物，而属于一个人。我身上的力量突然褪去，我知道我不能杀他。我开始给绳索打结，做出一个绳套。然后我停下来。

"你怎么知道费比乌斯跟我说了什么——你怎么知道我可以带着你的脑袋回去作证？"

里诺伤痕累累的肩膀靠着树干滑下去，那副肩膀曾经宽阔而倔强。"因为这是他的游戏规则。"

"可你怎么知道他跟我说的话？上回你当的是兔子——"

"不是。"

"但你告诉过我，那天晚上，你第一次跟我解释试炼——"

"那时你猜我是兔子。那些话是你说的，汉索，不是我。"里诺摇头叹息，"一年前费比乌斯抓住我的时候，我当的是鹰。现在你明白了吗？所有特权我都享用过：我被安置在马背上，我在他的帐篷里吃饭，听他们讲罗马的辉煌。最后，费比乌斯答应给我自由，派我出去追捕兔子——就像现在他派你出来一样。"

他的声音沉了下去。"我花了很长时间才找到你们。我避开罗马人，偷偷摸摸向南翻越山谷，靠吃草根和种子维生。马死了，有段时间加拉巴和我吃的是马肉——加拉巴就是那只兔子，他们派我去抓的人。后来加拉巴也死了——他太虚弱，浑身是伤，活不下去。这一切有什么用？我本该听从费比乌斯的命令，我本该做你现在要做的事。最后，不过如此。"

我脑子里乱成一团，根本无法思考。"可这次你真的跑了……"

里诺笑起来，然后他被自己呛住了，他的喉咙太干，不应该大笑。"我没见过你这么蠢的人，汉索。我的胳膊还绑在背后，周围全是罗马人，你觉得我能自己逃掉？半夜里，是费比乌斯用长矛把我逼出帐篷。兔子没有逃跑，是被迫逃命！为什么？因为这样你才能来抓我啊。兔子跑了，他们就放鹰来抓，等你把我的头挑在矛尖上返回营地，他就会赏你自由。他大概是这么说的吧。为什么不呢？他的目的已经达到，他把你变成了他的人，你证明了他信奉的一切都是真的。"

片刻前权力带来的兴奋已经无比遥远。"我不能杀你，里诺。"

里诺气得跺了跺脚，他把胳膊扭到一边，亮出手腕上的绳子。"那就放了我，我自己来。我会用你的刀子划开手腕，等我死了，你就把我的脑袋割下来。他永远不会知道。"

我摇摇头。"不。我可以放你走。我会告诉他我找不到你——"

"然后你就会和其他人一样被卖作奴隶，或者他会为你想出什么更厉害的惩罚。费比乌斯折磨人很在行，相信我，我知道。"

我拧着手里的绳子，看着自己做出的绳套，绳套里空无一物。"我们可以一起逃——"

"别傻了，汉索，他还是会抓到你，就像他又抓到了我一样。你想在下一次试炼中当兔子吗？想想吧，汉索。不，接受费比乌斯的条件吧。现在就杀了我！要不让我自己了断，如果你胆子不够大的话——如果宝贝小鹰觉得自己精致的爪子不适合干费比乌斯的脏活的话！"

暮色渐渐褪去，夜深了。半轮月亮悬在头顶，柔和的银光淡淡地洒在小山谷内。罗马人的篝火在山脊后透出红光，我看着那片朦胧的红光，时间似乎暂时停止，周围的世界全都消失不见，只有我一个人孤独地站在朦胧的山谷中。连里诺看起来都很遥远，而胯下的马似乎是雾气凝成。

我看见了多面水晶般的未来，每一面都映照出一个选择。杀了里诺；解开他的双手，看他自杀；转身放他逃跑，回去面对费比乌斯；我自己逃跑。可是水晶被迷雾笼罩，我看不清这些选择通向怎样的未来。

试炼把自由人变成奴隶，我们被俘的第一天晚上，里诺曾这样对我说。试炼给我带来了什么？我想到自己高高地骑在马背上，骄傲而自负，对其他俘虏不屑一顾，我的脸开始发烫。我想到自己找到在山谷里发抖的赤裸里诺的时候，身上涌起的力量，我终于知道费比乌斯对我做了什么。虽然里诺的双手被绑在身后，但我并不比他自由。我差点儿就和其他人一样成了奴隶，为费比乌斯的承诺所诱惑，屈服于他的意愿，加入他为了取乐而强迫我们入局的残酷游戏。

里诺玩过同一个游戏。他反抗过费比乌斯的暴行，远走高飞，就像一只真正的雄鹰，而不是关在笼子里的食腐乌鸦。费比乌斯想把他变成食腐乌鸦，现在同样的命运落到我头上。可最终，里诺还是失败了，我对自己说——然后我立刻觉察到这是自欺欺人，因为这不是里诺的结局，除非我如此选择。里诺曾面对同样的选择，费比乌斯像养鹰一样豢养他，然后放他出去追捕兔子加拉巴。里诺选择了自由，无论代价为何。我发现面前的选择其实只有两个：要么走里诺那条路；要么屈从于费比乌斯，听从他的改造。

我收回望向暗红色营火的目光，月光下里诺的脸庞像是一幅画，近得触手可及，却又如此遥远。我思绪纷乱。我记得我们被俘那天晚上，他从脸上擦去的泪水，我记得从那以后连绵不断的折磨让他的眉头紧皱。可现在，他的脸颊和额头沐浴在银色月光下，平静坦然。他眼睛闪亮，其中没有泪水，没有愤怒，没有痛苦，也没有愧疚。我看着这张自由人的脸庞，永不屈服，坚决反抗，沉着冷静，甘心赴死。

我脑子里的水晶旋转起来，我紧紧抓住它，看到了一丝希望——这丝希望来自里诺眼里的光芒。费比乌斯告诉我逃跑不可能,自由不过是俘虏们的白日梦,除了试炼别无出路,所有人都会被打造成和他一样冷酷无情的东西,否则就会被彻底碾碎。可是对于未来,费比乌斯知道的并不比我多——这世界上还有里诺这样的人,仍能鼓起勇气反抗他的暴虐。

罗马的权势不可能延续万年。曾经一度,人们也觉得迦太基不可战胜,她的统治永不会终结——但现在,迦太基已灰飞烟灭,只留下渐行渐远的记忆。有朝一日,罗马也会如此。谁说得清会不会有哪个国家崛起、取代罗马的地位?

我闭上眼睛。希望如此渺茫!我不会欺骗自己。我不会用一厢情愿的幻想来美化眼下严酷的抉择。叫我傻瓜好了。兔子还是鹰都好,但不要叫我费比乌斯的宠物。

于是我滑下马鞍,从刀鞘里拔出匕首。里诺转身露出手腕,我割开他手上沉重的束缚,他转身伸手来接匕首。

一瞬间,我俩同时握紧了刀柄,他的手指和我的手指在梅尔卡特的雕像上紧紧交缠。我盯着他的眼睛,看出他仍决心赴死,他还不知道我的抉择。我从他手中拽回刀柄,插回刀鞘,又上了马背。

突然间,一阵怀疑袭来,我打了个冷战,缰绳从手中滑出。为了让自己平静下来,我清点了一下费比乌斯给的补给。如果我们两人分着吃,三天口粮能撑多久?我低头看看身上的衣服,这是罗马士兵的制服,我立刻恶心得想把它扯下;可逃亡途中我需要它们提供保护。

里诺没动。一片云遮住了月亮,在他脸上投下阴影。他一动不动,仿佛石雕一般。"你在等什么?"我策马向前,对着身后的位置比了个手势,"够坐两个人。一人骑马一人走路只会拖慢速度。"

里诺摇摇头。"你比我想的还蠢。"但他的低语里没有恶意,而且他说话时头转向了另一边。这时他毫无防备——还是说他在给我最后一次背叛的机会?

"也许我比自己以为的要好一点。"我回答。里诺站了很久,然后他的肩膀抖动起来,他颤抖着深吸一口气。我别开脸,不去看他擦泪。"快点,"我说,"前面路很长,不好走。"

我感觉到里诺爬上马鞍,坐到我背后,我感觉到他身体的颤抖,然后我策马穿过山谷,朝山顶跑去。我们在山顶停留片刻,望向东方。黑暗中罗马人的篝火看起来小了一些,却仍很清晰。前方河水闪闪发亮,在月光下就像是一条狭窄的黑色大理石带子。在遥远的北边,透过山间小道,我能看见那片黑色大理石般的海洋。

我凝望着银光闪烁的海面,很久很久。然后我猛拉缰绳,夹紧马腹,掉头向南,踏上了未知的旅程。

(妲拉 译)

罗苹·荷布

《纽约时报》畅销书作家罗苹·荷布（Robin Hobb）是当今世界最为受欢迎的奇幻小说大师之一，她的平装书销售量已经超过百万册。她的史诗奇幻享誉全球，最广为人知的是《刺客系列》包括《刺客正传Ⅰ·刺客学徒》（Assassin's Apprentice）、《刺客正传Ⅱ·皇家刺客》（Royal Assassin）、《刺客正传Ⅲ·刺客任务》（Assassin's Quest）以及其他两个与之相关的系列；《魔法活船三部曲》，包括《魔法之船》（Ship of Magic）、《疯狂之船》（The Mad Ship）和《命运之船》（Ship of Destiny），以及刺客后传三部曲，由《弄臣任务》（Fool's Errand）、《黄金弄臣》（Golden Fool）和《弄臣命运》（Fool's Fate）组成。最近，她又开始创作新的奇幻系列《士兵之子》，分别是《萨满桥》（Shaman's Crossing）、《森林魔法师》（Forest Mage）以及最近刚刚发表的小说《叛逆者之魔法》（Renegade's Magic）。她的某些早期小说是以梅根·林德霍姆（Megan Lindholm）的笔名发表的，包括奇幻小说《鸽子的巫术》（Wizard of the Pigeons）、《鸟身女妖之飞行》（Harpy's Flight）、《风中歌者》（The Windsingers）、《迷宫之门》（The Limbreth Gate）、《车轮之祸福》（Luck of the Wheels）、《驯鹿人》（The Reindeer People）、《与狼为伍》（Wolf's Brother）、《群魔乱舞》（Cloven Hooves），以及科幻小说《异形地球》（Alien Earth），以及与斯蒂芬·布鲁斯特（Steven Brust）合著的小说《吉卜赛人》（The Gypsy）等。

在本篇小说中，她将我们带到人类忍受极限的边缘——甚至超越了极限,尤其是在失去一切之后,让人痛彻心扉地感觉到忠诚的终极意义。

凯旋

晚风横扫过平原，直逼城区，吹打着挂在拱形城门上的铁笼。笼中囚犯身子直挺，以免被尖刺长钉刺入，两只眼睛盯着西下的夕阳。他别无选择——他们将铁笼高高挂起，还割掉他的眼皮，鞭打他握着铁栏杆的手腕，让他无法逃避迦太基烈日如火如荼的凝视。

风中灰尘让他裸露的眼球非常干涩，视线也变得模糊不清。泪水——来自身体而非内心的泪水——肆无忌惮地淌过双颊。一度支撑眼睑的肌腱被切断，眼睑只能无助地抽搐，却无法润湿眼球。不过这没什么，反正他也没什么想看的。

那天早些时候，他脚下一度人山人海。他们拥挤在街道两旁，看着那些士兵嬉笑着滚动囚禁他的长钉刺桶式牢笼。尽管饱受折磨，他仍做了力所能及的抵抗。他抓住铁杆来支撑自己，与颠簸起伏的牢笼顽强对抗。但效果不明显，因为笼子里的铁钉太长，他身上因此多了十几处刮伤，但这也令他躲开了几处致命伤。他现在怀疑当时那样做是否明智。

小山脚下，拱形城门下面，人群沸腾了，他们眼中充满贪婪的渴望。看守将他从桶式牢笼中拖出，一点一点地切下他的眼皮。"面对夕阳，雷古鲁斯！这将是你最后一次看到日落，罗马的猪猡。今天你要跟太阳一起沉没！"他们又把他推搡到布满尖刺的牢笼中，狠狠地用鞭子抽打他握住铁栏杆的手腕，再把他高高吊起，好让所有人看到罗马执政官缓慢地惨死。

这场酷刑招来了大批围观者。迦太基人憎恶他，理由不言而喻，完全合情合理。他们在他手下屡战屡败，永远不会原谅或遗忘他带给他们的羞辱，特别是在阿迪斯战役之后他提出的那些令人无法忍受的合约条款。他咧嘴微笑，露出被打断的牙齿，那是他残存的骄傲。围观人群雨点般地往囚禁他的牢笼扔石头、烂菜叶和垃圾。有些污秽被铁栏杆弹回到仰着的人脸上，反倒保护了他；有些则真的击中了笼中人。这不意外，没有哪种防御是完全牢不可破的，即使迦太基人也有击中目标的时候。他低下头，眼睛尽量避开那令人眼花缭乱的非洲太阳，俯视着那帮乌合之众。他们欢欣鼓舞又义愤填膺。马尔库斯·阿蒂利乌斯·雷古鲁斯已成为笼中鸟。长久以来，残忍的拷打已如愿发泄了他们的积怨，但恐惧依然存在。他最后的藐视迫使他们拿出更残忍的手段：他们会一直看着他吊在迦太基城门的笼中慢慢死掉。

他一边俯视茫茫人群，一边大张裂开的嘴唇，露出笑容。虽然视线模糊不清，但他似乎看到人群已不像之前那么拥挤。欣赏一个人痛苦地死去固然可以给他们平淡的生活增加些许乐趣，但雷古鲁斯扛得太久，他们等得不耐烦了。大部分人回归到日常劳作中。他使劲攥着铁栏杆，用尽全部毅力命令手指紧紧抓住，并用颤抖的双腿支撑自己站直。这将是他最后的胜利，他死之前绝不让他们的妄想得逞。

他用尽浑身力气再次呼吸。

◆

弗拉维抬头仰望笼中人，咽了口吐沫。马尔库斯似乎正直直地盯着他。他用力克制躲避的冲动，迎上老友的目光。马尔库斯要么没看见弗拉维，要么认出了但没有表示，惟恐老友也搭上一条命。再或者迦太基四年的奴役生活已使弗拉维模样大变，以至于连儿时玩伴都认不出来。弗拉维从不是一个肥胖的人，艰辛的奴隶生活更摧残了他军人的体魄,现在的他骨瘦如柴,活像一具骷髅,被非洲的太阳蹂躏得惨不忍睹。他衣衫褴褛,散发出恶臭——一部分来自他肮脏的身体,另一部分来自他左大腿依然浸透着鲜血的污秽绷带。

不到一个月前,他刚从奴隶主那里逃脱。这次逃离行动并没有费什么周折。工头是个酒鬼,对此人而言,比起费尽苦心让那些失去劳动力的奴隶干活,似乎每天饮酒作乐更为惬意快活。某天夜里,当奴隶拖着疲惫不堪的身躯从稻田返回时,弗拉维落在后面。他一步一瘸,走得很慢,最后,当工头大声训斥另一个奴隶时,他顺势躺在了沙沙作响的农田里,一动不动。他的身体被高高的庄稼遮住,不仔细寻找很难发现,即使他们回头找寻,在昏暗的光线下,也很可能与他擦肩而过。但那个酒鬼工头似乎根本没注意到少了个奴隶。无月的夜变得更漆黑,弗拉维连滚带爬地来到田地的遥远尽头,踉跄着站起身,一瘸一拐地离开。腿上的旧伤已经化脓,断掉的龙牙在里面活动。疼痛唤醒了记忆,让他想起了受伤的经历,也想起老友马尔库斯的命运。

与老友分别多久了?做了奴隶之后,时光似乎凝滞了。当一个人的生命被另一个人主宰时,分分秒秒都显得那么漫长。对一个人来说,在迦太基的炎夏做奴隶,被炽热的太阳炙烤着脑袋和后背,似乎那就是生命的尽头。他盘算着收获的次数,推断自己与马尔库斯已有四年未见面——那场不堪回首的惨败已经过去四年了。在可恶的巴格拉达斯平原,在那条同名的该死的河边,执政官马尔库斯·阿蒂利乌斯·雷古鲁斯被击败了。弗拉维连同其他五百名战士做了阶下囚。侥幸活下来的士兵都认为,能被生擒活捉总比横死沙场的一万两千罗马人好一点。但在漫长的奴隶生涯中,弗拉维对此深表怀疑。

他把目光再次投向自己的朋友和指挥官。长钉已将其身体刺得遍体鳞伤，那些伤口却不再滴血。夏日尘土飞扬的风将伤口吹干，胸口和肚子看起来就像一张河网地图，红色的血流已经干涸发黑。马尔库斯的盔甲和衣服全被扒光，全身赤裸如同奴隶，但却掩盖不住他那身为罗马斗士的肌肉和气度。迦太基人折磨他，将他吊在城楼上让他惨死，但他们无法使他屈服，永远不可能。

归根结底，打败执政官雷古鲁斯的根本不是迦太基人。让他们受挫的是一名雇佣军，一个叫锡安塞伯斯的斯巴达人。此人率军作战并非出于爱国，只是为了寒光闪闪的金币。迦太基人自己的将军哈米尔卡无法带来胜利，于是雇佣了锡安塞伯斯。如果马尔库斯早点儿认清调换将领的后果，也许他就不会急功近利，迫使士兵在最后一战中冒死挺进。在那决定命运的一日，太阳炙烤着他们，仿佛是迦太基人的同盟军。马尔库斯率军前往湖畔时，飞扬的尘土和炎热的天气让军队备受折磨。将近傍晚，疲惫不堪的士兵到达了巴格拉达斯河畔，敌军早已在对岸严阵以待。士兵们都期盼指挥官会下令安营扎寨，挖沟筑墙来加强防御；马尔库斯却下令即刻强渡巴格拉达斯河，与以逸待劳的敌军交手，企图通过虚张声势让迦太基军队陷入惶恐混乱。

若哈米尔卡仍是迦太基人的将军，这一战术可能会奏效。世人皆知迦太基人会避开野战，因为他们没有勇气面对组织严密且力量强大的罗马军队。但锡安塞伯斯是个斯巴达人，虚张声势对他构不成威胁，他不允许自己的手下像迦太基人那样作战。马尔库斯充满自信地率军排成标准阵形，步兵居中，骑兵在两侧保护，义无反顾，勇往直前。但锡安塞伯斯并未后退，恰恰相反，他派一群大象直冲进中间的步兵阵列。弗拉维跟其他被困住的罗马步兵一样拼死抵抗。他们像真正的罗马斗士那样奋勇拼杀，极力保持队形。但随后锡安塞伯斯将自己的骑兵一分为二，这种战术令人始料未及。那些战马雷霆般从左右夹击，罗马骑兵寡不敌众，步兵军阵的侧翼被

——击溃。弗拉维从未见过如此混乱的场面和如此血腥的屠杀。他听说，有些人一直逃跑到阿斯匹斯，后来被罗马舰队救起。那些士兵返回了家乡，但弗拉维和近五百名战士未能逃脱这场浩劫。

执政官马尔库斯·阿蒂利乌斯·雷古鲁斯是价值极高的俘虏和非常值钱的人质，享受高等待遇。但弗拉维只是一名士兵，也没有显赫的家庭背景。对胜方来说，他的身体和劳力是唯一的价值。作为战利品，他被卖掉做苦役。战斗失败时，他脑袋被重击了一下，也不清楚那到底是马蹄还是乱飞的石弹。他一度眼冒金星，就像是夜间火把的光晕，连走路都一瘸一拐地往左栽。他被低价出售，新主人把他安排到稻田去做苦力。他在那里辛苦耕耘了四年。随着季节变换，他耕地播种，炎炎夏日里，庄稼开始成熟，他穿行在稻田中，不停地喊叫，挥动双臂驱赶那些贪嘴偷吃的小鸟。罗马和军旅生涯，妻子和孩子们，甚至马尔库斯，他儿时的朋友，那个将他带入这种境况的指挥官，都渐渐淡出了他的脑海。他有时甚至感觉自己生来就是个奴隶。

一天夜里，他突然从熟悉的疼痛中醒来，那颗龙牙再次在他肌肉中蠕动。五天后，他从工头的眼皮底下一瘸一拐地逃了出来。

莫非在他体内游移的牙齿是一个预兆？是诸神对后事的警告？近年来，弗拉维早已把此类迷信抛诸脑后了。他年轻时信仰的神灵已弃他而去，凭什么他还要尊敬甚至崇拜他们呢？但在他看来，在他行程的最后一站，肉体中躁动的牙齿可能意味着马尔库斯将面对罗马的首席法官做最后的决别。随后几天中，旧伤肿胀，变得猩红，然后变硬流脓。也就是在那几天，他听到了流言，就连迦太基人的奴隶也开始口口相传。"战争就要结束了！他们放了执政官回罗马，让他提出谈判条款。罗马执政官雷古鲁斯就要面见罗马大法官并说服他们，继续对抗迦太基人毫无用处。他保证如果罗马人拒绝接受这些条款，他会返回迦太基。"

弗拉维对这种谣传只是摇摇头,默不作声。马尔库斯会只身回到家乡而弃他不顾?马尔库斯会自己回家,将与他同生共死的五百名战士抛之脑后?马尔库斯会为迦太基人的条款向罗马施压,迫使他们接受?这太不像马尔库斯的做派了。连续三天,他一边在稻田一瘸一拐地挥胳膊驱赶鸟儿,一边思忖这件事。然后他断定那颗在他肉中蠕动的牙齿是一个信号。就在当天,他出逃并开始了迈向迦太基城的漫长之旅。

对于腿脚不便的他来说,那是一段漫长而疲惫的旅程,特别是在身无分文的情况下。他只能趁天黑赶路,时不时从田间或农庄顺手牵羊填饱肚子。他尽量避免与人交谈,尽管奴役生涯中他已学会了迦太基语,但他的罗马口音过重,很容易出卖自己。渐渐远离奴隶主之后,他变得稍微胆大了些。他从一个收破烂的车上偷了一件破旧的衣服,这件衣服比前主人给的皱巴巴的布衫要实用得多。他也乞讨过,坐在一个村庄门口,向别人展示流脓的伤口和骨瘦如柴的身体,有那么几个傻瓜对他发了善心。就这样,他慢慢地、一步一步地向迦太基城靠近。

最近这两天夜里,他就睡在能看到城墙的地方。夜晚降临时,他露宿于一片没有树叶遮挡的小树林里。因为腿上伤口感染发烧,他会时不时醒来。借着满月微弱的亮光,他鼓足勇气,咬着牙,用力捶打肿胀的伤口。他双手紧紧攥住大腿上那块火辣疼痛的肉,挤掉那些脓,使劲往上面推压让它远离骨头。那颗巨龙的牙齿在他体内生生钻出一条路,痛得钻心,就如它刚进入体内时一般。它已经游遍了整条大腿,前前后后,上上下下。他使劲从血肉中钳住它,血淋淋的手指摩挲着亮闪闪的白色牙齿表面。当他终于将牙齿从那个隐秘的地方拽出来,一股肮脏的血水和脓液流了出来。六年多以来,他终于第一次感觉到身体完全属于自己,在他的生命中,彻底摆脱了巨龙的牙齿。有那么片刻时间,他双手捧着那颗牙齿,对自己如此长时间地将它携带在身上感到错愕不已。这颗牙齿比箭头还锋利，比食指还长。即使只是那个庞然大物下巴上的断牙也依然锋利无比。他手中握着残留的牙齿，终于睡了个安稳的觉，尽管饥肠辘辘，尽管他的床只不过是一堆土和树根。

次日早晨醒来，他重新包扎了一下旧伤口，又开始一瘸一拐地上路寻找马尔库斯。在他徒步旅程的第一天，走到半路，看见路边有根棍子，于是捡起当拐杖。黄昏时分，他来到了低洼的小溪边，水流缓慢。他顺着小溪逆流而上，来到了一片农田，找到个僻静之处，浸泡伤口并洗净破衣烂衫和绷带。他还从田间偷了些尚未长熟的乳白色谷粒来果腹，尽管吃起来非常硌牙。那夜，他躺下睡觉时，梦到了自己家乡，但梦中却没有他的妻子和儿子。出现的，是他们之前的那段时光。

他父亲的小农田与马尔库斯家族的农场连在一起，双方父母原来都不是什么有钱有势的人。弗拉维的父亲是个农民，曾当过兵打过仗；与此同时，马尔库斯的父亲却步步高升做了执政官，甚至更高。他自家的农场有十二英亩，而马尔库斯的父亲只有七英亩的地，可是每当马尔库斯细数他父亲的英勇事迹时，弗拉维反倒觉得两个人相比，他才是那个穷孩子。他略带心酸地微笑一下。当马尔库斯的父亲去世时，马尔库斯彻底崩溃了，一是因为父亲的死亡，同时还因为他认为自己当兵打仗的日子已经到头了。马尔库斯前往罗马元老院请求退役，以便回家耕耘那七英亩地并供养他的妻儿和母亲。因为随着父亲的离去，家中无人能挑起这个担子了。但是在他早年的南征北战中，元老院就已经领教过他的军事才能。于是他们从税收中拿出一部分资金雇了个人替他回家种田，并把马尔库斯·阿蒂利乌斯·雷古鲁斯派往最能发挥他才能的前沿阵地，让他血洒疆场，效忠罗马。

马尔库斯就这样欢天喜地地去了。弗拉维对此却颇有微词，无论是那时还是现在。战争和荣誉是马尔库斯梦想的一切。在青涩的少年时期，两个人都曾梦想过逃离这种面朝黄土背朝天的日子，去参军冒险。他们一直计算着自己的年龄，渴望有朝一日有资格能同其他人一样站在广场上被检阅应征入伍。他们刚满十七岁时，身高刚好够着第一格。马尔库斯想出了一个点子，决定两个人分开站，中间相隔四人。"因为点名的时候一次叫四个上去，四个人会分别被不同的护民官选走。如果我们一同上前，一个选中我，另一个选中你，这样咱们俩自然就被分开了。所以，你跟在我后面，如果有机会我就跟那个选我的护民官悄悄说，尽管你看上去不如我壮实，但是你射箭或投枪的技能无人能比。只要能去前线，我们会一直比肩而行。这点我向你保证。"

"那咱们回家的时候呢？你保证咱们那时候也会在一起吗？"

马尔库斯瞪了他一眼，感觉受辱一样，"当然！我们会一起凯旋！"

对于马尔库斯来说这是小事一桩，但是弗拉维则不以为然。在首次服役期满后，如果可以随心所欲，他也许会选择待在家里，远离流血和枯燥的军旅生涯。但很显然，他别无选择——所有罗马公民的儿子都没有选择。他记得在第一次的检阅中，他膝盖弯曲，混在三个矮小的年轻人中，看着马尔库斯先被选中。他看到马尔库斯发疯似的在护民官旁耳语，指指点点，而那个护民官冷若冰霜，挥手勒令他不许出声。但是，当轮到那个护民官挑选走上前来的四个人的时候，他还是选中了弗拉维。这样两个儿时的玩伴就一起出发投入了他们军旅生涯的第一次袭击任务。

军旅生涯让马尔库斯大显身手。随着马尔库斯战略才能崭露头角，他的军衔也一路飙升。尽管马尔库斯在战场上是弗拉维的指挥官，但每年两人一起回家，他们就会一如往昔，成为朋友和邻居。但随着岁月的更迭，特别是那条巨龙差点弄断他的腿之后，每年面对点兵集合，弗拉维都显得心犹未甘。他希望护民官能注意到他的腿伤已经把他摧残得比实际年龄要苍老很多。但是每年当他站出来接受选拔时，马尔库斯总是特意想办法让弗拉维到他营下服役。而每次战役之后，荣归故里，他们就又回到了故友的温馨之中。

除了当一名军人，马尔库斯可曾有过别的梦想？即使是现在，弗拉维抬头仰望笼中的他，也依然有此怀疑。孩提时代，在他们干完杂活之后，马尔库斯总是乐此不疲地舞枪弄棒或者伏击邻居的羊群。对于弗拉维来说，相比作战，他更喜欢打猎。在傍晚，当弗拉维说服马尔库斯跟他去打猎时，他的朋友总是毫不吝啬地对弗拉维的技能大加赞赏。他善于潜伏，且射术过人。对于夏日长夜甜美的回忆，弗拉维记忆犹新，两个男孩悠闲地躺在篝火旁，尽情享受着野味烧烤，余烬中烤着偷来的苹果，捕获的小鸟在火苗燃尽时发出嘶嘶声。弗拉维满脑子都是想着怎样说服父亲让他们到更远的地方狩猎更大的动物。但是对于马尔库斯来说，他一门心思想的就是一件事。

"我知道我自己的宿命。" 他不止一次地对弗拉维吐露心声，"我在梦中看到无数次了。我会一路晋升，从士兵升为军官或执政官，就像我父亲一样。之后我将率军作战。"

"杀死一千名敌军？"弗拉维会咧着嘴笑着问他。

"一千名？说什么呢你！五千名、一万名敌军将葬身于我的天罗地网。我将会被罗马召回，并且赢得凯旋庆典。我将会列队在大街游行，车上载满我的战利品，我的俘虏将赤脚走在我的后面。当然还有我的军队，还有你，弗拉维，我保证你会走在第一排。我的妻子和我长大成人的儿子会跟我一起接受荣誉。而我，沾满鲜血，红得就像这个苹果，而外袍却比雪还要白。我要在朱庇特神庙为他祭献六头白色的公牛。整个罗马将夹道欢呼我的归来。弗拉维，我知道会这样的。我亲眼看见了这样的画面！"

面对朋友的侃侃而谈，他会轻轻一笑。"别忘了最精彩的部分，马尔库斯。有个奴隶会跟你站在战车里，就在你的身后，向前探身在你耳边低语，提醒你任何一个英雄都是凡人俗子，都终有一死。那样你就不会那么趾高气扬了。"他咧嘴笑笑，"也许，他们不会让奴隶，而让我来提醒你。"

"终有一死？也许肉体终有一死，弗拉维。但是一个人一旦赢得凯旋庆典，一旦成为绝对的统治者，那么他的传奇将会不朽于世，并且会在那些浴血奋战的士兵中代代流传。"

偷来的苹果里有一个掉入火中，爆开来，喷出了一丝果肉，一股甜美的苹果汁滴到了燃尽的火苗上。弗拉维用他们吃饭的小棍子插住这个苹果，从火边抽回。他庄严地举起那根小棍子，口中念念有词，"世事无常啊！"他先是隆重地烧烤一番，然后慢慢地将它吹凉，以免咬的时候不小心烫伤嘴唇。

◆

雷古鲁斯想弄清楚这个夜晚是否像看起来的那么寒冷。白天的酷热几乎要把他烤化。但是现在，随着阳光在他模糊的视线内消失，世界变成一片猩红，他感到了丝丝凉意。

他的眼球异常干涩，什么也看不清楚，但是仍能感觉到日光正在悄悄退去。这么说，凉爽的夜色，抑或是死亡，终于降临了。失明会让光线慢慢变弱，失血过多也会让一个人不停哆嗦。他对此了如指掌，数不清有多少次了，他一次又一次将斗篷裹在垂死之人的身上。他突然想到了弗拉维。他曾跪在弗拉维的身旁用自己的斗篷裹住他战栗的身体。但是弗拉维没有死吧？他死了吗？他死了吗？没有，反正那时候他没有死。但是现在呢？现在弗拉维还活着吗？他是否已经在最后那场战役中命丧黄泉了呢？

人们在将要咽气的时候，总是会抱怨太冷。那种寒冷和黑暗让他们不安，他跪在倒下的人身边，他们不是用含糊的言语表达悔恨就是发出声声叹息。比起五脏六腑都流到身边的黄土里，体内一半的鲜血已经凝成身下的血池，似乎寒冷或黑暗才是他们最担心的。即使如此，在战场给将死的伤兵盖上斗篷，对他们来说也算是一种安慰。此时，他多想有这样的安慰啊。一个友好的触摸，鼓励的片言只语就能打发他上路。但此时此刻，他却是形单影只。

没有人会给他裹上斗篷，或握住他的手，哪怕只是念出他的名字。没有人会在他的身边蹲下身对他说："雷古鲁斯，你不枉此生。你是个好执政官，是忠诚的百夫长和优秀公民。罗马会缅怀你，你死得英勇无畏。" 没有。他试着用干透的舌头去舔龟裂的嘴唇。又一种下意识的愚蠢反应。舌头、嘴唇、牙齿，都只是愚蠢的、毫无意义的名词。现在一切都不听他使唤了，就像他那迟钝的头脑一样，还在不停地思索，思索，思索，而身体却不断盘旋下坠、堕入死亡。

似乎有什么东西落在了他悬空的铁笼顶端。一只小鸟，应该就是一只小鸟。不是巨蛇，也不是龙。他觉得不是很重，但是足以让那铁笼晃悠一阵。

也足以让那些长长的尖钉刺得更深。他屏息以待。不久，长钉就会刺进一些致命的器官，而他终将死去。但是时辰未到。不，不是现在。他紧紧抓住牢笼的铁栏杆，或者尽力握紧。他们用铁链捆着他的双手，高过他的心脏，现在他的手已经麻木得没有任何知觉了。当身体已经毁灭，紧抓生命也变得毫无意义。他的身体已被摧残成万段，无法一一细说。他清楚地记得那一刻，他突然醒悟他们绝不会善罢甘休。事实上，在他们开始用刑之前，他就知道他们绝不会心慈手软。他们早就有言在先了。迦太基人打发他返回罗马，并为此用上了双料保险，一是他自己承诺，二是他们的承诺。他们逼他发誓返回迦太基。不仅如此，迦太基人还发誓说如果他不能说服罗马地方行政官接受投降条件，就会在他回来之后杀死他。

他回忆自己站在一群奴隶当中，看着迦太基大使提出他们的条款。他没有叫嚷自己是一个罗马公民，也没有宣布自己是马尔库斯·阿蒂利乌斯·雷古鲁斯。没有，他不会的。他觉得如此返回罗马已是莫大的耻辱，况且他也无意成为迦太基人手中的棋子。他们必须亲自把他带到地方执政官面前并宣布他的身份，之后他做了唯一能做的事情。他宣布该条约及其苛刻的条款全部无效，并且建议地方执政官拒绝签字。

而他们也正是这么做的。

之后他兑现了自己作为俘虏的承诺，跟大使一行回到了迦太基。

所以，他一直知道迦太基人会将他杀死，他心知肚明。但是有觉悟和有感知是两码事。他的身体并不曾知道。他的身体一直相信，不管怎样，他都能一直活下去。如果他的身体不是如此坚信这一点，那么在遭受拷打时他就不会发出一轮又一轮痛苦的尖叫。

当然，他竭力不去尖叫。最开始的时候，每个真正的男子汉都尝试过面对酷刑而不尖叫。但是，或早或晚，他们都会尖叫。或早或晚，他们会停止故作从容。当年他还是百夫长时，他可以镇定自若地指挥一百个人，人人听命于他。作为将军和执政官时，他可以指挥成千上万的人。他要求地方执政官拒绝合约的条款，他们也都听命于他。但是当他命令自己的身体不要喊叫时，却做不到。它不停地叫喊，吵嚷，好像这样能减少疼痛一样。其实，完全无济于事。之后，到了某个极限的时刻，当他身体被打得支离破碎，当他无法计数，当他彻底体无完肤，就连他的身体也知道他就要死了的时候，终于停止了尖叫。

之后很长一段时间，或许只是片刻，但是感觉似乎很漫长，他们终于停止对他使用酷刑。他们把他装进带刺钉的铁笼里，滚到城门口，是多久以前的事了？几小时？几天？不过这又有什么关系呢？

他听着脚下城里的声音。不久之前，这里还是人声鼎沸。抗议、厌恶和讥讽的叫声，嘲弄的笑声，以及那蒙昧的欢呼胜利的声音：这些人从未打过仗，甚至从没有拷打过人，却莫名其妙地感觉他的死亡就是他们的胜利。凭什么呢？他倒是想问问他们，就凭折磨我的人碰巧出生在你们玩泥巴的附近？你们是不是觉得把我高高地吊在城门上就是莫大的胜利？你们根本没有胜利可言。我告诉地方执政官拒绝你们的条约了。罗马不会对你们俯首称臣的。我已经关照过了。如果我不能以凯旋报效我的祖国，至少我可以保证它不接受失败。

当然，他并没有对围观的人群说出这样的话。他的嘴巴、舌头和牙齿已经被凌虐得不能讲话了。在某种程度上，他似乎希望那些拷打者假装要从他那里榨取信息。如果他们肯假装的话，至少该在施虐的时候保留他的嘴巴好让他透露点口气。但是他们已经懒得伪装，处心积虑对他百般虐待，仅仅留下一口气。他们倾其所能使出最阴狠毒辣的招数，尽其所能地做到痛快淋漓。他了解拷打者，对于他们来说，信息和招供并非他们的兴趣所在。他们甚至没有兴趣改造那些坏人或让他们为自己的过错感到悔恨。拷打者的兴趣在于凌辱他人，仅此而已。他见识过折磨他人给他们带来的快感，他们凶光毕露，他们双唇湿润。他们的快感来自他们使用刑具的熟练度以及这种方式带来的精神愉悦。他认为，严刑拷打等同于性快感。他们当中每个人的快感仅仅来自摧残别人。他们既不是勇士，也不是军人，也许根本算不上真正的男人。他们就是拷打者。他们蚕食别人的痛苦，靠别人的尖叫声活着，就如同食人鸟等待腐烂的尸体一样。拷打者只是工具，是受人指使的奴隶。至于他的情况，指使他们用刑不过是兑现当初的承诺而已。

　　他的思绪来回跳跃，就像动物尸骸里的跳蚤一样。脑海中出现的画面让他感到片刻的愉悦，然后又消失了。他把思绪放开，试图找到一种想象或一种思想作为寄托，无论什么，只要能把他从死亡的缓慢痛苦引开就好。他想到了自己的妻子，茱莉亚。她会因思念而忧伤哀愁。有多少士兵敢说并且确信他们撇下的女人会这样？还有他的儿子，马尔库斯和盖乌斯。他们会听到父亲的死讯，这会更坚定他们捍卫罗马的决心。他们会更加清楚地意识到迦太基人是怎样的猪狗不如。他们不会因为他的失败和被俘感到羞耻，相反，会为他骄傲，因为他没有背叛祖国而让自己苟且偷生。是的，他不会让迦太基人得逞。如果他不能给子孙留下一次盛大的凯旋庆典作为纪念，至少要让他们铭记他是因效忠罗马而光荣献身。

　　人们会听到他死得是多么英勇。他对此毫不怀疑。元老院会向世界宣布此事。想到他，马尔库斯·阿蒂利乌斯·雷古鲁斯，曾作为罗马军团骄傲的执政官，惨遭酷刑并被悬挂在城头，像鲜肉挂在肉铺一样鲜血淋漓，人们必定感到怒火中烧。元老院肯定会让世人知道他死得多么惨烈而光荣。

　　这将是他留给世人最后的价值。他很清楚这点，并且没有丝毫怨言，但是诸神啊，神啊，到底还要多久他才能死去呢？

◆

　　弗拉维意识到他已经站在那里注目良久。人流开始慢慢绕过他涌入城中。早些时候，他几乎断定有人会坚持等待目睹马尔库斯生命的最后一刻。但是那个顽强的战士又一次击败了那些翘首遥望的看客。他拒绝为他们死去。

　　诱人的面包香味从街对面飘过来，弗拉维穿过街道，来到面包铺前。他的钱包里还有几个上星期抢来的硬币。他一度为自己靠小偷小摸苟活而感到羞耻,但是现在他已经学会用自己的标准来判断。即使他不再身披罗马战士的铠甲,作为一名战士,任何迦太基人也都还是他不共戴天的敌人。偷他们的东西,甚至瞅准机会就杀死个把人,无异于另一种形式的捕猎。他抢来的钱包很不错,是真皮的,绣着金边,里面有六七个硬币,一把小刀,一枚男人的戒指和一块蜡烛。他取出最小的硬币给面包商看,一副愁眉苦脸的样子。那个面包商轻蔑地摇摇头。弗拉维愈加紧锁眉头,然后从皱巴巴的屁兜里掏出另一枚小硬币给了面包商。面包商咕咕哝哝地说:"你当我这里是布施呀!"但还是从面包堆里取出一小片给了弗拉维。弗拉维把那两角五分硬币递上去,取走了面包,没有道谢。今天他决不能让他的口音出卖他。

他把面包掰成小片,干咽下去,一边吃一边鬼鬼祟祟地瞟着马尔库斯。他的朋友即将死去,而他在这里吃东西,他多少感到有点儿背叛的味道,但是他饿了,再说这种行为可以为他继续逗留那里闲逛找个借口。马尔库斯依然稳稳地站着。他牢牢抓住铁笼,目光盯着涌动的人群。有些人在走的时候还不时向上看他,但是大多数根本没有在意铁笼中垂死的囚犯。也许因为他看上去一点儿也不像死亡边缘的人。但是,当弗拉维向上看的时候,他知道他的童年玩伴已经奄奄一息了。即使罗马军团如神兵天将来拯救他,马尔库斯仍然难逃一死。他脚上、手上的血迹都已经凝成黑糊糊的血块。拷打者故意在他的脸上、胸前和大腿上留下斑斑血痕,现在也已经干枯发黑。但是马尔库斯依然站立在那儿等候着,弗拉维也站在那儿,看着,等着,尽管他说不出究竟是为什么。

一切似乎顺理成章。毕竟,马尔库斯曾在自己生命垂危之际守护过他。

那已经是多年的往事了。六年?七年?就在离这个尘土飞扬的邪恶城市不远的地方。当时他们想穿越巴格拉达斯河，那个地方荆棘丛生，青翠的芦苇高过人头。巴格拉达斯峡谷是一个狭长的山谷，土地富饶肥沃，泰尔河水流从两旁灌溉着这片土地。泰尔河的两边，生长着软木、橡木和松树林。宽敞的河流两岸是茂密的植被和飞来飞去的叮人小虫。那时马尔库斯已经是将军，但尚未晋升为执政官。这一头衔在他横扫迦太基大出风头之后才获得。那是马尔库斯的全盛时期。那天，马尔库斯找到了渡过巴格拉达斯河的最佳路线，于是快速将步兵、骑兵、弓箭手压上来。傍晚时分，他选择了安营扎寨的最佳地点，就在一个土坡上，可以俯瞰河面的动静。部队安顿下来建成了标准的防御工事，一圈壕沟环绕着挖土垒成的城墙。马尔库斯派侦察兵先行去勘测涉水渡河的地方。但不到片刻他们就匆匆返回，汇报河边异常的活动。

"我们看到一条巨蛇，长官。一条巨大的蛇，就在河边。"

弗拉维近在咫尺，对此听得一清二楚。有时候，在夜幕降临之后，他会来到马尔库斯的帐内。如果将军没有公务，这两个故友就闲聊一会儿。但是那天傍晚，当他走到跟前时，看见有一群人簇拥在帐外挡住了他的去路。马尔库斯紧锁眉头站在那里，那两个轻步兵怯怯地低着头轮番向他汇报。弗拉维看到马尔库斯一脸错愕，他根本没有想到他们居然敢汇报这样的事情。"真够神奇的，"他回答道，声音中透着一股嘲讽的味道，"我们居然在非洲河岸遇上一条巨蛇。所以你们就这样急匆匆逃回来了？那我们明天到底能不能强渡呢？"

那两个轻步兵交换了一下眼色。他们是一些穷困潦倒的招募兵，通常没有足够的钱来武装自己，在同僚中地位很低下。在战场上，他们充当散兵和标枪手，不正式归属于任何兵团。派他们去侦察恰恰是因为没有人在意他们的死活。他们心知肚明但并不甘心。弗拉维知道他们无论看到什么都会撒腿就跑，这无可厚非，因为他们只能自求多福。其中一个后背已经湿透。另一个说道:"长官,我们看不到它的全貌。但是就我们所看到的,说实在的,已经是庞大无比了。我们看到一条蛇越过岸边高高的草丛从我们身边穿过。长官,直径有大酒桶那么粗,而且那还只是靠近蛇尾的地方。我们不是胆小鬼,准备走上前去想看个究竟。然后,大概在一百英尺远的地方,蛇头从芦苇中高高耸起。"

"双眼放光!"另一个侦察兵抢着说,"以我的性命担保,长官,眼如铜铃,放着精光,冲我们发出'嘶嘶'声,更像是口哨。我赶紧捂住了耳朵。它躲在水里,身体大部分都被高高的芦苇遮住了,但是我们猜那东西大得没边儿,根据那巨大的眼睛和蛇头判断,它肯定——"

"这是第二次了,还没摸清情况你们就慌慌张张地回来报告。"马尔库斯冷冷地扫视了一圈,"作为侦察兵,你们说,到底应该是观察清楚再回报还是干脆说些他没看到的事情?"

第一个人满脸愁容,盯着自己的脚尖。第二个侦察兵满脸通红,他没有看马尔库斯,声音中却没有任何羞愧之意:"有些事情太过离奇,哪怕只是一瞥也应该予以汇报。长官,这绝对不是什么普通的蛇。我并不单单指它的大小,尽管它的确让所有的蛇都相形见绌。它看我们时两眼放光。它的声音也不是'嘶嘶'声而更像哨声。与大多数蛇不同的是,它看见我们根本就没有逃跑。没有!它向我们挑衅。所以我们才回来向您汇报。"

"是河龙。"有人接着侦察兵的话茬打破了沉默。

马尔库斯扫视一眼那些聚集在火堆边的人,也许他知道是谁说的话,但弗拉维不知道。实际上,他根本听不出是谁。"荒谬之至!"他厉声喝道。

"您是没有看见。"第一个侦察兵突然冒出一句,但是话未说完,马尔库斯就打断了他。"你们不是也没有看见吗!看到了什么东西,也许是瞥到了河马,然后是一条蛇,在芦苇和傍晚的夜色中,把它们当成了一回事。"他用手指着一个侦察兵质问道,"你怎么湿漉漉的?"

那个男人向前靠了靠。"请允许我汇报完,长官。那个脑袋从芦苇中探出。它的头高高抬起,比我还高,俯视着我们。然后它就发出响亮的口哨声。我们两个都吓坏了,我冲它大喊一声。尽管它身躯庞大,我仍旧以为它会转身离开。没料到,它居然扑了过来。它张着血盆大口,脑袋向我扑来,我看到成排的牙齿,喉咙有马车那么大。卡鲁斯一边喊一边向它投掷标枪。标枪击中它,把它惹恼了,于是大声咆哮冲我扑来。我闪跳到一边撒腿就跑。我还以为那里是坚硬的河岸,但其实不是,结果我从河边上掉进了水中。谢天谢地,因为它没看见我。"

另一个人又接着开讲:"然后它就转身朝我扑来,还好我已经逃了。它停下来把标枪蹭掉。我听见噼里啪啦的声音,好像这一枪对它无关痛痒。我已经跑回了岸边,而且我想它不愿意从芦苇和香蒲丛中现身。我本以为忒勒斯遇害了,结果他从芦苇中冒了出来。我们会合后,决定最好先回来向您禀报。"

马尔库斯双臂交叉放在胸前:"现在天已经黑了。毫无疑问,等我们明天到达河岸,你们说的那条巨蛇也会消失的。现在继续侦察。两眼放光?哈!"

说完这番尖刻的话语,他解散了那两个侦察兵和围观的人群。就在他转身的时候,与弗拉维对视一眼,微微点点头。弗拉维知道他要私下召见自己。等到夜深人静时,他来到了马尔库斯的帐内。

"我想知道他们看见的到底是什么。你能不能赶在黎明之前去探个究竟,然后回来跟我说明?如果有谁能够读懂地形并如实汇报,那个人非你莫属。我想让部队过河,弗拉维,破晓之前就在这里抢渡。但是如果真有河马或鳄鱼的话,我想在下水之前就了解清楚，而不是在渡河的途中。"

"抑或是巨蛇？"弗拉维问道。

马尔库斯不屑一顾地冷笑道："他们年轻，装备又差。我并不怪他们落荒而逃，但是有一点他们必须明白，我需要的是信息而不是谣言。早上我会把他们叫来一起听你的汇报。到那时我就要给他们点儿颜色看看了。"

弗拉维点头答应，然后离开小睡了一下。

罗马营地有早起的习惯，但是那天早晨没有人比弗拉维起得更早。他随身携带的不是作战的武器，而是狩猎的工具。他稍作改装，就将一支长矛改成长柄投石器。它比小投石器射程更远，也能投掷更重的弹丸。如果真有什么暴脾气的河马，或者是晒太阳的鳄鱼，他希望在它们靠近自己之前将其引开。他身上的短剑是为了贴身肉搏时用的。那把短剑又能刺又能砍。不过弗拉维希望最好不要用上它。

巴格拉达斯河两岸生机盎然。河岸是茂密的灌木丛，还有一溜溜的苇丛河床。他沿着前一天那两个侦察兵巡逻的小径摸索前行。动物清楚什么地方最方便喝水，什么地方最适合渡河。这条小路都被踏平了，弗拉维猜想自己可能找到了让军队安全过河的地方。靠近河岸，两岸的灌木丛长得愈加浓密，他眼前的苇丛和香蒲看起来也更高。四处的鸟鸣声和飞来飞去的小鸟让他更加确信。在岸边不远处，他听到某个大型动物受到惊吓，从泥坑中"轰隆"一声冲入茂密的灌木丛。那是个四条腿的野兽，这点他敢肯定。他不得不提高警惕，更加小心翼翼。地面开始变得泥泞，他来到了芦苇床的尽头，低头看到一条清晰的通道，就像隧道一样一直通往奔腾的大河。河对面，一条差不多同样泥泞的路伸向河岸。那么，从这渡河真是最好不过了。他决定下水检查一下流速和深浅。水刚刚没过膝盖。突然间，所有的鸟儿骤然停止了鸣叫。

弗拉维收住脚,静静地站着,竖耳倾听。他的眼睛忽略色彩或形状,只搜寻四周的动静。他只听到激流拍岸的声音,也只看到苇丛随着水流的韵律摇曳。

就在那时,离他不远的地方,香蒲的尖峰处突然逆风而转。他一动不动,慢慢吸了口气。一排香蒲齐刷刷地弯下腰,之后,不远处又有一片苇丛从另一个方向伏倒。接着苇丛的摆动离他越来越近,刹那间,他意识到自己听见了什么声音,那声音一直都在,只不过在远处的时候与水流声混在了一起。现在这声音逼近了。有东西擦过了苇丛。挺拔的草茎摩擦着动物的皮,发出绵长、优雅的和声。弗拉维松开紧闭的双唇,静静地呼吸。他必须在它靠近之前就查明那是什么东西。他给长柄投石器装上了弹丸,手法熟练自然,完全无需劳神。他斜着举起长柄,刷的一下向前一甩。

那个飞弹也是他自己设计的,比手持弹弓的弹丸要重很多。弹丸一头是尖的,会在空中翻滚:有时候击中目标的是圆头那面;有时候则是尖头。他不在乎这次会怎样;他的意图是惊吓那个动物,让它暴露自己,不管那是什么。他的飞弹安静地飞过去,可一命中目标,所有沉寂都被打破了。

那个怪物的呼哨声就像狂风怒吼。比他料想的要近得多,从苇丛中冒出一个脑袋。它扭过身子,用无比愤怒的眼神寻找袭击自己的罪魁祸首。弗拉维正在后退,他看到它转过四四方方的脑袋,凝神看向自己。即使是在晨曦中,它的眼睛也燃烧着熊熊烈火。它深深地吸了一口气,那声音就像是冷水浇在了滚烫的石头上,裂开鼻孔冒着火焰。然后它张开了血盆大口,正像侦察兵汇报的一样,他看到了马车那么大的喉咙,一排排尖利的牙齿向内倾斜。他踉踉跄跄地退后,转身撒腿就逃。巨大的头颅砸向地面,正落在他身边,撞得泥土一阵颤抖;他的脚底能感觉到那个怪物脑袋的重量,他意外地发现自己正以前所未有的速度狂奔。到达河岸高处的时候,他冒险往回看了一下。但什么也没有看到。

就在此时，他刚想喘口气，那个巨大的头颅连带着粗壮的脖子再次从苇子和芦荻中升起。它恶狠狠地瞪着他，形如叉子的长舌从扁平的嘴里伸出来，晃来晃去，品尝着空气的味道。它凝视着他，毫无惧色，只有满腔恶意，没有眼睑的眼睛冒着熊熊火光。它再次张开喉咙，那尖利的啸啸声又一次划破长空。接着它以迅猛之势继续追来，速度远非普通蛇类所能及。弗拉维转身就逃，一边跑，一边听见那无腿无脚的庞然大物阴恻恻的声音紧随其后。他被吓得屁滚尿流，心跳如雷。等他终于鼓足勇气回头看，那大蛇已经不见踪影，但是他还是一路狂奔，停不下来，一口气跑到了营地的外围。

他火速奔往营地，早晨的营地已经打破了沉寂。他匆匆穿过人群，不做停留，也不与任何人说话。在汇报这一消息之前，在马尔库斯决定如何对付之前，他不会引起任何谣言。他的嘴巴干涩，在向马尔库斯汇报时，心脏还在"怦怦"地跳个不停。这次他是对自己的指挥官，而不是老友陈述的："他们说的都是真的，长官。那是一条巨蛇，那种前所未见的大蛇。我估计有一百英尺长。而且它咄咄逼人。我用弹弓射了它，它一直对我紧追不舍。"

他看着自己的朋友全神贯注地听着这个消息。他仔细审视着他，用一种微笑默默地向他发出威胁和挑战。"一百英尺长，弗拉维？蛇怎么会有一百英尺长？"

他咽了口干吐沫。"那还是保守估计，长官。从蛇头的大小和抬起的高度，还有从它尾巴搅动芦苇的距离。"他清了清嗓子说道，"我是认真的。"

他看着马尔库斯，重新思考他的话语，接着面色凝重起来，然后变得坚定。他看着指挥官宣布他的决定。"不管它有多大，也只不过是条蛇而已。一只狼或一头熊或许能打败一个人，甚至六七个人，但是任何动物都不可能对抗一个军团。我们要编队向那里进军。毋庸置疑，嘈杂声和部队的活动会将它吓跑。那条河怎么样？你觉得辎重车能顺利渡过河岸吗？"

弗拉维尚未回答，疯狂的号叫声便传来，紧跟着就是让他毛骨悚然的声音——一阵尖厉的吼叫声。之后就是阵阵的呼喊声"龙！龙！"那种特有的啸声再次响起，更加震耳。接着又是阵阵人的尖叫，声嘶力竭，又戛然而止。一阵又一阵的喊叫，惊慌失措的尖叫，语无伦次的呐喊。

弗拉维回来汇报的时候，马尔库斯还在穿衣服。现在他急急忙忙地系上胸甲，抓起头盔。"咱们走。"他说，尽管他身后列队站着十几个人，弗拉维还是明白他指的是自己。他们一溜小跑穿过营地冲向河边。弗拉维边跑边抽出短剑，心中默念最好不要与那个家伙短兵相接。他前后左右全是刚刚晨起的人，整装的、穿了一半衣服的、半裸的，纷纷加入了匆匆的人流。"弓箭手过来！"马尔库斯大声喊道，二十来步之后，弓箭手从两侧围上。弗拉维固执地紧跟马尔库斯，就在他的左后方。

他们还没有走出营地的边缘，迎面来了一波连喊带叫的士兵。他们扛着一个人，尽管那人仍在惨叫，但弗拉维知道他已经性命难保了。他的左腿上部只剩半拉屁股了。

"是条龙！"

"那巨蛇一下子就擒住了他们两个！他们只是到河边取水！"

"眼睛像车轮子那么大！"

"一下子撞翻了六个人，把他们碾得粉碎。直接碾得粉碎！"

"它吃人！诸神啊，救救我们吧！它把他们全部生吞了！"

"它是个恶魔，是迦太基人的恶魔！"

"他们居然用龙攻击我们！"

"来了！它又来了！"

在逃窜的人群后，弗拉维看到那个巨大的蛇头再次高昂。一下一下，向上攀升，越来越高。它俯视所有的人，目露凶光，嘴里的芯子像皮鞭一样甩来甩去。弗拉维浑身发冷，好像被恶灵盯上了。就在那时，那个家伙，不知是龙还是蛇，再次发出了震撼的叫声。有人开始大声呼喊，有人用手握住了耳朵。

"弓箭手上！" 马尔库斯喊道，二十几支箭飞射出去，它们的"嗖嗖"声被淹没在巨蛇的长啸中。有些没有射中；有些划过了那怪物后背的鳞片；有些射进肉里，刚嵌进去，蛇身一晃就掉下来。大概有六支箭扎入那个怪物身体。它像是丝毫没感觉到疼痛，继而开始反击。它张着血盆大口，猛冲向两名士兵，将他们举到空中，把他们吓得哭天喊地；接着向后猛一甩头，就把他们吞了下去，弗拉维眼看着战友顺着巨蛇喉咙滑进肚里，感到不寒而栗。那条巨蛇吃人时如此迅猛，刚刚都还活着的两个人，就这样被囫囵吞下了。

弗拉维并没听到放箭的命令，但是又一轮箭雨密密麻麻地射向那头怪兽。它步步进逼，弓箭手也射得越来越准。击中它的箭几乎每一发都直取要害。这次，那巨蛇发出了愤怒的咆哮。它放平身体开始打滚，想甩掉那些箭。蛇尾像长鞭一样荡平河边的草丛。

"后退！"马尔库斯吼道。顷刻之间，所有人赶紧远离那个怪物。撤退虽有些混乱，但所有人总归全身而退。士兵们重新排成防御阵形，拉开与迦太基巨兽的距离。弗拉维双腿发软，怪物巨长的身影在脑中挥之不去。他敢肯定它远不止一百英尺。至于到底长多少，他根本不想知道。

"它没有跟过来！"有人喊道。

"继续后退！" 马尔库斯命令道，"退回营地，上营墙！"然后他瞥了一眼身边的弗拉维。"去看看。"他悄悄地说。弗拉维胆战心惊地转过身，迎着后退的人群走上前去。最后一位士兵也与他擦肩而过，他继续强迫自己前进，竖耳倾听，备好弹弓。他知道这也许无济于事，但那毕竟是最趁手的武器。他还安慰自己，最起码它比短剑的射程要远。他咧嘴笑笑，吃惊于自己的冷静，然后继续前进。

弗拉斯看见地上横七竖八的尸体，便止住脚步环视四周的草丛，那个庞然怪物不见踪影。它在地上滚动甩掉身上的箭时，荡平了一大片灌木和草丛。有片刻时间，他站在那儿，侦察现场。直到一只又一只食人鸟相继停在尸体旁，他才断定那条大蛇真的已经离去了。即使这样，他还是格外小心谨慎地前行。

倒地的人都已经命在旦夕。有个人还在那里苟延残喘，空气从他松弛的嘴边一进一出，躯干却已经支离破碎，眼睛也暗淡无光。有时候身体需要花点时间才明白自己已经死去。弗拉维不理会他，硬着头皮往前走。那条巨蛇撤退时在草丛中割下了狭长的压痕。它是否受到重创？他没有看见任何血迹。他一路跟随，直到看见小河和压碎的芦苇，判断出它就是从那里回到了水中。在水中，它可以很好地隐蔽自己。他不想也无需再往前走了。

他回去向马尔库斯禀报，意识到老友也被吓得六神无主。马尔库斯面色阴沉地听弗拉维讲述经过，然后摇摇头："我们来此地是为了打败迦太基人，而不是来对付什么巨蛇。现在军心已经动摇，人们相信这是迦太基人用来攻击我们的什么恶魔或巨龙。我无意再次向它宣战。我会安排人好生安葬死者，但是侦察兵头已经前去探路，寻找渡口，我打算转移到下游去。此地不宜久留，我们必须前行。"

对于如此明智的决断，弗拉维感到既惊讶又释怀。他原以为朋友会深究此事并与之纠缠不休。马尔库斯下面的话扫除了神秘的猜测："它确实很大，但终究是条蛇而已。没有必要跟它浪费时间。"

弗拉维点点头，走开了。马尔库斯天生就是一块军人的料。猎人围猎、为了打猎而揣摩猎物的心思,这些引不起他的任何兴趣。在他看来,战争就是人类之间的对决,要求对战略有高度的理解。与弗拉维不同,他从未将任何动物看成复杂又难以捉摸的对手,从不将它们视为值得与之较量的对手,也永远不理解弗拉维对于狩猎的狂热。

此刻,弗拉维抬头仰望铁笼中的朋友,他清楚地看到一直隐藏在马尔库斯内心的那个动物。此人的心智正一点点向那步步逼近的野兽屈服。痛苦与煎熬让他无暇顾及其他。他注意到马尔库斯身体不停地颤抖。他的双膝瑟瑟发抖,尿混着血顺着他的腿间流下来,滴在下面的街上和过往的行人身上。这让路过的人气急败坏,狂呼乱喊。原本市场上的人群都要忘了这个垂死的人了,但这时,他们再次抬头看上来。

血尿溅脏了一个女人围巾,她一把从肩上扯下来扔到地上。她抬头怒视马尔库斯,对他晃动拳头,骂着猥亵的粗话。嘲弄声、狞笑声随之而来,人们指指点点叫嚷着、狞笑着。有几个围观者停下来去捡石头。

◆

有一段时间,痛苦像海浪般袭来,卷走了他的知觉。每一次排山倒海的巨浪,都让他紧紧地握住铁笼的栏杆,就像将要被溺死的水手紧紧搂住一片浮在水面上的残骸。他知道这并不能保证自己的安全,但还是不肯放手。他要站着死去,不只是因为跌倒意味着将被笼底的粗糙长钉刺伤,而是他决定挺直腰板死去,像一个罗马公民,一位执政官,一名军人,而不是像被刺伤的狗那样蜷缩着死去。

痛苦并未减轻,但是已经变质。正如暴风浪潮的撞击最终会使人睡去一样，痛苦亦是如此。疼痛纠缠着他，反反复复，他的思绪已经飘浮其上，只是偶尔被尖刺扎痛才会醒过神来。痛苦似乎唤醒了他的记忆，唤醒了记忆中最深刻最强大的东西。他在阿斯匹斯的大获全胜；他几乎不费吹灰之力就一举拿下了整座城市。那是夏天的时候！哈米尔卡不敢与他对决，任由他的军队在迦太基土地上自由驰骋。他获得了丰厚的战利品，而他解救的罗马士兵俘虏也不计其数。对了，从那时起他就成了元老院的宠儿。然后就是凯旋式的宏伟场面，浩浩荡荡的罗马盛大游行在他眼前绽放，恍如昨日，一如他孩提时代所热切想象的场面。他受之无愧，被视为英雄，接受人们的欢呼和爱戴。

但也是那时，他的执政官同僚曼利厄斯决定带着最好的战利品乘船返回罗马。迦太基的将军哈米尔卡大概认为那是难得的优势，于是把自己的军队拉到了巴格拉达斯河的尽头，在一片树木繁茂的山坡上安营扎寨。雷古鲁斯毫不畏惧，率领着步兵、骑兵和强大的弩炮部队前去挑战。

但紧接着，他们来到河边，遇到了那条该死的非洲巨蛇。他的手下坚信这是哈米尔卡派来袭击他们的迦太基恶魔。尽管他亲眼看到了这个怪物，还是难以置信。弗拉维向他做了汇报，那是他生平仅有的一次，怀疑自己好友对一头畜生的评估。初次交锋，这个怪物就折损了他十三名手下，为了这么个对手，这样的损失过于惨重。他意在对付哈米尔卡，担心自己失去攻其不备的先手，于是命令手下撒退，将河岸拱手让给那条巨蛇，但他从不对人类对手心慈手软。他率军撒到下游，寻找渡口，而辎重和炮兵部队跟在后面，在更高更硬的路面上前进。

行军几个小时后，他发现了一个好渡口，暗自庆幸没有损失太多的时间。他骑着马，带人来到河边，靠岸驻足，看着自己的军队渡河。他安排弓箭手匍匐在就近的高地，这是大军过河时他惯用的标准警备措施。巴格拉达斯河河面宽阔，两岸低浅，布满了脏乎乎的淤泥；芦苇和香蒲丛比骑马的人还高。前排的士兵拨开草丛探路。他勒马观看，先头部队消失在一排排绿色水生植物中，他们劈开一条狭窄的小路，随着后面的人跟上，路越踩越宽，形成一条压痕。

他希望河中心能多点碎石而不是泥泞，希望快速渡河直达对岸、踩上坚实的地面。对于任何军队来说，渡河时候都最易受到攻击。人在齐胸的水里就是个活靶子，没有任何防卫能力。透过岸边的芦苇和草丛，他焦灼不安地扫视着河对岸，未发现任何敌军的迹象。在第一拨士兵上岸、弓箭手就位、渡口得到警戒之前，他不敢稍有怠懈。

但是他失策了，他没有看到该看的地方，或者说，没有看到真正的对手。

弗拉维一直站在他的坐骑旁边。雷古鲁斯听到他的朋友惊讶的吸气声，赶紧回头。刚开始，他都不知道自己到底看见了什么，然后突然间意识到，自己正在盯着一条城墙般的巨蛇，那花纹斑斑的蛇皮正滑过岸边高高的芦苇，直接扑向不堪一击的军队。

谁能想象如此巨大的蛇能爬得如此之快且悄无声息？谁又能想到一个畜牲能料到他们会到下游再次尝试渡河？或许这只是巧合，又或许是那个怪物饿了，循着行军的声音来到了这里。

要不然它就真是迦太基的恶魔，他们召来古老的邪恶势力，要结束他在迦太基领土的统治。那个怪物静悄悄地穿过水面和倒伏的苇丛。那一刻，他再次被那巨大的形体吓得魂飞魄散。太不可思议了！只不过是一个畜牲，却让一大片草丛来回晃动，长度令人惊骇。他看到那圆鼻子蛇头高高抬起，张大了嘴。

"当心巨蛇！" 他喊道，率先发出了警告。紧接着就有上百人跟着一块儿喊起来："蛇！"此时此刻，无法用语言来形容这个突如其来的噩梦！蛇应该是那种被人踩在脚下的动物。在非洲，最骇人的场景里，人们也只是看见蟒蛇缠住一头山羊。对于一头像城墙那么长那么高的动物来说，"蛇"不是个合适的字眼。

它像一个意念、一声叹息，像新近磨过、寒光凛凛的镰刀，横扫一切。它像一堵移动的墙在尖尖的芦苇丛中穿行。阳光照在鳞片上，在芦苇薄薄的阴影中闪着亮光。它游进水里，撕裂河中的行军队列，冷酷无情，势不可挡，似狂风巨浪又似地陷山崩，根本不像活物。它将士兵衔在嘴里，喉咙两边发达的咬肌不停蠕动将人压碎往下吞噬。它在队伍中快速穿梭，随着那长鞭一样的蛇尾猛地一甩，狠狠地劈向那些水中挣扎的士兵，有一些人被推到了水下，可能是被那怪物的身体，也可能是被它搅起的巨浪所致。

"放箭！"　雷古鲁斯喊道。但是他们的箭都被那巨蛇光滑的皮肤弹开，或者像歪歪扭扭的大头针一样挂在上面，完全无法穿透它那厚厚的皮囊。石弹也丝毫不起作用，巨蛇又循原路折回。那个怪物再次如巨鞭一样抽打挣扎中的士兵，此时空气中弥漫起爬行动物的恶臭。它一口叼住几个士兵，把他们碾碎，愤怒地将尸体甩来甩去。河里有个士兵，不知是勇敢还是愚蠢，也许是两者兼有，竟想要用长矛刺那个怪物。但是锋利的矛尖擦过蛇鳞，却没有伤它分毫。只一瞬间，巨蛇便低头将那个士兵吞入口中，一昂头便将他的长矛甩飞。在一阵抽搐的吞咽之后，它的敌人化为乌有。尖锐的呼哨声一阵又一阵地划破长空。仿佛吃人只是因为它怒火中烧。

雷古鲁斯努力控制住坐骑。尽管身经百战，那匹牝马还是步步后退，惊骇地嘶鸣。他勒住缰绳，坐骑向后退却，马头仍在挣扎。或许是这种挣扎吸引了巨蛇的注意；或许只是马背上的人看着比在河中快淹死的惊恐士兵目标更大，总而言之，巨蛇熊熊燃烧的目光落在了他的身上，猛然间，它朝他直逼过来。蛇尾鞭挞着河水，泛起黑乎乎的泡沫。它血口大张，势要连人带马一起吞下。

逃跑只是徒劳。他怎么也快不过巨蛇的速度。不论是坚守阵地、像英雄般死去，还是转身逃跑、被人视为懦夫，结果都一样。太奇怪了。即使是现在，他仍清楚地记得自己居然毫不畏惧。吃惊倒是有一点，因为自己将死于同巨蛇的搏斗，而不是与迦太基人的厮杀。他清楚地记得，自己当时在想人们是否会记住他的死亡。短剑在手，他却想不起来何时拔出。面对这样的险境，用剑简直愚蠢至极，但是只要有机会，他就要让剑沾血。巨蛇袭来，发出刺耳尖叫，那种声音震撼着他的耳朵和皮肤，让他无法思考，让他魂飞魄散。

他隐约感觉周围手下都已散开。那匹牝马挣扎着向后退，他拼尽全力抓住她。巨蛇张着血盆大口向他扑来，恶臭熏天。就在那怪物的大嘴刚要咬到他时，他突然感到身体被人猛地一撞。"马尔库斯！"那个人似乎喊了一声，但声音微弱，被巨蛇的怒吼声压住了。

他不知是谁将他推下马。直到跌进泥泞的河岸上，他抬头一看，才认出是弗拉维。那巨蛇已将马和弗拉维一块儿抬离地面。怪物的喉咙卡住了马的胸部，弗拉维飞身把马尔库斯推下马，自己的一条腿却和不幸的战马一道被巨蛇咬在口中。弗拉维金钟倒挂，发出惊恐而痛苦的嘶吼，而战马则在巨蛇口中疯狂地挣扎。

马尔库斯在泥泞中打了个滚，又本能地站起身，然后他跳起来抱住朋友的胸部。事实上，是他的体重把弗拉维从巨蛇的口中撕扯出。少了弗拉维的重量，巨蛇心满意足地继续与疯狂踢腾的马进行角逐，无暇顾及摔倒在地上的两个人。马尔库斯重重地栽在地上，被弗拉维压在身下，简直喘不过气来。他从朋友身下滚出来，勾住他的腋窝往后拽，将他拽出开阔的河岸，躲进茂密的草丛里。

两个人浑身都是巨蛇的恶臭，弗拉维流血不止。他的大腿被蛇牙犁出几道又长又深的伤口。马尔库斯使劲压住他的伤口、止住流血，弗拉维却一直捶打他。直到包扎好了，马尔库斯才意识到，弗拉维不是在打自己，而是在痛苦地抽搐。蛇牙有剧毒，弗拉维性命难保。他拿自己的性命换取了马尔库斯的性命。

马尔库斯打了个寒战，慢慢回到现实中。他依然牢牢地攥着铁笼的栏杆。太阳和风已让他的眼睛干涸，现在已经什么也看不见了。他还能感觉到一丝光，仅此而已。他站在这里几天了？他不知道。还要忍受这一切到什么时候？死神何时才会取走他的生命？他干裂的嘴唇张开了，咆哮还是微笑，他不知道。他脑中的语言再也不能用嘴说出来。弗拉维，你本可以让我英勇地死去，可是你救了我，让我落得如此的下场。朋友啊，这可不算是什么恩惠啊。对我来说，太不值了。

◆

和其他围观的人一样，弗拉维看到马尔库斯在瑟瑟发抖。就像一头受伤的野兽引来一群豺狼，他们的目光牢牢地盯着他。弗拉维挨个看着他们的脸：宽阔的鼻孔，咧开的嘴唇，兴奋的眼睛。他们狡黠地彼此摇晃着脑袋，准备好了脏兮兮的投掷物。他们如饥似渴，希望看到马尔库斯临终时充满痛苦的折磨和嘲弄。用丢出的石头和污秽的语言，把他屈辱的死亡视为自己超乎寻常的胜利。

弗拉维怒火中烧，恨不能找把剑来。可他没有武器，只有用拐杖和偷来的钱包做成的弹弓和弹丸。昨天晚上他用它射死了树上的一只鸟。虽然不是什么丰盛的晚餐，但是他很高兴自己的功夫并没有丢掉。但那毕竟只是猎人和射手的武器，无法用它对抗这帮暴徒。

或许，他可以用他的拐棍抢他们，但是那教训不够深刻。即使有一把短剑，他也不能把他们全干掉，但是至少可以让他们搞清楚，折磨笼中囚犯和死于敌人刀下是两回事。但这样也无法救马尔库斯，人们还是会冲铁笼扔石头，小点儿的石子还是会打中他。伴随着那些石子，他还会听见那些辱骂和嘲笑的声音。弗拉维看看周围，痛心疾首。他救不了马尔库斯。

他无法使马尔库斯免于死亡，但或许能让他从这非比寻常的死亡中解脱出来。他弯腰去捡石头，找到个大小适中的，退到街边。他必须立即动手。人们已经开始向马尔库斯抛扔石子。大多数石子飞到半空就掉落下来，即使偶尔有丢上去的也没什么力量。他很得意地看到有些石头回落到聚集的人群中，砸在那些仰着头的看客脸上。

他站在一扇门前的屋檐下，掂量着手中的石头，之后开始摸索着腰间揉成一团的破布，从偷来的钱包中找到一块蜡，往外拿的时候，手又戳到了巨蛇的牙齿。尽管这该死的东西一直在他肉里溃烂，却还像之前一样锋利无比。

他仍记得自己如何得到这颗牙齿。那天他纵身一跃，只是想撞开马尔库斯。他至今记得那个巨蛇的大嘴咬上他大腿的恐怖场面。他被倒挂金钟，蛇牙扎进肉里，那疼痛与蛇毒带来的一样尖锐。片刻之间，那种热辣辣的酸痛传遍了他的全身，他知道自己中毒了。多亏了那个马鞍，他才捡回一条命。巨蛇的牙齿直接穿透了他的大腿，磕上了什么东西，可能是腰带扣，也可能是块铜牌。巨蛇越咬越紧，弗拉维能感觉到它的愤怒。随后，蛇的牙齿碰到一块金属，弗拉维这才得以脱身。

巨蛇刚一松口，马尔库斯就跳上前来抓住了他，把他从死亡之口中夺了回来。"不要管我！"他喘着气说道，深知自己死期已到，随即陷入一片黑暗。

等他重见光明，一切都变了。他的腿被绷带捆了个结实，包扎处的肌肉鼓鼓地肿起，高烧不退。马尔库斯就蹲在他身旁。他仰着头，看着夜色映衬下的橡树叶子，闻到了松针的味道。那么，马尔库斯已经摆脱了巨蛇。莫非他放弃了渡河的计划？他无精打采地眨了眨眼睛，明白对他来说，战斗已经结束，以后的日子就托付给他的朋友兼指挥官了。马尔库斯对他咧咧嘴，露出恶狼般的微笑。"你醒过来啦？好极了。我的朋友，如果你今晚死了，我并没有让你的死敌比你活得更长。

"扶他坐起来。"马尔库斯命令道，似乎不太在乎弗拉维怎么想，两名侍从依命行事。他朦朦胧胧意识到，现在所在的地方不算高，连个小山丘也算不上，也就能看到河谷而已。也就是说，他们与巨蛇的领地相距并不远。他感觉到恶心想吐，不仅仅是因为毒蛇的剧毒，还有恐惧。

"什么？"他挣扎着冒出一句，感觉不只是他的腿，整个身体都被毒药侵蚀得肿痛。

"快拿水来。" 马尔库斯命令其中的一个，但是他根本没有看着弗拉维。他凝望水面，耐心等待。"哈，"他吐了一口气，"你在那儿啊！看见你了。" 他转身对身后的人喊道，"你们现在看清了吗？不可能看不见。它既然大得像城墙，那咱们就把它当成城墙。各就各位，瞄准射击。"

一名手下端来一杯水放到他的嘴边。弗拉维想喝，可是他的嘴唇、舌头，整个嘴巴都感到迟钝肿胀。他润了润舌头，呛住了，喘匀了气，之后就转过脸，不再看那杯水。不知从何处传来了击鼓声，铿锵有力，节奏迟缓。但这毫无意义。他刚把脸转开，就听到那熟悉的"砰"的一声，跟着是弩炮发射时的振动。紧接着又是四炮连发。他现在已经听出来了，那是"咚咚咚"的声音，之后是射击声，再后来就是皮带发出的低沉的"嗡嗡"声，这次他们用的是石弹，不是弩箭。随着石弹的发射，土坡上的人兴奋得又蹦又跳。"击中了！" 有人高呼道，"看，它在水中扑腾呢！看啊，它正在水里打滚儿呢！" 另一个应和道。

弗拉维勉强睁大眼睛，观看这个场面。马尔库斯居然选择用弩炮攻击那条巨蛇。炮手正在疯狂地装填石弹，转动弩炮，不断调整角度来瞄准因剧痛而蠕动的巨蛇。就在下面，那些大石头要么错失目标掉进黑糊糊的水里，要么狠狠地撞在那条巨蛇的鳞片上，然后在水中掀起大浪。那巨蛇深埋在芦苇丛中，但是马尔库斯占据了有利地形，可以俯视它。他能瞥见巨蛇覆盖鳞甲的宽阔脊背和疯狂舞动的蛇尾，即使看不到全身，他们依然能够根据它分开的芦苇和水面上黑糊糊的泥浆旋涡判断它的行踪。

"这样杀不死它的。" 弗拉维说道，但是却只发出无言的嘟哝，根本没有人在意。他只能看到战斗的一角，因为在他面前，人们在大声喊叫，跳跃，瞄准巨蛇接连不断地发射石弹。但是弗拉维了解蛇。孩提时，他曾将蛇握在手中，知道它们多么柔顺光溜，它们的身子又多么灵活。"蛇头，"他建议道，然后拼死从肿胀的嘴中，冲马尔库斯喊道，"蛇头！脑袋！"

不知是听到了他的喊叫，还是马尔库斯自己醒悟过来："听好了，大家瞄准蛇头。将石弹都投向蛇头！要快！趁它还没躲起来也没潜入水里。"

士兵们开始遵令轮流装弹，石弹如冰雹一样倾泻在蛇身上。那畜牲被打得晕头转向，一会儿扭向这边，一会儿扭向那边，想要躲避不知来自何处的敌人。弗拉维看到蛇尾不像之前那样挥舞了，也许脊椎被石弹击中了。又是一发，这次擦着尖尖的蛇头飞过。它的速度突然间慢了下来，并且显得非常吃力。巨蛇痛苦地扭动身躯，不再像之前那样东冲西突；在那个怪物愤怒地翻腾的时候，弗拉维看见了它白皙的肚皮。

跟着，就是那致命一击。这颗弹丸一发射出去弗拉维就知道了。它击中了蛇头并且卡在那里，楔入了巨蛇的脑袋。它抽搐得越来越缓慢、吃力；而士兵则越战越勇，石弹如暴雨般砸向那怪物。它已经纹丝不动，但他们仍不肯罢手，一次又一次地攻击那瘫成一团的身体。

"停下！"马尔库斯终于大声吼道。他转身对着什么人说，声音就在弗拉维的头上方。其实弗拉维早就知道巨蛇已经死了。"派两个人下去看看它是不是真死了。如果确定它死了，让他们量量它到底有多长。"

"如果没被砸成两截的话，得有一百英尺。" 有人估计道。

"接近一百二十英尺。" 还有人指出道。

"天底下没有人会相信我们的。" 有人酸溜溜地笑着说。

弗拉维看见马尔库斯板起脸孔。蛇毒发作了，他的视线开始模糊。他瞥了一眼， 看到马尔库斯咬紧牙关，目光冷酷。之后，他撑不住了，闭上了眼睛，只听到马尔库斯说："他们会相信我们的。这可不是什么来自非洲的野史传奇，更不是吹牛妄谈。他们会相信的，因为我们要把蛇皮和蛇头送给他们。我们要剥下它的皮，把它送回罗马。他们一定会相信的。"

他们剥了它的皮运回了罗马。弗拉维当时就坐在那辆牛车上，车上放着那张擦过盐、臭烘烘的蛇皮。砍下的蛇头被放在了牛车的后面，部分牙齿不见了，因为有人取下来留做纪念。那番景象和非洲烈日炙烤下的蛇皮气味令他恶心反胃，丝毫不亚于遍布全身的剧毒和感染。他靠着牛车，身前固定着扎着绷带的腿，迷迷糊糊地盯着它。他能看到巨蛇嘴中的断齿，并且知道剩余的部分在哪里，就在大腿骨旁边，紧贴着大腿根部。那个土神医断定那颗牙齿最好留在原处。"周围会慢慢痊愈的，好像它根本不存在一样。"那个人说了谎。而弗拉维，又难受又疲惫，所以没有考虑让他在伤口处开刀将它取出，只是点点头，接受了这个谎言。

马尔库斯来到他的身边跟他道别。"你知道，我总是会想方设法让你留在我身边，这次你回家完全也是出于好意。我的故事由你来讲述最好，因为你就是铁证。有了这蛇头和蛇皮作为证据，谁还会再怀疑你呀。很抱歉让你这个样子回家。但是我保证，下次阅兵时，你还会跟我在一起。我想你不会觉得我自食其言吧？"

他们俩都知道对方指的是什么。弗拉维深深地叹了口气。即使他告诉马尔库斯他再也不想从军了，他的老友也绝不会相信的。于是他挤出了一丝笑容说道："据我的记忆，你只是答应没有我就再也不会参军了。但是我不记得曾说过没有你我就不回家了！"

"的确如此，老弟。那个承诺是我的，不是你的。好吧，一路好走，给我家里捎句话，跟我的儿子讲讲咱们的伟大事迹。不久之后，我也就回家了。下次如果我们再入编的话，记着要跟我一起并肩战斗啊。"

不久之后，他的确回到了故乡。就是那次。弗拉维紧紧地闭上眼睛，希望能把人群的吼声抛之脑后。可是那嘘声一阵高过一阵。对弗拉维来说，战争是责任，远非荣耀的呼唤，但是马尔库斯一直不懂他的心思。所以当他们再次应征从军，弗拉维拖着伤腿一瘸一拐地上前时，马尔库斯没有食言。就这样弗拉维再次入伍并跟他一起行军。

而这就是他的下场，一个在迦太基逃亡的奴隶。

他看着自己用蛇牙做成的东西，用手掂量着，心里思忖着。这种长柄投石器最好的弹丸是圆石头。尖形投掷物可能会在空中打滚。笼子的铁栏杆也会将它撞飞。这是个荒唐的计划，是个无望的姿态。他抬头看着自己的朋友，突然有了主意。

有些东西丢上去击中了马尔库斯的眉毛。鲜血从伤口处滴下。更加触目惊心的是，夕阳在他的身上投下了红色的光芒，裸露的皮肤在残阳中放着猩红的光。红色浸染了全身，仿若他乘着胜利的战车穿过罗马，让人们瞩目他的凯旋一样。他直挺挺地站着，即使在颤抖也还是使出全力站直身躯，不肯倒下。残损的眼睛盯着西方。

弗拉维迈步走向街心，果断地朝着最佳位置走去。他只有一次机会，而挥舞长柄投石器需要空间。眼看着马尔库斯就快支撑不住了，碎石子和辱骂声弥漫在空中和自己的耳畔。弗拉维仔细端量，深深吸了一口气。

"小心， 毒蛇！"他大叫一声。

马尔库斯没有转向他。也许是他握着铁栏杆的手无法松开，也许不是。也许他永远都不会知道，自己的朋友会前来目睹他的死亡，也许永远都不会知道弗拉维可能会为这一声高呼付出生命的代价。有人听出了他的外乡口音，朝他看过来。他抓紧时间，装好弹丸，测试拉绳的摆动。他全身心地盯着老友，向他点头作别，但是马尔库斯根本看不到。之后他就射出那颗巨蛇的牙齿，看见它不偏不倚，正中马尔库斯的胸膛，直击他的心脏。马尔库斯因此浑身一颤。

"世事无常啊！"他高呼道，话音未落，就看见他的朋友，最后一次，转向了他。然后沉下去，死了，但是他的手却始终没有松开栏杆，没有跌倒在等待已久的长钉上。人群发出胜利的欢呼，但他已听不到了。执政官马尔库斯·阿蒂利乌斯·雷古鲁斯死了，被巨蛇杀死了。那些蠢货是否再向他投石子或垃圾已经无关紧要了。他已经解脱了。

弗拉维又在原地站了一会儿。有人看到了他的一举一动，但是同时也看到了他紧握在手里的拐棍，直视他们的目光。于是他们不再理会他，转身继续捡石头猛往马尔库斯的尸体上扔去。就像那些士兵往那条死去的巨蛇扔石头一样。宁可奚落死去的狮子，也不嘲笑活着的豺狼，弗拉维心想。

然后他转身离开了。故乡似乎遥不可及，但是再远他也要回到家园。他从来没有承诺马尔库斯没有他就不回家。他一定要回去。但是他对这个集会的夜晚许下了新的承诺。"我再也不打仗了，马尔库斯，没有你，我绝不参军。"

（白文革　译）

劳伦斯·布洛克

《纽约时报》畅销书作家劳伦斯·布洛克，是现代侦探小说文学流派中的王者，也是美国侦探小说界的大师。他曾获得四次埃德加·爱伦·坡奖、六次夏姆斯奖，还曾被授予尼罗·伍尔夫奖、菲利普·马洛奖、全美私人侦探作家协会颁布的终身成就奖，以及英国犯罪作家协会颁发的钻石匕首终身成就奖。目前他已出版长篇小说五十多部，短篇小说更是不计其数。布洛克最知名的作品是长销不衰的酒鬼无牌侦探"马修·斯卡德"系列，其中主要包括《父之罪》《在死亡之中》《黑暗之刺》及其他十三部小说。他还创作了畅销的"杀手凯勒"四部曲，该系列前三部分别是《杀手》《黑名单》和《杀人排行榜》；游历全球的不眠之人"伊凡·谭纳"系列，包括《睡不着的密探》和《作废的捷克人》等八部小说；以及包含十一部长篇的书商雅贼"伯尼·罗登巴尔"系列，包括《别无选择的贼》《衣柜里的贼》《喜欢引用吉卜林的贼》等等。他还创作了许多独立成篇的小说，如《小城》《死亡推动双十字》等，并用奇普·哈里森、吉尔·艾默生、保罗·卡瓦纳等笔名发表了众多作品。他的许多短篇小说收录在《时而撕咬》《如羊待宰》《逮到那头熊》《黎明的晨光》《一夜情》《侦探小说集》《自杀冲动及其他》和《足够长的绳子：选编集》等书中。他还编辑了十二本侦探小说集，包括《边缘谋杀案》《双手沾满鲜血》以及与奥托·彭茨勒合编的《2001年度全美最佳侦探小说选》等。他还出版过七本非小说作品及写作参考书，如《为兴趣和赚钱而撒谎》。他最近的新作包括"杀手凯勒"系列的新书《杀手亡命》、短篇集《一夜情与失落的周末》，以及编辑的文集《言及愤怒》等。布洛克目前在纽约市居住。

在接下来这篇简练而犀利的小说中，布洛克将向我们展示执念会把人带上何其诡异的道路……并最终将人引向何等黑暗的结局。

清单

她走进星巴克，选了一个靠窗的位置坐下。这里正好能看见街对面的办公楼，他的办公室就在大楼里。还不到下午五点，她估计自己会等上很久。在纽约，法律事务所的年轻合伙人们通常会工作到半夜，午餐和晚餐一般就在办公桌上解决。托莱多[①]也这样吗？

好吧，至少这儿卡布奇诺的味道和别处一样。她小口抿着咖啡，一点一点喝光，正打算去吧台再要一杯，这时，她看到了他。

那是他吗？他个子很高，身材纤瘦，一身黑色正装，扎着领带，手持公文包，行色匆匆。在她的记忆中，他头发很长，总是乱蓬蓬的，正配他的T恤衫和牛仔裤——当年他总这么一身打扮。而如今，为搭配正装和公文包，他把头发剪短，还戴上了眼镜，给人一种严肃又勤奋的感觉——如果没有这副眼镜，他不可能装出勤奋的样子。

但那的确是道格拉斯。毫无疑问，是他，没错。

她赶忙起身，推开店门，加快脚步，在街角处追上了他。她问："你是道格[②]吧？道格拉斯·普拉特？"

他转过身，她在他眼中看到了迷惑。她得帮他回忆一下。"我是凯特[③]呀。"她说，"凯瑟琳·特利弗。"她温柔地微笑，"听着是不是有些耳熟？呃，好长时间不见，还记得我吗？"

"我的上帝！"他说，"真的是你？"

[①]托莱多是美国俄亥俄州第三大城市。
[②]道格是道格拉斯的昵称。
[③]凯特是凯瑟琳的昵称。

"我正一个人喝咖啡，"她说，"一边看着窗外，挺希望能见到一个熟人。我发现你时，还以为出现了幻觉。或者，是不是认错了？会不会是别人，恰好跟八年后的道格·普拉特长得一模一样？"

"有这么久了吗？"

"差不多吧。那时我才十五岁，现在我都二十三了。而你比我大两岁。"

"我现在也比你大啊。这一点倒不会变。"

"高中三年级时，刚到期中，你全家就搬走了。"

"因为我爸在外地找到一份工作，不得不搬。他本打算等学期结束再让我们过去，可我妈不同意。她说，爸爸走了，我们一家人会很孤单。直到几年以后我才明白，我妈其实是信不过我爸。"

"那她现在信得过你爸爸吗？"

"我不知道。两年后，他们还是离婚了。我爸脑子有点儿疯，他居然跑去加利福尼亚，铁了心想当冲浪手。"

"真的呀？好吧，我想对他来说，这也算是好事。"

"不全是。他淹死了。"

"哦，对不起。"

"谁知道呢？或许他希望这样，不管他自己有没有意识到。我妈倒活得好好的。"

"也在托莱多？"

"她住在鲍林格林①。"

"那就对了。我记得你家搬到了俄亥俄州，但不知是哪座城市，没想到就是托莱多，我还以为是鲍林格林呢。"

---

①鲍林格林是美国俄亥俄州的城市，位于托莱多西南偏南的位置。同时，"格林"在英语里也有绿色的意思，所以在下文中，道格会把鲍林格林当成是一种颜色。

"我一直以为那是一种颜色。青柠绿、森林绿,还有'鲍林绿①'。"

"哈哈,道格,你还跟以前一样。"

"真的吗?我穿上正装,坐在了办公室。上帝啊,我还戴着眼镜……"

"还有结婚戒指。"她抢先道,免得他滔滔不绝地讲起老婆孩子及舒适的郊区公寓,"你这是要回家吧?我也该忙自己的事了。可我想再见你啊,你明天有时间吗?"

我是凯特呀。凯瑟琳·特利弗。

这个名字把她带回到过去。她有好多年不曾使用"凯特"、"凯瑟琳"或"特利弗"这样的名字了。名字就像衣服,她随手取出一件,在身上穿一段时间,然后信手脱掉。仅此而已。这个比喻还不够恰当,因为衣服脏了尚可清洗,而名字一旦沾上污点,就再也没法洗白。

无论凯特,还是凯瑟琳·特利弗,都不是她随身证件上的名字,她在汽车旅馆登记也不用这个名字。不过一旦道格·普拉特认出她,她就成了自己声称的凯瑟琳·特利弗。她现在是凯特——与此同时,她又不是凯特。

这是不是很有意思?

回到汽车旅馆,她打开电视机,随便换了几个频道,然后关掉电视,去冲了个澡。她花了几分钟时间欣赏自己的裸体。她想知道,在他眼中,自己是什么样子呢?和八年前相比,她的乳房更加饱满,臀部愈加浑圆,胴体更为成熟。她一向对自己的魅力充满自信,她总是情不自禁地想知道,在过去几年间,在那些饥渴的眼神中自己到底是怎样的?

---

①格林原文Green,也是绿色之意。

当然了，道格不用借助眼镜，也跟过去一样看得清清楚楚。

她曾经读到过，一个男人若是和某个女人发生关系，有了第一次，就会想第二次。她不知这个说法几分可信，但她觉得，某种程度上女人也是这样。如果一个女人拥有过某个男人，那她一定想知道自己有没有能力再次吸引他。她过去对此还有点儿怀疑，可是现在，她完全相信了。

但他已经结婚，或许他深爱着自己的妻子。他正忙着建立自己的事业，力图过上井井有条的新生活。他为什么还要跟过去的女友旧情复燃呢？若非她叫出名字，他甚至想不起她是谁。

她笑笑。午餐时间，他是这么说的，我们明天可以一起吃午餐。

事情的起因挺搞笑的。

她跟五六个家伙一起围坐在桌边，这些人有男有女，全都二十多岁。一个男人提到一个女的，她不认识，但其他人——不是全部也有一多半——应该都认识。在座的一个女人评价说："那是个贱货！"

她还记得，接下来，那个公认的荡妇被抛开，一桌子人转换了话题，开始讨论什么样的人属于"贱货"。这究竟是一种生活态度？还是特定的行为方式？一个人的"淫贱"是出于天生，还是后天环境的影响？

这个词单单是指女性吗？男人中间有没有贱货？

这个问题被掐死在萌芽状态。"如果一个男人的性生活太随便，"一个男人断言，"那他当然是个烂人，活该被人看不起。但在我看来，'贱货'这个词的确跟性别有关。拥有Y染色体的家伙没资格成为一个真正的'贱货'。"

后来，话题又转换到"贱货"有没有量化的指标？能不能用等式衡量？在特定的时间段里拥有特定数量的性伴侣，是不是就可以算做"贱货"？

"这么说吧,"一个女人建议,"假如你一月一次,下了班就出门,喝两……"

"和两个男人?"

"喝两杯酒!你个白痴!然后你开始找人发骚,接下来顺理成章,你会带着某人回家过夜。"

"一月一个?"

"这个可以有。"

"那一年就是十二个男人。"

"如果每个月换一个,"女人表示同意,"数量好像也不少。"

"十年就是一百二十个性伴侣。"

"不过你没法持之以恒。因为或早或晚,你会真的爱上其中一个炮友。"

"然后你们会结婚,从此没羞没臊地生活在一起?"

"或者同居个一两年,至少是二人世界吧,反正不会再频繁地更换炮友,不是吗?"

在整个谈论中,她一句话也没说。为什么要插话呢?没有她,这些人七嘴八舌,照样聊得热火朝天。她安静地坐在一边只管听,同时心中暗想,她身上有没有某种特质,已被别人贴上了"女神与贱货的综合体"的标签?

"再比如说猫。"一个男人说,"很明显嘛。"

"猫也是贱货?"

那人摇摇头,"我是说养猫的女人。一个女人,养了一只猫,或者再多点,两三只吧,那她只是个动物爱好者。如果是四只或以上,她就是个疯狂的猫奴。"

"这能说明什么?"

"一个道理嘛。不过对贱货来说,情况要更复杂。"

又有人说:"所谓的复杂,要看这个女人有没有重要的另一半,老公也好,男友也罢,是谁无所谓。如果没有,就算她每年约炮五六次,那她也不算是个贱货。可她如果已经结婚,还脚踏几条船,那就是另一码事了,对不对?"

"落实到个人头上,"一个男人对一个女人说,"你有过多少性伴侣?"

"问我?"

"对啊。"

"你是说,光去年?"

"一辈子也行。你自己决定。"

"想让我回答这种问题,"女人说,"咱们还得再喝一轮。"

酒端了上来,谈话也自然而然变成了真心话大冒险。只不过,在珍妮佛看来——大家以为她叫珍妮佛,她最近用的是这个名字——每个人的回答可信度并不太高。

然后,轮到她了。

"好吧,珍①,你有几个?"

她以后还能见到这些家伙吗?恐怕不会。那她说不说真话有什么意义?

她的回答是:"嗯,要看情况了。怎么才算数?"

"什么意思?难道说,口交不算数?"

"克林顿就是这么说的,还记得不?"

"要我说,口交也算。"

"只用手呢?"

"那不能算。"一个男人回答,看来大家观点一致,"除非他们身体有毛病。"他又加了一句。

---

①珍是珍妮佛的昵称。

"那你们的标准到底是什么?必须有器官插入?"

"就是正常的那种事嘛。"一个男人说,"我觉得这问题很主观。你觉得算就行。那么,珍,你有几个?"

"如果你不省人事,你觉得跟人做了,但事后什么都不记得,怎么算?"

"一个道理。你觉得算数就行。"

谈话还在继续,她却暂时神游天外。她在思索,在回忆,在脑中盘算。如果一群男人聚在一张桌子前,或者围坐在篝火周围,彼此交换看法,谈论有关她的事情,那他们的数量会是多少?她想,这才是真正的标准,而不是她的生殖器官与某个男人发生的接触。就像现在,谁知道谁在编故事?谁又能证明呢?

后来,当桌子周围再度安静下来,她说:"五个。"

"五个?就这些?只有五个?"

"五个。"

城里的商业中心有家宾馆,离道格拉斯·普拉特的办公室不远,她跟他约好,中午在宾馆大厅见面。她提前赶到,找个能看到大厅入口的位置坐了下来。他比约定时间早来了五分钟。她看到他停下脚步,摘下眼镜,用胸前口袋里的手帕擦拭镜片。然后他重新戴好眼镜,站在那里,扫视整个大厅。

她站起身,这下他看到她了。他在微笑。他总是笑得像个赢家,乐观又自信。多年以前,她就喜欢他这一点。

她朝他款款走来。昨天她穿一身暗灰色长裤套装,今天则换成标致的短上衣,下身是配套的裙子。这一身也是职业装,但更轻柔,更有女人味,更容易亲近。

"你不介意搭车吧?"他告诉她,"我们本来可以走着去,但人多,还很吵,可能没法好好说话。而且人群会推着你往前走,可我不想显得太着急。今天下午，你不会跟别人还有约吧？"

她摇摇头，"我忙了一上午。"她说，"晚上还要参加一个鸡尾酒会。但在那之前，我像风一样清闲。"

"那我们可以好好利用时间。我有好多话想跟你谈。"

他们一起走出大厅，她挽住了他的胳膊。

那家伙名叫卢卡斯。她早就注意到他了，而他的眼神表明，他对她也有相当大的兴趣。当她对这群人提到自己有过多少性伴侣时，他的兴趣更上一层楼。"五个？就这些？只有五个？"这句话就是他说的。她确认后，他的双眼便紧盯着她的眼睛，死死不放。

这会儿，他带她到了另一家酒吧。这地方环境不错，很安静，他们可以好好了解对方。关键是，这里只有他们两个。

灯光柔和，装饰温馨。一位钢琴手轻轻弹奏，曲子几不可闻。一个女服务生操着不知哪里的口音，帮他们下好单，端来酒水。他们轻抚玻璃杯，小口啜饮。他问："五个？"

"真的，不骗你。"她回答，"怎么，五是你的幸运数字？"

"实际上，"他说，"我的幸运数字是六。"

"哦。"

"你没结过婚？"

"没有。"

"没跟别人一起住过？"

"除了我父母。"

"现在不跟他们一起住了吧？"

"当然。"

"那你一个人住？"

"还有个室友。"

"你是说，跟一个女人。"

"对啊。"

"呃,那你们两个……"

"我们各睡各的床,"她说,"各住各的屋,各过各的日子。"

"好吧。你不会,呃,进过修道院什么的吧?"

她瞥了他一眼。

"因为你这么有魅力,走进屋子就能让整间房亮起来。我能想象每天被你迷倒的人有多少。你多大了?二十一?二十二?"

"二十三。"

"而你只跟五个人上过床?那个,你很晚才破处吧?"

"我可不会讨论这种话题。"

"不好意思。我是说真的,我确实不该这么说。我只是,好吧,我被你迷住了,情不自禁。我绝对没有让你不舒服的意思。"

这场谈话并没有让她不舒服,只是令她心烦。有必要这么拖延时间吗?干吗不尽快切入正题?

她已经脱掉了一只脚上的鞋子,这会儿,她抬起那只脚,搭到他的大腿上,用大脚趾揉擦他的腹沟。看他的表情,单单这么做,他已经觉得这辈子值了。

"轮到我提问了。"她说,"你还跟父母一起住吗?"

"开玩笑吧?当然不会。"

"那你有室友吗?"

"自从大学毕业就没有了。那是好久以前了。"

"既然这样,"她说,"咱们还等什么?"

道格选择的餐厅坐落于底特律大道,就在1-75街区北边。穿过停车场时,她注意到,隔着两个门面就有一家汽车旅馆,街对面还有另一家。

走进餐厅，里面灯光昏暗，十分安宁，内部装修让她想起卢卡斯带她去过的鸡尾酒吧。那段记忆突然跳进脑海——她把脚搭在他的大腿上，他脸上露出愉悦的表情。记忆纷至沓来，她任由思绪信马由缰。时机刚刚好，既然记忆自己跳了出来，正好慢慢回味。

她点了一杯罗布罗伊鸡尾酒，道格犹豫了一下，为自己也点了一杯。这家店提供意大利菜，他先要了一道蒜味大虾，但又马上改口，换成小牛排。蒜味大虾，她心想，吃完了会满嘴大蒜味，看来他不想让自己的口气沾染异味。

他们谈了一会儿当下的事，但她很快转回到过去，那才是正确的谈话方向。"你以前一直想当个律师。"她回忆道。

"是啊，我想当一名刑事诉讼律师，一个庭辩专家，为无辜的人挺身而出。现在我是一家律师事务所的合伙人。可自从我见到审判室里的内幕，我明白，我错了。"

"我猜，在犯罪圈子里讨生活，一定很不容易。"

"说容易也容易，"他说，"只是你这辈子都得跟社会渣滓搅在一起，他们本来罪有应得，你却要竭尽所能帮他们脱罪。当然了，我十七岁，向往地阅读《杀死一只知更鸟》[①]时，完全不了解这一切。"

"你是我第一个男朋友。"

"你是我第一个真正意义上的女朋友。"

她心想：啥？那他有多少非真正意义上的女朋友？为什么她是"真正意义上"的？因为她跟他上过床？

他们第一次发生关系时，他是处男吗？记得当时，她根本没考虑那么多。她太专注了，只顾着做好自己的部分，却没留意他究竟

[①]《杀死一只知更鸟》是美国作家哈珀·李的代表作，1962年拍成同名电影，影星格力高里·派克在片中饰演了一位不计个人安危，为黑人受害者伸张正义的白人律师，堪称影史上第一大荧幕英雄形象。

是床上高手还是没有经验的处男。当时这些都不重要，现在她也觉得无所谓。

她只想告诉他这个事实，他是她第一个男朋友。仅此而已，不求更多。他也确实是她的第一个男朋友，无论是不是"真正意义上"的。

但她那时早就不是处女了。早在两年前，在她过完十三岁生日的一个月后，就突破了那道藩篱，之后有过将近一百次各种方式的性经验，然后，她才遇上了道格。

但真的不是跟男朋友。我是说，父亲绝不可能算作是男朋友，对吧？

卢卡斯一个人住在一幢新建大楼的顶层，那是一间面积很大的L形一居室公寓。"我是这幢大楼头一个房客。"他告诉她，"我以前没住过这么崭新清纯的公寓。真像是亲手取走了这套房子的童贞。"

"你现在也可以取走我的。"

"你还有童贞？也罢，记得么？我提过我的幸运数字。"

"六。"

"六就是你。"

她很好奇，从什么时候开始，六成了她的幸运数字？在她承认有过五个性伴侣的时候？也许吧，有什么打紧？六的确是个好数字。毫无疑问，他正为此意气风发，这个说法起作用了，不是吗？

好像他有本事拒绝似的……

他拿来饮料，然后他们开始接吻，她高兴但并不惊讶地发现自己产生了必要的生理冲动。与生理冲动相伴的，是这种气氛下萌发出的勃勃兴致。她的兴致既来自于性，又不尽然。哪怕事先没有燃起生理冲动，哪怕接下来的性接触注定以敷衍了事收场，甚至让人厌恶，她都能产生兴致。现在，她的冲动一波接一波，性欲越来越旺盛，她知道，接下来的性体验会非常美妙，于是愈加兴奋了。

他说先失陪一下，走进了浴室。她打开手提包，在零钱袋里找到一只没有标签的小药瓶。她看了看小药瓶，又看了看他留在桌子上的饮料。但最后，她把药瓶留在了手提包里，也没动他的杯子。

无论用没用，效果都差不多。他走出浴室，没有再碰饮料，而是直接奔她而来。整个过程跟她想象的一样完美。他们花样百出、急不可耐、激情似火。最后，他们分开身体，筋疲力尽，但心满意足。

"哇哦！"他说。

"这个词儿合适。"

"你也这么想？这是我最爽的一次，可不知怎么，总觉得没尽兴。你……"

"什么？"

"太绝了。我必须这么说，也只能这么说。真难想象你的经验只有那么少。"

"说我太冷感？"

"不，你太棒了，怎么可能冷感？恰恰相反！我向上帝发誓，这次我最后一次问，但你能不能说实话？你真的只跟五个人上过床？"

她点点头。

"好吧，"他说，"我是第六个，对吧？"

"正好是你的幸运数字？"

"不能更幸运了。"她回答。

"我也一样。"

她很庆幸没往他的饮料里下药。经过短暂的休息，他们便能开始第二轮，不然他就没力气挺枪再战了。

"我是第六个。"事后他对她说,"除非你把我当成额外的奖励。"

她回答他的话,声音温柔而平静,足以抚慰人心。他又说了些什么。就这样,二人你一言我一语地搭着话,直到他没了反应。她躺在他身边,回味,这种感觉既熟悉又有些新鲜,和她预料的差不多。后来,她悄悄溜下床,不一会儿,一个人走出他的公寓。

当她独自一人在电梯里徐徐下降时,她大声说:"还是五个。"

主菜上桌之前,他们又各点了一杯罗布罗伊。随后,服务生端来她点的鱼,还有他的小牛排,又送来相应的配餐酒,他的是一杯红葡萄酒,给她的则是白葡萄酒。第二杯罗布罗伊她只喝了一半,白葡萄酒则一口没动。

"这么说,之前你在纽约。"他问,"大学毕业以后,你直接就去纽约了?"

她编了一个日期,勉强应付过去,以免产生矛盾。她讲述的经历都是编造的。她从没上过大学,有时做几天女招待,有时找个办公室打临时工,这便构成了她整个"职业生涯"。她没有真正的职业,必要时才会去工作。

如果她需要用钱——不需要很多,她的生活要求不高——好吧,除了工作,赚钱的法子有的是。

但今天的她是康尼公司的职员,她的工作履历跟衣着相得益彰。还有,没错,她毕业于宾夕法尼亚州立大学,拿到了沃顿商学院的MBA学位,过去一直住在纽约。但她没讲自己为什么来托莱多,也没讲自己为谁而来,因为这些,嘘!暂时都是机密,而她发过誓,眼下不能说。

"实际上没什么大不了的,没必要遮遮掩掩。"她说,"不过,你知道,既然上头让我保密,我只好奉命。"

"你真像一个优秀的士兵。"

"没错。"她说着,冲桌子对面的他嫣然一笑。

"你就是我的士兵。"父亲这么对她说,"我的战士,我的小勇士。"

有时她会读到这样的报道——身为人父者(或是继父、叔叔、母亲的男朋友,甚至住在隔壁的大叔)是个醉醺醺的酒鬼,兽性大发后像个嗜血的蛮子,强迫自己的孩子充当性奴,他们虽不情愿,也只能屈服。每当读到这些陈年旧账,她都非常气愤。这是乱伦!而她痛恨那些男人,同情年轻的女受害者。她会血液沸腾,甚至想亲手剐了那些禽兽,想残酷地折磨他们,为受害者报仇雪恨。她会想象出许多情节——阉割他们、斩手断脚、开膛破肚——既然他们这么冷血无情,活该遭到报应。

她自己的经历与读到的不一样。

在最早的记忆里,她坐在父亲膝盖上,他用双手拥抱她、轻拍她、爱抚她。有时,他跟她一起洗澡,往她身上涂满肥皂沫,再用清水洗净她全身;有时,他在夜间为她掖好被子,坐在床边,抚弄她的头发,直到她睡熟。

当他碰她时,有过不合适的举动吗?回头想想,她觉得,大概有吧,但她从没往那方面想过。她只知道她爱爸爸,爸爸也爱她,父女之间有一条无形的纽带,却将妈妈排斥在外。她从未意识到这有什么不对。

后来,她十三岁了,身体开始发育。一天晚上,父亲来到她床边,钻进她的被窝。他抱紧她,抚摸她,亲吻她。

那天晚上,他的拥抱、他的抚摸,还有他的亲吻,都跟平时不一样。她立刻察觉到了不同,但不知怎的,她知道这是一个秘密,绝不能对任何人讲。不过，那一晚，他们没有越过底线。父亲待她很温柔。他一直这么温柔。他一点一点、循序渐进地诱惑了她。她读过平原印第安人是怎么捕获野马并驯服它们的。他们不会摧残马儿的灵魂，而是慢慢地、慢慢地，赢得它们的好感。这番描述立刻得到了她的共鸣，因为父亲也是这么做的。他改变了她，把她从一个坐在自己腿上天真无邪的孩子，变成了热情而又奔放的床伴。

他从未摧残过她的灵魂。他只是唤醒了它。

之后几个月里，父亲每晚都会来到她的房间，当他终于取走她的初夜时，她早已不再是懵懂的孩童。在他的教导下，她熟练掌握了性技巧。那天晚上，他与她冲破了最后的底线，但她一点也不觉得痛。为了这一刻，她早已做好万全的准备。

离开床榻，一切还跟往常一样。

"不要透露出去。"父亲解释，"你和我虽然彼此相爱，但别人不会理解的。我们绝不能让别人知道。如果你妈妈知道了……"

他无需要把话说完，她全明白。

"总有一天，"他告诉她，"你和我会坐上一辆车，一起远走高飞，去一座没人认识我们的城市。到那时，我们之间的年龄差距将不再那么明显。等你再长大几岁，我刮掉胡子，就没人看得出我们是父女。我们会生活在一起，我们会结婚，没有人会来打扰我们。"

她也想象着这一天。有时候，她觉得这一幕似乎注定会发生，这一天仿佛真的会到来。而在其他时间，这更像是大人对小孩讲的童话故事，就像圣诞老人和牙仙的传说。

"而现在，"他不止一次这么讲，"现在，我们必须勇敢起来。你是我的勇士，是我的小战士，知道吗？记下了吗？"

"有时我也会去纽约。"道格·普拉特说。

"我猜你会跟你爱人一起坐飞机去，"她接上话头，"住进一家豪华宾馆，再看几场演出。"

"她不喜欢坐飞机。"

"是啊，谁会喜欢呢？过去，他们会以反恐的名义把你从里到外检查个遍儿。现在情况更是越来越糟，不是吗？一开始，飞机餐提供塑料餐具，因为金属叉子到了恐怖分子手上太危险。后来，他们连这一顿饭也不供应了，让你干脆没得抱怨。"

"是啊，简直糟透了。还好去纽约的航程比较短，我不是特别在意。我一上飞机就打开一本书，等合上书，已经到纽约了。"

"你一个人？"

"出公差嘛。"他说，"不算频繁，偶尔一次。实际上，只要找到借口，我也能经常去。"

"哦？"

"不过，最近我是不会去了。"他一边说，一边躲开她的目光，"因为，你知道的，每当我结束一天的工作，一个人总是不知道该干什么好。如果有个熟人做伴儿，那就不一样了。可我谁都不认识。"

"你认识我。"她说。

"是啊。"他应和道，目光再次对上她的眼神，"是啊。除了你，我还认识谁呢？"

这些年来，她主动阅读了许多乱伦案例。她不觉得自己对乱伦的兴趣是出于强迫症或病态的痴迷，实际上，她若对此无动于衷，那才叫不可思议呢。

有一桩案例让她印象深刻。一个男人有三个女儿，他和其中两个发生了性关系。她的父亲会巧妙地指导女儿，跟她说悄悄话。而那个男人不谙此道，他更像是那种一旦喝醉酒就兽性大发的混蛋。

他对年纪较大的两个女儿说:"我是个鳏夫,而你们身为女儿,有责任代替去世的母亲履行某些义务。"她们明知这样做不对,但又隐约觉得自己确实应该做些什么。于是她们果真做了。

毫无意外地,乱伦给她们带来严重的心理创伤。几乎每个乱伦的受害者都会留下创伤,只是受伤的方式不尽相同。

谁能想到,在三姐妹中,最小的女儿受到的伤害竟然最重。因为爸爸从没碰过她,所以她总是怀疑,自己是不是哪里不对劲儿?难道长得丑?没有女人味?她是不是让人觉得恶心?

天哪,她究竟有什么问题?为什么爸爸不想要她?

吃光盘里的菜肴,道格提议再来一杯白兰地。"我不想喝。"她回答,"时候还早。我一般不在这个时间喝白兰地。"

"实际上,我也不想。但我觉得,现在喝一点儿才比较像庆祝仪式。"

"我明白你的意思。"

"换成咖啡?我实在不想急着结束。"

她表示同意,咖啡是个好点子,况且,这儿的咖啡确实不错,很适合为今天这顿美餐画上句点。一般人很难想象,在托莱多的外围城区,还能享受到如此美味佳肴。

他怎么知道这个地方的?他带妻子来过?她有点儿怀疑。他带别的女人来过?她也不太相信。或许他只是在办公室的饮水机前听到了只言片语。"我把她带到底特律大道那间意大利餐厅,吃完直接带到街角的小旅店去开房。我跟你说,女孩喜欢那种地方。"

大概是这样吧。

"我不想回办公室。"他说,"这么多年了,你又一次回到我的生命当中,我还没准备好让你再次离开。"

当初离开的可是你,她心想,是你搬到了鲍林格林。

但她说出口的却是:"我们可以去我酒店的房间。不过那间酒店在市中心……"

"其实,"他说,"街对面就有个不错的地方。"

"哦?"

"是一家度假旅馆。"

"这个时间,他们还有空房吗?"

他既有些尴尬,又有些窃喜,两种表情混杂在一起。"实际上,"他说,"我提前订了一间房。"

还有四个月就是她的十八岁生日。一切都改变了。

尽管当时并没有意识到这一点,但她已经发现,这段时间事情不太对劲。父亲来她床上的次数越来越少。有时他对她讲,今天工作很辛苦,他回到家已经很累了;有时他会解释说,回家以后还得工作,要熬夜到很晚;有时干脆连原因都懒得说。

终于,某天下午,父亲邀她一起去开车兜风。他们有时会开私家车出门,最后直奔某家汽车旅馆,她本以为今天也会这么安排。当他把车倒出私人车库不久,她就把手搭到他的大腿上,轻轻抚摩,期待他的反应。

他把她的手推开了。

她想问为什么,但又什么也没说,他也没作任何解释。他把车开上郊区街道,足足十分钟一言不发。突然,他拐进一条僻静的林荫道,把车停下,对面是一家保龄球馆封闭的卷帘门。他说:"你是我的小战士,对吗?"

她点点头。

"你永远是我的小战士。但我们必须到此为止。你已经长大了,你应该有自己的人生。我们不能再这样下去了……"

她不敢相信自己的耳朵。他的话语仿佛河水漫过她全身。冰冷的河水，发出含混的声响。她听到的不光是父亲说出口的话，言语间还暗藏着一句说辞：我不再需要你了。

她等他讲完，等了好长时间，才确信他不会再说什么了。她也知道，父亲正在等自己的回应。于是她说："好的。"

"你知道，我爱你。"

"我知道。"

"你不会对任何人讲，是不是？"

"不会。"

"你当然不会。你是个小勇士，我知道，我永远都可以依靠你。"

回去的路上，父亲问她想不想吃冰激凌。她只摇摇头。于是他直接把车开回家。

她走出车子，上楼回到自己的房间，躺在床上，随意翻开一本书，却一个字都看不进去。几分钟后，她不再强迫自己读书，而是坐了起来，双眼紧紧盯着墙上的一个点——那个地方的墙纸贴得有点儿歪。

她发现自己在想道格，她第一个真正意义上的男朋友。她从没对爸爸讲过道格的事，但他知道他们在一起有一段时间了，只有她把这层关系当成了自己的小秘密。当然，她和父亲之间的事，她也没有对任何人讲，无论是对道格，还是对其他人。

这两重关系深埋在她脑中，永远不会相交。可是现在，它们有了共同点——它们都要结束了。道格一家搬去了俄亥俄州，他和她渐渐不再通信。父亲也再不会跟她一起睡觉了。

她知道，真正糟糕的事就要发生了。

几天以后，她放了学便去好朋友罗斯玛丽家里玩。罗斯玛丽住在几个街区外的柯文顿区，家里有三个兄弟、两个姊妹。她家人非常好客,只要在她家吃晚饭,肯定会被留下来住一宿。

她欣然接受。其实她可以回家,只是她不想。过了几个小时,她还是不想回家。"我想留在你家住一夜,"她对罗斯玛丽说,"我父母最近有点儿奇怪。"

"那就住下。我跟我妈说一声。"

于是她往家里打电话,征求父母许可。"没人接。"她说,"也许他们出门了。如果不方便,我还是回家好了。"

"今晚就住这儿。"罗斯玛丽的妈妈说,"睡觉之前再打个电话。要是还没人接,呃,那说明他们不在家,所以肯定不会留意你,对不对?"

罗斯玛丽的卧室有两张床,她倒在其中一张床上,立刻就睡着了。凯特躺在几英尺外的另一张床上,心中突然冒出一个念头:罗斯玛丽的父亲会不会也摸进卧室,爬到她床上呢?当然,没有这种事,她很快也进入了梦乡。

第二天早上,她回家以后,马上歇斯底里地往罗斯玛丽家里打电话。罗斯玛丽的妈妈安抚她镇定下来,随后拨打了911,告诉警察,她的父母都死了。罗斯玛丽的妈妈赶来陪着她,不一会儿,警察也来了。事情经过似乎一目了然,她父亲杀了她母亲,然后饮弹自尽。

"你预感到情况不对劲儿。"罗斯玛丽的妈妈安慰她,"所以你很快答应在我家吃晚饭,还在我家过夜。"

"他们近来总是吵架,"她说,"比以前吵得更凶,但我没想到会闹得这么严重。上帝啊,都是我的错,对吧?我本来可以做点儿什么,至少可以劝劝他们。"

所有人都说,发生这种事,完全不是她的错。

离开卢卡斯那座崭新的高层公寓,她回到自己老旧又俗气的合租房,泡好一壶咖啡,手拿一个便笺本,坐在厨房的餐桌上。她写下1到5五个数字,从上到下按降序排列,每个数字后面跟着一个名字,至少她觉得那是他们的名字。在有些人名字后面,她又加上一两句身份特征。名单由数字5开始,第一条这样写道:

他自称希德。脸色苍白,上门牙中间有道缝儿。在费城瑞斯大街(?)酒吧相遇,跟他去了宾馆,不记得名字。醒来后已离开。

嗯……这个希德很难找。她连从什么地方开始入手都没有头绪。

名单最底下一条,她写得比较简练,也更加具体。(道格拉斯·普拉特,最后得知搬到鲍林格林。貌似律师(?)上谷歌搜索(?))

她打开笔记本电脑。

他订的房间在底特律大道度假旅馆后楼第三层。他们一进屋就锁好房门,扯上窗帘,急不可耐地脱掉衣服,又急不可耐地掀掉床单。至少有那么几分钟,她仿佛回到了十五岁,仿佛又在跟她的第一个男朋友上床。她尝到久违的、甜蜜的吻,感受到对方熟悉的原始激情。

但这幻象没能持续多久,他们直接开始做爱,两人都是值得称赞的个中好手。这一次,他让她骑在自己身上。过去,十几岁时,他从没尝试过这种体位。而她差点把他当成了自己的父亲,因为父亲一直喜欢让她在上面。

云雨过后,迎来一段长久的宁静。他说:"你一定猜不到,我有多少次想起过你。"

"想象我们又在一起了?"

"呃,是啊。不光如此。如果一开始我没搬家,我们的生活会变成什么样?如果有机会重来一次,我们两个又该如何发展?"

"也许跟大多数高中生情侣一样。我们约会一段时间,然后吵架、分手,各奔东西。"

"有可能。"

"或者我会怀孕,你只好娶了我,到现在,我们已经离婚了。"

"也许吧。"

"或者我们还在一起,但已经烦对方烦得要死,而你会找一家汽车旅馆操你的新欢。"

"上帝啊,你怎么变得这么悲观?"

"说得对,可能我确实太偏激了。要不这样吧?如果你爸爸不带着全家搬到鲍林格林,你和我还会在一起,我们对彼此的感情日益加深,从小屁孩的荷尔蒙作祟发展到成熟稳定的两情相悦,命运一向如此安排嘛。后来你上了大学,我也很快高中毕业,考进你的学校;等你结束法学院的课程,我也拿到了本科学位;你开创了自己的律师事业,我又成了你的私人秘书兼业务经理;等时机成熟,我们举行了婚礼,到如今,我们已经有了第一个孩子,正准备造第二个;我们依然坚贞不移地爱着对方,激情不减,直到地老天荒。"她瞪大眼睛凝视着他,"感觉好点儿了?"

他的表情非常复杂,难以言述。他好像要说些什么,但她转过身,用一只手拂过他腰间。无论他想说什么,他们也只能在通奸的道路上越走越远。管他想说什么,她心想,都憋回去吧。

"我得走了。"他说着下了床,在胡乱扔到椅子上的衣服中翻找。

她问:"道格,你不打算先洗个澡?"

"哦,上帝啊。对,我最好先冲澡。"

他知道带她到哪里吃午餐,也知道提前预订旅馆房间,但他显然不知道，回家见老婆之前，应该先冲个澡，洗净与她有关的所有痕迹。这样看来，他并不经常出来偷腥。哦对了，她敢肯定，当他出公差时，一定也会试着来几场艳遇——当他提到去纽约时，不是也诉苦说"哦，我好寂寞"吗——但那些时候，你事后不用急着洗澡，因为你只是回到宾馆房间，而不用面对妻子。

她也打算穿衣服。没有人会等她，所以她可以回到自己的汽车旅馆再冲澡。但她转念一想，改变了主意。他从浴室出来，腰间围着毛巾，而她依然光着身子。

"给你，"她一边说，一边递给他一杯水，"喝了它。"

"这是什么？"

"水。"

"我不渴。"

"听话，喝了它。"

他不置可否地耸耸肩，把水喝了。然后他走到一边，捡起自己的内裤，正要往腿上套，突然觉得头重脚轻。她扶着他的胳膊，把他带到床边。他坐下来，告诉她自己感觉不太好。她从他手中接过内裤，安置他躺在床上。她看到他正拼命想要保持清醒。

她抓过一只枕头，按在他脸上，一屁股坐了上去。她感觉到，他在她身下拼命挣扎；她看到，他的双手无力地抓挠床单；她注意到，他的小腿肌肉渐渐松弛。终于，他一动不动了，但她没有马上下来，仍在他脸上坐了几分钟。她浑身发颤，难以遏制，两条腿更是抖个不停。

为什么会这样？心中有愧吗？人生在世，男来女往，生死有时，这有什么不对？虽然很难下结论，但想这些又有什么意义？

当她站起身，哟，他已经死翘翘了。这是肯定的，丝毫不意外。她穿好衣服，收拾房间，清理掉自己的痕迹，还掏出他钱包里的所有现金，装进自己的手提包——都是十元和二十元面值的钞票，共几百美元。另有一张应急的百元大钞，就塞在他的驾驶执照背后。她差一点儿与它失之交臂，但这些年来，她已经学乖了，男人的钱包，一定要从里到外搜个底朝天。

她的目的不是钱。只不过，有钱走遍天下，没钱寸步难行。反正这些钱也得有个去处——还不如让她顺手牵羊了，是吧？

那天究竟发生了什么？当天早上，她刚刚离开家去上学，她的父母就起了争执。父亲有一把手枪，锁在办公桌的抽屉里。他冲过去掏出手枪，打死了她的妈妈。然后，他离开家，赶到自己的办公室，没对任何人说话，但他的同事说，他当时看起来确实很糟糕。到了下午，他返回家中，妻子的尸体还没被人发现。手枪依然留在现场（除非在这期间，他一直把手枪带在身上），接着他把枪口塞进嘴里，轰爆了自己的头。

可这一切都不是真的，这只是警方的推论。真实的情况是，她在上学之前开枪打死了妈妈，放学回到家后，又接通了父亲的手机，说家里发生了很要紧的事，要父亲马上回家。他回到家里，这时，她本可以改变主意，可妈妈就死在隔壁房间，她该怎么解释呢？她射杀了父亲，把现场伪造成自杀的样子，然后去了罗斯玛丽家。

嘀嗒嘀嗒嘀——这才是真相。

透过旅馆房间的窗户，就能看见道格的车。他把车子停在楼后，好让他们沿后面的楼梯上楼，而不用经过旅馆前台。上楼时没人看见他们，这会儿也没人见到她走向车子，用他的钥匙打开车门，驾车直奔市中心。

她本打算把车子留在那儿，可她自己租的车还停在皇冠假日广场附近，她必须返回市中心才能取回。而在托莱多，你想站在街角，招手就叫来一辆出租车，那简直是做梦。她也不想打电话叫出租车，于是只好开他的沃尔沃回市区。她把车子停到一处计时收费站里，从这里走过几个街区，就能找到她的本田车。下车之前，她取出一块手帕——他曾用这块手帕清洁自己的眼镜——擦掉了她可能留下的所有指纹。

她开着本田车，朝她住的汽车旅馆驶去。走到半路，她突然意识到自己没必要回去了。今天上午，她已经收拾好自己的东西，还清理了房间。当然，她没有结账，还可以进入房间，就算现在回去也没什么问题，只是，有这个必要吗？就为冲个澡？

她闻了闻自己。毫无疑问，她应该洗个澡，可她还没臭到让人敬而远之的地步。他的体味还留在她的肌肤上，她甚至有点儿喜欢这种淡淡的味道。

况且，她越早赶到机场，就能越早远离托莱多。

有一架航班，4:18起飞，经停辛辛那提，终点站是丹佛。她搭上这架飞机，打算到丹佛待一段时间，直到决定好接下来去哪儿。

她没有提前订机票，甚至上飞机前都没想好要去哪儿，她选中这次航班，只是因为它最早起飞。从托莱多到辛辛那提，机上空位超过半数，她一人独占了一整排空座。可从辛辛那提飞往丹佛途中，她被夹在中间的座位上。一边坐着个胖妇人，一脸惊恐，好像被什么东西吓坏了，可能是害怕坐飞机吧；另一边是个男人，只顾噼里啪啦敲打手提电脑的键盘，胳膊肘经常撞过来，侵略她的领空。

这段旅行很难让人心情愉快，但她觉得还可忍受。她阖上眼睛，闭目沉思。

她埋葬了父母，结算了自家房产，完成了高中学业，拿到了毕业证书。一位房产中介替她把房屋登记在案，除去佣金和交易费用，再扣除第一期和第二期抵押贷款，她最后只拿到几千美元。随后，她把自己仅剩的东西塞进父亲的一只旅行箱，拎着它坐上公共汽车。

她再也没有回去。从此，她不再是凯瑟琳·特利弗，直到她与道格拉斯·普拉特再次相遇。他们的重逢虽然短暂，但让她十分满足。

乘坐机场有轨电车去行李领取处的途中，她遇到一个来自威奇托①的商人。他说，在丹佛国际机场建成以前，进出丹佛的方式要简单得多。"斯坦普尔顿国际机场②算不得什么好地方。"他说，"不过，从布朗豪华酒店坐出租车去机场，一路畅通，花钱也不多。那就是个几千平方英里的大草原，所以中途不可能塞车。"

"真有趣，你居然提到布朗豪华酒店，"她说，"因为我也在那儿订了房间。"听她这么讲，商人提议与她共搭一辆出租车，抵达宾馆后，她表示愿支付一半车费，商人坚决不同意。"费用由我公司出。"他说，"如果你真想感谢我，干吗不陪我这个老古董共进晚餐？"

听上去很诱人，可她拒绝了，她说自己午餐时吃得太多，现在只想好好睡一觉。"如果你改变主意，"那人又说，"请打电话到我房间。要是我不在，你可以在酒吧间找到我。"

其实她没有预订房间，但酒店里有现成的空房。她从自来水管接了一杯清水，坐进单人沙发。布朗豪华酒店有自己的自来水井，优良的水质让酒店引以为傲，她正想见识见识。

---

①威奇托是美国堪萨斯州最大的城市。
②斯坦普尔顿国际机场曾是丹佛市附近最大的机场，但在1995年丹佛国际机场建成之后，该机场被废弃。丹佛国际机场距丹佛市区有40公里，比斯坦普尔顿国际机场原址远了30多公里，所以商人说原来"进出丹佛的方式要简单得多"。

"喝了它。"她曾对道格这么说,而他真的把水喝了。真有意思,人们有时就是这么听话。

"五个。"她这样告诉卢卡斯。他迫不及待想当第六个,只可惜,得偿所愿的时间只有短短几分钟。这个名单里的男人必须能够围坐在桌边,对彼此讲述占有她的经过。换言之,只有活人才能进入这个清单。所以,当她从厨房选中一把刀子,用刀锋滑过他的肋骨,再把刀尖刺入他的心脏时,卢卡斯的名字就被画掉了。不等他睁开双眼,他已经被踢出了清单。

自父母死后,她再也没跟别人同床共枕,直到高中毕业,永远离开自己的家,当起女招待。一天晚上,下班之后,她的经理带她出去喝酒,把她灌醉了,后来发生的事更像是一场蓄谋已久的约会强奸。只是她不记得经过,所以究竟如何,她也说不清。

第二天晚上,她去上班,发现经理冲她眨了眨眼睛,还轻拍她的后背。一个想法突然钻进她脑海。那天夜里,她让他带自己开车去兜风,让他把车停在一个高尔夫球场。在那里,她给了他一个惊喜——用拆轮胎的撬杠砸出了他的脑浆。

她是这么想的:昨天夜里,他是不是强奸了她?——好像是吧。不管是不是,真的重要吗?无论发生了什么,把一切一笔勾销不就结了?

大概一星期后,在另一座城市,另一间酒吧,她慎重挑选了一个男人,陪他回家,跟他做爱,然后杀了他,拿走了他的钱,只把尸体留在原处。用同样的方式,她又接连干了好几票。

其中有四次,她失手了,那四个男人同道格·普拉特一起进了她的黑名单。清单中的两人,费城的希德和华尔街的彼得,是因为她喝得太多而捡了一条命。希德在她醒来之前就离开了。彼得没有,他和她早晨醒来又做了一次,随后,她把毒药掺进他的伏特加。她本打算昨天晚上就下毒的。她离开以后,不禁想象谁会喝下这瓶伏特加。是彼得自己？他下一个领回家的女孩？还是他们一起喝？

她以为迟早会在报纸上读到相关新闻，不过，就算有报道，她肯定也错过了。所以，她也不清楚该不该把彼得的名字画掉。

事实很难查清，好在就算他还在清单上，她也能对付。真正难找的是希德，因为她只知道这么一个名字，而这名字极可能是临时编造。她在费城遇见了他，但他早就在宾馆订了房间，这说明他应该来自于别处，也就是说，她唯一知道与他相关的地方却不是他的居住地。

清单上还另有两个男人，他们的姓名她都知道。一个是芝加哥人格雷姆·韦德，她在纽约与他相遇。他陪她吃午餐，跟她上床，然后突然蹦起来，匆匆忙忙地跑掉。他说自己有个紧急约会，还说以后再跟她见面，但他一直没有回来。她问过宾馆前台，他们说，韦德已经结账走人了。

他挺走运的，另一个叫艾伦·莱克森的家伙则是交了另一种狗屎运。他是个陆军下士，正在休假，马上要登船赶赴伊拉克。如果她早知道这一点，一开始就不会跟他勾搭上。她也想不通，自己为何放他一马？对其他闯入她生命中的男人，她一向没有手下留情。是出于怜悯？还是爱国之心作祟？两者都不太靠谱。后来，她想到此事，认定那不过因为他是个军人。他和她是一类人，他们不都是勇士吗？难道她不是父亲的小战士吗？

也许他已经死在战场上。她想，她会查清的，到那时再决定该怎么办吧。

不过，格雷姆·韦德可没说自己是军人，除非你相信他是为公司而战。他的名字虽并非独一无二，但也没那么大众化。几乎可以肯定，这就是他的真名，因为她在宾馆前台确认过了。格雷姆·韦德，来自芝加哥。只要她到了芝加哥，找到他应该很容易。

在他们当中，希德才是真正的挑战。她坐在沙发里，反复琢磨那点儿少得可怜的情报，认真思索该怎么玩她的侦探游戏。她又接了半杯布朗豪华酒店的高级自来水，还从吧台冰箱里取出一瓶尊尼获加，往杯中倒入少许。她懒洋洋地坐着，迟迟不去洗浴，仿佛极不愿意洗掉与道格缠绵时，对方留在她身上的气息。

但她累了，她可不想第二天一觉醒来，身上还能闻到他的气味。于是脱掉衣服，在喷头下站了好长时间。冲洗完毕后，她又在浴缸前等了一会儿，看着水流"哗哗"地冲进下水道。

还有四个，她心中暗想。瞧，她完全有理由再次装扮成处女。

（邹运旗　译）

泰德·威廉姆斯

泰德·威廉姆斯凭借处女作《逐尾者之歌》即成为世界级畅销作家，在那之后，其作品的高质量及读者对他的热爱使他一直雄踞各类畅销书排行榜（如《纽约时报》、《泰晤士报》等）。他的作品包括"回忆悲伤与荆棘"系列（《龙骨椅》、《诀别石》、《绿天使之塔》）、"异域"系列（《金灵之城》、《蓝焰之河》、《黑璃之山》、《银辉之海》）、《凯列班外传》、《古城之子》（与尼娜·可瑞可·霍夫曼合著），"泰德·威廉姆斯仙境传奇"系列插画小说、《花之战争》、"暗影边疆"系列以及一本收录了他与雷蒙德·E.费斯特小说的合集《木孩/焰心人》。他还主编了大型奇幻作品选集《幻想文库》。他最近的作品也是一本短篇合集：《仪式》。除创作小说外，威廉姆斯还编写漫画脚本及电视、电影剧本，并与他人合作创办了一家互动电视公司。他与家人现居于美国加州伍德赛德。

WARRIORS

神之仆人

"种子"在低语、在吟唱,播报着讯息、下达着指令。

母星上一位哲人曾说过:"态度决定命运。①"对忠诚的信徒而言,万事皆有可能。宇宙亦在我们掌握之中。

高潮俱乐部——全天24小时开放。老牌夜总会,表演更精彩。高潮俱乐部——你的首选!

你的体温正常。压力指数正常,正趋于过高水平。如果此种趋势持续,你最好去看医生。

我活力四射!我是你绝佳的伙伴——我小巧又轻便。我要爱你。考验我吧。把我的资讯同你的朋友们互换。尽享其中乐趣吧!

搜索权限现在可用。查询本地环境节点。标记一手多户型及单一户型寓所,申请政府住房贷款可降低预付款!

根据赛克勒指数,尽管时值早市,走势疲弱,但本小时内商品价格仍略有上调。首相将向国会陈述经济复兴计划。

地球上一位聪明的女人曾经说过:"当你面向太阳,就不会看到阴影。②"

◆

他名叫拉蒙特辛·凯恩③,是一位圣约守护者——以神圣之名行

---

① 语出威廉·詹姆斯(1842—1910),美国心理学家和哲学家。
② 语出海伦·凯特。
③ 拉蒙特辛意为哀歌,亦指圣经旧约中《耶利米哀歌》。

事的刺客。长老们往他脑中置入了一颗渎神的种子。它炽热发痒，就像未救赎的罪，向他脑中塞满邪恶污秽的异教徒声音。

正在降落的飞船上，与他同行的旅行者们面孔茫然空洞。这些异教徒怎能忍受脑中那些喋喋不休的低语声？他们怎么能活下去，怎么能行走如常，忍受着视野边缘那些针刺般不断闪过的提示标识，忍受着铺天盖地、如同无尽湍流般的信息——一整个世界强有力的脉搏？

这就像被塞进蜂窝，凯恩心想——微渺的虫子竭尽所能地模仿着人类的生活方式，却全然不能理解其中真义。他渴望圣灵温柔美妙的声音，就像流过红肿肌肤的潺潺清泉般安神定志。之前一直是这样，不管任务多么惊怖，那声音一直陪伴着他，抚慰着他，使他时刻谨记自己的神圣使命。在他的生命里，圣灵总是陪伴着他。除了现在。

所以你们要谦卑，伏在神大能的手下，到了时候，他必叫你们升高[1]。

亲切柔和如春日细雨，不像淅淅沥沥的污言秽语，圣灵说出的每一句话都那么宝贵，都像白银一样熠熠发光。

你们要将一切的忧虑卸给神，因为他顾念你们。务要谨守、警醒，因为你们的仇敌魔鬼，如同吼叫的狮子，遍地游行，寻找可吞吃的人[2]。

这是圣灵对他说的最后一句话，接下来，军队科学家们使神的声音沉寂了，他们将它替换成这些不敬神的空话，喋喋不休、永不停歇。它们属于这个异教徒的世界：阿基米德。

为了全人类——他们这样向他保证：拉蒙特辛·凯恩必须再次犯下骇人罪行，这样终有一日所有的人才能得到解放，都会拜倒在

---

[1] 语出《圣经·彼得前书》5: 6。
[2] 语出《圣经·彼得前书》5: 7—8。

神的脚下。此外，长老们还向他指明，有什么可害怕的呢？如果他完成任务，顺利从阿基米德脱身，那颗异教徒的种子将会被移除，圣灵的声音会再次在他脑中响起。要是他没能逃脱——唔，凯恩将去到神辉煌的宝座底下，亲耳聆听神本人的声音：

做得不错，我忠诚的好仆人……

开始降落。请返回分离舱，那个异教徒的声音在他脑中唧唧叫着，像荨麻一样刺痛他。感谢你参与此次旅行。请将所有食物和行李放在储物柜中，关闭柜门。要购买免税药物及酒的旅客请抓紧时间。客舱温度为20摄氏度。请系好安全带。开始降落。客舱气压稳定。登陆舱将在20秒后分离。10、9、8……

它永无止境，每一个非神的邪恶字眼都让他感到灼烧、刺痛、瘙痒。

谁需要知道这么多毫无意义的东西？

◆

凯恩出生在圣约星球广阔平原上一个农场，这个农场隶属于基督教会农业合作社，因此他被带到新耶路撒冷候选加入精英卫士团。第一次看到母星最重要的城市中那些白色塔群和金色圆顶时，凯恩便深信天堂看上去就是那个样子。现在，当希腊城——阿基米德星的首府，自己母星敌人的根据地——呈现在他面前时，他发现它甚至超越了自己对圣城新耶路撒冷最深刻、最夸大的印象，可谓浩瀚无边、四处蔓延，复杂的建筑物、整洁的公园、林立的摩天大楼就像白色、灰色和绿色的补丁连缀其上，那些环绕着花边状聚乙烯陶瓷防护网的摩天大楼在多云的城市高空舒展着身形，就像一片摇曳的海藻森林。这座城市规模之大叫人震惊。平生第一次，拉蒙特辛·凯恩心中产生了片刻怀疑——非关此行的正义性，而是对它成功的确信。

但他随即想起耶和华晓谕约书亚的话：我已经把耶利哥和耶利哥的王，并大能的勇士，都交在你手中[1]。

今天你快酷没？种子刺耳的声音像警笛一样响彻他脑海。你的选择！你的需要！各个食品商店均有出售。快酷，奶香浓郁，口感爽滑！别傻了，妈妈！快给我买瓶快酷——三瓶最好！

魔鬼的国在地上。他最喜欢的一句话，来自他最喜爱的一位老师。但即便在那高高的宝座上，它也不能望见天堂。

现在，拿起那个在每句神之真言中盖下光辉印记的图章！将它深深烙入皮肤——开始发光吧！

我主耶稣，佑护我，在这黑暗之地，赐予我力量，再一次行你的事，凯恩祈祷。我事奉你，我事奉圣约。

◆

那些渎神的话语丝毫没有停下的迹象，相反，在登陆舱着陆之后，人们依照引领穿过门闸进入空港综合大楼时，变得愈加刺耳起来。记着以上名言警句。今天的空气质量较低，为邓佛30级[2]，首次入境的旅客请往这边走，返乡人员请往那边走。站在什么地方、说什么话、准备什么文件。饭店、时事新闻、交通服务讯息、住宿信息、移民政策、应急服务，什么什么什么……凯恩只想尖叫。他打量着周围那些自以为是的阿基米德人，发自内心地厌憎他们每一个。脑中充斥着这些巴别塔式的噪声，心中却空空荡荡没有神的踪迹，他们怎能够行走、微笑、彼此交谈？

请沿着绿色地砖线离开。请沿着绿色地砖线离开。他们甚至

---

[1] 语出《圣经·约书亚记》6：2。
[2] 作者虚构的空气质量等级体系。

根本不能称作人,他们不可能是人——只是拙劣的赝品。他们发出各式各样的声音,同他脑中种子的声音混在一起,让他倍感折磨。尖锐的声音、低沉的声音、急促而花哨的、和缓而花哨的,大人的声音、小孩的声音,足足一打各不相同的口音,其中绝大部分他甚至无法分辨,更别提听懂了。受神赐福的圣灵是一个声音,只有一种音调,他如同溺水之人渴求空气般渴求着她。他总是把圣灵想成"她",尽管那听上去更像是男孩平静甜美的声音。那并不重要。再没有什么比尘世的性别差异更愚不可及,再没有什么比神的圣洁天使更完美无缺。从童年时代开始,圣灵一直是他的忠实伙伴、他的开导者、他形影不离的朋友。可现在他脑子里有一颗异教徒的种子,他也许再也听不到她赐福的声音了。

我必不撇下你,也不离弃你。[①]这是他受洗那天晚上圣灵告诉他的,正是在那个夜晚,他第一次听到她的声音。当时他六岁。我必不撇下你,也不离弃你。

他不能再想这些了,不能再想任何类似的事了,那会削弱他执行任务的勇气,还有一个更大的危险潜伏其中:某些类型的想法,如果足够强烈,会触发空港的电子安全监控系统,它能够察觉特定的思维模式并发出警报,特别是那些再三反复的词句。

地球上一位哲人说过:"人是万物的尺度……[②]"那颗异星的种子根本没打算让他有机会想别的事情。

你可曾考虑定居圣约克港?另一个声音后来居上,压过前面那个声音,询问他,距离商业区仅二十分钟路程,为你精心打造的城中桃源,漫步其中,尽享舒适自在。

"……存在时万物存在,不存在时万物不存在。"第一个

[①]语出《圣经·申命记》31:8,原文为"耶和华必在你前面行,他必与你同在,必不撇下你,也不离弃你。不要惧怕,也不要惊惶"。
[②]语出古希腊哲学家普罗泰戈拉《论真理》。

声音奋起直追，顽强地把那句箴言说完。"另一位智者说得更直接：'世上有两种人——一种聪明而无信仰，一种虔信而愚笨十足。'①"

尽管空调开着，凯恩却差点颤抖起来。模糊你的思绪，他提醒自己。他竭尽全力地用那些喋喋不休的声音和过往面孔汇集的涡流麻痹自己，让自己变得茫然恍惚，让自己变成一只兽而非一个人，这样才好在神的敌人面前隐藏自己。

◆

他轻松通过了各式各样的机械警卫以及前两处由人类警卫把守的检查处，如同预想的那样——部队上的兄弟们为他准备的假护照十分管用。这会儿他站在通往最后一个人类警卫检查处的队列之中，突然间，他用余光瞥见了她，或者说，至少他觉得那是她——一个深棕色皮肤的小个子女人，被两个武装到牙齿的空港警卫人员架着，他们以一种滑稽的方式紧攥着她的胳膊，好像他们正在努力模仿怎样搀扶一个人。霎时之间，凯恩对上了她的双眼，她深色的双眸直直凝视着他，然后再次垂下头，好像是出于羞愧般。令人信服的表演。一个形容词分开那些阿基米德声音汇成的汹涌洪流一路浮上，盘桓在他脑中——"殉道的姐妹"——但他拼命地将这几个字尽快地再次摁到脑海幽暗的深处。他想不出有任何别的字眼会比"殉道"更快地触发电子监控系统。

最后一处检查口更难通过，就像预料中的一样。警卫站在一大堆高功率光学扫描器和透镜后面，那些经过增强的光将他映得面目模糊。警卫似乎并不乐于见到凯恩护照上的那个词："阿朱那"②。

---

①语出艾布·阿拉·麦阿里（973—1058），阿拉伯阿拔斯王朝著名诗人。
②阿朱那，印度叙事诗《摩诃婆罗多》中的主角。

阿朱那是凯恩上个任务的执行地,它既不是阿基米德的协约星球,也不是圣约星的同盟,虽然两者都很想将它拉到自己这边,两者的空港亦对其自由开放。

警卫再次用一个扫描仪扫过凯恩的护照。"你能说说在阿朱那停留的原因吗。公民麦克纳尼?"

凯恩将准备好的说辞背了一遍:他在那里同某个堂亲一块儿从事采矿。阿朱那有丰富的铂矿和其他矿藏,这是两边都想争取它的另一个原因。尽管到目前为止,阿基米德星的唯理主义者或是圣约星的亚伯兰[①]后裔们都没讨到什么好处:阿朱那星的多数居民是来自母星地球印度次大陆的移民后裔,同两边都能相处——这一事实让阿基米德人和圣约人都相当不愉快。

检查处的警卫看上去对于拉蒙特辛·凯恩的解释并不完全满意,于是开始更仔细地检查那本伪造的身份证明。凯恩寻思这到底还会花上多少时间。这时,检查处那扇分光玻璃窗霍地打开了。他漫不经心地转身,目光沿远处墙上排列的U形玻璃小房间一路扫过去,直到锁定其中一间——那个深棕色皮肤的女人正在其中接受讯问。她是穆斯林吗?还是科普特人[②]?或是隶属别的教派——圣约星上有澳大利亚土著犹太教徒,他们的祖先是很久以前从地球母星那场反宗教大清洗中幸存下来的。不过,她身为何人,皈依何种教派并不重要,他提醒自己:她是信神的姐妹,她自愿牺牲自己,为了任务——他的任务。

突然之间,她转过脸来,他们的目光穿越扭曲变形的玻璃再次相遇。她的双颊有青春痘留下的疤痕,但无损于她的美丽,作为

[①] 译圣经人物,原名亚波兰,后经上帝耶和华指示改名为亚伯拉罕。《圣经·旧约》和《古兰经》中皆记载亚伯拉罕的嫡子以撒是犹太民族的祖先、庶子以实玛利是阿拉伯民族的祖先。经文记载,是他带领部落穿越阿拉伯沙漠到达位于巴勒斯坦的应许之地,整个部落才得以繁衍生息。
[②] 埃及的基督教徒。

被交付这样一个任务的人，她出人意料的年轻。他很想知道她的名字。当他回去以后——要是能回去的话——他会去新耶路撒冷的大教堂，为她点起一支蜡烛。

褐色的眼睛。她看着他，似乎现出悲伤的表情，接着又转回去面对着警卫。那怎么可能呢？殉道者在受训中心享受着最高级别的特权，而她肯定知道自己很快就能见到神本人了。她怎么会不开心？难道她害怕脱离肉体禁锢时的疼痛吗？

他面前的警卫好像凝视着虚空，实际上却在读着视野中滚滚而过的数据信息，拉蒙特辛·凯恩张开嘴，想说点什么——闲扯几句，瞎聊几句，就像真正的阿基米德人在长时间异乡漂泊后重新踏上故土时会做的那样，就像一个老老实实的公民，最大的罪过不过是看了看阿朱那星上的一些宗教节目而已——这时，他用余光看到远处角落里的动静。在那个U形玻璃围成的小囚室里，深棕色皮肤的年轻女人举起了胳膊。一个全副盔甲的卫兵突然从桌子后面踉跄而退，半摔在地；另一个卫兵伸出戴手套的手，似乎想制止她，但他脸上显出绝望的呆滞表情，正如一个亲眼目睹死亡临头的人。片刻之后，淡蓝火焰从她胳膊上腾空而起，舔舐着她松垮裙子的衣袖，布料蜷曲变黑，一阵如镁光灯般强烈的白光闪过，她站着的地方变得空空荡荡。

人们尖叫着，互相推搡，从已爬满蛛网般细痕的玻璃墙边逃开。警示灯骤然大亮，刺痛着人们的眼睛，玻璃墙内侧覆盖着一层硬痂，完全变成了黑色。凯恩猜想，那肯定是人类脂肪燃烧的余烬。

一次胎死腹中的自杀式爆炸袭击——纳米生物燃烧弹——他们肯定会这么认为。不过当然了，凯恩任务的设计者们压根没想搞次真正的爆炸，他们只想分散敌人的注意力。

火焰吐出滚滚黑烟，弥漫到大厅之中。检查处的警卫将玻璃窗调暗，锁上了哨亭。在匆匆赶去协助紧急救援人员灭火之前，他将护照一把塞回凯恩手中，挥手示意凯恩通过出口，然后锁上了通道口。

拉蒙特辛·凯恩应该为顺利通过安检感到庆幸，即便他不是一个无辜的旅行者。可怕的黑烟翻卷升腾，夹杂着令人不安的丝丝甜味——人肉烤熟的味道。

她最后的表情到底是怎样的呢？除了那双深不见底的褐色眼眸，他好像什么都记不得。她是不是露出了一丝微笑，或者那只是他想要说服自己相信的？如果那个表情是恐惧，为什么他会感到如此惊讶？就连圣徒被推上火刑柱时也会感到恐惧呀。

我虽然行过死阴的幽谷，也不必怕遭害……①

欢迎回到希腊城，公民麦克纳尼！一个声音在他脑海中清晰地说，接着其他声音纷沓而至，淹没了它，挤挤挨挨、水泄不通，像脑中一处痒得让人发狂的疥疮。

◆

当出租车横冲直撞地穿过城市街道时，他拼尽全力才没让自己汗毛直竖，但他依然情不自禁地对阿基米德星第一大城市让人头晕目眩的规模留下极其深刻的印象。听到别人告诉自己有多少人住在这里，试图理解它有新耶路撒冷几倍大是一码事，亲眼看到密密麻麻的人群摩肩擦踵地走在人行道和高架桥上是另一码事。圣约星的居民绝大多数散居在各个教区，就像凯恩童年住的那种地方。他的老师曾向他解释，农业合作社能保证神的子民亲近养育他们的土地。有时他很难意识到自己童年时刨挖过、在上面撒过欢、养育了

---

① 语出《圣经·诗篇》23：4。

自己的那些淡红色厚实土壤，并不是圣经里写到的同一块土地。一次他甚至问老师，为什么上帝创造了地球，圣经上的民族却离开了它。

"上帝为他的子民创造了所有那些如同地球的行星，"那位女士解释，"就像他创造了最初那个地球上所有的土地，然后将它们赐予不同的人们来建造自己的家园一样。但他一直保留着最好的土地，蜜与奶之地，留给亚伯拉罕的子孙，这就是为什么当我们离开地球时，他将圣约星赐予了我们。"

想着这些的时候，他感到一阵混合着温暖和孤单的热潮涌上心头。没错，一切为爱所做的事情中，最难的就是放弃。此刻他无比想念圣约星，他能做的一切就是控制自己不哭出来。这事发生在他这种老手身上实在令人吃惊。神的战士决不哀哭，他坚定地对自己说，他们只让别人哀哭。他们将悲痛带给神的敌人，拉蒙特辛。

他在离藏身处有一段距离的地方下了出租车，步行走完剩下路程，循着熟悉又陌生的气息轻盈前行。他绕着附近的街区转了两个圈，以确保没人跟踪，接着进入那幢公寓楼，搭乘一架慢慢悠悠却十分安静的电梯上到第十八层，输入密码。这个地方看起来同其他殖民星球上那些圣约人藏身处没什么两样：食橱被食物和医疗用品塞得满满当当，家具很少，只有一张床、一张单人椅和一张小桌子。它们不是休息和放松的地方；它们是去往耶利哥城①途中的驿站。

变身的时候到了。

凯恩往浴缸里放满水。他找到了人造冰，装进一打袋子里，把冰袋扔进浴缸。接着他走进厨房，找到必需的矿物质和营养片。他

---

①圣经记载，耶利哥城是第一个被以色列人攻陷的城池。圣经记载，犹太人围城行走七日然后一起吹号，上帝以神迹震毁城墙，使犹太军轻易攻入。典出圣经·旧约《民数记》及《约书亚记》。

往搅拌机里倒了足够多的水，给自己做了一杯浓稠苦涩的奶昔，一边把它喝完一边等浴缸里的水凉下来。当水温降到恰到好处，他脱了个精光，爬进浴缸。

"听着，凯恩，"一位军队科学家曾向他解释，"现在情势很严峻，我们甚至不能将一把小破手枪偷偷带进阿基米德星，更别说那些管用的东西了，阿基米德政府对于自己人民的武器持有权也钳制得非常彻底，我们根本没机会在当地弄到武器。所以我们只能想别的办法。我们创造出了守护者——兵人。你就是其中一个。赞美神，这个计划从你儿时就开始了，所以你一直和你的同辈人不一样——你更快、更强、更聪明。但在遗传学和训练方面，我们已做到了极限。我们得让你自己变身为执行神之判决的真正武器，我们会给你所需要的一切。愿神保佑你，愿神保佑我们以他神圣之名所做的一切努力。阿门。"

"阿门，"圣灵在他脑中说，"现在你将陷入沉睡。"

"阿门。"拉蒙特辛·凯恩应道。

接着他们为他进行了第一次注射。

醒来时他感到了疼痛，但那点疼与触发了第一次纳米生物组织重组，或者说"变身"——科学家们更喜欢这样叫——时的疼痛相比根本不值一提。当变身进行时，就好像身体内外同时被烈日炙烤，好像被一根巨大的棍子连续抽打至少一小时，好像躺在马路中间、被一大群全副盔甲的天使列队踩过。

换句话说，痛得要命。

现在，在这个藏身处，他闭上双眼，最大程度地屏蔽那颗阿基米德种子的絮叨，然后开始变身。

同以前相比，现在他完成这个过程要容易很多了，最可怕的是第一次。当时他那么笨拙，差点将自己的肌肉从肌腱和骨头上生生撕下来。

并不只是简单地拉伸肌肉。他凝神想了想,如果自己需要猛然发力时,具体会是哪些位置的肌肉起作用;如果打算极慢地行动时,又会怎样驱使那些肌肉。随着想法渐渐清晰,小小的肌肉细胞拆开彼此的耦合,以另一种更为有效的结构重新组合,过程缓慢得像一株植物朝着太阳伸展枝叶一般。随着这一极其精妙的过程,他的体温升高,肌肉痉挛绞痛,但不像第一次那般难熬。第一次变身就像胎儿被挤出产道——不,就像站在神的面前接受审判,然后发现自己根本不够资格升入天堂;就像身上的每一处血肉都在拼命地把自己撕开,好脱离这肉体的禁锢;就像魔鬼用火红的叉子戳穿他的关节。

痛得要命。

那位殉道的姐妹在最后时刻是不是也有类似的感觉?除了经受神圣的巨大苦痛之外,还有没有别的途径可以开启通向神之居所的大门?她有褐色的眼眸,他觉得那里面饱含哀伤。她是不是很害怕?为何我主耶稣会任由她感到害怕,即使是我主本人,在十字架上也曾呼喊出声啊。

我赞美你,我主,拉蒙特辛·凯恩在疼痛中默念,这是你提醒我要专心的方式。我是你的仆人,我荣耀于穿上你神圣的甲胄。

◆

即便在最好的情况下,他至少也得花两个小时完成变身。今晚,带着旅途的疲倦、经历了入境的漫长过程,外加被那位殉道女子扰动了心绪,他不同寻常地花了超过三个小时的时间。

凯恩迈出浴缸,浑身颤抖,身体的绝大部分热量都已经流失,皮肤被冻成青白色。裹上浴巾之前,他检视了一下自己的成果。从外表看,他的样子几乎没什么变化,只有胸膛变得更宽更厚了。他用手指滑过腹部，感受着覆盖其上的坚实护壳；他抚摸喉头，触摸保护气管的软骨护鞘，很是满意。增厚的皮下组织并不能阻止高速的子弹，但能帮助分流距离射击带来巨大动能，这可以让他即使吃上一到两颗近距离射来的子弹也依然能够设法完成任务。富有弹性的软骨形成格状结构，使他的踝部和手腕更加坚固有力。他的肌肉增厚，肺脏和血液循环系统的性能得到极大提升。他是一个卫士，每时每刻都能感觉到发生在自己身上的神圣变化。在普通人的外表之下，他强壮得就像巨人歌利亚①，坚韧灵活得犹如伊甸园中那条大蛇②。

他很饿，当然了。食物柜里塞满了压缩的营养补品。他倒出一些，加了点水和冰块，调出一杯糊糊，一口气喝个底朝天。他一连喝了五杯才有点饱的感觉。

凯恩靠坐在床上——在他身体里面，仍有一些组织在移动、旋转，变身的最后步骤正在完成——接着他打开电视墙。影像跃然其上，栩栩如生，他脑中的种子为那些影像配音。他默默用力，滤去那些有关运动、时尚、戏剧的内容，所有那些无关紧要的胡言乱语和这个星球上的人们用以填充自己空虚时间的东西，直到找到一条播报时事新闻的涓涓细流。因为这是在阿基米德星上，在唯理主义者和异教徒的大本营，即使新闻也堕落了，充斥着淫猥言辞、蜚短流长和情色广告。他眯起眼睛，努力透过这些恶心的内容找寻一条报道那桩空港事件的新闻，新希腊城当局会称之为"失败的恐怖袭击"。一张殉道姐妹的照片滑到了屏幕中央——显然来自她的护照。她脸上任何个人情绪都被她所受过的训练很好地掩盖起来了，但再次看到她的面容仍让他感到一阵古怪的心悸，就好像他的身体在重组时遗漏了某个步骤。

---

①歌利亚，圣经故事中被大卫杀死的巨人。
②圣经中记载，他是撒旦的化身，引诱夏娃吃下了禁果。

AND MINISTERS OF GRACE

妮菲丝·伊瑞恩，他们这么称呼她。那不是她的真名，这点几乎可以肯定，就像基恩·麦克纳尼这个名字一样。弃子，这才是她的名字。笑柄，这很可能也会落在他头上。成为无信者的笑柄，成为那些自命不凡、全无信仰的生物的笑柄，那些生物就像古时将苦痛折磨加诸于基督耶稣的人，因为他们那么害怕神的话语，所以想方设法将神从他们的生命中驱逐出去，从他们整个星球上驱逐出去！但神是不可能被驱逐的，只要还有一个人对他敞开心扉，只要圣约星还存在，凯恩知道，神将行使他大能的宝剑，无信者将会知道什么是真正的恐惧。

哦，我主，我虔心恳请你，保佑你忠诚的仆人。赐予我们胜利，击垮我们的敌人。帮助我们惩罚那些抛弃你的人。

当他在心里默祷时，他在屏幕上看到了她的脸。不是那位殉道姐妹，那位有着大大的深邃褐眼和深色皮肤的女人。不，是她——魔鬼的情妇，基塔·简瑞，阿基米德星的首相。

他的目标。

简瑞的皮肤颜色很深，他不由自主地注意到这点，这让他很不安。他见过她的样子，当然了，她的影像在他面前反复播放过很多次，但这是第一次他注意到她的肤色——那要比任何单纯晒黑的颜色都深。这是一处指向她出身的蛛丝马迹，除开关于她外貌的这个事实；不知怎的，那位殉道者姐妹妮菲丝的影子似乎在每件事情上都挥之不去甚至连他的目标也不能幸免。抑或是那位死去的女人不知怎么的潜入他的脑海，潜得如此之深，以至于他觉得她的影子无处不在。

只要你看到它，美餐就在等着你！他差不多已学会无视自己脑中那些可怖的话语，但有时它还是会猛地窜出来，把他正在想的事远远弹开。流动餐车！别怕吃得肚儿圆圆，让服务生轱辘辘把你滚出门外——好吃价不贵，量足味更鲜！

他在首相身上看到了什么,或者他觉得自己看到了什么,都不重要。肤色的深浅说明不了任何问题。若说在群星间逡巡的魔鬼来到此间作恶,若说它有着一张面孔,那正是理性主义者领袖基塔·简瑞那张下巴尖尖、端庄秀美的脸。如果说神想过要谁的命,那个人就是她。

◆

她并不是他的第一个猎物:凯恩已将十八个灵魂送到神面前接受审判,有十一个是圣约星上的异教徒探子或危险的暴乱煽动者:其中一个还是新月省一个理性主义者秘密组织的头目——他的死对圣约星联合政府中的伊斯兰派成员很有益处,凯恩后来发现了这一点。政治嘛。他不知道自己对此有何感想,尽管他知道这位哈穆德博士是一个怀疑论者,一个骗子,在安宁美好的伊斯兰教区无恶不作。他还是只想说:政治嘛。

另有五个是打入圣约星神圣守卫者团的奸细,那可是他们人民的军队啊。这种人被揪出来时大都束手就擒,只有少数会不顾一切地顽抗到底。

最后两个是一位政客及其妻子,住在那颗未曾站队的行星阿朱那上,他们是理性主义者重要的同情者和支持者。依照长老的要求,凯恩让此次行动看上去更像是一次过火的抢劫案,而不是一次暗杀,因为还不到以上帝之手公开干涉阿朱那内务的时候。但仍有传言和指控在阿朱那的互联网上流传,那些流言传播者和跟风起哄的人甚至给这位不知名的刺客起了个外号——死亡天使。

布拉沙拉罕博士和他的妻子曾拼尽全力同他厮打。他俩谁也不想死。凯恩任由他们反抗,虽然他一下子就能把这对夫妻干掉。他这样做的确为"抢劫案"提供了充足的凭据,但他并不享受这一过程。当然了，布拉沙拉罕先生和布拉沙拉罕夫人也不会享受这一过程。

他要伸他仆人流血的冤，报应他的敌人，[1]当他了解了博士及其妻子，圣灵这样提醒他。他听懂了，凯恩的职责不是审判，他不是羊群的一员，倒是更像他消灭的那些野狼。拉蒙特辛·凯恩是上帝的行刑人。

◆

经过长长的沉思，他的体温降了下来，但关节还有些脆弱。他穿上衣服走向阳台，置身于高楼大厦围成的峡谷之上，高楼的窗子透出灯光，好像一个个针尖扎出的小孔。想到过了今夜，某扇此刻在这流光溢彩的城市黑夜中熠熠闪亮的小窗口后面，将会发生某些事，而那些事将会动摇这个庞大世界的根基，他一时感觉很不自在。

他有些艰难地回忆着祈祷词，这很不应该。以往，圣灵总是带着那些话语伴随他的左右，根本不会让他感到孤单。"我不撇下你们为孤儿，我必到你们这里来。[2]"

但此时此刻他觉得很不自在。他茕茕孑立，形影相吊。

"寻找爱情吗？"他脑中的声音这次换了耳语般的音调，低沉而撩人心扉。他视野边缘随之闪出一个与之相配的影像，轻盈明丽。"我在等你……只要花上一丁点钱，你就能得到我……"

他对着这座巨大的异教徒之城紧紧阖上双眼。

你不要害怕，因为我与你同在；不要惊惶，因为我是你的神。[3]

---

[1] 语出《圣经·申命记》32：43。
[2] 语出《圣经·约翰福音》14：18。
[3] 语出《圣经·以赛亚书》41：10。

◆

他步行来到会堂,想要看看首相将要讲话的地方,但他没有靠得太近。会堂赫然耸立在交织如网的灯光之中,那是一座巨大的长方形建筑,就像一把捣入希腊城中心广场的斧头。他没有逗留,转身离开。

当他挤过人群时,很难控制自己不去看身周的人,他不禁假想,若此时自己已完成了任务,而他们知道了他的身份,会怎样?他们会不会从神之怒的恐怖景象面前惊恐地退开?或者自己可以在完成雷霆一击后虔诚地向他们宣讲,即使他们满怀恐惧?

我因神的荣光而闪耀,他想要对他们说,我将自己交付于神,做他的手,做他的剑——我无比荣耀!可他什么也没说,当然了,他只是穿行在人群之中,复归平静。

凯恩在一家餐馆吃了点东西。饭菜中香料加得太多,反而难以下咽,他一时间无比向往小时候在农场里吃过的粗茶淡饭。即使军中的吗哪[①]也比这个好!其他桌上的顾客们和他们脑中那颗阿基米德星种子一样叽叽喳喳地说笑着,就好像是那些喋喋不休的猥亵词语造就了他们,而不是他们造就了那些话语似的。看,这些人是怎样将自己置于娱乐消遣、强烈灯光和喧哗噪音之中,以掩盖他们灵魂的空虚无知哪!

他去了女人跳舞的地方。看着她们,他觉得怪怪的,因为她们笑啊笑,每个都那么漂亮,每个都一丝不挂,他就像身处黑暗梦境之中。在他看来,她们就像受诅咒的灵魂,注定在永劫中无尽地上演关于爱与魅力的空洞闹剧。他不能将殉道者妮菲丝·伊瑞恩的影子从脑子里赶出去,最后他选了一个姑娘——她看起来不是很像那位

[①]《圣经》故事中所述古以色列人经过荒野所得的天赐事物。

殉道的姐妹，但和其他舞女相比，她最黑——让她带自己到舞台后面她的房间去。她触摸到他皮肤下经过硬化的组织，于是赞美了他的健壮。他放空思绪，进入了她。完事之后，她问他为什么在哭。他回答说她弄错了。当她再问时，他扇了她一耳光。尽管他控制着自己的手劲，还是把她从床上扇飞出去。七零八落的房间往他的账单上添了一笔额外费用。

他放她回去表演。她是无辜的，勉强可以说她终其一生都听着脑子里那些不敬神的话语，对于其他东西一无所知。难怪她跳起舞来像个被诅咒的玩意。

凯恩再次走到街上时，觉得自己被玷污了，但他即将完成的伟大行动会把那些污秽从他身上抹去，一如既往。他是圣约的守护者，很快就将经受神圣火焰的试炼。

◆

他的长老想要他在人群聚集起来争相目睹首相本人风采时完成此次行动，于是关于时机的问题看起来很简单：她讲话之前还是之后？起先他觉得自己应该在她抵达时行动，在她迈下汽车，匆匆走进通往大厅走廊的时候。这看上去最保险。要是在她开始演讲之后，行动将会困难很多，她的安保人员已经完全布开，再加上会场本身的保安。不过，他越是琢磨，越觉得此次暗杀应在大厅里进行。几千人会聚集在大厅里听她讲话，还有数百万人将通过环绕那座庞大建筑的大屏幕观看此次演讲。要是他在那时发动袭击，将得到这个世界——以及其他世界——的见证。

这肯定是神所乐见的。神定希望这个异教徒在众目睽睽之下殒命。

凯恩既没时间也没法子来伪造入场通行证——那些政客和会场

的安保将会接受反复核查，并且在简瑞首相抵达前就各自就位。这意味着唯一能不经仔细检查就被允许进入会场的人只有首相本人的随行者。不过机会总是有的，只是他需要帮助。

联系当地的应援人员通常不是个好兆头——这意味着原来的计划里有什么地方出了岔子——但凯恩知道，肩负着如此重任，他不能迷信。于是他在约定的地方留下记号。应援人员在日落后敲响了藏身处的大门。他打开门，看到两个男人，一个年轻，一个年长，相貌意外地平常，就像开着拖车帮你拖走汽车或是给你的公寓烟熏消毒的人。那个中年人自称厄瑞奇·萨托里厄斯，他的同伴被简单地称作卡尔。萨托里厄斯以手势示意凯恩先不要说话，那个叫卡尔的小伙子用一个牙刷大小的东西扫描着整个房间。

"安全！"小伙子最终宣布。他骨瘦如柴，相貌平常，但是动作带着些许优雅，特别是当他挥动双手时。

"赞美神。"萨托里厄斯开口，"也祝神赐福于你，我的兄弟。以神的名义，我们有什么能帮到你的？"

"你真的是那个从阿朱那来的人么？"年轻的卡尔突然问。

"安静，小伙子，这可不是闹着玩的。"萨托里厄斯再次转向凯恩，脸上带着期待的表情。"他是个好小伙。只是——发生在阿朱那的事，对我们的人意义太重大了。"

凯恩假装没听到这句话。他总是小心提防关于死亡天使的谣言。"我需要知道首相护卫人员的衣着及具体细节，还有会场的平面图，特别是通风和排水管线。"

中年人皱起眉头。"那些地方他们肯定也会检查，不是吗？"

"我自有把握。能不被注意地弄来这些信息吗？"

"当然，"萨托里厄斯点点头，"卡尔立马就能给你找来。他干这个可是一把好手。是不，孩子？"中年男人转回来面对凯恩，"我们并不愚昧落后。你知道，那些无信者总是说我们愚昧落后，但站在这里的这个小伙子,卡尔,数学成绩在班上可是数一数二。那些人离弃了耶稣基督时,我们依然将他放在心里,这就是区别。"

"赞美我主基督,"卡尔开口。他已在藏身处房间的墙壁上忙碌开来,影像飞快地掠过,即使凯恩有着强化过的眼力,也差不多只能分辨出其中的十分之一。

"是的,赞美我主。"萨托里厄斯附和,热切地点着头,就像刚结束了一场漫长且不时趋于白热化的讨论——关于怎样侍奉神。

凯恩感觉到自己的关节又开始疼起来,这通常意味着他需要更多蛋白质。他朝小厨房走去,打算为自己再调制一杯滋补饮料。"你们要喝点什么吗?"他补上一句。

"不用了,"中年人回答,"能够为神效力足矣。"

◆

他们实在太吵了,凯恩在心底暗暗地说。虽然绝大多数人不能听到他们低声交谈的声音,可凯恩不属于那绝大多数。

我是神之利刃,他无声地对自己说。他自己的声音几乎被那颗阿基米德种子的低语所淹没。尽管已被调到最小,它依然滔滔不绝地说着气象预报、新闻、哲言警句及其他无足轻重的琐事,就像街道角落里的疯子。就在凯恩悬停的下方,三个全副武装的警卫正在交谈,一边打着手势,一边检查凯恩闯入这座建筑的地方。凯恩改动了自己留下的痕迹,让它看起来像是某个人试图通过通风管道进入会场,最终无功而返的样子。

警卫们好像得出了想要的结论:一阵暴风骤雨般的手势,接着是一个可能是表达"警报解除"含义的手势,传达给另外半队巡逻人员——毫无疑问那些人正在这根通风管道外面进行检查。三名警卫转过身,沿着逐渐升高的管道走回去,气流使得他们步履飘浮,头灯发出的光柱胡乱扫过墙壁。凯恩在他们头顶上耐心等待，像蜘蛛般潜伏在高处的阴影中——在那里，粗大的管线盘旋在这座建筑的一根柱子周围。他那经过强化的指尖插入混凝土中，经过强化的肌肉紧绷着，纹丝不动。他等待，直到三个警卫全部从下方走过，这才无声地飘下来，落在他们背后。凯恩捏碎了走在最后那人的喉管，以防他向其他人示警。接着，他折断这人的脖子，将尸体扛在肩头，反身缘壁而上，爬到早已备好的一个帆布吊床上，这个吊床的颜色同管道内壁的颜色几乎一模一样。他花了几秒钟时间将制服从尸体上剥下来，心里祈祷另外两个人还没有发现自己的伙伴不见了。他穿上尚带余温的制服，将警卫的尸体留在吊床上，跳到地面。这时，走在第二的警卫才刚刚意识到身后人不见了。

他向凯恩转过身，凯恩看到他的嘴唇在头盔后翕动，马上意识到这个警卫肯定在通过种子同自己说话。他败露了，或者马上就要败露了。他能假装自己的通讯器出了问题么？除非这些警卫不是很机灵。但要是他们直接效力于阿基米德星首相本人，他想要蒙混过关的机会很渺茫。在警报传遍这座建筑里所有其他警卫之前，他还有一点儿时间。

于是凯恩大步向前，胡乱打着手势。警卫的眼睛睁大了：他既不认识眼前这个人的手语，也不认识高分子聚合头盔后的那张脸。正当他拼命想要拔出枪来时，凯恩两手同时挥出，击碎了警卫的喉咙。接着凯恩向最后一个警卫扑去，此时他正好转过身。

那不是"他"。那是个女人，而且动作很快。他结束她的生命时，她实际上已拔出了枪。

◆

他明白自己时间不多：警卫们会定时到队长处应卯。他向着侧边的通风井全速冲刺，那会将他带到主会厅的天花板上边。

女人当领袖，女人当士兵，女人在大庭广众当着陌生人的面裸舞。为了贬低夏娃的女儿，阿基米德人还有什么没做？像巴比伦人曾做的那样强迫她们全部投身娼门？

天花板上宽敞的空间搭满了脚手架，技师和重装警卫散布其间。最少有一打卫兵。他们绝大部分是狙击手，正透过大口径狙击步枪的瞄准镜全神贯注地盯着下面的人群。这是好事。一些狙击手可能根本不会注意到他，直到他从天花板下去。

当他显露身形时，两个重装士兵转过来。他将面对身份盘查，但即使他们最后相信了他是自己人，也不会让他往前走上多远。他把手臂举到空中，朝他们漫不经心地走了几步，一边摇头一边指着自己的头盔。接着他屈身向前，心里祈祷自己的速度能出人意料。

不过一秒钟时间里，他冲出了大概二十码。他没有攻击这两个警卫，而是掠过他们身边，这举动让他们惊疑不定，站在原地目瞪口呆。第三个警卫这才刚转过身，想要弄明白身后这阵动静是怎么回事。他抵达了脚手架边缘，向空中飞身跃起，身子蜷缩，不停旋转，好让那些狙击手更难瞄准。不过，他还是感觉到一个高速物体击中了自己的腿，往里钻了一小段距离，卫兵的警服减缓了它的速度，经过强化的皮肤组织最终拦住了它。

他轰然落地，力度如此之大，以至于偷来的警卫头盔从脑袋上飞了出去，掉在地上，弹出好远。第一阵惊声尖叫从那些国会议员中发出，不过凯恩几乎没听到。从五十码高处骤然落地带来的震动如巨浪般漫过他膝盖、足踝和手腕处经过强化的软骨组织，很痛，不过尚可忍受。他的心脏飞速跳动，几乎连成一片低沉的嗡鸣。他积聚全身力量，如离弦之箭般蹿起，这一刻，时间仿佛变慢了，观众们发出的喧哗声变得扭曲，犹如冰川底下的刮擦声、山脉深处地壳变动的"隆隆"声。又有两颗子弹与他擦身而过，一头扎进旁边的地板，混凝土细屑和地毯碎片恍如慢镜头般飞溅而起，悬浮空中，就像熊熊火焰上方盘旋飞舞的灰烬。讲台上那个女人转头来看他，一举一动就像在黏稠的糖浆中一样。就是她，基塔·简瑞，巴比伦的娼妇。当他朝近在咫尺的她扑过去时，他能清晰地看见她脸上每一块肌肉的动作——眉毛挑起、前额皱紧、惊讶……只是，没有恐惧。

怎么会呢？

他身在空中，经过强化的手指弯成无情的利爪。只待片刻，他就将送出致命一击。子弹从上方和两侧嗖嗖地追上来，喧哗声仿佛自远方翻滚而至，紧随其后：哇！呀！啊！时间停下来了，历史长河在此戛然断裂。神大能的手。他就是神大能的手，这一刻，他感觉自己好像站在神的本尊面前，在这光芒四射、永无止境、无上辉煌的一刻……

剧痛在他身体里炸开，他的神经轰然陷入烈焰的包围，那一刻流逝了，一切都无可挽回。

黑暗降临。

◆

拉蒙特辛·凯恩在一个白色房间醒来。房间被照得雪亮，看不见任何事物。毫无疑问，他被囚禁了，痛苦的折磨很快就要来临。

"亲爱的弟兄啊，有火炼的试验临到你们，不要以为奇怪……①"当他执行追捕最后那个神圣守卫团内奸的任务，受了重伤，奄奄一息地躺在医院时，圣灵对他轻声说了这些神圣的话语。那个内奸也是个强化过的兵人，就像他一样，只是比他个头更大、更强壮，差点就把

---

① 语出《圣经·彼得前书》4：12。

他活活打死,直到凯恩拼尽最后的力气将一根坚硬的手指从那人的眼球直插入脑。在他恢复期间,圣灵为他吟诵着这些话语,一遍,一遍,又一遍:"倒要欢喜。因为你们是与基督一同受苦,使你们在他荣耀显现的时候……在他荣耀显现时……①"

他感到一阵恐慌,他想不起来剩下的句子了。

他不由自主地想到那个殉道的年轻女人,她献出了生命,否则他早就一败涂地了。他很快就能见到她了。他可以再见到她吗?天堂会允许吗?

我会坚强的,凯恩对着她的幻影允诺,不管他们怎样对我。

囚室的一面墙由白转为透明。墙壁后站满了人,绝大多数穿着军服或白大褂,只有两个着便装,一个苍白的男人,还有……她。基塔·简瑞。

"你可以随便来撞这些玻璃。"她的声音好像从四面八方传来,"它非常非常厚,非常非常坚固。"

他只是凝视着她。他才不要做无谓的困兽之斗,好让他们从中取乐。这些人居然认为自己同野兽有关系。野兽!凯恩可是知道上帝是怎样将权力交到他子民手中的。

"管理地球上一切飞鸟走兽。"他高声地念了出来。

"这么说,"简瑞首相开口,"这么说,你就是那个死亡天使了?"

"那不是我的名字。"

"我们知道你的名字,凯恩。你一踏上阿基米德的土地我们就在监视你了。"

谎话,毫无疑问。如果真是那样,他们怎么会让他那么接近他的目标。

---

① 语出《圣经·彼得前书》4:13。

她眯起眼睛。"我原以为一位天使会看上去更像……天使些。"

"我不是天使,你们应该已经知道了。"

"哦,你不是天使的话,那肯定是所谓的神之仆人。"她看着他脸上的表情,"多么悲哀。我都忘了你们的毛拉①禁止你们读莎士比亚了。'天使啊,神之仆人啊,保佑我们!'这句话是《麦克白》里面的②,接下去就是一桩谋杀。"

"我们基督教没有毛拉,"他尽可能平静地说。他根本不关心她说的其余废话。"那是伊斯兰教的,他们是我们的兄弟。"

她笑起来。"我原本以为在你们这类人里边,你会更聪明些,凯恩,没想到你也只是个应声虫,只会重复那些愚蠢荒唐的话。你知道吗?稍稍往前追溯几代人,你那些所谓的'兄弟'启动了一个热核爆炸装置,企图杀光你的祖辈及其他那些基督徒和犹太复国主义'兄弟'。"

"早年,圣约星移民地开辟之前,世事很混乱。"每个人都知道。她以为自己能用地球古早的罪恶时期那些陈腐历史、古老引文和受诅咒的事故来让他感到羞愧吗?如果她真的那么想,那他们两人就都太小看自己的对手了。

当然了,此时此刻她占据着比较有利的位置。

"所以说呢,你不是天使,只是个仆人。只不过你祈求的不是你的神保佑你免受死亡之苦,而是让你有能力带来死亡。"

"我执行神的意愿。"

"用某个古老庄重的术语来说,这是'狗屁'。你是个凶手,多次犯罪,凯恩,你还想谋害我。"但简瑞看他的样子不像是在看

---

①伊斯兰教国家对老师、先生、学者的敬称。
②这句话出自莎士比亚《哈姆雷特》第一幕第四场,作者在此写为引自《麦克白》,再加上上文伊斯兰教称谓与基督徒的张冠李戴,以及下文中那句关于"狗屁"的话,可知作者是故意为之。

敌人，虽然她的眼神里也没有任何仁慈意味。她看着他，好像他是一只装在瓶子里的毒虫——一个需要小心对待的物件。没错，更多地是把他看成一件值得研究的东西。"我们应该怎么处置你呢？"

"杀了我。要是你还有一点你所宣称的人性，就让我脱离这肉体的禁锢，把我送去天国。不过我知道，你们会折磨我的。"

她挑起一边眉毛。"我们为什么要那样做？"

"为了获取情报。我们的星球在交战，尽管政客们还没有向自己的人民承认这件事。你知道的，女人，我也知道，这个屋子里的每个人都知道。"

基塔·简瑞露出一丝微笑。"从我这里，或者这里的任何一个人那里，你都套不出任何关于阿基米德星和圣约星之间关系势态发展的消息。不过我们为什么要折磨你来获取我们早就知道的东西呢？我们又不是野蛮人，也不是落后民族——不像某些星球。我们不会迫使我们的人民崇拜残忍过时的神话——"

"你迫使他们沉默！你惩罚那些继承父辈意愿想要崇拜上帝的人。你迫害圣经上的民族，不管他们在什么地方，只要你发现了他们！"

"我们将我们的星球从宗教战争和极端行为的狂热中解脱了出来。我们从未干预圣约星人的选择。"

"你们试图阻止我们发展信徒。"

首相摇摇头。"发展信徒？你是说挟持、操纵整个文明么？从那些摆脱了地球古老宗教阴影的移民们手中偷走权利？我们任由你们的祖辈以其希望的方式崇拜他们的神——我们甚至为了保护他们的这种权利而战斗，结果你们的祖辈是怎么回报我们的呢？他们用枪口指着我们，想要将他们的信仰强加在我们头上。"她冷笑着，"基督教、仁爱——这两个词永远也合不到一起，不管它们多么经常被放在一起说。我们都知道你那些伊斯兰和犹太教'兄弟'是什么德性。如果你摧毁了所有阿基米德的同盟国，杀光了每一个不信神的人，你只会发现你们自己人开始对着彼此开火，直到尸骸蔽野、血流成河，直到最后一个活着的疯子站在断壁残垣之间冲他的神祇高声赞颂，疯狂的行为才会落下帷幕。"

凯恩感到怒火涌上心头，于是紧紧闭起嘴巴。他将带有镇定作用的化学物质释放到血液之中。与她争执这件事让他心慌意乱。她是个女人啊，女人应该抚慰男人、让男人感到舒适，可她却滔滔不绝地说着谎言——残酷、危险的谎言。当事物本来的秩序被颠倒时，就会发生这样的事。"你是个魔鬼。我再也不会同你说话。你想干什么随便吧。"

"莎士比亚还说过一段话，"她续道，"要是你的长老们没有把他列为禁忌的话，你本来可以引述来反驳我。'可是人，骄傲的人，掌握到些许短暂的权力，却会忘记了万分确定的事情'——用在这里很合适，对不对？——'自己那琉璃易碎的本来面目，像一头盛怒的猴子，装扮出种种丑恶的怪相，使天上的神明们因为怜悯他们的痴愚而流泪。'①"她将双手合在一起，那个姿势令人不安地想到了祈祷。在她目光注视下，他无处躲避。"那么，我们要怎么处置你呢？自然，我们可以秘密处决你，再提交一套外交说辞——拒捕而亡——没什么人会为此大惊小怪。"

站在她身后的男人清了清嗓子。"首相阁下，我恭敬地提议我们另寻他时继续此次谈话。医生们正等着为犯人检查——"

"闭嘴，希利！"她转回来看着凯恩，严肃地看着，她的蓝眼睛锐利得像手术刀。她的年纪比那位殉道的姐妹至少大二十岁，尽管她有深色皮肤，凯恩还是能看出她的脸色十分苍白。不知怎么的，恍然之间，眼前这个女人似乎同他心中的那个影像并无二致。

---

① 语出莎士比亚《量罪记》第二幕第二场。

AND MINISTERS OF GRACE

我主，你为何任由我迷乱困惑，分不清凶手和殉道者？

"拉蒙特辛·凯恩，"她开口，"真是个不寻常的名字。是说你的敌人会哀哭呢，还是说你自己？在所谓神的大能面前无助地哭号？"她挥挥手，"别费心回答了。在圣约星同盟的某些地方你被说成是个英雄，你知道的——超级英雄。是这样吗？还是说，那根本只是夸大其词？"

他竭尽全力无视她的话。他知道自己会被灌输谎言，会被施以精神折磨，那比肉体折磨更狡猾，也更有效。他唯一不明白的是：为什么会是她——为什么会是首相本人来做这件事？他肯定自己没那么重要。归根究底，也许她此时站在他面前说出这番话，只是一种示威——神选择了他，是个失败。

仿佛是应和这个想法，一个声音在他脑子里嘟囔起来："阿朱那死亡天使企图刺杀简瑞首相，失败被俘。"另一个声音跳出来询问他，"最近你闻过自己的口气么？就连议员们也会受到口臭困扰——只需轻轻一喷，烦恼尽消！"即使在这儿，在这些不信神者的环绕之中，他脑中的声音也不曾停止。

"我们要研究你，"首相最后说，"此前我们从未抓到守卫者级别的特工——最新的这种，就像你这样的。关于活捉你这件事，其实我们没什么把握——扰频器方面的研究我们最近才刚发展起来。"她再次微笑，冰冷、凌厉，一闪而过，就像高山之巅皑皑白雪映出的一抹流光。"可就算你成功了，也没有任何意义，你知道的。在我的党派里面，至少有一打人能够接替我，他们会将这个安全系统维系下去，以保护我们的星球免受你和你那些长老们的伤害。不过我是个很好的诱饵——而你果然跳进了陷阱。现在我们想看看是什么让你变得如此危险，小死神。"

◆

　　既然伪装被识破了，他希望他们至少可以把自己脑中那颗种子关掉。没想到，他们却将它留在他脑中，还切断了他对它的控制，让他完全不能影响它。孩子的声音在他脑子里唱起健康早餐歌，他只能无奈地咬紧牙关。疯疯癫癫的声音一刻不停地朝他高喊、吟唱。那颗异教徒的种子给他看他一点也不想看到的影像，给他提供他压根儿不关心的讯息，而它从来没有也永远不会承认神的存在。

　　阿基米德人声称他们没有死刑。这是不是替代之道？迫使囚徒们不堪其扰，只能以自杀求得解脱？

　　如果是真的，他永远也不会让他们得逞。他们永远没法夺去他内心的勇气，除非杀掉他，他早就准备好接受酷刑折磨——这不也是酷刑的一种么？夜晚，当灯火亮起来，而他独自一人待在这个蠢人们的星球，只有脑中的疯人呓语与他为伴时，绝望曾悄悄漫过他的身体，但此时此刻，他将那些消极情绪统统压抑下去。

　　不，凯恩不会让他们得逞。他绝不会自杀。不过这倒让他想到一个主意。

◆

　　假死。要是他在囚室里这么做，他们当然会起疑，不过为了探究应用在他神经系统上、能让他完成超级变身的生物技术，他们不断对他进行过各种外科检查。要是他在检查过程中出其不意地这么做，他们则会惊慌失措，完全顾不上怀疑。

　　"那肯定是个自动保护措施！"某个医生叫道。在凯恩耳中，声音仿佛是从极其遥远的地方传来的——他的高级神经系统已经关闭。"某种自毁设定！"

And Ministers of Grace

"也可能只是心脏停搏……"另一个声音近乎呓语，他在长长的隧道中不断下落，几乎觉得自己能听到圣灵的声音在身后呼唤……

神要擦去他们一切的眼泪。不再有死亡，也不再有悲哀、哭号、疼痛，因为以前的事都过去了。①

他的心脏在二十分钟后恢复了跳动。当时那些对于他能通过自主神经将身体控制到何种地步一无所知的医生们，正设法通过电击来"挽救"他的生命。凯恩原本希望自己能坚持更长时间，长到他们放弃，宣布他的死亡，不过那看来实在过于一厢情愿了：眼下他只能从检查台上翻滚下来，一丝不挂，身上丁零当啷地拖着输液管和金属线。大吃一惊的警卫还没来得及拔出武器，他已经利落地干掉了他们，还拧断了某个医生的脖子——此人刚刚还在想方设法挽救他的性命，这会儿却错误地决定向他发起攻击。他任由其他那些吓得抖抖索索缩在地板上的医务人员留在急诊室里，自己逃出了外科部配楼，却发现身处监狱之中。

"厌倦了日复一日浑浊不堪的城市空气？圣约克港；水晶罩下的安宁村庄——属于你自己的清新空气！"

他体内的修复系统正努力治愈外科检查留下的创伤，但他依然步履蹒跚，对营养品和脂肪的渴求野火般席卷全身。神赐给了他这次机会，他绝不能失败，可要是没能及时补充能量，他肯定会失败。

凯恩从一根高高在上的通气管跳进一条走廊，干掉了一支两人巡逻小队。他撕开其中一人的制服，然后将手指硬化成利爪，从那人的骨头上将肉一块块撕下，塞进嘴里。淋漓的鲜血滚烫辛辣。他

---

① 语出《圣经·启示录》21：4。

的胃因为他在干的事情而抽搐着——古老、可怕的罪[①]——但他强迫自己咀嚼、吞咽。他别无选择。

你有毒瘾问题吗？小行星牌人造血为你解忧！我们有最好的体检中心，我们提供最棒的人造器官……

通过死去警卫们通讯器"噼噼啪啪"报出的信息，他了解到所有的警卫人员正从警卫室倾巢而出，在外面搜寻，等他自投罗网。他们好像对于他去过什么地方、他现在在什么地方一清二楚。当他结束了这顿恐怖的大餐后，凯恩将尸体残骸搬到储物间的地板上，然后向中央监控室走去，留下一路血红脚印。他很清楚，自己的样子肯定就像一个从地狱最底层爬出来的恶魔。

警卫们犯了个大错，他们离开了最坚固的房间，以为单凭人数和武器优势就能占到便宜。的确有几颗子弹击中了凯恩，但他们手中没有任何像上次那个让他束手就擒的扰频器那样可怕的东西；他像龙卷风一般冲进敌人之中，出手迅猛，甚至把一个警卫的脑袋从脖子上敲飞出去，让它翻滚着跌到走廊之中。

他踩着满地尸体走进主监控室，飞快地打开了尽可能多的囚室，然后又打开逃生门，拉响了火警。警报凄厉地响着，犹如被罚入地狱的灵魂长声哀号。他等待着，直到整座监狱陷入彻底的混乱，然后他扒下一个警卫的制服，朝犯人们放风的地方走去。他匆匆穿过院子里挤成一团尖叫撕扯的人们，翻过三堵围着刺网的高墙。几颗子弹击在他硬化过的皮肤上，灼烫得像火红的铆钉。一把死光枪扫过最后一堵围墙，发出"嘶嘶"声，夹杂着刺网断裂的"噼啪"声，但它晚了一步，凯恩已落到了墙外的地面。

大多数时候，他跑起来能达到五十英里左右的时速，但在肾上腺素的刺激下，他可以短暂爆发出七十五英里的极限时速。唯一的

[①] 典出圣经中该隐的故事，该隐是亚当与妻子夏娃所生的两个儿子之一，后因为嫉妒弟弟亚伯而将其杀害。

问题是,他正走在空旷荒凉的野地,必须时刻小心脚下障碍物——即使是他,在这样的速度下崴到脚的话,踝关节也会严重受损,因为他不可能将关节强化得过于坚固,否则会极大地损失灵活度。此外,即使吸收了那个死去警卫的血肉,他仍然筋疲力尽,已是强弩之末,眼前甚至开始冒出一些黑点:要不了多久,他就会力竭倒下了。

古代有位政治家说过这样一句发人深思的话:"你能做到必须做到的事情,有时候你甚至能将它做得更好,远远超出你的想象。①"

亲爱的孩子,所有的父母都会犯错。你的父母呢?如果发现宗教物品或过度迷信行为,请向当地自由委员会梢节点报告……

你的体温远远超出正常。你的压力指数远远高于正常水平。我们建议你即刻去看医生。

好吧,凯恩想,我相信这件事我会去做。

他在离监狱不到五英里的地方发现了一座空房子。他破门而入,吃掉了能找到的所有东西,包括几磅冷冻的生肉,这些东西多少帮着他补充了点消耗的热量。接着他走到楼上卧室,翻箱倒柜地找出一些新衣服穿上,擦去那些太过明显的血迹,然后离开了。

又走出几英里,他找到另一个可供夜晚藏身的地方。那户人在家——他甚至能听到他们正在收听报道他越狱事件的新闻,尽管是个错得离谱的版本,紧张兮兮地把关注焦点放在他食人血肉的骇人行为和恐怖的外号上面。他蜷身躺在阁楼上一个箱子里,就像个木乃伊。第二天早上,当那家人出门时,凯恩也离开了,他已经改变了脸部的骨骼构造,减褪了头发的颜色。异教徒的种子还在他脑中絮絮叨叨。每时每刻,它都在提醒他留心那个叫做"凯恩"的男

---

①语出杰米·卡特,美国第39任总统。

人:不要靠近,因为他非常、非常危险。

◆

"对那玩意我们也一无所知,"萨托里厄斯忧心忡忡地来回观察着街道,以确保没人跟踪——虽然在这两个本地人到达约定地点之前很久凯恩就做过这件事了,而且更快、更好、更细致。"怎么说呢?我们实在不清楚他们能拿扰频器干出什么事。当然了,要我们知道的话,肯定会告诉你的。"

"我需要一个医生——能托付的,因为我要把自己的性命交托给他。"

"食人的基督徒,"小卡尔以一种充满敬畏的音调说,"现在他们都这么叫你了。"

"那是胡扯。"他丝毫不以此为耻,因为他是在完成神的意愿,不过他也的确不愿再次回想当时的情形。

"还有死亡天使,他们还是很喜欢这个称呼。不管怎么说,他们现在议论的都是你。"

◆

医生也是个女人,超过育龄大概十年了。她的小屋在一座破败不堪的停车场旁,当初弄停车场的人似乎打算清出一大块平地,进行了一半又突然后悔,胡乱敷衍了一通。他们叫醒还在睡觉的她,她呼吸里带着酒气,双手抖个不停,但是她的双眼,虽然带了点血丝,却依然睿智机敏。

"别费心告诉我你的故事了,我也不打算跟你念叨我的。"她打断卡尔要做的介绍,片刻之后,她的瞳孔扩大了。"等一下——

我知道了。你就是大家都在议论的天使。"

"有些人管他叫食人的基督徒。"小卡尔推波助澜地补上一句。

"你信神吗？"凯恩问她。

"还能信什么，我犯的错太多了，除了耶稣基督，谁会一直原谅我？"

她将一块床单铺在厨房桌子上，让他躺上去。当她把麻醉剂吸入器和一瓶烈酒先后递到他面前时，他挥手表示拒绝。

"这些东西对我起不了作用，除非我想让它们起作用。而且我承担不起让它们生效的责任，我得保持警觉。现在动手吧，把那个渎神的玩意从我脑子里切掉。你有没有圣灵可以给我放进去？"

"什么？"她直起身子，手里的手术刀已沾染了他头颅上切口的鲜血，他拼命不去想它。

"你们这里管它叫什么？我们的那种种子，圣约星的种子。给我装上，我就能再次听到圣灵的声音了——"

好像为了抗议自己即将被移除的命运，那颗阿基米德星种子陡然提高音量，一阵"噼噼啪啪"的电子干扰声灌满他的颅骨。

坏兆头，凯恩心里一沉。他肯定让自己体内的各个系统超载了。一切结束后，他需要好好歇上几天，然后再考虑接下来该做什么。

"抱歉，"他对医生说，"我没听到。你刚才说什么？"

她耸耸肩。"我说我得去看看。几年前有个你们的人就死在这张桌子上，真是不幸，虽然我尽力了。我记得好像还留着他的通讯种子。"她稍稍摆了下手，好像这样的事每天都会发生，也可能是表示这样的事不是每天都会有。"谁知道呢？我去看一眼。"

他不抱太大希望。即便她真的有，它正常工作的可能性有多大呢，更不能肯定的是，它在这里，在阿基米德星上能正常工作的可能性有多大。在其他移民星球上设有增幅站，比如阿朱那，就允许神之真言自由存在,与那些无信者的谎言进行正面交锋。

他脑子里最后一下"噼啪"声蓦地转成一个平静亲切、通情达理的声音……哲学家亚里士多德本人就曾说过:"人根据自己想象创造了诸神,不仅参照了人的外形还参照了人的生活方式。"

凯恩强迫自己睁开双眼。房间里污迹斑斑,医生模糊的身影俯在他上方。某种锋利的东西刺进了他脖子。

"它在这儿。"她说,"我取出它的时候你会觉得有点痛。你叫什么名字?真正的名字?"

"拉蒙特辛。"

"啊。"她没笑,至少他觉得她没有——眼下他很难分辨她的表情——但她听上去像是被逗乐了。"'她在夜间痛苦饮泣,泪流满面。在她的一切所爱的人中,没有一个安慰她的;她的朋友都以诡诈待她,成为她的仇敌。'[1]写的是耶路撒冷,"医生补上一句,"原来那个。"

"耶利米哀歌,"他无声地说。疼痛如此剧烈,他竭尽全力才控制住不去拉扯医生拿探针的手。在这种需要极端压抑自己的时刻,他最能清晰地感觉到自己的力量。要是他放开控制,任那力量信马脱缰,自己就会像天国穹顶上闪耀的群星般,摧毁整个世界。

"嘿,"模糊中,一个声音从厨房桌子上那片明晃晃的光后面传来——是小卡尔,"嘿,有东西靠近。"

"你说什么?"萨托里厄斯问。片刻之后,窗户轰然炸开,闪闪发亮的玻璃碎屑如雨点般纷纷落下,浓烟弥漫了整个房间。

不是烟雾,是毒气。凯恩从桌上一跃而起,不小心将医生撞到了墙上。他迅速吸了几口干净空气,这足够让他支撑一刻钟,同时他扩展喉部组织,封闭了气管。不过如果这是神经毒气的话,他就

---

[1] 语出《圣经·耶利米哀歌》1:2。

AND MINISTERS OF GRACE

无能为力了——暴露在外的皮肤太多了。

角落里，医生挣扎着想站起来，她的身影淹没在地板上如巨浪般翻滚不休的毒气之中。她的嘴张得大大的，想要说什么，却发不出声。不只是她，卡尔和萨托里厄斯也屏住呼吸，一边将家具推过去抵门，作为临时防御工事。萨托里厄斯握住了枪。为何外面那么安静？他们在外面干什么呢？

一阵"咔咔哒哒"的枪声回答了他。轻武器射出的子弹瞬间在厨房墙上留下了密密麻麻的洞眼。医生无助地挥舞着胳膊，身子一阵剧烈抖动，就好像在跳可怕的吉格舞①，又好像一台无形的缝纫机正往她身上纫线。当她倒在地板上时，几乎已被撕成了碎片。

小卡尔四肢摊开，一动不动地躺在地板上，一汪鲜血和脑浆的混合物正在他身下蔓延。萨托里厄斯依然摇摇晃晃地站着，但鲜红的血泡从他身上好几个地方汩汩冒出。

凯恩趴在地上——下意识的。他没有停下来考虑几乎已成定论的败局，而是一跃而起，一只手的手指深深扎进天花板，然后用另一只砸开一个窟窿，钻进天花板与屋顶之间的夹层，他蜷缩在那个狭小的空间，看着走进来检查战绩的第一队士兵。手电筒的光飞快地扫过弥漫的毒雾。他们怎么会这么快就发现自己？更要紧的是，他们带来了什么东西对付他？

速度是他最好的武器。他顺着通风管往外爬，到出口时不得不用手扒开洞眼，窸窣洒落的碎片立即引来一阵来自下方的猛烈射击。当他爬上屋顶时，暴雨般的子弹呼啸着向他袭来，有两颗击中了他，一颗打在胳膊上，一颗打在背上。这些子弹来其余那些士兵，他们以汽车作为掩体，等待进屋的头一拨人发出信号。子弹的势能像波浪涌过他的身体，让他像条落水狗般剧烈颤抖。片刻之

---

① 吉格舞是一种活泼欢快的民间舞蹈，起源于16世纪的英国。

后,他们不出意料地搬出了扰频器。不过这次他准备好了:他将钙渗透神经元,以阻隔汹涌的电磁波,尽管这使得大脑的活动中断了片刻,让他像个被抽去骨头的布偶般颓然跌落到屋脊上,但毫发无伤。没过多久,他又站了起来。他们最好的武器失效了,士兵们朝那个沿屋顶以惊人速度攀爬的黑色身影疯狂开火,不过三秒钟时间,拉蒙特辛·凯恩已经钻过枪林弹雨,冲到了他们当做掩体的汽车车篷上。当他从车顶上飞身而起,跃过他们头顶时,那些士兵甚至没来得及调转枪口的方向。

这次他没能使出全速——没有充分的休息,没有充足的能量补充——但已经足够了,等士兵们重新集结起来,他已消失在希腊城密如蛛网的下水管道中。

那颗阿基米德种子,一直在向敌人报告他的具体位置,现在它被他抛在了身后,裹在血淋淋的纱布中,躺在医生厨房的某个角落。基塔·简瑞和她那些理性主义者们将会深深地了解圣约星科学家们制造阿基米德科技产品仿制物的能力,但他们不会了解更多关于凯恩的事情了。至少不会是通过那颗种子。他终于摆脱它了。

◆

差不多过了一整天,他才从希腊城郊区的某个泵站里回到天空之下。现在他是一个全然不同的凯恩了,一个之前从未有人见过的凯恩。尽管医生移除了那颗阿基米德种子,却没来得及找到圣灵装置,更别说植入了:从他有记忆以来,这是第一次,他的思想完全属于自己,他脑子里没有任何别的声音。

这静寂叫人害怕。

他向城市西边的群山前行,昼伏夜出,小心翼翼,因为那些农夫们设置了复杂的安全系统,还有那些护院的动物,在凯恩察觉它们之前就能闻到他的气味。最后他发现了一处无人照看的房产。他本可轻松破门而入，但他只是强化了一根指甲，用它撬开门锁。他想尽可能把自己留下的痕迹减到最少——他需要时间思考、计划。他觉得自己好像置身于空茫无边的世界，看不到来路，也辨不清去路。

为安全考虑，头两天里他昼伏夜出，探索这个新的藏身之处。为这个目的，他把瞳孔极大地扩张，以至于一片白纸突然出现在他面前也会让他一阵抽痛。从那些他能辨认出的东西判断，这所装修成现代主义风格的小房子属于一个去了这片大陆东部旅行的人。房主人会去上一个月，现在刚走一礼拜，这给了凯恩充足的时间来休息，来思考自己下一步该怎么做。

他要做的第一件事就是习惯脑子里的寂静。从他还是个惘然无知的小小孩童时开始，圣灵就一直在同他讲话。现在他再也听不到她那从容不迫、激励人心的声音了。那些阿基米德星渎神的絮叨声也沉寂了。再没有什么东西，没有什么人，来分享凯恩的思绪了。

头一个晚上他忍不住哭了，就像他在那个妓女的房间里时一样，如同迷路的小孩。他变成了幽灵，再也不能称为人。他失去了精神向导，他把自己的任务弄得一团糟，他让他的神和他的人民失望了。他吃下了同类的血肉，而且徒然无果。

拉蒙特辛·凯恩孤单一人，与他一起的只有罪。

◆

在房主回来之前他就动身离开了。他知道自己可以杀掉那个人，但他觉得好像到了该做些其他事情的时候了，虽然说不出具体原因，甚至不能肯定自己该做什么。他依然欠神一条命，简瑞首相的命，但在他身体里面，有什么东西不一样了，他似乎并不急于履行这个承诺。而他脑中的静寂,起初叫他那么害怕,现在却好像蕴含其他意味。神圣,也许吧,不管那到底是什么,肯定与他以前的经历截然不同,他仿佛置身梦幻。

不,更像大梦而醒。但那是个怎样的梦呢?美梦?噩梦?接下来替代它的又会是什么?

虽然没有了圣灵的提示,他依然记起了耶稣基督的话语:你们必晓得真理,真理必叫你们得以自由①。在这片崭新的寂静中,这个古老的允诺似乎有了许多含义。凯恩真的想要知晓真理吗?他准备好接受真正的自由吗?

离开房子之前,他拿走了房主人未曾带走的备用露营设备。凯恩将在群山顶端的荒野住上一段的时间。他将在那儿思考。他步出帐篷时,很可能会发生这样的事:拉蒙特辛·凯恩被留在了身后,死亡天使也被丢在了身后。

他会给自己丢下什么?像他这样一种全新的造物又将成为谁的仆从?天使?魔鬼?抑或是他自己?

凯恩很想弄个明白。

(eloa 译)

---

① 语出《圣经·约翰福音》8:32。

娜奥米·诺维克

娜奥米·诺维克生长在纽约市，和身为推理小说编辑的丈夫以及六台电脑住在一起。娜奥米是第二代移民，在波兰童话、芭芭雅加①和托尔金的影响中长大成人。她从哥伦比亚大学计算机科学系研究生毕业后参与了电脑游戏《无冬之夜：幽城魔影》的开发，然后决定尝试写小说。这个英明决定的成果之一是"龙船长"系列的大获成功，该系列包括《龙船长》《黑火药之战》《玉石宝座》和《象牙帝国》，讲述了用龙作为战争武器的另一个版本的拿破仑时代。她最新出版的小说《胜利之鹰》也属于这个系列。

在《离家七年》里，她用感人至深的笔触，带领我们来到一个遥远的星球，那里有着神奇而错综复杂的生物学秘密。她告诉我们，不清楚对手的反击实力便贸然进攻，是一件多么可怕的事……

---

①斯拉夫传说中的一位神秘女神。

离家七年

序幕

在逃离梅里达的小船上,我过了七天,在外面那未加速的宇宙里已是七年。我情愿被遗忘,如同书页底下一条落满尘灰的脚注。然而我却落入了号声、勋章与讼案之中,面对旗鼓相当的赞美与指责,我带着惊愕在喧嚣中蹒跚而行,终于失却最后一个与自己对质的机会。

如今,我唯一的愿望只是尽力以残缺的记忆去纠正流言中最大的谬误,也将自己的理解献给那些不愿盲目听信传言,勇于去改变世人观点的、思想深邃的少数人。

我不想重复,也已记不清楚那些枯燥的日期、时间和语录。但我一定要警告你们,我未曾屈从于可悲而无益的冲动去美化战争,也未曾为任何罪孽开脱,无论这罪孽归于我还是他人。那些都是谎言,而在梅里达,谎言比谋杀更恶劣。

我不会再见到我深爱的姐妹们。我经历午夜的漫长旅程奔往未来,然而在我心中,却是她们离我前行。我在清醒时已听不见她们的声响,在写下这些以后,愿她们也不再会来惊扰我的梦境。

露丝·帕特洛那
4765年1月32日,于雷夫特

第一次调整

4735年的第五个月,我在"登陆港"下船。联盟政府涉足但还未占领的每个星球都有这么一个拥挤、肮脏又无趣的港口城市。它

位于埃斯佩里大陆，因为梅里达人无法容忍航天港建在自己的土地上。

我的上司科斯塔斯大使外表威严庄重，身高两米，体格健壮，握手时热情洋溢。他有着睿智头脑，对笨人很不耐烦，初次见面他就把我划进了笨蛋范畴。首先，我的任务让他反感。他很喜欢埃斯佩里人，在他们中间就像在同胞中间一样左右逢源，若排除职业道德上的顾虑，他和埃斯佩里的一两位资深部长算得上颇有私交。他了解自己的职责，也知道梅里达人的潜在价值，却没法不反感他们。他当然希望我和他一样，打心眼里瞧不起梅里达人，把这任务当做一个错误而彻底放弃。

我们的简短谈话足以让他打消这个念头。我很想说他并未因失望而妨碍公务，但事实上，他异常激烈地反对我打算立即前往梅里达大陆的计划。在他看来，这等于自杀。

谈到最后，他放弃了对我的阻拦。事后他大概颇为后悔，我对此深感抱歉。我充分利用了自己的艰难行程来做砝码——我耗费了故乡地星上的五年时间，放弃了那样的生活选择未知的前程，这占据了某种道德制高点。地星上初来乍到的人常提出很多愚蠢的要求，这些要求甚少遭到拒绝，所以我确信自己这个最初的要求也同样"合理"。

最后他终于让步："我们会给你找个向导。"于是联盟政府的整个机构开始运转，以满足我头脑发热的愿望。

不到两小时后，巴迪雅抵达大使馆。她身上素净的灰色围布从肩头直垂到地面，头也用布包着，只露出一些微小的改造痕迹：鼻梁和脸颊上那片绿色雀斑，还有嘴唇和指甲上的一抹绿色。她的翅膀折叠起来藏在围布底下，只是微微隆起，和一个登山客过夜的背包一样大小。她身上带着点地星上面包酵母的味道，但并不难闻。这样的她几乎可以安然穿过整个登陆港，而不至于让人议论纷纷。

她在接待员引领下来到我的新办公室的时候，我甚至没来得及打开行囊。我穿着自己最好的正装——一套保守的黑色西装，还是定做的，因为地星上根本买不到女式裤子。谢天谢地，我脚上有一双舒服的鞋子，地星上那些优雅的鞋子根本没法走路。我对自己的着装记得这么清楚，是因为后面一周我都得穿这身衣服，完全没机会换洗。

接待员介绍完毕离开后，她马上问我："你准备好出发了吗？"

显然我没准备好，但我明白，她是不想带我去。她觉得这是个愚蠢的要求，担心我的安全变成她的负担。虽然科斯塔斯大使对我能否归来并不在意，但她不知情；何况平心而论，若我不能回来，科斯塔斯大使也一定会履行职责，向梅里达人表示不满的。

对于自己不愿答应的要求，梅里达人有时会用一种别扭的方式来应允。他们的同胞会理解这种婉转的拒绝，并收回要求。巴迪雅并没指望我明白这点，她只是希望我说无法立即出发，她便可以将这当成回绝，此后也不会再来接我。

以我对他们惊人的了解程度，当然很明白这种风俗，于是回答她："虽然不太方便，但我可以立即出发。"她随即转身走出我的办公室，我紧随其后。对梅里达人来说，如果答应帮忙的人提出种种困难和限制，而要求者都逐一接受，说明这件事对其非常重要——我这次的确如此——要求者也就必须承受这些人为制造的困难。

我甚至没敢停下来跟人打声招呼，说我要离开。我们从大使馆的秘书和卫兵们面前走过，他们也只粗粗扫了我们一眼——我们又不是要深入大使馆，再说我有公民牌，他们也不会拦阻我。直到有人发现我失踪并检查了安全记录，科斯塔斯才知道我已经离开。

SEVEN YEARS FROM HOME

◆

第二次调整

我跟在巴迪雅身后穿过城市,并无不快之意。我完全没把这点不便放在心上,而为自己通过了第一关测试万分欣喜:我排除了科斯塔斯和巴迪雅给我的所有阻力,很快便能去到我自认已十分了解的人群中间。虽然我还是个外人,可我一生从未融入任何社会,并不会因此感到恐慌。此时此刻,我全无恐惧。

巴迪雅四肢灵活,脚步迅捷轻盈,我个子虽比她高,也得努力跟上。埃斯佩里人看着她走过,再看向我的眼光中立即带上浓重的敌意。许多出租车从身边空驶而过,我提议:"我们可以叫个出租车,我付钱。"

"不。"她憎恶地看了一眼出租车。于是我们继续步行。

在离开梅里达的黑海航程中,我那篇有关迦南运动的博士论文根据托管条例出版了,这完全违背我的意愿。出版收入随之带来基金稳定增长,但我分文未取。我不愿让钱牵扯到任何我尊重的事情,所以它会在我身故后传给家人;我的侄子们为遗产欢欣的同时,也会欣慰令他们难堪的人终于离去。

那本书有很多错误,观点上谬误更甚。我在六年博士期间狂热过头,靠少得可怜的事实制造了众多错误的意见和分析。里面只有一点是正确的:迦南运动是环保哲学的一个分支。传统的环保主义者希望将人类限制在已死亡的星球上,或是其他星球上的部分封闭空间内,但迦南运动者们企图采取折中的方式,在改造新世界的同时也改造自己。

这种哲学的优点之一是比较实用,因为遗传工程和人体改造从来都比地貌再造便宜得多。然而在我们这个怯懦而暴力的物种面前,最易招致屠杀的莫过于与我们略有不同却仍十分相似的邻居。

所以，梅里达人是目前仅存的一个迦南社会。

他们在约八百年前来到梅里达星，选择了较大的一块陆地定居。两百年后，埃斯佩里人为逃避新维克托瓦尔的瘟疫来到这里，在较小的那块大陆上定居。五百年间，这两个社会极少接触。我们联盟人惯于以星球和星系的尺度思考，以为星际航行才当得起"遥远"二字，殊不知对于艰苦奋斗的人来说，一块难以征服的大陆已经足够辽阔了。两个社会都以自己的方式繁荣起来，到我抵达之时，这个行星有一半在夜里闪闪发亮，光耀太空，而另一半却仍处于原生态。

我在博士论文里认为后来产生冲突是很自然的事——如果屠杀与劫掠是我们的天性，这样说倒也没错。埃斯佩里人用尽了自己土地上有限的资源，而旁边那片辽阔的大陆无人染指，人口密度尚不及埃斯佩里的十分之一，并且只需短途飞行即可到达。梅里达人对生育率进行控制，只取用有限资源以保证可持续性发展，所有建筑在废弃一年内皆会自然分解。埃斯佩里有许多哲学家和政治家鼓吹对梅里达社会的崇拜，但这不过是种精神茶点，就好像一个人崇拜圣人，却毫无当圣人的意愿。

最初的入侵以探险和创业的形式开始，那些绝望、贫穷而暴力的人群开始在梅里达海岸登陆，进行测绘、取样，并种下他们的外源植物。一个个村庄很快开始形成。梅里达人的口头驱逐徒劳无功，于是对这些村庄进行了袭击。大部分移民丢掉性命，但仍有不少零星的幸存者从海上回到埃斯佩里，对这些战斗进行了极端残酷的描述。

我在行前提交给国务院的报告中认为，他们描述的细节都经过夸张，梅里达人的攻击是因更广泛的挑衅而起。当然，我错了。只是那时我还不懂。

巴迪雅带我来到登陆港下区。此地处于空港的洋流下方，并因此而得名。海面上漂满垃圾，彩色油污随波浪闪动，拥挤逼仄的房屋间隔着酒店和酒吧，只有长长的船坞深入海面，远达垃圾之外。一个船坞的尽头处漂着一条简单的小圆艇，棕色树皮篷子，细细的棕色桅杆，松弛的灰绿色船帆在风中抖动。

船坞边的围观者们有些在百无聊赖地钓鱼，有些在修理装备和渔网。他们看到我们朝着那条船走去，才明白我要跟她离开。

在我们的不懈教导下，埃斯佩里人已经明白联盟可以是死敌，也可以是良友。虽然我们从不以武力胁迫，但也无人可以正面对抗我们。我们已经给了他们一个空港，一道通往其他已殖民星球的大门，但他们还想要更多。我觉得自己的处境很安全，却没想到他们殊不愿敌人从我们手中获得同样的礼物。

船坞上有四个男人站起来，拦住我们的去路。其中一个假作尊重地说："女士，您不要跟那东西走。"巴迪雅一言不发，略微让开一步，要看我如何回答。

我一边朝他们走去，一边说："我是去执行政府公务的。"我没想到这句话是种挑衅，我的行动也毫无虚张声势的意图：在地星上，虽然我不戴面纱，但男人们还是会尽量躲开，所以我根本未经思考，便本能地认为他们会让路。这对我实在太过自然，我们常常被教导要避免这种自然反应，可是在实际生活中，这实在太难了。

或许是因为我的自信，他们真的退让了几步，这让我更加笃定。当其中一个人伸手抓住我的胳膊时，我彻底震惊了。

我用尽全身力气尖叫和反击。我已经不记得那个人的模样，却清楚地记得他身后那个男人的惊骇表情，丝毫不逊于我。那四人被我的尖叫吓退了一步，随即又围上来，一边呼喊，一边伸手拦阻。

我更加暴烈地反抗。我曾深信自己是个宇宙公民，对人毫无成见，虽然刚好出生在地星，却不会因此变得狭隘。但在那一刻，我真想杀了他们。天不遂人愿，虽然我比较高，力量也出乎他们意料（因为梅里达星的重力略低于地星），但他们毕竟是身材壮硕又历经风雨的工人和海员，更何况男人在肉搏中总是有明显的肌肉优势。

他们试图抓住我，这让我更加惊恐。此时此刻，我的意识已经缩成一团，记忆中只剩下淋漓的汗水和挣扎时脖子被汗湿的衣服摩挲的感觉。

巴迪雅后来告诉我，她本想任由他们抓住我，这样就是埃斯佩里的渔夫跟联盟作对，她可以安然离开。最后令她出手的不是同情心，而是我的惊恐程度。埃斯佩里人同样诧异于我的惊惧，但他们以为我发了疯；她却因为我之前接受了她的条件，现在又如此惊恐，不得不确认我是真的需要跟她一起走。虽然她既不明白原因，也感觉我是徒劳。

我说不清之后到底发生了什么，只记得她薄薄的绿色翅膀如一幅亚麻窗帘般在头顶展开，阳光从上面透下来。我记得她迅猛地砍断抓住我的几只手，血一直溅到我脸上。后来我经常看到她用那把刀从有毒植物上收割果实，它像是一把用粗皮筋挂住的镰刀，熟练的刀客可以让皮筋的硬度随心变换。

我喘着气站在那里，她从空中降落，那几个人跪在地上尖叫，其他人沿船坞朝我们跑来。巴迪雅将那几只手踢到水里，平静地说："我们必须走了。"

我并未看见她发出信号，但船已停靠在我们身边。小筏如飞鸟般向前跳跃，将呼喝与鲜血都留在身后。

在这次诡异的旅程中，我们始终没有交谈。我以为的"船帆"伸展开来，却并不兜风，而是如天幕般覆在我们头顶上方，朝向太阳的方向。仔细观察之下，我发现篷子上和船舱外壁有许多细丝扭动。巴迪雅躺在甲板下方的船底，身体舒展开，我也跟她学样。地板舒适而不坚硬，感觉怪怪的，好像一张不停摇晃的水床。

我们一天之内便穿越了整个大洋。我无法告诉你们那条船是如何获得这样高的速度的，只知道它吃水似乎不深，也没有浪花飞溅。船外的世界变得模糊，就像隔着一扇滴满雨水的窗户。我向巴迪雅要过一次水，她用手按下船底，一小汪清水便在凹窝里积聚起来，我掬起饮用，里面有一种切片黄瓜的清香。

我便这样来到了梅里达。

◆

第三次调整

巴迪雅把我丢给她的族人时似乎有些尴尬。她把我放到村子中央，然后跳上树顶，令我无法跟随，表示她跟我已经一刀两断，我以后的所作所为都与她无关。

我又饿又累，几乎要瘫倒。没有经验的人总以为星际旅行多么华丽，其实对下级官员来说，这和其他交通方式一样不便，时间还更长。此前一个星期里，我基本是个囚徒，关在只有四步宽的舱房，要把床折叠起来才能放下书桌，公用厕所则在走廊，只有一个壁橱大。登陆港没有留住我前进的脚步，那个令人憎恶的港口本非我的目标。现在我终于来到目的地，残存的肾上腺素已在高潮后耗尽。

在我之前，也有人来过梅里达的村庄中心，并在听证会上描述过村庄的模样。这些人大多来自埃斯佩里，包括人类学家、生物系学生和游客——这些游客不是天生爱冒险，就是脑子进了水。他们通常会富有诗意地描述当地人如何在头顶交织的树枝藤蔓间滑翔，具体细节和形容随村庄所在纬度的不同而变化；他们也都会提到典型的房屋布局，围绕着中央广场如轮辐一般散开。

如果我没这么累，或许也会如此仔细地观察，向我的读者们交出一份类似的报告。然而在我眼中，这个村庄全然陌生混乱，完全看不出一点悉心规划之处。称之为村庄会让人误以为这里的人有地区分布——然而梅里达人，至少是有背翼的梅里达人，会在众多遥远的小定居点之间自由来去，这种结构取代了熙熙攘攘的城市。我独自站在那里，陌生人淡定地从我身旁经过，步履稳健，好像在说："我完全不在乎你或你的命运。这跟我完全无关。怎么可能有关呢？"最后，我躺在广场边睡着了。

第二天，我遇见启蒂亚。在性格与机遇的复杂作用下，她被同学们选出来，试着用一根树枝戳我，把我弄醒了。我睁开眼睛坐起来，他们在几步之外的安全范围"咯咯"发笑。

"你为什么睡在广场上？"启蒂亚问我，她的同学们又发出一阵笑声。

"我能睡哪里呢？"我问她。

"在房子里啊！"她说。

我婉转地向他们解释我在这里没有房子，他们怪责我说，我应该回到自己有房子的地方去。我煞有介事地在天空中仔细搜寻，又问他们这里的纬度是多少，然后随手指了一个方向说："我的房子朝那边要走五年。"

孩子们先是不信，然后是疑惑，最后欢乐起来。原来我是从星星上来的！他们的朋友从来没遇到过这么遥远的来客。有个女孩去过另一块大陆，她还有一个埃斯佩里玩偶以资证明，但那点小骄傲顿时便被消灭了。启蒂亚拉起我的胳膊宣示主权，告诉我，因为我的房子太远了，她会带我去另外一间。

基本上，在任何一个社会里，只要能正常地接触到小孩，对于外交人员和人类学家都是非常有用的。他们容易为稀罕的事情惊叹，也喜欢成年人认真地问他们问题，这对他们是一种新奇经历，尤其是有些问题很傻，答案那么明显，让他们颇有优越感。启蒂亚就是一座宝藏。她走在队伍最前面,领我来到附近巷子里的一栋空房子。这栋房子已被遗弃,开始分解了:墙壁和地板上都蠕动着亮晶晶的深蓝色小甲壳虫,兢兢业业地发出"嗡嗡"咀嚼声,好像夏天午后的蝉鸣。

我好容易才忍住没有跑掉。启蒂亚毫不犹豫地走进虫子堆,来到对面墙壁的一个小水龙头那里,每一脚都踩死几十只虫子。她打开水龙头,一种黏稠的透明液体喷出来,虫子们四处退散。"来,这样。"她教我用手掬起液体,泼在墙壁和地板上。虫子们怏怏退去,墙壁和地板又从棕色恢复到浅绿,开始自行修补漏洞。

接下来的一周里,她带给我食物,教我礼仪和语法,最后还给我带来一套衣服,包括一件无袖上衣和一条紧身裤,并骄傲地告诉我,这是她在课上亲手制作的。我真心诚意地感谢她,并问她去哪里洗我的旧衣服。她异常迷惑,仔细地看了看我的衣服,又摸了摸,然后说:"你的衣服已经死了!我本来还以为它只是不好看呢。"

她给我的衣服不是纺织物,而是轻薄牢固的一层植物纤维,表面有飞蛾翅膀上那样的鳞片。我甫一穿上身,衣服就紧紧抓住我的皮肤。我还以为自己感觉到的瘙痒是过敏,但其实只是植物纤维网内生长的细菌在勤勤恳恳地清除我皮肤上堆积的汗水、尘土和死皮细胞。又过了好几天,我才能完全克服自己的本能,把清除排泄物的任务也交托给这件有生命的衣服(之前我一直到树林里去排泄,因为找不到任何像是厕所的地方,每次询问对方也总是十分迷惑,所以我不敢追问下去,怕是触犯禁忌)。

这只不过是一个不到十三岁孩子的手工!她对制作过程的解释我完全听不懂,就像对一个没见过书目的人,或者听说过文字却连字母表都认不全的人解释怎么查参考书。她曾在放学后带我去过她的教室看她的工作台,那是一个覆满灰色苔藓的木头大托盘,后面放着两排小瓶子，里面或是液体，或是粉末，我只看得出颜色不同。她的工具只有各种注射器、滴管、勺子和刷子。

我回到屋子里，在那篇越来越长，却要一个月后才能发出去的报告上写道："他们是一个宝贵的种族。我们一定要得到他们。"

◆

第四次调整

最初几星期我和其他成年人完全没有接触。有时我会看到他们路过，周围的房子里也都有人住，但他们从不和我交谈，甚至不曾直视我。没有人反对我鸠占鹊巢，但这不见得是默许，只是根本不愿承认我的存在。我与启蒂亚和其他小孩交谈，让自己尽量耐心。我希望遇到一个机会，让别人看到我的用处。

最终却是我的无用打破了僵局。一天清晨，启蒂亚正给我看她的翅膀设计，她已经到了开始设计自己翅膀的年纪。因为下一年就要长出这种寄生物，她正用小型翅膀做试验。那翅膀从桌面上长出，随着肌肉的不自主收缩而抖动，我努力掩饰自己的恶心。

一阵骚动传来。启蒂亚听见喧闹声，抬起头，随手将试用翅膀扔出窗外，令得周围几只鸟纷纷起争抢，而她已走出门去。我随她来到广场上，四周围观的孩子难得地安静下来。只见地上躺着五个浑身血污的女人，其中一个已经死去，另两个似乎受了致命伤。她们都有翅膀。

有几个人在救治伤者，把浅棕色的海绵小块塞到伤口里，缝合。我想去帮忙，部分出于本能，但更大程度上是因为脑子里冒出来的冷静想法——解决危机能打破社交障碍。惭愧的是，让我克制住自己的并非高尚的自我检讨，而是因为马上就明白，我那点有限的野外急救知识根本派不上用场。

既然这事帮不上忙，为不妨碍到其他人，我便转身走开，不料却撞上巴迪雅。她正站在广场边上观看。

她独自站在那里，周围没有别人，双手沾着鲜血。"你也受伤了吗？"我问。

"没有。"她简短地回答。

我表达了对她朋友们的担忧，问她们是否在战斗中受伤。"我们听说过传言，"我说，"埃斯佩里人在侵占你们的土地。"这是我第一次有机会暗示官方对他们的同情，因为我问孩子们有没有打仗时他们总是耸耸肩而已。

她也耸耸一边的肩膀，叠起的翅膀随之上下抖动。随后她说："他们就算自己到不了的地方，也会在森林里留下武器等我们。"

埃斯佩里人的数种地雷科技中包括一种智能移动雷，其引爆目标设定可以精确到个体基因序列，也可以广泛到某种广义的体形——比如说人形带翅膀——然后四处巡游，找到合适的目标后进行最大限度的破坏。这种地雷只有一面装炸药，另一面全是电路。"弹片是不是只来自于一个方向？"我用双手比出一个扇形。巴迪雅凌厉地看了我一眼，点点头。

我告诉她这种地雷的原理和制造过程。"有种扫描仪器可以探测到。"我又说，本想接着提出为他们提供这种仪器，可我还没讲完，她已经不发一言地离开广场。

我并不失望，因为我明白她是想马上利用我提供的信息。两天后，我的耐心得到回报。那天上午，巴迪雅来到我的房子里说："我们找到了一只地雷。你能告诉我们怎么拆雷吗？"

"我不确定，"我诚实地说。"最安全的办法是从远处引爆。"

"他们用的塑料会毒害土地。"

"你能带我去地雷那里吗？"我问。她非常严肃地思索起来，我明白，这要么触犯禁忌，要么十分危险。

"可以。"她终于说。于是她带我来到村落中心附近的一间房子，这里有梯子通往屋顶，我们又从那里爬到旁边的房子上，如此不断爬高，最后来到一只大篮子面前，编织篮子用的不是绳索，而是一种藤蔓。我们爬进篮子，她蹬离树枝。

飞行过程并不平稳。最接近的描述是小孩子的秋千，只是在失重的最高点你并不往回摇摆，而是疾速画出另一个弧，周遭破碎的树叶发出强烈的烂菠萝味道。大概五分钟后我开始剧烈呕吐。好在旅程结束前巴迪雅也吐了，虽然她反应迅速地朝向旁边，但我的自尊心和肠胃都感觉到了安慰。

我们休息的树上有两个女人在等待，她们也都有翅膀，分别名叫蕾娜塔和葆蒂。"它又朝伊格兰方向走了大概三百米。"蕾娜塔说。她们告诉我伊格兰是附近另一个梅里达村庄的名字。

"如果它探测到附近有居住区，就会等到进入居民区，在尽量多的人中间引爆，"我说。"比较昂贵的地雷还带有掘洞功能。"

她们小心地把我从树顶带下来，落到地面，让我走在中间。她们的翅膀伸展开，掠过两边垂下的藤蔓，她们定时跳起来察看一下情形。有好几次她们友善地拉着我略微改变路线，但我那未经训练的双眼完全看不出有什么差别。

一群大蚂蚁排成细细一队——请读者原谅我将它们称为蚂蚁，它们实在跟蚂蚁长得一模一样——跟着我们爬行，起初我并没在意，直到看见地雷上爬满了蚂蚁。蚂蚁们并没有阻止地雷前行，只是好奇地在上面翻滚。

"经过我们的调整，这些蚂蚁可以闻到塑料味道。"巴迪雅回答我说。"我们还可以让蚂蚁能吃塑料，"她又说，"但我们担心这样会引爆地雷。"

写下这段话时，"调整"这个词还让我下意识地闹心。这是个无法翻译的词，用来替换的词汇表现不出那细微的闹心之处。但我无法超越联盟的官方翻译，要说清这个概念，需要生物工程课本里面三个枯燥的章节，而我没有能力提供。我只希望自己完整地传达了她提到这件事时的随意感。联盟有几十个非常优秀的实验室，里面的科学家如果有几年时间和足够的高额研究资金，是可以复制这个成果的。可他们只随随便便地用了两天。

我当时并未陷于崇拜之中。地雷对探寻的蚂蚁不屑一顾，仍然疾速前进，长着玻璃眼睛的地雷头偶尔在细长的蜘蛛腿上转动。我们还有半天时间来引开它，让它不致进入前方的村庄。

蕾娜塔跟着地雷前进，我在地上给巴迪雅和葆蒂画出我所知的地雷内部结构。稍有点常识的地雷制造者都会让地雷在受到外界干扰时爆炸，除非接收到特定的解除码，所以我们没有更好的选择。"最有希望下手的，"我提议，"是发射接收器，让它失去接收解除码的能力，在失灵的同时解除威胁。"

葆蒂立即打开背上的箱子，变成一个工作台，这台子和小启蒂亚的一样，只是更精致更紧凑。她盘腿坐在地上，将工作台放在腿上，不时抓起一把蚂蚁，放到绿色台子上。大多数蚂蚁马上蜷曲死去，她小心地将少数几只存活者赶到一个空瓶子里，再取另一批蚂蚁。

我有时坐在她身旁的地上，有时和巴迪雅一起绕圈踱步。巴迪雅担负起瞭望职责，偶尔把刀取下又放回去，其中一次她打下一只墨狄——一种像狐猴的动物。但它可一点都不像地星上的狐猴那么可爱，我看着它就忍不住恶心。巴迪雅后来还给我看了墨狄小嘴里满是倒钩的牙齿，它抓到猎物会咬住不放。

她的话渐渐多起来，还问起我家乡星球的情况。我告诉她地星的情形，还有地星上对女人的隔离，她觉得十分可笑，我们一起肆意嘲笑远方那些对我们完全没有威胁的愚蠢的人。梅里达人刻意保持一比五的男女比例，这样足以维持健康的基因库，又可以最大程度地降低整个群体对资源的消耗。"他们不能长翅膀，所以行动更难。"她补充说。这简单的一句话解开了早前游客们心目中那个难解的谜团——他们很少看到梅里达男性。

她骄傲地给我讲述她的两个孩子，他们和父亲以及同父异母兄妹们住在离这里半天时间的一个村庄里，她还考虑再生一个。她的专业是森林管理员，这个词汇同样翻译得词不达意，在埃斯佩里人的入侵压力下，该职业已经开始有了军事意义。

"我完成了。"两小时后，葆蒂说。我们赶上蕾娜塔，在附近找到一个蚂蚁窝，那像是一团白色棉絮，待在离地几忖的高度上。葆蒂将她手里那一小撮转染后的蚂蚁放出，它们在短暂的混乱后被蚁群接纳，进入窝中。从蚂蚁窝里出来的工蚁短暂地减少，随即又恢复正常，只是从其中分出一支爬向地雷的方向。

这些蚂蚁加入了在地雷上逗留的战团，但并不止于查探，而是开始往外壳里钻。我们后撤到安全距离之外观察。地雷保持速度前进了十分钟，随着越来越多的蚂蚁努力往外壳里挤，地雷开始慢下来，一只细细的金属长腿迟疑地举起。地雷摇摇晃晃又走了几步，所有的金属长腿突然全部收起，它变成一团光滑的金属，躺在了地上。

◆

第五次调整

他们教会我使用他们的通信技术，我的手持通信仪上长出了一个交互界面，于是我的报告终于得以发出。刚开始科斯塔斯当然很生气，因为他完全不知情，还必须在埃斯佩里人面前维护我，说我离开的方式没有不妥；不过我在和他通话前一小时先发出了报告，他读到的内容已足以让他不情愿地同意我的结论，哪怕对我的方法有所保留。

我当然满心自许。离开了地星上学校和围墙的束缚，带着对自己科研训练的过度自信，我完成了所有的目标。我轻易洗去了手上埃斯佩里人的鲜血，虽然科斯塔斯骂我的时候我很老实，但其实心里只觉得不耐烦。不过他也没有多谈此事：我太成功了，而他还有更重要的新消息。

埃斯佩里人两天前成立了一支部队，美其名曰"探险保卫军"。这支部队的目标是在梅里达海岸上、离我所在地九百英里的地方建立一个永久根据地，开始地貌改造工程，每次在一百英里范围内消灭本地生物：先是完全砍伐，设立电网，然后对土地和空气进行辐射处理，最后播撒地球上的微生物和植物。上千个星球就是这样被重新改造的。埃斯佩里人征服自己的大陆已是五百多年前，但他们仍记得改造方法。

他迟疑地问我，我们能否为梅里达人提供一些抵抗方法。在他眼里，卸除几个丛林里的地雷完全是细枝末节，对抗一支有组织的大军则是另一回事。"我想我们能有点作为。"我故作谨慎地说，然后立即拿着装备目录去找巴迪雅。

她正忙着组织大家将被蚂蚁卸除后散落在丛林里的地雷取出。一种天堂鸟在调整后会捕食这些蚂蚁，并将亮晶晶的地雷带回自己树顶上的巢中，天上的观察者很容易就能看到它们。她和其他收集者们找到了将近一千个这样的地雷，整整齐齐堆成一座金字塔，好像一堆独眼生物的头骨，眼睛已经茫然无神。

众多的埃斯佩里士兵需要一个星期才能渡过大洋，这一周我都和梅里达人在一起计划反击。这是一次热情欢乐的合作。他们宽阔的实验室里满是各种植物，头顶只有太阳能风帆覆盖，最优秀的科学家都从遥远的地方赶来参与，工作简单而愉快。联盟的间谍卫星在我们的第一次接触之后一年就已进入了星球轨道，我对于对方军队情形可能比梅里达的高层知道得还多。他们十分需要我,不但向我了解信息,也征询我的意见。

在这样热情的工作中,我也毫无保留,这在当时还不是刻意为之,但也不算是毫无机心。我被派来就是为了帮助战争,士兵们的生命只不过是政治运作中的一些变量,政治才能决定最终的解决方案,我需要维持一种平衡。科斯塔斯的职责是不让埃斯佩里人轻易获胜,而我对于梅里达人也一样。

一次大获全胜的短暂战争,会为不安分的灵魂开拓出富有诱惑的全新边疆,会立即激起国家主义,而这是联盟最大的障碍,我们诱惑他们彻底加入星际社会会变得困难;令星球陷入悲惨境地的势均力敌的内战则通常十分成功,它越漫长、越痛苦,对我们就越有好处。我被派来梅里达大陆,就是想要以非官方方式,秘密为他们提供一些指导和物质援助,让他们能成功对抗埃斯佩里人,以造成我们想要的这种情形。

人们对于选派我来的官员有所指责,这是一种误解。我必须指出我本来的任务并不是提供真正意义上的军事援助,包括我自己在内,无人可以预见我居然能以这样一种方式起作用。我本来只是个前哨,主要任务是尽量采集文化信息,为两年之后才会到来的"自由天职"军事专家打开壁垒。令我措施升级的不是任何官员,而是野心和机遇。

◆

这些专家在埃斯佩里人的第三次袭击时到来。我无法说出准确时间,因为那时我已经不再计日,也从未见过他们。愿他们原谅我盗取他们的战争威名,我已经为这种贪婪付出了代价。

埃斯佩里人的大多数装备采用同一种碳化钢材料做螺栓螺丝，植入他们坚固的网状装甲之中——这就是我们的攻击目标。这对于梅里达人来说是一个新领域，他们很少使用金属，就像很少吃肉。对他们来说，金属只是一种需求甚少的微量元素，或是他们偶尔需要进行的一些复杂生物过程的副产品。

他们已经开发出一些菌株来处理这种副产品，而他们进行生物改造的速度无以伦比。我发现梅里达人常常采用蚂蚁作为方便的传送方式。这次他们又调整了一些蚂蚁，让它们缺铁，并在腹内生长细菌，从而变成极高效率的破坏机器。这些蚂蚁被放到几只地雷上进行试验，它们吃掉了所有的外壳，只留下一堆堆炭灰（梅里达人仔细回收，作为肥料），还有里面铜线硅材包裹的塑料炸药。

埃斯佩里人登陆后，立即在海边的处女地上砍伐出一片整整齐齐的半月形荒原，不留下一根高出营地的树枝，以免被梅里达人用作攻击平台。他们在四周拉起电网，配上枪炮和巡逻部队；而我和巴迪雅一起，身穿灰绿色斗篷，脸上涂满树叶汁液，在不远处一棵树上围满藤蔓的小平台里，一直看着他们。

我能给自己搞到这个位置只有一个薄弱的理由：为巴迪雅指出对方营地中的要害部分。我没法说清自己为什么想参与如此危险的任务。我并不十分勇敢。有几位不太友善的作家在我的传记中指责我嗜血，并将这称为我第一次离开埃斯佩里大陆事件的后续。我很难反驳这些有根据的指责，但我要指出，我选择参与的是我们认为不会遇到暴力对抗的部分。

但在当时，我的确已对埃斯佩里人愚蠢盲目的激进感到愤怒，他们破坏了周围的一切奇迹，只为造出另一个索然无味的地球，并彻底榨干。不论在职责上还是感情上，他们都成为了我的敌人，我容许自己憎恨他们,那样我会更轻松。

风从东面吹来,梅里达人也从那个方向开始进攻埃斯佩里营地。地雷中取出的炸药足以在埃斯佩里人的栅栏上炸出一个缺口,撼动周围的树林,连我们都感觉得到。烟尘火焰随风扑来,遮住了地面,让营地里的士兵只能模糊看见一点人影。肉搏开始了,只有零星枪声自烟雾笼罩的混乱中传来。

巴迪雅拿着一根细细的绳子,绳子一头坠着一个沉重的果荚。她从水罐里倒出一定量的水到果荚上,再将果荚扔向空中。那果荚飞过栅栏,落在营地里一排储物仓后。果荚撞到地面,顿时如熟透的水果一样炸开,海葵般舞动的树根从里面爬出,攀过地面,将绳索那头固定住。

巴迪雅将绳索的这头系在一根粗大的树枝上,我们用手攀着绳索而下。它没有普通绳索所应有的摩擦感,我一直降到地面,手掌仍觉凉爽舒适。我们冲进帐篷之间的狭窄过道,我感觉到一种由危险带来的延时感:我听得到每一下脚步声,而脚步与脚步之间似乎无比漫长。

很多帐篷的入口处都有警惕的士兵守卫,这些帐篷里可能有宝贵的弹药或是重要人物。虽然绝大部分士兵已在营地另一端对抗梅里达人的攻击,这些人的纪律却并未松懈。但我们不用进入,这些士兵反而为我们标示出了重要位置。我向巴迪雅指出营地尽头的一组四个帐篷,每个帐篷两边都各有一对士兵把守。

我们在烟雾的掩护下从一条通道跳到另一条通道,打过蜡的帆布篷壁挡住了远处的呼喝声与枪声,巴迪雅不时朝地上左右张望。土地仍然带着梅里达大陆的黄色——埃斯佩里人还没来得及进行辐射处理——但已变得又干又脆,脆弱的苔藓在沉重的靴子和装备之下碎裂,风在我们脚边扬起尘土。

"这土地要好多年才能完全复原,"她让我停下,跪在目标不远处的一个无人帐篷边,痛苦地低声对我说。她给我了一件小小的瓷器,像是地星上那些连刀都没碰过的女人们有时戴在头上的发饰:一把有三个齿的梳子,只是齿更长,齿梢尖利。我拿它使劲戳向地面,尽可能往深里扎,让受伤的土地能够呼吸,她则慎重地将一种有机提取物和水混在一起倒在地上,再播下一包种子。

在战争状态的敌营中进行这样的任务似乎过于复杂,但我们曾多次演练,何况就算真的有人看到我们在那里挖土,也很难相信这两团灰乎乎的东西会造成威胁。两度有人匆匆从路口经过,将伤兵送到救治站,却没关注我们。

她带来的小小种子立即炸开,迅速抛出蛛丝般的细根,好像蠕动的蛆虫。巴迪雅毫不在意地用手在周边引导它们钻入地下。细根扎稳后,她示意我停下,并取出准备好的蚂蚁。这次的蚂蚁数目要多得多,其中还有十多只肥大的黄色蚁后。她指引蚂蚁进入处理好的土壤中,蚂蚁立即开始匆匆往下扎洞。

巴迪雅猫着腰看了很久,蚂蚁都已全消失在地面下,她仍在观察。少许几只爬上来又钻下去的蚂蚁,细根的微微颤抖,土壤颗粒的移动,对她来说都在传递某种信息。终于,她满意地站起来说:"现在——"

我估计那个年轻士兵只是想找个地方撒尿,而不是来看谁发出了声音。他从拐角转过来已经在解腰带,看到我们的时候大概是彻底惊讶了,一言不发就伸手来抓巴迪雅的肩膀。他的胡须剃得干干净净,领子上的名牌写着"日当"。我把翻土铲插入他的眼睛。因为我个子比他高,是从上往下动手,他捂着脸朝后倒下。

他并没有立即死去。世上肯定很少有瞬间发生的死亡,虽然我们常常安慰自己,假意以为身体的毁坏或是伤害会立即消除意识,消灭生命,很快便不再痛苦。他的知觉还存留了一阵子,这时间对我来说已经太长。他先是睁着另一只眼睛看我,双手抓向铲柄,随后无力地倒向地面,四肢还不由自主地动作,口鼻和眼睛里都流出鲜血,最后才僵硬地一抖,彻底失去生命。

我看着他死去,有一种奇诡的平静,似乎一切都是空洞的。然后我转过身,呕吐起来。在我身后,巴迪雅切开他的肚腹和大腿,将他翻过来趴在地上,让他的血和内脏流出来。"至少在他们把他搬走浪费掉之前,他可以为土壤作点贡献。"她说。"来吧。"她拍拍我的肩膀。她的动作很和善,我却好像被打了一拳似的躲开。

巴迪雅和她的族人们并非轻视死亡,也不会随意杀人,只是在一个对于暴烈的自然力量是珍视而非压制的世界里,你总要付出代价。虽然梅里达人总的来说活得更加健康,无论从遗传还是身体上都更健壮,但他们的平均寿命比联盟公民要短十年左右。在他们的哲学里,人的生命并不天然比任何生命更高贵。很多人出了事故或被猛兽猎食,那些熟悉残酷自然的生者也并不如何悲伤。巴迪雅不像我们一样深信自己与其他生命不同,理应活到老死,所以在生死无常面前不觉痛苦。我看着被自己杀死的人,就看到了自己的脸;她也一样,然而她一直明白这是常事,所以并不为之动容。

◆

五天后,埃斯佩里人的装备都开始损坏。又过了一天,他们被迫中止所有工作,万般不解地退回营地。我没有跟着梅里达人去将他们赶尽杀绝。

我并没有像很多人指责的那样,在给科斯塔斯的报告中说谎,假装惊讶。我向他坦承自己料到了这个结局,并实事求是地告诉他,我不想因为不确定的事情邀功。除了细枝末节之外,我从来没有刻意欺瞒上司。起初我还不够接近梅里达人,所以没有这样做的需求;而后来我已经太像梅里达人,想到欺瞒便只剩下恶心。

他和我讨论了在接下来的鏖战中要做的事。我尽量向他描述了梅里达人的技术，在咨询联盟内众多专家意见后，他们同意科斯塔斯在每周一度的午餐聚会上，悄悄向埃斯佩里的国防部长提及联盟拥有的一种技术：烤瓷涂层，这需要从贝尔里约斯重金购买，而且要两年后才能到货。他还会提出，如果埃斯佩里人愿意出让一块土地给联盟，一家私人公司或许愿意在本地出资建造一座工厂，在六个月内便能以低廉成本造出产品。

埃斯佩里人接受了这个诱饵，他们在这明显违反中立立场的行为中看到的只是个人的贪婪：他们以为科斯塔斯是这个私人公司的投资人，轻易便接受了他，并急切地被我们利用。同时，他们仍不时试探性地入侵梅里达大陆，探测海岸线，但他们造成的破坏总会泄露行踪，最近的梅里达居住区便会立即奉上一批兢兢业业的蚂蚁，所以他们一直和第一次一样徒劳无功。

在这勉强而短暂的和缓局面中，我游历了这片大陆。我的日记是政府财产，到处都能找到，但内容实在简略得可耻，这让我对同事们深觉抱歉。如果我能想到自己虽然不是第一个，却将是最后一个记录者，我一定会更加勤勉。那时，被成功冲昏了头脑的我更像是个度假游客，而不是研究者，以通讯能力有限的借口，只发送自己喜欢的图片和笔记。

虽然这样的安慰很苍白，但我还是要告诉你们，站在一个鲜活而又不令人惊惧的陌生世界中间的感觉，是照片和文字无法传达的。我和巴迪雅手牵着手漫步在大峡谷畔，俯视紫色、灰色和赭色间杂的山峦，还有起伏翻卷的伊拉卡森林——几乎所有人看到我那臭名昭著的录像时都会头晕——在那一刻，我第一次真切地感受到那种诡异的美的震撼，并因着这惊喜哈哈大笑，身旁的她注视着我微笑。

三天后，我们回她村庄的路上目击了那场轰炸。埃斯佩里人的新型远程战斗机如同薄薄的银色刀锋从低空掠过,浓黑的烟雾升上天空。我们乘坐在篮子里无法加快前进,只能抓住篮框,无力地等待。我们抵达时,战机与烟雾都已远去,废墟却仍历历在目。

事后我对科斯塔斯有种不合理的愤怒。埃斯佩里人并不真心信任他,就像他也不那么信任他们。但在那一刻,我觉得他知道埃斯佩里人的计划,却未曾警告我。我责备他刻意向我隐瞒,他却指出我在去那片大陆之前就知道有危险,却坚持跑到战区,他又怎能保证我的安全。我停止了指责,突然意识到自己几乎就要暴露。他肯定不想让梅里达人从我这里得到消息,但他还没想到我会主动告诉梅里达人。我不应该告诉他们。

这场攻击造成四十三人死亡。启蒂亚还未死去,我来到她的小床边。她并不痛苦,眼中充满雾霾,眼神开始涣散,她的家人已经来过又离开。"我知道你会回来,所以我请他们让我多待一会儿,"她对我说,"我想跟你道别。"她顿了顿,又迟疑地说:"而且,我有一点点害怕。别告诉别人。"

我答应她绝不告诉别人。她叹了一口气:"我不应该再等了。你叫他们来好吗?"

我扬起手,服务人员走过来问启蒂亚:"你准备好了吗?"

"是的,"她有些迟疑,"不会痛吗?"

"不会,一点也不痛。"他戴着手套从袋子里掏出一条扁平的绿色薄膜带子,上面有股覆盆子的香气。启蒂亚张开嘴,他把带子放到她的舌头上,带子立即溶化,她眨了两下眼睛,随即沉睡过去。她的手仍握在我两手之间,在几分钟后渐渐冷去。

第二天早晨,我站在她家人身旁,为她下葬。服务人员小心地将她安放在一块空地上,从远处向她喷洒一种带有萎谢玫瑰香气的液体,然后退开。她的父母放声大哭,我则始终未曾湿眼睛,就像是普通的地星官员,相信死者必会升上天堂。首先来到的是飞鸟,随后是墨狄，啄向她的眼睛和嘴唇，"嗡嗡"作响的甲虫也来匆匆将她分解。它们饕餮的时间并不长，因为她身下的森林土地涌起绿浪，藤蔓攀上她的脸颊，将她彻底吞噬。

藤蔓完全覆盖住她的躯体后，送葬的人们转身离开，在身后的广场上参加集体守灵。我仍站在那里，脸上没有一滴眼泪，他们从我身旁经过，投来疑惑的目光。但她还没有离去，那里还有一个女孩在流连，那片有生命的地毯下还覆着她碎裂的骨殖；所以我也没有离去，身后传来喃喃语声，那是死者的家属们在怀念死去的亲人。

天快亮时，那片绿地毯曾短暂地裂开。在水样的微光里，我看见一只空空的眼窝，里面装满了甲虫。

我终于流下眼泪。

◆

第六次调整

我不会宣称自己在此事后选择翅膀是出于职责考虑，但我不能认可叛国的指控。我别无选择。所有没翅膀的人，男人、孩子、老人和病号，都在埃斯佩里人的不断攻击下四散奔逃。他们退居埃斯佩里战机航程之外的大陆中心，退到洞穴和丛林深处，那些避难所十分隐蔽，就连我们的间谍卫星也无法发现。我和科斯塔斯的通信将会中断，如果我不能为梅里达人提供情报或直接的帮助，不如干脆溜回大使馆，以免沦为难民。这两个选择我都不喜欢。

他们将我如同祭品一样陈放在祭坛上，至少我感觉如此。不过他们给我喝了一种东西，让我的身体平静下来，四肢和皮肤都不再因为紧张而发抖。巴迪雅坐在我的脑袋旁边，把我长长的辫子拿开，其他人刮去我背上的汗毛，用酒精擦拭。随后他们缚住我，将我的皮肤切开两道与脊柱平行的口子，葆蒂温柔地将翅膀放到我身上。

我没有能力在短时间内自行长出翅膀，所以巴迪雅和葆蒂帮我生长了一对。虽然能作的贡献少得可怜，但在这过程中我也看到了太多关于这寄生物的内幕。虽然闭着眼，我还是不由自主地低下头，惊惧地意识到那种羽毛拂过的细微感觉其实是蛛丝般的纤维在侵入。每条纤维都有十五英尺长，它们蜿蜒钻进我裸露的血肉之内，将翅膀与我缝合在一起。

那纤维穿过我的肌肉和骨骼，寻找着一束又一束的神经，痛感也随之起伏。半小时后，巴迪雅温柔地对我说："快到脊柱了。"随即又给我喝了一杯饮料。药力让我的身体不能动弹，却半点不能减轻那种难以言表的剧痛。如果在联盟的各种安全措施之下你还能搞出一次食物中毒，你或许会感受到这种痛苦，虽然程度其实差得很远。它包裹住你的整个身体，每一块肌肉、每一个关节，不但攻击你的肉身，也攻击你的思想：所有的感觉都消失了，只剩下痛苦，还有一个反复出现的问题：最痛的部分过去了吗？而答案是一而再、再而三的"没有"。

后来痛苦终于开始慢慢退去。那些纤维已经进入我的大脑，这是我曾经最恐惧的部分，现在却成了一种美好的解脱。我静静地躺在那里，幸福地闭上眼睛，那种感觉从背后蔓延开来，我借来的新肢体慢慢变成了自己的一部分，在微风和朋友们的触碰下轻轻动弹。最后，我睡着了。

◆

第七次调整

战争已经如火如荼。我无需再复述那些细节，科斯塔斯的记录比我的详细多了,众多的学生已经背下了那些日期、地理位置、死亡人数和废墟城市的数目。我却想告诉你们,从天空中看去,埃斯佩里人营地里那被毒害过的土地是一片赭色和焦黄色,如触手一样放射开去,爬进周围健康的生物之中。他们的补给船只锚在海中,让海面上翻起油污与垃圾,士兵们用大群游得很慢的幼年海怪练习射击,它们肿胀的尸体浮上海面,沿着海岸漂流,就连鲨鱼都失去了食欲。

我要告诉你们,我们在盛开的海睡莲掩护下,在船身上覆满海藻和小甲壳样的钻头,钢铁上反射的红光遮住了静静蔓延的锈蚀,直到冬天的第一次风暴袭来,成年海怪浮上水面开始猎食。我要告诉你们,我们在岸边注视着那些舰艇碎裂沉没,看着海怪的利齿在爆炸的火光中如同火红的猫眼石一般闪耀,而我们流下的泪水也只是为了那片被污染的海洋。

然而舰艇仍然不断涌入,飞机也越来越多,烤瓷涂层到了,越来越多的士兵带着有涂层的枪和炮弹到来,用喷洒毒剂赶走改造过的墨狄和麻雀样的杂交小鸟,它们锐利的眼睛会将埃斯佩里人的制服颜色认作敌人的标志。我们在他们的补给线上种植酸性植物和其他更有侵略性的植物,所以他们的通讯并不稳定;我们在夜间突袭斩杀;他们靠斧头、电锯和巨大的采矿机往森林里推进,然而采矿机也不能总是推进,它们会被长成后钢铁般坚韧的藤蔓勒住,然后四分五裂。

在我缺席的审判会上,有人提出我这段时间并未与科斯塔斯保持通讯。然而整个时期我们一直定期通话,并有通讯记录证明。我想他有些搞不懂我;我为他提供了所需的全部情报,可以让埃斯佩里人对梅里达人的下一次突袭有所准备,同时我又毫不掩饰自己的感情,展现出忠诚度的变化,气恼地向他提出抗议,表达我对埃斯佩里人攻击的愤怒。我用诚实误导了他:我相信他认为我只是在发泄自己的沮丧情绪，并通过这种发泄来清除疑惑。事实上，我只是失去了撒谎的能力。

有了翅膀之后，全身感觉的灵敏度都提高了，我的神经变得更加警醒。谎言带来的小小烦躁也更容易泄露，不让人察觉只有使用更复杂的谎言——说谎的人要先骗过自己，或成为一个彻底没有负疚感的超脱者。这就是梅里达人憎恶谎言的根本原因，而如今它也降临到了我身上。

如果科斯塔斯知道这件事，他当时就会炒掉我：不能应景撒谎的人做不了外交官，更别说间谍。但我没有主动告诉他，而且那时候我也没有真正意识到，自己已经彻底屈服于这种约束之下。我完全没意识到这点，直到战争开始三年后的一天，巴迪雅找到我。我在黑暗中独坐在通信台边，科斯塔斯的图像渐渐隐没。

她坐在我身边说：“埃斯佩里人对我们的攻击反应太快。他们的技术每次都有极大飞跃，每一次我们迫使他们退却，他们总会在一个月内又回到几乎同样的位置。”

一开始，我以为那个时刻来到了，我以为她想要问我如何加入联盟。我丝毫不觉满足，只有一种终结的疲惫。战争将要结束，届时埃斯佩里人也将加入，在几代人的时间内，这两个民族都将被官僚制度、条例和移民规定所蚕食。

然而巴迪雅只是看着我问：“你们的人也在帮他们吗？”

我理应不假思索地否认，我的职责要求我应该自信满满地一口否认，然后邀请他们加入联盟。然而我一言不发，喉咙不由自主地缩紧。我们静坐在黑暗之中，良久之后，她说：“你会告诉我原因吗？”

那个时候，我觉得坦诚相告不会再造成更恶劣的后果，或许还会带来些好处。我告诉了她所有的理论，说我们十分希望接纳他们加入联盟，成为平等的一员。我一直讲到那些陈腔滥调：联合起来我们才能共同进步，带来和平。我们一直这样说服自己，缓慢扩张的帝国主义是正确的。

她只是摇头，从我身上移开目光。过了一会儿，她说："你们的人永远不会停手。不论我们设计出什么，他们都会帮助埃斯佩里人反击，而如果埃斯佩里人设计出我们不能抵御的武器，他们又会帮助我们。于是我们双方会不断互相残杀，直到筋疲力尽，直到我们都倒下。"

"是的。"我说，因为这是真的。现在我怀疑自己已经没有能力撒谎，但是当时的我并不知道。我没有欺骗她。

此后他们禁止我与科斯塔斯通话，直到他们准备停当为止。梅里达最优秀的三十六位设计师和科学家在准备工作中死去，我零星听说了他们的死讯。他们在严格隔离的区域内工作，即使被自己开发的病毒和细菌杀死。他们的动作被一一记录下来。三个多月以后，巴迪雅再次找到我。

自从那天晚上她知道了联盟和我的双重身份之后，我们再未交谈。我无法请求她的原谅，她也不可能原谅我。她来找我并非为了和解，而是要通过我向埃斯佩里人和联盟传递一条讯息。

起初我并未理解她的意思。然而一旦理解之后，我清楚地知道她既非欺骗，也不是有错觉，我知道她的威胁是真真切切的。然而科斯塔斯却不明白，埃斯佩里人就更加不懂。我疯狂地想说服他们，结果却适得其反。我与科斯塔斯两次通话之间的时间太短，他已经开始怀疑我被梅里达人策反，或至少是被梅里达人利用了。

"如果他们有这种能力，他们早就用了。"他说。如果我无法说服他，埃斯佩里人就更不可能相信。

我请求巴迪雅演示给他们看。埃斯佩里大陆的南端有一个离岛，上面有许多居住区和工业区，还有两个大港口城市。离岛与大陆之间相隔六十英里，我请梅里达人从那里开始攻击，那样结局尚可挽回。

"不,"巴迪雅说,"这样做,好让你们的科学家们开发出应对措施?不行。我们不会再交换。"

余下的部分你们都知道了。第二天早晨,一千艘小船离开梅里达海岸。之后的第三天日落之前,埃斯佩里的所有城市都开始倒塌。摩天大楼在自身的重量下缓缓弯腰呻吟,人们纷纷逃离。树木、农作物与牲口,所有来自地球的生命和植被,所有将原始生态彻底清洗之后再强行引入的一切,都纷纷死去。

同时,在拥挤的避难所内,各种病毒在人群间迅速传播,改写他们的遗传信息。只有遗传信息被改写成功的人活了下来,其他人和所有来自地球的生物一样,都死于那种致命的瘟疫。梅里达星原生的苔藓如绿色地毯般迅速爬上那些尸身,还带来一群群的甲壳虫。

我无法为你们提供那些日子的第一手资料。我也一样在遗传信息被改写的同时高烧病倒,不过我的姐妹们将我照顾得更好。等到我能起身时,死亡浪潮已经过去。我走过登陆港空荡荡的街道,翅膀在肩膀上恹恹卷起,路上的石头都被饥渴的藤蔓穿透破碎,如同敲骨吸髓。残破的街道上满布尸首,尸身上覆盖着苔藓。

矮矮的大使馆一角已坍,破碎的窗户显得空洞而阴暗。院子里用简单的棉布支着一间大棚作为医院和总部。一个年轻的次长是余下的最高官员,他告诉我科斯塔斯很早就已死去。其他人还处于死亡过程之中,他们体内有可怕的畸变。

他估计幸存者不足三十分之一。这就像在一列事故后的空间火车上,突然只剩下你,还有车厢对面另一位乘客。那位陌生的乘客注视着你。巴迪雅说,这是一个可持续发展的人口数量。

梅里达人清除了空港的植被,只留下焦黑的着陆架和碳钛结构的联盟工厂。

"想离开的人可以离开，"巴迪雅说，"我们会帮助留下来的人。"

绝大部分幸存者选择留下。他们在镜子里看着自己脸上绿色的斑点，相比梅里达人的威胁，他们更惧怕在另一个星球上会受到的"欢迎"。

我却乘上了第一艘敢于落地接收难民的小飞船，毫不介意它的目的地或航程长短。我只想离开。我的翅膀只需一个短暂而痛苦的手术，截取躯体中伸出的部分即可，体内的部分可以留在原地慢慢吸收。那种奇怪的与世隔绝之感，那种麻木如今都终于逝去，而背上两条平行的伤疤我将永生保留。

◆

后记

我离开前与巴迪雅有过一次谈话。她问我为什么要离开，想去哪里。如果她看到我住在雷夫特星上这间小小的木屋里，离最近的城市也有数百英里，我想她会觉得奇怪。不过她会喜欢我的花园墙壁上生长的花朵般的小小李灯，那是在这个星球上，大学保留园区之外的土地上少数幸存的原始植物之一。

我离开，是因为我无法留下。我在梅里达星球上每踏出一步，都会感到脚下有死者的骨骼裂开。无论是对一个人，还是一整个生态系统，梅里达人都不轻易杀害，也不会比我们的杀戮更彻底。就算梅里达人没有向埃斯佩里人放出瘟疫，我们也会很快摧毁埃斯佩里人以及梅里达人本身。但我们总是远离自己的杀戮，无法直面现场。我在绿油油的墓地般的街道上与梅里达人擦肩而过时，我的翅膀会轻轻告诉我，他们不觉得恶心，也不觉得悲惨。他们有痛苦，有悔恨，但并不憎恨自己，而对自己的憎恶是我唯一的感觉。我没有同类。

  我在这里下船时，满以为会受到惩罚，甚至对此有些期待，因为审判至少是一种终结。指责如同无人认领的孩子一样在政府内流传，然而当人们发现我真的愿意接纳任何人想安在我头上的任何罪名，承认任何可能的罪责，并绝不为自己辩护时，那种种指责又都转身逃离。

  过去的时间已经够长，现在我已经能感激那些免我一死并给我有限自由的政客们。我的报告让人们看到，我们似乎想让梅里达人为自己的能力，而非为杀害的意愿负责，这在免除对梅里达星的报复行动上起了些作用。但现在我的感情已经很平淡，就连这件事也几乎不能让我欢喜。

  时间无法愈合所有的伤口。时常有访客问我会不会回梅里达星。我不会。我再也不会和政治，和人类在宇宙中的伟大事业产生任何关系。我安坐在自己的小花园里，看着蚂蚁工作。

——露丝·帕特洛那
（denovo 译）

嘉利·沃恩

这篇小说着力讲述了二战历史上的一段往事，时至今日，大部分人仍旧对这段历史几乎一无所知：二战的战场上，曾经活跃着一支名为"女子航空勤务飞行队"（Women Airforce Service Pilots，由首字母缩略词"WASP"而得名"黄蜂"）的飞行部队，她们在战争中发挥了极为重要的作用。虽然无法亲历战场，她们却同样冒着生命危险完成任务，甚至真的献出了自己的生命。

嘉利·沃恩是一位畅销书作家，她曾创作出一套享誉盛名的系列小说，讲述一位名叫吉蒂·卢维娜的女孩的冒险经历。吉蒂的工作是电台主持，负责一档午夜电话交谈咨询节目，该节目专门面向各类超自然生物，而她本人恰好也是一个狼人。"吉蒂"系列小说包括：《吉蒂与午夜》《吉蒂来到华盛顿》《吉蒂的假期》《吉蒂与银弹》。沃恩还在《吉姆·贝恩的宇宙》《阿西莫夫科幻小说》《直视》《幻界》《悖论》《异视野》《怪异故事》《全明星齐柏林历险故事》等杂志上发表过短篇小说。"吉蒂"系列的最新两部小说，《吉蒂与死人手》和《吉蒂》于2009年出版。沃恩现居美国科罗拉多州。

『黄蜂』天使

1943年6月

"复仇者"军用机场沐浴在温暖的阳光下,艾玛和其他女孩一起,把玛丽抬起来,准备丢进训练营前的许愿池里。所谓许愿池,其实就是一座圆形的大喷泉池。两个女孩抓住玛丽的胳膊,另两个抓住她的脚,然后一起把她抬离地面。玛丽吓得惊声尖叫,惹得艾玛大笑起来。她早该料到会是这个结果,因为每个完成首次单飞的女孩,都会经历这种约定俗成的庆祝仪式。艾玛突然想起一周前自己的单飞庆祝仪式,如此令人兴奋的场面,想要忍住尖叫的冲动,的确不容易。

艾玛等欢乐的人群脱掉玛丽身上的飞行皮夹克,然后来到她身旁,将她抬到许愿池的池沿上方。玛丽再次尖叫,其中还带着欢笑。"扑通"一声,她就被众人丢进池中,池边激起一大片水花。她跪在池子里,身上湿透的跳伞服像麻袋似的坠了下来。她捧起池水,朝人群泼去。艾玛连忙躲开。

鼓掌声和笑声渐渐平息了,玛丽也准备从许愿池里往外爬。

"别忘了捡硬币。"艾玛提醒。

"噢!"她又重新钻进水里,在池底摸索了一阵,然后朝艾玛摊开掌心,手里有两枚分币。玛丽还很年轻,今年才二十二岁,一双清澈的大眼睛将年龄暴露无遗。一缕缕棕色秀发贴在脸上,浑身湿透的她露齿而笑:"我是全世界最幸运的女孩!"

在"复仇者"军用机场,女子飞行训练营的学员测验或试飞前,都会向许愿池里投一枚硬币,以求好运。而在完成首次单飞之后,她们要从许愿池里捞出两枚硬币,作为幸运的象征。艾玛的那两枚仍静静地躺在自己的口袋里。

艾玛伸手让玛丽抓稳:"快点儿,别磨蹭了。我觉得苏珊肯定在她的床垫下面为你藏了小半瓶威士忌。"

玛丽气喘吁吁地从许愿池里爬出来,抖了抖身上的跳伞服,里面顿时涌出许多水,她忍不住再次大笑。

她们手挽着手,朝营房走去,那里早就放起了音乐,庆祝派对已经开始了。

◆

1943年12月

在女子航空勤务飞行队(简称"黄蜂")这种部队里,大家彼此都很熟悉,消息总会不胫而走。

艾玛一走进纽卡斯尔的训练营,就听说了这个消息。她甚至没来得及放下背包,脱下外套,三个女孩就从大厅跑了过来,围着她说话。简妮紧紧抓住她的胳膊,仿佛掉进了水里生怕被淹死似的,艾玛只得把背包暂时放在地上。

"你听说了吗?"简妮问,她双眼已经哭红了。苔丝也是一副快要哭出来的模样,帕蒂则脸色发白。艾玛胃里一阵痉挛,因为她已经知道她们要说什么。

"听说什么?"她问。她知道事实无法回避,但还是不愿面对,好像只要拖延得足够久,消息就不会成真一样。

"罗慕路斯发生坠机事故了。"帕蒂回答。

艾玛和所有人一样,问出了最先想到的那个问题:"是谁?"

"玛丽·基恩。"

艾玛眼前天旋地转，心里一阵狂跳，大脑感到有些缺氧。不，肯定是弄错了，不可能是玛丽。谣言比什么传得都快。她发现帕蒂看起来并非因为坠机事故本身，倒更像是在担心艾玛。

"怎么回事？"这通常是人们想到的第二个问题。

"我也不清楚，只知道发生了坠机事故。"

"玛丽，她还——？"

简妮流下眼泪，声音哽咽了起来，抓着艾玛胳膊的手握得越来越紧："哦，艾玛！我真抱歉。我知道你们是好朋友——真抱歉。"

艾玛觉得，如果现在不立刻离开这里的话，自己就会忍不住抱着她们，和她们一起大哭。她必须想想该如何应对，接下来该说些什么，做些什么。她不得不勇敢地面对谣言，然后查清事故真相。

于是她从三个女孩中间挤了出去，就连帕蒂拉着她的胳膊不想让她离开，也没有理会。她理应带上地上那个装满脏衣服的背包，可她头也没回就离开了。或许有人想叫住她，可她只想一个人静一静。

艾玛回到自己的房间，坐在床铺上，凝视着对面墙边那张空铺。她和玛丽同睡一张床，这里是她们曾朝夕相处的宿舍。在"复仇者"军用机场，她们同样也是室友。她蜷缩着身体，把脸埋进膝盖间，一边抱着自己，一边思考：下一步该怎么办？

◆

这种事故并不太常见，没人想到它会发生在自己，甚至是自己认识的人身上。女孩们驾驶军机飞行已经一年了，发生坠机事故的次数还保持在个位。事故中不幸遇难的人屈指可数，虽然这些人中没有艾玛的朋友,可她也认识其中几个,要么在训练时打过照面,要么在从一项飞行任务赶往另一项的路上打过招呼之类的。

虽说算不上频发事故,但部队里对此还是有一套固定的处理方案。

艾玛敲开营地里最后一扇门,从露丝和莉斯手中接过了钱。她不必解释什么,只需向她们伸出手中装钱的茶杯。每敲开一扇门,大家都会重复同一个动作。这种时候,飞行队的十二个女孩都会待在营地里。艾玛收下了姐妹们凑齐的一百二十美元,再加上从斯威特沃特和休斯敦的女飞行队那里收到的约一百美元,有了这些钱,她就能把玛丽的遗体送回俄亥俄州的代顿市,那是玛丽的家乡。所有凑钱的女孩都不属于正规军,因此山姆大叔不会为她们的葬礼买单。这似乎算不上什么值得抱怨的事,尤其是和无数战死在异国他乡的小伙子相比。可玛丽也为她的祖国献出了自己年轻的生命啊!她的牺牲难道就一文不值吗?

"你弄清事故真相了吗?"莉斯问。每个女孩都问过艾玛同样的问题。

艾玛摇摇头:"一点线索都没有。我给南希打了电话,可她也什么都不知道。"

"你觉得其中有蹊跷?"莉斯继续追问,"他们掩盖真相?"

"他们之所以这样做,是因为他们不想看到女飞行员坠机身亡。"艾玛回答。今年早些时候,有两名男飞行员直截了当地对她说,女人根本不该出现在飞机上,当然,机头贴的海报女郎除外。这本是句无伤大雅的玩笑话。他们以为这话会把她逗笑,她却径直走开了。

木地板上突然响起急促的脚步声,艾玛和莉斯抬起头,看见简妮跑了进来。她慌张的眼神仿佛在告诉艾玛,或许又出事了,又有人坠机身亡了,然后她们要再次拿起凑钱的茶杯,送另一个女孩的遗体返乡。

简妮抓起艾玛的胳膊才停下脚步,然后说道:"有两个家伙开着一架B-26从罗慕路斯飞来。或许他们知道些内幕,你觉得呢?"

他们肯定比这里的任何人都清楚,甚至可能亲眼目睹过一些情况。"有人找他们谈了吗?"艾玛问。简妮摇摇头。

看来很快会有新流言了。艾玛朝同伴们苦笑了一下,然后离开。

◆

路过机场跑道时,艾玛忍不住停下脚步,观察跑道上和空中的飞机。机场上热闹极了,这种场面总能让她心跳加速。她来得正是时候——有大事要发生了。要开战了,我们真的要参与到战争中了。艾玛深吸一口气,空气中弥漫着飞机燃料和柏油跑道的气味。跑道上停着十几架大小不一、型号各异的飞机,空中还有十几架,有的正要起飞,有的准备降落。机库大门全都敞开,里面停着更多的飞机,上百号人在它们之间来回穿梭,忙着检查引擎是否运行正常。

她很快发现,停下来围观的不止她一个,头顶上,一阵轰鸣声越来越近,和她以往常在这里听到的声音不同,这阵"隆隆"声略显低沉。不出所料,这声音正是从一架飞机的引擎里传来的,她循着声音传来的方向,抬头望去,只见战斗机上硕大的炮管被震得"嗡嗡"作响。艾玛抬手遮住刺眼的冬日阳光,一架P-51"野马"战斗机映入眼帘。和这架机身轻巧优美的P-51相比,天空中的其他飞机一下子都显得黯然失色。与机头笨重扁平的教练机不同,它的流线型机头犹如一支火箭,先是逐渐变细,最终缩小成一个光滑的尖端。当然，笨重的教练机也并非一无是处，毕竟，对菜鸟来说，在每小时一百英里的速度下飞行，比在三倍于这个速度的情况下，更易于纠正训练时犯下的错误。可艾玛还是不禁会想，开着一架真正的战斗机冲上云霄，到底是怎样的感觉呢？总有一天，不论如何，她一定要驾驶一架这样的战斗机，体验一千五百马力引擎的感觉。

如果艾玛是个男的，她的训练课程绝不会止步于驾驶小型单引擎教练机在各个训练基地间来回穿梭。真正的飞机是用来训练基地里那些男学员的，用不了多久，他们就能驾驶着真正的驱逐机或是轰炸机奔赴战场了。如果她是男的，她应该早就开始驾驶那些体积更大、速度更快、更难操控的"大鸟"了，就能开着真正的战斗机在前线奋勇杀敌了。

正如之前简妮说的那样，一架适于高速飞行的B-26"掠夺者"双引擎轰炸机正静静地停在柏油跑道上，旁边有两名机械师正给它加油。这架轰炸机八成只是在飞往其他地方的途中，暂时降落在这里补充燃料而已。这意味着，艾玛和驾驶员交流的时间非常短暂。她继续朝行动中心走去。指挥室的门紧闭，可她听到里面隐约传出的交谈声。虽然心有顾虑，她还是把耳朵贴在了门上，想听听里面的人在说些什么，最终发现他们的对话不过都是例行公事。停在外面的轰炸机正在飞往纽瓦克途中，到那儿之后，它会再飞往海外。驾驶员是名空战教官，刚从前线下来。

艾玛坐进走廊里的椅子，等待里面的人出来。半小时之后，门开了。两名典型飞行员打扮的军官走了出来，他们穿着皮夹克，衣袋上别着太阳镜，一身卡其色制服，留着极短的平头，一副好莱坞明星的长相。两人肩上都别着空军中尉的肩章。

艾玛连忙立正站好，抚平裤子上的褶皱，努力不去想自己的衣领是否整齐。两位军官看起来吃了一惊，他们还没反应过来是怎回事,艾玛就说:"很抱歉打扰二位。我是艾米丽[1]·安德森,效力于本训练基地的女子航空勤务飞行队。我听说两位长官是今天上午从罗慕路斯飞过来的。有点事情不知能否请教一下二位。"

个子高点的那个朝大门走去:"不好意思,我必须去……去核实一些情况。"他的语气很仓促,道歉也没什么诚意。

留下来的那个看起来更是不情愿,似乎随时准备跟同伴一起离开。

"拜托,就一个简短的问题。"她讨厌自己这种像是乞求的语气。她本该施展女性独有的魅力来吸引他。

中尉脸上的神情多了几分警惕,微微皱起的眉毛表露出他内心的抵触情绪,这让艾玛感到有些绝望:他根本没把她当回事儿。中尉犹豫了片刻,似乎经历了一番思想斗争之后,终于开口道:"我能帮你什么吗,安德森小姐?"

她深吸一口气:"我想了解下三天前在罗慕路斯机场附近发生的一起坠机事故。其中一名飞行员是我的队友,名叫玛丽·基恩。长官,她是我的好友,我们——我是说,我和其他队友们——我们只是想知道到底发生了什么。没人肯告诉我们事故真相。"

他本可摇摇头,声明对此一无所知,然后准备径直走出行动中心的大门。即便他真这么做了,艾玛也毫无办法。她够担心的了,可除了担心,她还能做什么?但他再次犹豫起来,用手指摆弄夹克边缘,目光警向大门口,神情有些不自然。他知道真相。不仅如此,他还不愿提及,因为它背后隐藏着某些不可告人的秘密。

艾玛进一步逼问:"你知道的,一旦发生这种事故,人们就会拼命掩盖真相。"

中尉摇摇头,避开她焦急的凝视:"我不该告诉你的。"

---

[1]艾玛是艾米丽的昵称。

"为什么？因为是机密？还是因为我是女生，所以你认为我没办法接受真相？"

中尉抿抿嘴唇。他亲历过战争，甚至不惧怕敌军的战斗机，可他似乎不敢面对眼前这个女孩。

"那是一起撞机事故。"他终于松口。

艾玛设想过十几种可能，从天气原因到机械故障都想过。她甚至做好了是玛丽自己操作失误的准备。在空中，出什么乱子都有可能，可竟然是撞机？

"这讲不通，玛丽已在空中飞行了近七百个小时，以她的飞行经验，绝不会犯这种低级错误。"

他像所有和"黄蜂"女孩们打交道的男飞行员一样，用一种居高临下的眼神望着艾玛，好像她根本搞不清楚自己在说些什么似的。"我说过我不该告诉你。"

"和谁发生了撞机？是另一位飞行员的责任吗？撞机时，飞行员们在干什么？是你亲眼所见吗？"

"我不清楚细节，不好意思。"

"上面甚至不肯告诉我她出事时驾驶的是什么飞机。"她续道。

他神秘兮兮地上前一步，好像这起事故真的是国家机密，不能让别人听到。

"你听我说，安德森小姐，你看上去是个不错的姑娘，为什么要来这里呢？为什么你们这些姑娘要来这里送命呢？为什么不好好待在家里呢——？"

"然后像其他那些好姑娘一样，在屋后花园里种上庆祝胜利的鲜花？坐在收音机旁，等待着战争结束的好消息，等待丈夫平平安安返乡？我做不到，中尉。我必须尽到自己的一份力。"

对话进行到这里，中尉终于掩饰不住内心对女飞行员的反感，开始旁敲侧击地提醒艾玛：如何做一个淑女，怎样才是有教养的好女孩，以及无论女飞行员多努力，都改变不了女性根本没有强壮到能操控大型飞机的事实。已经成立了一年的女子飞行队本应让那些持有偏见的反对者哑口无言，可实际情况并非如此。

中尉没再说话。

艾玛道："我还能找其他人谈谈吗？"

"你听我说，我不知道，我和其他人一样，在努力防止谣言四处扩散。很抱歉，我帮不到你。"他转身朝大门走去，留下艾玛一人站在空空的走廊里。

◆

飞行队的女孩们都很喜欢罗珀上校，他是位于纽卡斯尔的空军第二大队的指挥官。其他基地的指挥官从不给"黄蜂"女孩好脸色看，可在这里，罗珀上校很敬重她们，不仅如此，他还规定部队里其他人也要对女飞行员以礼相待。他不会一次次盘问她们能否胜任某项任务，而是放心地把任务交给她们去完成。

艾玛决定去找上校，把从中尉口中得知的情况告诉他。

罗珀上校办公室的门敞开着，他看到艾玛走进来，先是抬头匆匆望了她一眼，然后微微皱了皱眉，嘴角的线条凸显出来。罗珀年纪轻轻就当上上校，虽然身材比部队里大多数人略胖些，但十分精神。他的制服夹克搭在身后的椅背上。

"真抱歉，安德森。我没有什么消息能告诉你。"艾玛还没开口，他就抢先道。

她连忙避开目光，脸刷一下红了。她每天都会来这里询问有关玛丽的消息。

"对不起，长官，"她立正站好，背挺得笔直，双手并在身体两侧,"可我刚刚和罗慕路斯飞来的B-26上的飞行员谈过。长官,他们告诉我玛丽是因为撞机事故才坠毁的。但他们不愿多讲。"

罗珀抿了抿嘴唇,皱起眉头:"撞机?玛丽绝不会犯这种低级错误。"

"我知道,长官,肯定是出了什么问题。如果您能做点什么,或是查到点什么的话——"

他从一叠纸里抽出其中一张:"坠机事故报告应该已经提交上去了,我会弄一份过来。"

这就意味着还要等上好几天,可这是例行程序。这样说来,他们能看到一份事故报告,但仅此而已。艾玛还是想找知情人谈谈。肯定有人亲眼目睹事故发生,现场肯定有人认识玛丽。如果真的是撞机事故,出事的飞行员肯定不止她一个。要是艾玛能找到那名飞行员就好了。

"谢谢您,长官。"她说。

"这没什么,安德森——去睡会儿吧,你看起来糟透了。"

她早把睡觉这回事抛到脑后。为追查这起事故,她已经筋疲力尽。"是的,长官。"

◆

玛丽·基恩来自一个中规中矩、重视礼节的家庭。一下火车,艾玛就看到殡仪馆的车正在火车站等候她,同行的还有玛丽的父亲。艾玛是从玛丽放在宿舍里的家庭合影上认识她父亲的。

艾玛穿着一身蓝色制服——笔挺的裙子,浆好的衬衫领,平整的西装翻领,还有铮亮的徽章。火车还没停稳,她就跳下站台,朝着等她的车走去。途中,她忽然停下脚步。代顿的冬季通常多雨,可今天天气却很反常,蔚蓝天空中,冬日的暖阳格外明媚。真是个适合飞行的好天气！这里是地势平坦的乡村地区，一直刮着刺骨的寒风，艾玛真庆幸自己穿了身暖和的毛呢制服。

殡仪馆的工作人员把玛丽的灵柩抬上车，基恩先生上前对艾玛表示感谢，他双手握住艾玛的手，眉头紧皱，拼命忍住眼中的泪水。

"我原以为自己会以这种方式来迎接我的某个儿子，可没想过会是玛丽。"

艾玛深深低下了头。都说男人理当战死沙场，灵柩返乡，但没有人想过，若那灵柩里躺的是一个女孩子，该作何反应。如果牺牲的是基恩先生的儿子，家里人就会把挂在窗户上、为战场上的亲人祈福的蓝星星，换成金色的。他们会为战争中牺牲的英雄举行一场隆重的葬礼。但玛丽什么也得不到，她的灵柩甚至不能盖上国旗。

基恩先生开着自己的车离开了。艾玛则打算陪玛丽走完最后一程，然后叫一辆出租车，找一间旅馆过夜，等着参加明天的葬礼。殡仪馆的一名工作人员在开车离开前，把艾玛叫到一边。

"我得知基恩小姐是在一场坠机事故中丧生的。"

"是的。"

他很紧张，不敢直视艾玛，两只手紧握在一起。艾玛本以为这些人面对任何状况都能应对自如。

"恐怕我不得不询问您一下，因为我没有得到任何这方面的信息，"他终于开口，"一般家属都会选择开棺葬礼，她的情况可以吗？"

这句话的潜台词无疑是在问：她被烧焦了吗？还是根本面目全非，甚至连骸骨都没剩下？……艾玛紧绷着双唇，努力抑制住内心的情感，拼命集中精神，让自己不至于崩溃。这简直就像是在漫天浓雾中飞行那样困难。

"不，我觉得应该不行。"她勉强回答。

那人低下头,微微鞠了个躬,然后回到车里。

◆

葬礼后那周,艾玛整整飞了三十个小时,她先后驾驶两架AT-6和一架BT-13,飞越了整个美国。每天早上,她在不同的营地里醒来,都要先望望窗外,才能想起自己到底身在何处。她留意着每座基地里进进出出所有飞机的飞行计划和航空日志,她也没有放弃寻找上周在罗慕路斯待过的人。所有人都知道这起坠机事故,但他们也只知道有一名"黄蜂"女孩在事故中丧命,仅此而已,没什么特别的。毕竟,这是战争时期。

开着BT-13又飞了一趟休斯敦之后,艾玛乘火车回到纽卡斯尔。一回到营地,她就丢下行李,去找罗珀上校。她身上还穿着脏兮兮的跳伞服和飞行夹克,本该先去好好洗个澡,吃顿饭,然后睡一觉。可想到上校那里可能会有新消息,她就什么也顾不得了。

"长官?"她站在办公室门口轻声道。

上校盯着她,没有说话。艾玛不自然地把凌乱的头发绾到耳后,或许她应该梳洗干净了再来。她鼓起勇气,再次说道:"长官?"

"你说得没错,安德森,"上校终于开口,"这起事故有问题。坠机事故报告已被设为机密文件。"

她注视着上校:"可这说不通啊。"

"我有东西要给你看。"

说完,上校递给艾玛一叠纸,看起来像是上面下达的命令文件。她已连续飞行三天,而且整整一周没回过自己的宿舍了。她不想再接任务了,千万别又是命令文件。然而,身处军营,你永远不能说不，永远不能抱怨。

罗珀上校应该看出了她眼中的绝望，于是浅浅地笑了一下："这项任务是我专门为你留下来的。我需要派一架AT-11飞往罗慕路斯，我觉得你是这项任务的最佳人选。"

听了这话，艾玛身上的疲惫感顿时烟消云散。她觉得如果是这项任务的话，她可以再飞一个月。

上校续道："其实，你看起来有点累坏了。这次飞过去了就在那边休息几天吧，怎样？放松一下，和当地人接触接触。"

换句话说，设法找出事故真相。

"谢谢您，长官。"艾玛激动得有点喘不过气。

"争取查出点儿东西，安德森。"

◆

去年六月，女孩们刚从训练营毕业，还没来到纽卡斯尔。那时，艾玛和玛丽合作完成了一次从斯威特沃特到达拉斯的越野短途飞行训练。这种训练相当简单，因而艾玛可以坐在机舱后座上，真正享受一下飞行的乐趣。这让她想起自己当初为什么会选择当一名女飞行员。她可以斜靠在狭窄的座椅上，透过机顶四四方方的透明机盖，仰望无边无际的蓝天。多么自由自在啊！

"喂，艾玛，帮我盯着点儿操纵杆。"玛丽的声音穿过"隆隆"的引擎轰鸣声，从前方传来。她们离目的地达拉斯的拉夫菲尔德机场已经很近了。

艾玛从BT-13的后座上爬起来，伸着脖子，视线越过玛丽的肩膀，看到她放开操纵杆，在飞行夹克的口袋里翻找什么。艾玛并没有急着去握住复式操纵杆。BT-13是教练机，前座和后座的驾驶员都可以操控它，每个坐在前面的菜鸟学员都有过被坐在后面的教练猛拉操纵杆的经历。此时，飞机飞行得很平稳，艾玛用不着过于慌张；时间很充足，她完全可以稳稳地握住操纵杆。

"你在干什么呢？"艾玛问。玛丽微微侧过身，让艾玛正好可以看到自己，她正对着手中化妆镜涂口红。在飞机上涂口红这种事，她再熟练不过了，即使是引擎震动造成令人胆战心惊的摇晃，也不会影响到她的发挥。艾玛大笑："这么高的地方，没人会关注你的口红的。"

玛丽的样子看起来有点可笑，皮帽压塌了她的头发，护目镜挂在额上，但她还在全神贯注地涂口红。今天天气温暖又晴朗，可她还是执意关着机盖飞行，弄得机舱里又闷又热。这一切都是因为，她不想让自己在飞机降落时，是一副风中凌乱的狼狈相。

"我必须做好准备。没准哪个年轻帅气的军官正等着被我迷倒呢。噢，真希望我们能赶上饭点。这家伙飞得也太慢了。你觉得他们会让我们开速度更快点的飞机吗？"

"你是说，一架真正的飞机？"艾玛反问。这个笑话早就被讲烂了。

"我可没这么说。这家伙也算得上是一架真正的飞机，如果你不介意速度的话。"

艾玛透过机身中部上方的机盖，朝外面望去。"想迷倒年轻军官，我们可要先到达目的地，让飞机降落才行啊。你知道我们现在到哪儿了吗？"飞机在低空飞行，下面是一望无际的田野；艾玛想找些地标性质的建筑，可在德克萨斯州，这简直比登天还难。

"别着急，我们没有偏离航线。左侧的那条主干道，你看到了吗？"

艾玛轻推操纵杆，机身微微倾斜，不让印着五角星标志的机翼挡住艾玛俯瞰田野的视线，她这才看到田野间有条笔直的马路，一直延伸到远方的达拉斯。玛丽似乎对识别航线这种事很有天赋。

"你其实早把一切都计划好了,"艾玛道,"一下飞机就直奔军官俱乐部,我猜得没错吧?"

玛丽的语气有些不快:"我可能还要先梳理下头发。"艾玛又笑了起来,玛丽扭头看她,"别嘲笑我啦,你嫁了个好老公,可我还是单身呢。"

艾玛叹口气。她快一年没和丈夫见面了。最近收到丈夫的来信,是从火奴鲁鲁寄来的,不过那已是三周前的事。他在信中并没有说明舰队接下来会去哪里——其实应该是不能说。她只知道丈夫身在茫茫大海,驾驶着航母上的海军俯冲轰炸机。有时,她真希望自己没有当飞行员,那样就不会因为清楚地知道迈克尔可能遭遇怎样的危险而担心不已。想到这,艾玛不禁又开始猜测丈夫此刻在干什么,或许正在飞行吧,太平洋上应是一个晴朗的上午,迈克尔或许正一边进行巡航演习,一边想她,就像此时她也在思念他一样。

"艾玛?"话音打断了她的思绪,玛丽尽力扭头望着椅背后面的艾玛。

"不好意思。你刚刚的话让我想到了迈克尔。"艾玛只能无奈地望着玛丽带笑的红唇和兴奋的眼神。

"你真的很想他,对吧?"

"当然想。"

玛丽叹口气:"多浪漫啊。"

艾玛差点儿又大笑起来:"你认真听过我讲话吗?每天早上醒来第一件事就是想知道他是否还活着,这一点儿也不浪漫。"她才二十四岁,可不想这么年轻就守寡。她不能再想下去了,否则接下来就会忍不住落泪,那样的话,玛丽就不得不在途中暂时降落。她甩甩脑袋,移开视线,再次望着机盖外的蓝天,天上飘过几片白云。

"这就是爱情吗?我从来没有体验过。或许只有克拉克·盖博①,让我有过那样的感觉吧。"玛丽笑道。

艾玛很感激她能在这时讲讲笑话来平复情绪。"别做飞机降落后克拉克·盖博会在地上等着你的白日梦啊。"

"那可说不定,总会有些意想不到的事情发生。他也参军了,你知道吗?我记得在哪儿读过。他和吉米·斯图尔特都参军了,而且吉米·斯图尔特还是名飞行员!"

"而且没准儿他们还都在达拉斯,专门赶来迎接你。"

"永远别丧失希望,"玛丽自鸣得意地说,"我还带着我的幸运币呢,你知道的。"

"好吧,不过他们要真在那儿,你可得负责邀请他们和我们跳舞。"

"一言为定。"玛丽愉快地答应,她心里知道这句承诺永远都不会兑现。因为克拉克·盖博和吉米·斯图尔特根本不会在达拉斯。可如果真有哪个女孩会遇到这样的好事,那一定就是玛丽。

几分钟后,艾玛听到前面传来声音,于是身体前倾想听得更清楚些。原来是玛丽在唱歌:"不要坐在苹果树下,除了和我在一起,除了和我在一起……"

艾玛也一同唱起来,直到飞机降落,歌声才停下。

◆

关闭引擎等待落地时,驾驶舱里的艾玛低头俯瞰罗慕路斯机场的停机线。机舱外等待她的,是密歇根州冬季的严寒。机场上的景象从未让她失望——一百架银色"大鸟"整齐地停在柏油跑道上,一切准备就绪,随时待命出发。它们的引擎发出持续的轰鸣声,她

---

①20世纪30年代好莱坞著名男星。

甚至感到自己的骨头都被震得发麻。

这就是玛丽最后一次起飞的地方。

她叹了口气，填好飞机上的1-A表格，收拾好行李和航空日志，起身跳到机舱外的柏油跑道上。艾玛在这里遇到的第一个人是机械师，她向他询问这里的"黄蜂"营地在哪里。那人脸上小心翼翼的神情，无疑暴露了这儿的人对"黄蜂"女孩们的看法。她听过一些传言——姑娘们聚在一起时，会谈论哪些基地对她们比较友好，哪些基地根本不想和女飞行员扯上半点关系。传说在戴维斯营地，有人会往女子飞行队飞机的油箱里加入食用糖，从而导致坠机事故。艾玛不知自己该不该相信，她觉得没有人会对一架飞机做出这样的荒唐事，但这的确是人们口中流传的故事。

艾玛朝"黄蜂"营地的方向走去。她准备先洗个澡，这样有助于自己更加冷静地面对来到罗慕路斯的第一天。

洗完澡后，艾玛穿着衬衫和长裤，还在擦头发上的水珠的时候，几个女飞行员回到了营地里。她们一行三人应是刚落地，有说有笑地脱下飞行夹克，用手指理顺被大风吹乱的头发。看到艾玛，她们安静了下来。艾玛放下手中毛巾，向她们打招呼："你们好。"

其中一个女孩走上前，朝艾玛伸出手。她身材苗条，一头金发，眼中流露出调皮的神情，就像是一个从备受军官青睐的宣传照片里走出来的海报女郎。

"你好。你就是指挥中心那些人谈论的那个新来的吧。我叫莉莲·格莱辛。"

"艾玛·安德森，"艾玛和她握了握手，自我介绍道，"我只是路过。我刚刚用了架子上的一块毛巾，希望你们不要介意。我看到上面没写名字，也没有标签——"

"当然不会，放那里就是给人用的啦。对了，我们本打算洗个澡，然后去城里吃顿晚餐。你也一起来吧？我们可以一起聊聊八卦新闻什么的。"

艾玛脸上礼貌性的微笑渐渐变得温暖起来。她感到自己似乎又回到了营地里的朋友身边。"这主意不错。"

◆

四个女孩在基地外不远处找到一家小酒吧，然后在墙角一张桌旁坐下。这家名叫"跑道"的酒吧摆设并不很花哨：墙角立着一棵圣诞树，上面装饰着一些闪闪发光的亮片和玻璃小彩灯，自动点唱机里传出悦耳的旋律，真是一家不错的小酒吧。这里的特色菜是烤鸡和土豆泥，她们还要来一瓶啤酒。

"他们派女飞行员去戴维斯营地干什么？"听完艾玛口中的传闻，贝琪问。她是个高个女孩，狭长的脸上总挂着有些神经质的微笑。

"不知道，"艾玛回答，"没人肯说。不过戴维斯可是一所射击学校。"更多的小道消息。

"我猜是去拖靶子，要打赌吗？"莉莲开口。

"我还想做自己现在的工作呢，谢谢你的好意。"贝琪打了个寒战，回应道。

艾玛露出狡黠的浅笑："我可不想。整天和这些慢吞吞的教练机打交道？我们完全可以做得更好。"

"你想在开飞机的时候，让那些斗鸡眼菜鸟把你射成筛子吗？"

"才不，"艾玛反驳，"我想去驱逐机中队。"

"根本不可能。"莉莲边说边摇头，一脸确信无疑的表情，"博内特那帮老家伙根本不会让这种事发生。"

"博内特?"

"罗慕路斯基地的博内特上校,负责派遣'黄蜂'飞行队的就是他。"她指了指机场的方向,指间的香烟冒出一缕缕烟气,融入阴霾的空气中。

"他是个怎样的人?"艾玛又问。

三个女孩交换了下眼神,然后不约而同地翻翻白眼,却没人回答。这足以说明一切了。"黄蜂"女孩在这儿不受欢迎。

艾玛续道:"我们会成功的。棕榈泉市那边的基地里,已有五个女孩被派走了。工厂正在加班加点地赶工轰炸机和战斗机,可空军训练司令部没那么多飞行员来驾驶它们。不管他们愿不愿意,都会用我们。"

贝琪仍旧摇摇头:"那些飞机太危险了。"

艾玛真想告诉她,即便是驾驶教练机,也有生命危险,玛丽就是这样丧命的。"我们能做到,完全可以胜任。"

莉莲挖苦道:"博内特上校会说,我们太柔弱,连野马式战斗机都驾驭不了。"

"这明明是胡说,"艾玛愤愤道,"我早就等不及想开一架野马试试了。"

贝琪茫然地笑笑,盯着杯子里的啤酒:"我根本不知道该怎么跟我丈夫解释我可能会去开战斗机。他对我当飞行员这件事已经很不满了。"

"那就别告诉他。"莉莲话音未落,一阵"咯咯"的笑声把大家都吓了一跳。

原来是茉莉。茉莉有圆圆的大眼睛,一头金发扎成马尾,她靠过来,对贝琪说:"别听莉莲的鬼话,她在三座机场有三个不同的男朋友。丈夫是怎么回事儿,她才不知道呢。"说完,又"咯咯"地笑起来。

艾玛微笑："贝琪，他在国外吗？"

"在英国，"贝琪回答，"是个医生。"她语气中透出毫不掩饰的骄傲。

"你也戴着戒指呢，艾玛，"茉莉指指艾玛的手指，"你结婚了吗？还是不想让那些男飞行员骚扰你？"

"他是名海军，"艾玛回答，"在太平洋一艘航母上执行任务。"

女孩们一下子都安静下来。片刻后，莉莲打破沉默："你当飞行员这事儿，他怎么看？"

艾玛露齿而笑："我和他是在战争爆发前一起上飞行课时认识的。他没有立场反对我当飞行员。而且，我必须让自己忙起来才不会胡思乱想。"

莉莲举起手中酒瓶："祝愿战争早日结束。"

女孩们一同举起酒杯，这句祝词道出了所有人的心愿。

接下来的片刻沉默给了艾玛开口的机会，她终于准备说出那些让人难以接受的传闻，这才是她此行的目的，"你们对上周玛丽·基恩的坠机事故了解多少？"

三个女孩都躲开了视线。贝琪轻咬了一下颤抖的嘴唇，神色变得不安起来，茉莉摆弄着手里的酒杯。莉莲皱起眉头，下巴紧绷。她在烟灰缸里用力一捻，灭掉手中的香烟蒂。

"事故发生在离机场五十英里的地方，"莉莲回答，她的声音很平静，"没人看见发生了什么，救火车离开时，我们才听说出事了。我们只知道一共有七架飞机出去执行任务，全都是BT-13。一个小时后，只有六架飞回来，没人肯告诉我们到底发生了什么。只知道玛丽死了。我猜，你认识她，对吗？"

"在'复仇者'机场训练时，我们是一个班的，"艾玛回答，"我们是好朋友。"

"真抱歉,"莉莲说,"虽然她在这儿只待了几天,可我们都很喜欢她。"

茉莉递给贝琪一块手帕,贝琪用它擦了擦眼泪。

"我被告知事故报告设成了机密文件,这根本说不通啊。而上周待在这儿的人跟我说,其实发生了一场撞机事故。"

莉莲靠近来,神秘兮兮地轻声道:"我们听到的传闻是,其中一架飞机回来时有个轮子坏了,可博内特上校很快把这条消息压了下来。我们都震惊了。上面把相关的文件都存档了,而且拒绝回答任何问题。我们连那天还有谁参与了飞行任务都不知道。"

"他不能这么做,"艾玛有些激动,"你们就这么放过他了?只要继续施压——"

"那可是博内特上校,"莉莲打断道,"那家伙简直油盐不进。"

"那就越过他,直接跟上面反映。"

"你想被关禁闭吗?还是想被直接踢出军营?如果想的话,就去打报告吧,他就是这样威胁我们的。"莉莲愤愤道,艾玛根本无可辩驳。但从技术上说,她本人不在博内特上校的空军中队,如果她有问题要问,他不能把她怎样。

正在这时,又一群人从机场来到酒吧——几个身穿皮质飞行夹克的小伙子。从他们胸前别着的银色翼形徽章可以判断出,他们隶属空运部,和这帮姑娘一样,也穿着长裤和衬衫。他们脱下夹克挂在椅背上,然后坐在桌前,叫上几瓶啤酒,闲聊起来。话题无非是一些小道传闻、飞行任务,还有战争。

没过多久,其中两人就走到自动点唱机旁,往里面丢了几个硬币。接着,点唱机里传出一段舞曲,轻快的节奏让人忍不住想从座位上跳起来,是格伦·米勒的歌。"《棕色小水壶》。"莉莲转了转眼睛,茉莉用手捂嘴笑起来;她们都知道接下来会发生什么。

没错，那几个小伙子信步走到她们桌前。艾玛刻意露出手上的戒指，让他们知道自己已经结婚了。但这构成不了拒绝理由，只是跳个舞而已，他们会这样说。可她不愿意，因为那会让她想起迈克尔。

莉莲靠在椅背上，端平双肩，抬起下巴，直直地迎上他们的目光。另外三个女孩则像是在看一场好戏。

他们长得都不赖，大概刚三十岁的样子，身上的制服有点皱，脸上挂着友好的笑容。"能请你们中哪位女士跳个舞吗？"

女孩们彼此交换了下眼神——她们中会有人答应吗？

莉莲挑了挑眉毛，金色卷发优雅地垂在耳畔，或许是她有意为之，她第一个开口道："你们几个凭什么觉得自己能跟上我们中任何一个人的舞步？"

小伙子们对视了一下，然后朝莉莲笑笑，表示接受挑战。"我们很想试试呢。"

谁都没有站起来的意思，莉莲再次带头站起来，半开玩笑地拒绝了他们的邀请。"抱歉让你们失望了，我和这几位姑娘整天忙于和那些难搞的AT-6打交道，可累坏了。我们只想过一个清静又自在的晚上。"

站在最前面的小伙子旁的家伙有点不高兴。"女飞行员啊。"他小声嘟囔。

最前面的那个似乎有点退缩："好吧，或许我们能找几把椅子过来，坐着请你们喝点儿酒？"

这提议好，正中下怀。莉莲重新坐下，在桌旁留出空。"主意不错。"

片刻后，几瓶啤酒下肚。

这几个空运部的小伙子还算友好，他们从工厂里驾驶出刚生产的驱逐机和轰炸机。艾玛一直缠着他们问问题：有多少架战斗机？

什么型号？都飞去哪里执行任务？感觉怎么样？诸如此类。然后，她会聚精会神地听他们回答。他们似乎很乐于为她解答，虽然是带着一种故意屈尊的优越感——女孩子竟想驾驶真正的战斗机，多可爱呀？

艾玛完全可以做到无视他们的态度。每个"黄蜂"女孩都有在酒吧被男飞行员搭讪的经历，他们通常会吹嘘自己开的飞机有多快，然后再以"我明天就要飞往欧洲啦，甜心"之类的话收尾；然而，第二天，当他们在机场的停机线上，看到昨天搭讪的女孩爬上机舱驾驶座时，他们往往会大跌眼镜。而"黄蜂"女孩们每每以此为乐。

莉莲朝第一个和她们搭腔的吉姆靠过去，说："你那几位朋友愿意过来一块儿坐吗？我们可以开一场真正的派对。"

其中几个男孩已经过来了，可还有一些坐在另一张桌旁，一边轻声交谈，一边喝啤酒。他们并不太在意姑娘们，除了其中一个——那人长着一张圆脸，梳着光亮整齐的大背头，虽然酒吧里已经很暖和，但他还穿着夹克。

吉姆朝前倾身，咧嘴低笑道："我觉得你们几个姑娘把某些小伙子弄得紧张兮兮的。"

艾玛微笑着低下头，其他三个女孩则"咯咯"笑起来。

莉莲笑道："我们现在又没开飞机，我可不明白他们有什么好紧张的。我们又不会开着飞机去撞他们。"听到这里，艾玛避开了目光。这只不过是句玩笑话，她告诉自己。

吉姆朝那个满脸愠怒的男飞行员歪歪脑袋："看到你们这群姑娘坐在酒吧里，那边的弗兰克差点儿刚进来就准备走了。"

"什么？他会怕我们这些小女孩？"莉莲反问，其他几个女孩又大笑起来。坐在另一张桌旁的弗兰克，似乎又往夹克里缩了缩。

吉姆耸耸肩："躲在一边是他的损失，对吧？"

艾玛同意吉姆的说法。不论是谁，看不惯女飞行员，那是他们自己的问题，与她无关。

◆

艾玛必须要反其道而行之。事故报告看不到，她只能从航空日志入手，看看那天还有谁在执行飞行任务，还有谁和玛丽一起出发。

第二天中午，她决定去一趟行动中心，那是位于机场跑道外的一座方形组合式办公大楼。为避开人多的时候，她特意选择中午过来。看来这个选择是明智的，行动中心里只有一个穿便服的女秘书在值班。艾玛随身带上了自己的航空日志，这样让她看起来更像是执行公务的军官，然后她又编了个借口，说自己刚来基地，需要确认下一项飞行任务和目的地。女秘书把她带进隔壁房间。在那里，艾玛看到了自己十分熟悉的摆设：钉在墙壁上的地图，写满各项指令的黑板，填写飞机型号和日程安排的表格，还有占满整整一面墙的档案柜。

每个飞行员从机场起飞前，都要在行动中心存档一份飞行计划。玛丽的飞行计划应该在这里，还有那天和她一起执行飞行任务的人——包括与她的飞机相撞的人，他们的飞行计划应该也都在。她搓了搓口袋里的两枚幸运币，开始干正事了。

艾玛的运气不错：这里的文件都标注了日期，还按顺序排好。翻着翻着，她找到了装有那天飞行计划的文件夹。她抽出文件夹，来到靠墙的一张空办公桌前，开始研究，她需要在脑海中重现当天的航线安排。

那天，有七架BT-13"勇士"教练机从罗慕路斯飞往达拉斯，玛丽驾驶的飞机就是其中之一。她原本不在编队中，原本的任务只是把另一架BT-13开到罗慕路斯后，暂时在这里休息一夜。可他们正好多出一架飞机，而只要是上面分配的飞行任务，只要是指挥官的命令，几乎所有"黄蜂"女孩都会毫不犹豫地执行，玛丽当然也不例外。而这是不幸的开始。起飞后不到一小时，玛丽的BT-13就坠机了。既然是撞机事故，就意味着她的编队中必然有另一架飞机脱不了干系。

"黄蜂"女孩并没有被授权进行编队飞行。每次以小组为单位执行任务时，队形都比较松散，每架飞机之间隔开至少五百英尺距离，以免发生意外。而那天，玛丽是编队里唯一的女飞行员，可其他飞行员应该也遵守了同样的飞行规则，保持了一定的安全距离。仅仅是"撞机事故"四个字，根本解释不通，因为只有一架飞机坠毁，只有玛丽一人出了意外。

这起事故有目击者，也就是飞行编队里其他六名飞行员。艾玛草草记下他们的名字和他们当时驾驶的飞机的编号。

"你在干什么？"

艾玛一惊，连忙缩回手，抬头看见一个瘦高的男人站在门口，大概四十岁，身上穿着笔挺的制服，正紧握双手，凝视着自己。从肩上的银色鹰形肩章可以判断出，他应该就是博内特上校。艾玛条件反射般握紧手里的纸条，连忙塞进口袋里。这动作简直太明显了。她理了理思路，努力定神，脑袋里还在想着刚刚看到的那六名飞行员的信息。

她在空军部队里待得够久了，完全了解博内特上校这种人的作风：威胁和恫吓是他们的拿手好戏。他们固执己见，根本不想听到不同的观点。她现在需要做的，就是保持镇定，不能示弱。

"我在提交飞行计划，长官。"她把谎言编得简短些，这样就不会留下把柄。

"我可不这么认为。"上校盯着办公桌上翻开的文件。

他们似乎陷入了僵局。艾玛还有几个名字没抄完，博内特也没有要离开的意思。

"我没撒谎，"艾玛虚张声势，"是一架飞往达拉斯的BT-13。"这是玛丽生前执行的最后一项飞行任务，这样说或许能糊弄过去。

"能给我看看你刚刚放进口袋里的东西吗？"

"购物单而已。"她面无表情地回答。

他又走近了些，艾玛努力忍住退缩的冲动。

"这些是上周的文件。"他指指桌上的飞行计划。

"是的，长官。"

上校的脸突然一红，她预感到教官式的咆哮或许就要开始了。"谁批准你看这些东西的？"

总要有人站出来说话，总要有人来发现真相。抱着这种想法，她抬起头，迎上博内特的目光："长官，我认为对这次坠机事故的调查不够透彻，很多关键的信息都没有公布。"

"事故报告已经存档，其他一切无可奉告。你可以出去了，小姑娘。"

他这么说只是为了激怒艾玛。博内特可能以为她会就此退缩——他以前八成就是这样怒斥女飞行员的，以为这能恫吓住她们。艾玛上前一步，她感到自己的脸开始涨红，心中的怒意越来越无法抑制："为什么事故报告会被设为机密？我只想知道真相而已。"

"我没必要向你做任何解释。你是平民，只是个平民而已。"

"这件事到底该作何解释，长官？"

"你若不立刻离开，我会以间谍罪逮捕你。你以为你是个女的，军方就不能处决你吗？"

此前，艾玛设想过很多上校可能会用来威胁她的方法，比如关禁闭，或是赶出飞行队，就像莉莲说的那样。但竟然会是因叛国罪被枪决？博内特到底想掩盖多大的秘密啊？

艾玛默不作声，她没有反抗的余地了。就像上校命令的那样，她拿着自己的航空日志，低头走了出去，根本无法直视他。虽然她真的很想朝他脸上吐唾沫。借着眼角余光，她看到他在微笑，那是一种胜者的微笑。欺负女人，他以为这就能体现他的强悍。走出行动中心的大门时，艾玛的眼眶已经湿润。她愤怒地擦去眼中还未流下的泪水。

离开行动中心后，艾玛停下脚步，站在原地大口呼吸。她抱着双臂，努力让自己冷静，抬头仰望天空中的乌云。阴霾笼罩大地，犹如低矮的天花板，刺骨的寒风中隐藏着雪的气味。这种糟糕的天气极不适于飞行。可她必须马上离开，随便给她一架快报废的教练机都行，只要能离开这里。

◆

作为飞行员，一开始就该明白的一个道理是：和地勤人员搞好关系。如果被分到一架旧得快报废的教练机，你不得不花费大量精力以保证它能正常运转，这时，与其抱怨连连，不如和机械师美言几句，让他来看看是哪里出了问题。玛丽出事的那架飞机的残骸即使还在这附近，也应该早被回收处理了，没有亲自去过坠机现场，艾玛根本无法知道到底发生了什么。她需要找回收队的人谈谈。

莉莲告诉她，负责回收玛丽那架飞机的，是比尔·雅各布斯中士手下的回收队。他应该知道很多没有被记录在案的细节，甚至能告诉她事故真相。如果她能让他开口就好了。艾玛涂上口红，重新梳理了头发，摸了摸口袋里的幸运币。

去往机库的途中，她努力压制住糟糕的情绪，平复内心的愤怒，尽量让自己进入接下来要对机械师甜言蜜语的状态。嗨，你好，能跟我透露一点上周发生的坠机事故的情况吗？艾玛根本不懂如何对男人甜言蜜语，莉莲和曾经的玛丽才是这方面的老手。

机库正门大开，午后的阳光照了进来。艾玛在门口站了一会儿，让自己的眼睛适应机库里的阴暗。一架B-24停在那里，四个引擎中有两个被打开拆了一半。在飞机旁忙碌的几个家伙时不时交流几句，有时需要某个零件，有时征求彼此的意见。收音机里播放的是艾灵顿公爵的爵士乐。

这里不可思议地让艾玛产生了亲切感：浓重的润滑油气味，繁重的体力活，欢快的音乐，还有机械师之间友好的玩笑话。任何一座机场的修配车间都是这幅景象，唯一不同的是，这里的机械师们在和军用战斗机打交道。

艾玛环顾四周，想找到主管，也就是莉莲口中那个雅各布斯。她发现机库后侧的角落里有一扇通往办公室的门，于是走了过去。在那扇门内，她发现了很可能是自己一直在找的东西：一张大办公桌上堆着一大摞写字板，里面夹着些文件。她觉得，应该是请购单、维修记录、存货清单之类的东西。也许会有上周坠机事故中某架BT-13的维修通知单？

她刚准备伸手翻阅，就听到一个男人的声音："小姐，有什么可以帮你的吗？"

门口站着一个男人，身穿军用连体工作服，头戴军帽。艾玛努力施展出自己所有的魅力，站直身子，露出微笑。她穿着宽大的夹克和长裤，这身打扮看起来让中士有点吃惊。他望了望她衣领上的标志和夹克上的臂章，才弄清来者身份，虽然他还不知道这女孩到底是谁。

"是雅各布斯中士吗？"她微笑道。

"是的，女士。"

她脸上的微笑荡漾开来,"你好,我是艾米丽·安德森,来自纽卡斯尔。"她挥手示意自己身后,"他们告诉我,你或许可以帮我的忙。"

中士放松下来,也许以为这女孩不过是想要点润滑油,处理一下咯吱作响的机顶盖。

她说:"上周发生的坠机事故,就是有个'黄蜂'队员牺牲的那起,你能告诉我是怎么回事吗?"她脸上的微笑变得有些僵硬,毕竟只是装出来的。

雅各布斯从她身边侧身而过,想要挡在办公桌上那堆重要文件和艾玛之间。他装作整理办公桌的样子,但动作根本毫无章法:"我对你说的事情一无所知。"

"是你负责回收那架飞机的。你去过事故现场。"

"现场糟透了。我根本判断不出发生了什么。"

"那另一架飞机呢?损坏程度严重吗?"

他看着艾玛:"你怎么知道与另一架飞机有关?"

"我听说是撞机事故。当时谁在驾驶另一架飞机?你至少能告诉我他的名字吧?"

"我不能告诉你,不好意思。"他摇摇头,就像是想甩掉一只恼人的苍蝇。

"雅各布斯中士,玛丽·基恩是我的朋友。"

他注视着她的目光变得有些疲倦,甚至流露出同情:"女士,求求你,别再追究了。就算弄清一切也无济于事了。"

"我需要知道真相。"

"就是一次坠机事故,行了吧?就这么简单。这种事故随时都会发生,虽然我也不喜欢这种说法,但这是事实。"

艾玛摇摇头,"玛丽是名优秀的飞行员。一定是出了什么事。"

雅各布斯躲开她的视线："她熄灭了引擎。"

"什么？"

"她的教练机失去了一部分机翼，已无回天之力了。但在飞机坠毁前，她抓紧时间熄灭引擎，这样就不会引起大火，飞机的残骸也不会被烧毁。她知道接下来会发生什么，于是决定熄灭引擎。"

坐在驾驶舱里的玛丽，在飞机受到撞击后，失去了控制，于是，她镇定地关闭了点火装置，在这整个过程中，她完全清楚自己或许会因此丧命——

"你这是在安慰我吗？"艾玛问。

"不，我很抱歉，女士。只是你说得没错，她的确是名优秀的飞行员。"

"那你为什么不——"

机库里传来一阵惊慌的喊叫，吸引了两人的注意——"啊，啊，快按住它，它要掉了"——紧接着，又传来一阵金属与混凝土碰撞的响声，似乎情况不妙。雅各布斯立刻冲出办公室，想看看出了什么事。

艾玛并不满足于中士刚刚透露的信息，趁着他忙碌时，急忙研究桌上那堆文件。

玛丽在坠机事故中身亡的事实，对艾玛来说，已经不那么难以接受了，重要的是人们对这起事故的反应。所有人都为此变得神经紧张，时刻处于戒备状态，好像是为射击训练拖靶的飞行员，时刻都在担心缺乏经验的菜鸟射击手会不会误伤自己。这里的每一个人都知道事故真相，但都不愿提及它，不想让她问起，还用尽全力想要掩盖。他们到底想掩盖什么？换句话说，他们究竟想保护谁？

想到这里，问题的答案其实很明显了：事故中的另一名飞行员，他们想要保护那个在撞机事故中幸存下来的飞行员。

她在成堆的修理通知单中翻找。玛丽的飞机坠毁了，另一架却没有，但它肯定受损了，所以肯定有维修记录。艾玛浏览着文件上的日期，想找到当天的记录。终于找到了，她终于找到一架受损BT-13的修理通知单。她连忙掏出口袋里那张记有飞行员名字的纸条。由于博内特上校中途出现，她只记下了其中一半人的名字。不过，还是有五成的机会能对上维修记录里的名字。到底是哪一个呢？

没错，是这个。对比了纸条和修理通知单上的编号后，她找到了那个名字：弗兰克·美利肯。事故中的另一名飞行员叫弗兰克·美利肯。

她走出办公室，回到机库。雅各布斯站在一架B-24的机翼旁，训斥那几个忘了上螺栓而导致螺旋桨掉落的家伙。望着艾玛离开的身影，他的眼中也许会掠过一丝怀疑，可事到如今，他还能做什么呢？

艾玛目不斜视，径直往前走，根本没给他拦住自己的机会。

◆

"你认识弗兰克·美利肯吗？"回到营地后，她问莉莲。

"听过这名字。他是第三空运大队的飞行员，昨天晚上也和吉姆那帮家伙在一起呢。"她回答。

艾玛努力回忆昨晚听到过哪些名字，试图把这个名字跟那些和她们搭过话的家伙对上号。"我不记得里面有个叫弗兰克的。"她说。

"他就是一直坐在另一张桌旁那个闷闷不乐的家伙。"

啊……"你对他了解多少？"

"不怎么了解。那帮家伙每次来搭讪女孩，都是一起行动，没什么单独接触的机会。他怎么了？"

"我想,他就是上周和玛丽发生撞机的飞行员。"

"什么?"莉莲的脸抽搐了一下,歪过脑袋,好像以为自己听错了似的。

"我找到一份飞行计划,还看到修理通知单上的编号,种种迹象表明,就是他。"

两人不安地对视片刻,紧绷着下巴,强忍住内心的愤怒。面对这种情况,莉莲显得有些经验不足,乱了阵脚:"那我们该怎么办?"

"我只想知道真相。"艾玛回答。她只想找到那个弗兰克,和他坐下来好好谈谈,让他说出那天到底发生了什么,到底是谁越过了安全距离,到底是不是一场意外,是天气原因,遇到了强烈气流,还是人为的操作失误——不管什么原因,一定要解释清楚。她只想知道真相。

"你确定要这么做?"莉莲问,"他们拼命掩盖事实肯定有原因,那绝不是什么好事。知道真相也许不会让事情变得更好,这——好吧,你知道我想说什么。艾玛,如果,如果是玛丽自己操作失误呢?你做好听到这种结果的准备了吗?如果这只是一次愚蠢的失误,博内特上校只是为了让自己的纪录更好看,这样的话,你能接受吗?"

艾玛理解莉莲的想法,即便你在脑海里进行过再多设想,真相永远有可能更糟糕。如果是迈克尔出了事(上帝绝不会让这种事情发生的),她真的想知道他是如何丧命的吗?她真的想再现当时的画面吗?

难道她不该让玛丽就此安息,让一切都过去吗?

艾玛苦涩地微微一笑:"我们必须要互相照应,莉莲。这里没有其他人会关心我们,没有人会帮我们讲述我们的故事。我必须知道真相。"

莉莲整理了一下情绪，她的态度也很明确，刚刚得知真相的慌乱并不会让她退缩，"好的，既然如此，我们这就动身去酒吧。"

◆

艾玛和莉莲再次来到"跑道"酒吧，还是上次那张桌子，但今晚她们没点餐。艾玛的胃有些不舒服，根本不想吃东西。她和莉莲坐在桌旁，一边喝汽水，一边等待。

"要是他们不来呢？"艾玛问。

"他们会来的，"莉莲对此很有把握，"只要他们在基地里，每晚都会来这儿。别担心。"

等待过程中，又来了几个女孩，跟她俩坐在一起。她们都皱着眉头，神情忧郁，沉默不语。艾玛不知消息是怎么传开的，但似乎大家都知道了。

"是真的吗？"贝琪坐到艾玛身边，"你查清了玛丽出事的真相？"

"一切还有待验证。"她边说，边望着酒吧的前门，等待着某人出现。

男飞行员一进酒吧，就发现情况不对，因为女孩们的视线都集中到他们身上。现场气氛很紧张，让人感到不自在。人们脸上都没了笑意。就在这时，关键人物出现了，他仍旧梳着光亮的背头，蜷缩在飞行夹克里，一副恨不得要躲起来的样子。他和其他几个男孩一起，站在酒吧门口，犹豫着该不该往里走。艾玛觉得，如果他想转身离开，吉姆他们一定不会拦着。

她站了起来，朝他们走去："弗兰克•美利肯？"

虽然他肯定早就察觉到艾玛朝自己这边走来，但还是吃惊地抬起头。其他几个小伙子退散开，给他俩留出空间。

"什么事？"他警惕地问。

艾玛深吸一口气，闭上眼睛，告诉自己要强硬一点。不论她在脑海中模拟过多少遍此时该说的话，真到了这个时候，进展却不顺利，她竟不知该如何开口了。

"上周，你执行过一次BT-13编队的飞行任务，当时发生了撞机事故。一位名叫玛丽•基恩的'黄蜂'飞行队队员坠机身亡了。我想知道事故真相。你能告诉我吗？"

弗兰克朝四周望了望，游离的目光好像是在寻找一条逃跑路线。见他没吭声，艾玛续道："你的飞机受了损伤，我看过修理通知单，所以我猜你是和玛丽相撞的飞行员。当时发生了什么，你一清二楚。求你了，我只想知道，像玛丽那样优秀的飞行员怎么会发生坠机事故。"

他摇摇头："不，我没必要告诉你，没必要告诉你任何事。"

"为什么？"艾玛哀求道，"为什么每个人都试图掩盖真相？"

"别再追究了。你怎么就不能放过这件事呢？"说话时，他的眼睛根本没看艾玛，一边说还一边摇头，好像这样就能躲开她。这时，莉莲已来到了艾玛身旁，另外几个"黄蜂"女孩也走了过来，她们站在一起，齐刷刷盯着美利肯。

如果艾玛是个男的，她可以拽住他的衣领，把他推到墙边，用武力逼他开口。不管怎样，她快要忍不住揍他的冲动了，如果真的动手，他应该会大吃一惊吧？

"是你的过错，对吗？"她突然质问。这就是他一直不敢直视她的原因，他甚至不想和邻桌的"黄蜂"女孩们待在同一间酒吧里。"到底发生了什么？你当时是不是失控了？还是你的飞机出了什么故障？"

"只是一场意外。"他轻声说。

"可究竟发生了什么？"艾玛已经问烦了，但除了追问，她别无他法。六个女孩站在他面前，目不转睛地凝视着他，不远处还有几个男飞行员在一旁围观事态发展，他们多半在猜测，到底哪边会先哭出来。

"你干吗不直接告诉她呢，美利肯？"吉姆皱着眉头插话。

"求你了，没人肯告诉我——"

"我说了是意外！"他的脸涨得通红，他伸出发抖的手捋了捋头发，"只不过闹着玩儿，你懂吗？我只是跟她闹着玩儿。当时觉得挺有意思的——真的只是好玩而已。你懂的，就离近了点儿，想吓吓她。可——这真的是一场意外。"

这些话他或许跟自己讲过无数次了，连他自己都相信了。可当他大声讲出来的时候，却再也无法掩盖自己的过错：他违反规定，在执行飞行任务时骚扰玛丽，越过了五百英尺的安全距离，他本以为自己可以拿捏好尺度——可他错了。他的飞机撞向玛丽的飞机，撞碎了她的机翼。于是，玛丽的飞机失去控制，一头栽到了地面上。艾玛一下子就在脑海中重现出当时的画面，一切都是那么清晰明了。撞机后，玛丽的教练机摇晃了几下，失控并笔直地坠落。她一定是先看到了机盖外裂开的机翼，然后扭头望了望离自己越来越近的地面。她一定是用力拉住操纵杆，想要使机头向上着陆，但她其实心里明白，那根本不可能，因为坠落速度太快了。但她还是抱着姑且一试的想法，熄灭了引擎，反正体验高速飞行不正是她一直以来的愿望吗？

努力做谦恭有礼的好女孩。买政府发行的战争债券，关注收音机里播报的最新消息，为远在异国战场上的军人虔诚祈祷。最重要的是，不惹麻烦，因为你知道，有太多的事情需要操心，从为自己的车领取一加仑的定量汽油，到担心自己的丈夫能不能从战场上活着回家。

他们只不过是一群为国效忠的军人。她努力想让自己看开，努力想平复心中的愤怒，可这根本不管用。此时此刻，艾玛甚至感到整场战争已经离自己远去，而她必须面对的，是眼前这场战斗。

有博内特撑腰，美利肯不必承担任何责任。上校的保密工作做得很好，因为他不想让这起事故受到进一步调查，不想让自己手下的飞行员缺乏组织纪律这种丑事公之于众。美利肯既不会上军事法庭，也不会被关禁闭，因为训练有素的飞行员太难得了。除了站在这里瞪他，艾玛什么也做不了。可这样的结果会让她善罢甘休吗？

"玛丽·基恩是我的朋友。"她轻声说。

美利肯深吸了一口气："那是一场意外。我不是有意去撞她的。我很抱歉，真的很抱歉，可以了吗？"

沉默犹如一柄利刃插在艾玛心上。没有人再看他一眼。

艾玛转身走出酒吧，其他的"黄蜂"女孩也陪她一起离开了。

酒吧外，太阳已经落山，但她仍能听到机场上传来飞机起落时引擎发出的轰鸣，飞入云霄后，引擎的咆哮声变成另外一种音调。空气中弥漫着汽油味，漆黑一片的机场上只能看到飞机上的指示灯，那景象犹如繁星落在地球上。不论发生了什么，太阳总会在第二天再次升起，一切都不会改变。她不知自己这样算不算赢了。她无力地靠在墙壁上往下滑，直至跌坐在地，她把脸埋进膝盖间，抱头痛哭。其他女孩围在她身边，静静地把手搭在她的肩膀和手臂上。没有言语，没有感人至深的安慰，只是等她哭完。然后，莉莲和贝琪伸手架着她，把她搀回营地。女孩们在营地里藏了一瓶威士忌，今晚，大醉一场也许是最好的选择。

◆

艾玛最后一次见到玛丽，是在她出事的四天前。

从机场回到营地后,艾玛看到玛丽坐在宿舍门前的台阶上,伸直了双腿,一边抽烟,一边盯着空中发呆。艾玛缓缓地走过去,坐在她身旁。"想什么呢?"

玛丽缓缓露出狡黠的微笑:"跟我想象中的太不一样了,跟我之前的设想差得太远。"

"你是指什么?"

玛丽抬头仰望天空,蜜棕色卷发垂到背后,露出被阳光晒成小麦色的脸庞:"我设定的场景本该这样:我妆容精致、神采飞扬地踏出机舱门,摘下帽子,轻轻甩动一头秀发,年轻英俊的军官正好站在那里,被我的魅力所倾倒。可这并没有发生。"

艾玛咧嘴笑起来。她设想得还真美好啊。"结果怎样呢?"

"我从机舱里爬出来,想检查一下起落架是不是出了问题,因为降落时飞机好像有点儿不稳。我正弯下腰检查时,后面响起一个声音,'喂,老兄,你知道行动中心在哪儿吗?'我气得差点儿想把脚上的靴子踢掉。等我站起身看他,他的眼睛都快瞪出来了。我向你发誓,他长得真像克拉克·盖博。不,不止是像,简直就是。我的脸一下子就红了,因为他第一眼看到的是我……撅得高高的屁股!我们站在那儿对视了将近五分钟,才从震惊中缓过神。接着,两个人都哈哈大笑。"

艾玛听到这里,忍不住笑起来。玛丽也笑了,两个女孩笑成一团,肩并肩相互倚靠。

"那么,接下来呢,"艾玛问,"是动真情了吧?"

"我也说不清。他人很好,是长滩市过来的上尉。后来,他带我去酒吧喝了酒。"

"等战争结束,你们就能一起度过人生最美好的时光了。"艾玛说。

玛丽突然安静下来,一副若有所思的样子。"我能告诉你一个秘密吗？其实，有时候我不想让这场战争结束。我不想结束这种生活。要是能一直飞，一直飞，就好了。可等到境外战场上的小伙子回来了，他们就不会让我们继续飞了。到那时，我只能回到家里，戴上白手套和珍珠项链，当个体面的大小姐。"她甩甩脑袋，"其实我不是那个意思，不是真的喜欢战争。它总会结束的，不是吗？"

"希望如此吧。"艾玛轻声道。珍珠港事件已过去快两年了，可直到现在，战争还没有结束的意思。

"有时候，我真希望我那个搞飞行表演的疯子叔叔没带着我上天，那我也不会有现在这种感觉了。啊，你真该去见见我老爸，他才是个真正的老疯子。可我一上天，就再也不想回去了。艾玛，我真永远都不想离开这里。"

"我明白。"她们坐在台阶上，望着机场上空飞过的飞机，听着引擎发出的轰鸣。过了许久，玛丽才起身走进宿舍，她等下还有一场约会，要好好梳洗一番。

◆

艾玛坐在罗珀上校办公桌对面，等着他看完自己认真打印出来的报告。上校读了两遍，然后把它整理好放在一边。他双手合十，端详着艾玛。

"你最近怎么样？"

艾玛顿了顿，没有习惯性地说出那句"还好"，而是仔细想了想。因为那句话不是事实，上校也不会相信。

"长官，您觉得这一切值得吗？"上校疑惑地扭过头，艾玛进一步解释，"我们真的为这场战争作出哪怕一点贡献了吗？回想起来，大家会不会觉得她死得根本不值得？"

上校避开艾玛的目光,盯着面前的办公桌,思考该怎么回答她。她本以为自己会听到那些煽情的陈词滥调和鼓舞人心的套话,可事实并非如此。

"你想让我告诉你,玛丽的牺牲是有意义的,她所作的一切,是这场战争中必不可少的一部分,她的牺牲能帮我们赢得这场战争。可我说不出口。"他摇摇头。艾玛本以为他会委婉些,她不想听到这些残忍的话。不过,这也让她松了口气,因为他肯对自己说实话。或许那些态度恶劣的飞行员们说得没错,成立女子飞行队,只不过是个笑话。

上校续道:"现代的战争机器不会因为少了谁,就分崩离析。或许,战后再回想,会发现即使没有你们,也一样会赢得这场战争。可艾米丽——那会困难得多。我们没有足够的飞行员,也无法把飞机送到需要它们的地方,而我们要打的仗还很多。"

她不想思考这个问题。你可以把战争爆发这几年里,牺牲的总人数和他们牺牲的原因记录下来,文件上记载的数字或许不会有错,但你能记下每个人的名字和他们的故事吗?不可能,因为根本不值得这么做。

她只想让一切早点结束,只想要迈克尔回家。

罗珀从桌角上堆放的一摞文件里找出一张纸。他看着手里的纸,故作思考状,好让盯着墙壁发呆的艾玛回过神。过了许久,艾玛才发现上校正望着自己。

"我这里有一份你的调任令,如果你需要的话。"

她摇摇头,有些疑惑,不明白自己犯了什么错。莫非博内特上校因为之前的事情借机报复她?

"长官,"她不解地问,"可……去哪里?为什么?"

"棕榈泉市。"罗珀回答。艾玛一下子瞪大了眼睛,心中燃起一丝火花,她知道棕榈泉那边的基地有什么。"那里有一所驱逐机学校。如果你感兴趣的话。"

◆

1944年3月

艾玛坐在驾驶座上,关好头顶的机盖。机舱很窄,只设了一个座位,流线型机身十分灵巧。相比之下,过去驾驶的教练机宽敞多了。她感觉自己就像是被一个茧包裹起来,所有的操作装置和仪器都近在手边。

她发动引擎,轰鸣声震耳欲聋。她甚至连自己向塔台报告的声音都听不清:"这里是P-51 21054号,请求清理跑道,准备起飞。"

握住操纵杆的手感觉到P-51强大的动力,引擎轰鸣产生的震动深入骨髓。想让它起飞,根本不费力气。艾玛需要做的,只是给它一个方向,然后放手让它翱翔。

耳机里响起一个声音。"P-51 21054号,这里是塔台,跑道清理完毕,批准起飞。"

它既像一头准备腾空跃起的伏虎,又如一艘即将点火升空的火箭。机头朝上扬起,艾玛没法直接看见前面的状况——只看到流线型的银色机头指向湛蓝的天空。

艾玛慢慢朝前推进节流杆,飞机动了起来。它真的要起飞了。机尾升起来——这下她终于能看清前面了,连远处跑开的人群都看得一清二楚。飞机慢慢加速,她凝视着面前的仪表盘,等速度达到每小时一百英里,她用力拉回操纵杆。

终于起飞了,她离地面越来越远。它升空的速度很快,转眼就冲上了天际,犹如出膛的子弹,又似飞入云霄的雄鹰。她扭头朝飞机的一侧望去,地面上的机场跑道已经小到快要看不见。展现在她眼前的，是一望无际的苍穹，任她开足马力，自由地翱翔。

这就是天堂了吧。

"我是全世界最幸运的女孩。"她喃喃道，她觉得玛丽一定会爱上这种感觉。

（梁涵　译）

哈罗德·沃尔德洛普

作为业内公认的最佳短篇小说作家之一，哈罗德·沃尔德洛普有"当代科幻作家中的怪才"之称，他的文风被比喻成"低俗天使"。他著名的短篇小说《丑陋鸡仔》在1981年获得了星云奖和世界奇幻文学家两项大奖。他的作品收录在《哈罗德是谁？》《近期异兽百科》《海龟之夜》《重返家园》和纸质版的《梦工厂与电台画》（该选集此前仅提供互联网下载）这几个人选集中，以及与其他作家合著的作品集《卡斯特的最后一跳及其他》中。此外，沃尔德洛普与杰克·桑德斯合著有长篇小说《德克萨斯州与以色列之战：1999》，独立创作了两部小说《他们的骨头》《一打粗活》和一本名为《孕育中的美好世界》的诗歌集。目前，他正创作一部新的长篇小说，书名暂定为《莫纳的世界》。他最近完成的作品是一本名叫《绝无雷同：1980—2005年短篇小说选集》的大型回顾选集。在华盛顿州居住数年后，沃尔德洛普最近搬回了家乡，德克萨斯州的奥斯丁，当地人对他的回归表示出极大的热情和欢迎。

以下的这篇短篇小说中，主人公将带领我们进入一个光明的新世界，一个还未成形却更加美好的世界，但这个世界却建立在一个最出乎意料的地方——战场上两军之间的无人区，那里覆盖着冰冷的冻土，布满多刺的铁丝网，以及预示着死亡的哨音。

巴别新篇

上尉脸上露出疑惑的神情。他抬手压紧右耳上的耳机,专心致志地听着,皱起了眉头。

"又是一大堆无法识别的废话。几乎可以肯定,这个区的一部分德国兵被换成了奥地利人。他们讲的语言我听不懂。好像是匈牙利语。"

汤米凝视着笼罩在监听哨周围的黑暗。当然,除了一片黑暗,他什么也看不到,因为监听哨设在了一匹伪造的死马体内。真正的死马已在两军的战线上躺了好几个月,而这匹伪造的石膏马,是一周前从后方的伪装研究处通过运送物资的壕沟送过来的。那也意味着,必须要派出一个小分队的士兵来完成调换任务。他们不仅要趁着夜色潜入战场,用石膏马替换真正的死马,还要烧掉真马的尸体。而几个月前,那具马尸就已经腐烂膨胀,炸裂开来。

执行完任务回来,士兵们身上脏极了,还散发着难闻的臭味,心情也糟透了,然后有幸被送到前线几英里外的后方澡堂,奢侈地洗了个热水澡,换了身干净军装。幸运的混蛋们,汤米当时在心里暗骂。

那天晚上,汤米的任务和以往不同,不是在栏杆边透过黑暗监视外面那片无人区,而是陪同长官来到离他们的战壕三十英尺的"死马"监听哨。这处监听哨接入了德军的战地电话系统(就像德军对英军做的那样),这意味着,某个可怜的工兵不得不在夜色下的无人区匍匐行进四分之一英里,找到德军的某条电话线,再把英军的监听线接进去。(有时,接好之后他才发现自己接的原来是条废弃的死线，不得不重来）完成接线任务后，他还要小心翼翼地爬回自己的战壕，一边爬还要一边埋好自己刚接好的线，并确保不发出一点声音，唯恐自己的一举一动会不慎引来德军的一发照明弹。

通常情况下，作战双方都会派出接线工兵，也都免不了会弄出动静来，这太常见了，不会引发探照灯，也不会发射照明弹。

据传，监听哨最近从德军的战地电话系统里监听到大量无法识别的对话。军官们对此持缄默态度（那些无法识别的对话，根本无法向上级汇报，于是只能选择无视它们的存在）。这几天晚上，总参谋部的长官们亲自来到监听哨，但仍没有发现任何有用的信息，只能无功而返。与泥土和黑暗为伴的几小时，对他们来说想必是次不错的体验，能让他们从数英里以外的后方总部一成不变的安稳生活里"解脱"出来。

士兵们得知的唯一消息是上尉告诉他们的："那很可能是匈牙利语，或是其他巴尔干地区方言。"总部那边着手接管了这件事，据说，很快就会派来一批语言专家。

汤米从"死马"脖子下方的裂缝处朝外望去。除了一片黑暗，仍旧什么也没有。他把自己的步枪紧紧抱在胸前。时至三月，可天气却和他记忆中一月时那般寒冷。不过好歹冻土上的冰还未开始融化，整个战场还没有变得泥泞湿冷。

突然，监听哨的后侧传来缓慢拖沓的脚步声，汤米警觉地举起手中的步枪。

"口令。"上尉朝身后的黑暗中说。

"啊——圣艾格尼丝之夜……"一个微弱的声音传进来。

"凛冽严寒的夜晚，"上尉说出下半句口令，"进来吧。"

"死马"的开口处钻进来两个人，一个中尉，一个下士。"我们是来换班的，长官。"中尉说。

"我才不会羡慕你们咧。"上尉调侃道，"除非你们是在布达佩斯长大的。"

"还是那些听不懂的鬼话?"中尉问。

"老样子。"

"好吧,希望总部派来的人能尽快解决这个问题。"中尉无奈道。

"希望如此。"

"那么,这里就交给我,"中尉说,"祝您今晚做个好梦,长官。"

"好的,祝你的运气比我好,"他转身看了看汤米,"我们走吧,二等兵。"

"是,长官!"汤米应道。

他俩爬了约三十英尺才回到战壕里,由于没选择距离最短的直线,所以花费了更多的时间。好在他们成功躲过了德军哨兵的视线,爬到英军阵营最外层的蛇腹形铁丝网下。

汤米连忙钻进自己原先的掩体,那是用沙袋垒成的防护墙中留出的一个洞。英军的岗哨里,有个哨兵正在打盹儿,其他几个累得睡死了过去,像那个伪装成死马的监听哨似的,活脱脱几个石膏假人。

他把自己裹在冰冷的毯子里,没过几秒,就怀着不安的心情睡着了。

◆

"起床啦!集合啦!"中士踢了踢汤米左脚靴底,喊道。

汤米猛地惊醒过来。只要在前线待上几周,你也会养成这种习惯。

晨间集合算是军队里最没有必要的训练了。之所以还进行这种训练，是因为黎明时分阳光直射英法士兵的双眼时，那些德国兵可以趁着我方被太阳晃得睁不开眼的机会，穿过中间的无人区，来一次出其不意的进攻（其实，德军也会进行类似的训练，他们的傍晚集合就是为了应对英军可能会趁着暮色昏暗发动的突袭）。然而，由于作战双方都不会轻易穿过中间那片布满铁丝网和地雷的无人区，晨间集合已经不像大战初期时那么受重视了，只是做做样子而已。只有在对方先发动了少则数小时、多则一整天的猛烈炮击时，另一方才会顶着持续不断的枪林弹雨冲进无人区。

除此之外，还有一个原因，这条从英吉利海峡延伸到瑞士边境的战线在地图上呈突出状，驻扎在这里的英军，在更多情况下是面朝北方，而不是正东面，这样一来，早晨的阳光并不会直射进士兵的眼睛，而是照在他们右侧，被头盔的下缘遮住。德国兵一旦出现在空旷的无人区，就会被他们发现，成为活靶子。

可晨间集合一直并未取消，不仅因为它是军中传统，还因为协约国一方没有充分认识到，这场战争已经从开战初期的运动战和策略战，发展到了如今的消耗战和持久战。

不管怎样，自1915年以来，这条战线总共推进了还不到一百码。

一年前，汤米的哥哥弗雷德死于索姆河战役的第一天。那场战役也是几年来协约国一方在战线上的最后一次实际进展，他们推进了五十多英里。

汤米站在防护墙边的射击台上，端着步枪，枪口穿过沙袋间留出的射击口，漫无目标地指向前方。战壕里上上下下的士兵们都和他保持同一个动作。

偶尔，会有德国兵抓住机会发起狙击。德军的沙袋有各种颜色和图案，混杂在一起，随意地垒在防护墙周围。从远处看，它们构成了错乱的形状，明暗交错的光影能达到妨碍对方视线的效果，比如让对方发现不了隐藏其间的射击口。英军的沙袋则垒得整整齐齐，射击口和观察孔都一目了然，就像是士兵们遇到长官时永远要行的军礼一样循规蹈矩。

恰好这时，英军战壕里传出击碎玻璃的声音，紧接着是弹片弹开的声音。一名中尉像是被毒蛇咬了似的，连忙丢掉手中的战地望远镜。

"该死的混蛋！"他怒吼，然后转身对他的勤务兵下令，"去后勤那里再弄一架望远镜。"被击中的望远镜靠在战壕的防护墙边，眼尖的德国兵一枪正中镜筒的顶部和内置的镜片，枪法干净利落。勤务兵接到命令后，从通往储备区的斜行小道离开了。

"他还算幸运，"战壕里传出低语声，"没打中他脑袋。"接着是一阵喘息和窃笑声。

即使身处战场，士兵们也有心情开玩笑，虽然并不怎么好笑。

通常，在其中一方进行晨间或傍晚集合，以及随后的早餐和晚餐时，另一方都会以礼相待。在战场上，趁着敌人把食物放进嘴里的机会向他开枪，是不礼貌的。

这样可能会把那可怜的家伙呛坏的。

◆

白天就是用来抓紧一切可利用的时间休息。当然，可能还需要对物资、弹药、食物等进行补充，不过，这些情况很少发生，那些负责后勤的中士们对上一次是谁负责运送总能记得一清二楚，因此也不会常常向前线运送补给。

如果上面发来邮件抽中了某支部队，还会进行"邮件点名"，此外还有午餐（前提是有的吃），以及偶尔进行的设备检查。白天的大多数时间，士兵们都在睡觉，除非是有事需要起来处理。

NINIESLANDO

　　如果你的部队被调回第二道防线，那你多半就能睡个好觉了，这种好事儿一个月能轮到一次；而每三个星期，你有机会被调到离前线更远的储备区一次。在那里，你完全不用履行作为一名军人的职责，能洗个热水澡，连身上的军装也会被洗得干干净净，不再爬满虱子。

　　只有待在储备区，你才能从这场战争和日常的军旅生活中摆脱出来。你可以用心去读几本正经书，不用像在第一道和第二道防线的战壕里那样，想方设法地挤点时间看书。如果能找到兜售食物和酒水的小贩，你还可以喝点酒，吃些除了咸牛肉和硬饼干之外的东西。在战场后方某处，你甚至能看场电影，虽然要走上不少路；或是欣赏一场由部队军官表演的音乐剧，虽然剧本的格调可能不太高，里面会有不少粗俗玩笑（汤米知道，德国兵的日子应该跟自己过得差不多）。

　　迄今为止，最为讽刺的是1914年那个遥远的金色夏天，"巴尔干半岛上那起愚蠢至极的刺杀事件（萨拉热窝事件）"引发了无可避免的战争热潮，汤米的哥哥弗雷德当时才十八岁，他被选为伯明翰工人世界语协会代表，去参加在瑞士巴塞尔举行的第二十四届年度世界语大会。大会每年都是在七月底或八月初举行（弗雷德曾经和一帮同窗好友去过法国，因而，旅行对他来说并不陌生）。

　　举办那届世界语大会，是为了庆祝柴门霍夫发明世界语二十四周年纪念日，他的这项发明，能让不同的民族通过学习同一种简单易学、规律性强的语言，增进对彼此的了解。柴门霍夫认为，如果所有人讲同一种语言（这也是《圣经》中的人们在建造巴别塔之前的梦想），就可以将所有人视为拥有共同的理想和目标的同一民族，通过使用同一种语言，人类的民族主义和宗教派系都会渐渐不复存在。

　　当时也出现过其他人造语言——世纪之初，曾有不少沃拉普克语的拥护者——但没有哪一种能超越世界语的标志性意义，它是世界上最早发明也是最受推崇的人造语言。

汤米和弗雷德曾痴迷于这种人造语言达数年之久（无论口头还是书写，弗雷德对世界语都使用得驾轻就熟，这曾惹得汤米十分嫉妒）。

三年前到达瑞士时，让弗雷德感到震惊的是，那些致力于增进各民族互相了解的大会代表们谈起彼此的民族时，态度之尖酸刻薄，完全不输给任何一个来自昏庸迷信的部落首领统治下劣等小国的粗人。几乎从一开始，战争和有关战争的言论，就在真正拥护世界语的信徒和那些只会说空话的谄媚者之间划清了界限。当时，一个又一个国家开始进行战前动员，代表们也蠢蠢欲动，想要离开。步行、骑马、乘坐电动车和火车，甚至是搭乘飞机，他们想尽一切办法中途离开，回到祖国，准备参与到即将爆发的伟大战争中去。在他们的想象中，那将是一场虽险象环生、声势壮观却并不会持续太久的小型战争，在"冬天第一片雪花飘落之前"就会结束。

大会结束时，只剩下几位代表，他们也不得不匆匆制订撤离计划，赶在战争真正打响前回到自己的祖国。

汤米在索姆河战役中牺牲的哥哥弗雷德，是在1914年8月2日赶回英国的，为的只是见证一场没人愿意发生（却让所有人翘首期待）的战争的开始。他和那么多来自不同阶级、不同民族的理想主义者一样，第一时间就参战了。

三年过去了，汤米成了父母仅剩的一个儿子。当然，他也在适当的时候应征入伍，后来没多久，他就得知了哥哥的死讯。

如今，他身处战壕，远离家乡，夜幕降临，周围只有冰冷的冻土。中士路过他身边，说道："你离队去检查一下前方铁丝网的情况。"

◆

　　加入架线小分队，可以说是以唯一一种还有安全性可言的方式进入无人区。当你在无人区修理和加固铁丝网时，德国兵也在离你不到四分之一英里的地方，做着同样的事。

　　那些远看杂乱无章的蛇腹形铁丝网并不能阻挡敌人进攻，但还是能有效减缓他们进攻的步伐。布设铁丝网的目的，是把敌人引入越来越窄的通道里，有力地限制敌军行动方案的执行。面对那些难以通过的棘铁丝网，敌人最终会减慢进攻速度，接着便到了我方的防御机枪派上用场的时候了。点303口径的子弹以每分钟五百发的速度齐射向敌人所处的铁丝网，那些坚硬的铁丝如丝带一般被枪林弹雨撕扯开来，时机一到，士兵们就冲上去，穿过或绕过铁丝网的残骸，进行英勇反击。

　　最后剩下的，只有死尸。

　　为修复前方的铁丝网，士兵们只能趁夜色在黑暗中行动。夜幕降临后，两军中间的无人区里充斥着拆铁丝和敲铁锤的声响。士兵们边低声咒骂，边把成卷的铁丝抬出防护墙，拖进无人区。经历了之前的枪林弹雨，原先的铁丝网已经支离破碎（猛烈的炮火本应摧毁所有铁丝网，却从未成功过），还有一根新型接线杆被炸毁了（立接线杆其实用不上锤子，是要把地面当做香槟酒瓶上的软木塞，用力把杆子插进去）。

　　士兵们趁夜色带着铁丝网、接线杆和铁锤，来到中士所在的地方。

　　"在那儿插两根杆子，"他指指前面更黑的某个地方。汤米什么也看不到，不知道他指的是哪里。他想把自己扛的那卷钢丝放在地上，却没发现上面有一根铁丝伸了出来，不慎让铁丝上的倒刺挂伤了肩膀。他伸出手，感到肩上的铁丝在左右晃动。

"别出声，"中士警告，"我可不想招来德军的照明弹。"

只闻德军阵营那边传来敲击铁锤的声音，汤米觉得，他们也有人在无人区作业，肯定不会发射照明弹。

他着手开工。另一个士兵在离他几英尺的地方往地上插接线杆。

"铁丝，"中士说，"就像装饰品，而你们就像是在帮圣诞老人装扮圣诞树。我希望，在那些德国兵被我们的铁丝网困住，最终毙命之前，能对我们的杰作表示钦佩。"

汤米和其他几个士兵解开铁丝卷，把铁丝来来回回绕在两根新插好的杆子之间，然后把两端固定。

通常情况下，一个士兵跨出战壕，去无人区执行架线任务，再安全地回来，便是为这场战争作出了应有的贡献。这看似简单的任务，却让很多人送了命：据说，有的士兵在黑暗中迷失了方向，误入了敌方阵营，因此丢了性命，或是成为战俘，余生都在牢狱中度过。

沉闷乏味的炎炎夏日，春秋两季的阴雨绵绵，还有冰冷刺骨的冬季严寒，一年四季，循环往复，前线的生活也像是陷入了死循环。有时，汤米会把执行架线任务当做是这一成不变的枯燥生活中的一种调剂，因为只有这时，你才能在相对安全的情况下，站直身子，舒展下筋骨，而不是猫着腰在战壕里小心翼翼地挪步。

夜空中突然升起一道耀眼的光亮。德军那边有人发射了一颗照明弹。所有人都僵住了——在无人区被夏日骄阳般耀眼的光芒照亮时，你能做的只有确保自己纹丝不动。待在原地的汤米吃惊地发现几个德国工兵也站在离德军战线不远的无人区里，如雕像般一动不动，从动作判断，此前他们也在进行铁丝网的修补工作。

到底是谁发射的照明弹呢？

那是一颗降落伞照明弹，只见它缓缓飘落下来，发出的火光把夜色掩盖下的景象照得如熔炉里一般通亮。双方狙击手都抓紧这个千载难逢的好机会，对暴露在无人区里的士兵们发起了攻击，大大小小的子弹声不绝于耳。

汤米脚下溅起一阵阵尘土。最近的那个弹坑离他不到二十英尺，他极力忍住想要逃往安全地带的冲动。任何一点动静都会引来更猛烈的炮火，即使他本人没被击中，也会殃及周围的战友。所有人都一动不动地站在那里；汤米看见一颗颗汗珠从中士的脸上滴了下来。

德军那边有门迫击炮突然一震。

顿时，尘土四溅，尸块横飞。

◆

汤米觉得自己背上像被踢了一脚似的。

他的右胳膊压在身下，手里的步枪已不知所踪。随着照明弹渐渐熄灭，周围又恢复了黑暗。他躺在地上，看见中士和另外两个士兵在往回爬。他努力想跟在他们后面，可他的腿不听使唤了。

他用那只还能动的胳膊硬撑起身体向前爬，却翻倒在冰冷的冻土上。接着，他感到自己背上原本温热的东西开始慢慢变凉。

不，他心想，我不能这样死在无人区。过去几个月，他就亲耳听到过那些在这里被击中的士兵，濒死之际越来越弱的哭喊声。他不想像他们那样死去。

他躺了很久，疲惫和疼痛让他无法动弹。他的听力在被迫击炮弹击中后，一直有很严重的耳鸣，现在终于慢慢恢复了。

他听到英军战壕里传来低声交谈，就在离他大概二十码的地方。他完全可以想象到他们现在在谈些什么：我们该出去救那些伤亡人员吗？那些德国兵会不会已经做好了再次开炮的准备？汤米在哪儿呢？他应该没命了吧？

出乎他意料，他竟也能听到德军阵营那边传来的声音——似乎有很轻的脚步声从无人区传来，那些人小心翼翼地绕过一个又一个弹坑。德军一定是派出了搜索队。他躺在这儿多久了？我方有没有趁照明弹还亮着的时候对德军工兵进行回击？我方是否派出搜索队寻找伤员？脚步声越来越近。可为什么我们的哨兵没有对德军搜索队发出警告，或发起攻击？难道他们认为这些人是试图摸索回来的自己人？

脚步声在离汤米还有几码的距离时停止了。汤米的眼睛已适应了爆炸后的黑暗。他隐约看到自己身边有几处黑影，其间有个颜色较浅的人影在动。那人的动作很敏捷，他停在汤米身边，把一个东西从地上翻了过来。汤米这才发现，自己身边还躺着一个人。

就在这时，德军阵中又发射出第二发照明弹，比刚才那发的光线要暗些，应该是一发红色信号照明弹。借着它的光，汤米看到身边这个人还在翻看地上的人。

汤米发现，这竟是个中国人。一个中国人到这里来干什么？

他应该，汤米咳嗽了几下，心想，会说英语吧。或者我可以用世界语和他说话？当初发明这种语言，正是为了这个目的。

他用世界语开口了，说的是他在学习这种语言时学会的第一句话。

"你能带我回家吗？"

中国人停了下来，照明弹的火光映衬出他脸上有些古怪的神情。接着，他露出一个微笑，伸手从腰间掏出一根棍子，打昏了汤米。

◆

他醒来时，发现自己躺在一张干净的床上，身上盖着干净被单，穿着干净内衣，肩膀和脑袋感到有些疼。头顶的电灯发出明亮的光，他似乎是在一处干净宽敞的走廊里。

他猜想自己应该是在远离前线的团部医院。至于是怎么来这儿的，他一点也不知道。

有人来到他床边。那人脖子上挂着听诊器。

——啊，——他开口道。

——你醒了？——那人说的是世界语。

"我是在团部医院吗？"汤米用英语问。

那人一脸不解地望着他。

他又用世界语重复了刚才的问题，边说边想着该怎么遣词造句。

——并非如此。——那人回答。——你在我们的医院里，在这儿，你不用再担心战争的事情了。随后会向你解释清楚的。——

——我是在睡梦中被带到瑞士了吗？——汤米问，——或是其他某个中立国？——

——哦，没错，你在一个中立国。不过，现在你离你被发现的地方仅有几英尺的距离。我猜，你以为是个中国人救了你把你带到这儿的，对吧？其实，他不是中国人。如果你这样叫他，他会不高兴。他是安南人①，姓阮，来自法属印度支那。战争爆发初期，他就被带到了这里。来这里的第一批人，很多没能撑过第一个冬天，活下来的人们永远不会忘记这点。你怎么会讲我们的语言呢？——

——我和我已经去世的哥哥，从小就加入了世界语协会。他的口语和书写能力比我要强很多。——

——这简直是命中注定。——那人感叹。——你能想象阮发现穿着英国军装的你会讲我们的语言时，有多么吃惊吗？你一开口，

---

①安南，即越南。

就表明你是我们的一员；他想到把你带回来最实际的方法，就是把你打昏。——

——医生帮你处理过伤口了，伤口的情况非常糟糕，如果你没被带到这里，很可能就没命了。

——这到底是哪儿？——汤米问。

——这里，——那人回答，——就在无人区的几英尺以下。我相信前任上尉先生会向你解释清楚的，很久没有像你这样的人加入我们了。我们大多是在战争初期来到这里的，在这里成为主战场后不久，我们就开始接收神志不清或是受伤的士兵，进行救治，帮他们恢复健康和神志。可你更合我们心意，虽然也受了伤，但已经会讲我们的语言了。你很快就会适应这里的生活的。——

——你是英国人，法国人，德国人？——汤米问。

那人大笑。——在这里，——他说。——我们不再是哪个国家的人。在这里，我们同属于人类。

那人离开了。终于，医生来了，帮他换了肩膀上的纱布，让他吃了一片药。

◆

那人口中的前任上尉也来看望了汤米。他个子很矮，穿着褪色的军装，衣领上的深色布条显示出他以前的军衔。

——欢迎来到巴别新城。——他说。

——这里很干净，——汤米回应。——我还有点不习惯。——

——保持清洁是最基本的事情。——他伸出手向四周挥了挥，像是在展示周围的一切。

——你很快会熟悉这里的。他续道，——你已经掌握了我们的语言，这是一个很大的优势，这样你就不用参加培训班了。我们会给你安排一些比较容易完成的任务，直到你伤口痊愈。——

——我比较迟钝，—汤米解释，——已经很久没讲过世界语了。我哥哥是名学者，在索姆河战役中牺牲之前，他一直在使用世界语。——

——如果他还活着，一定能给我们帮不少忙的。——前任上尉道。

——我们现在所处的地方，——他继续以发表演讲的口吻解释，——在无人区地下几英尺。战争爆发后，我们的人，一个一个慢慢在这里聚集起来。有迷路的、受伤的、被遗弃的，甚至有些是神志不清的。我们亲自动手挖掘房间和通道，接入战地电话系统和供电线路，从供水管道里引水自用。我们在这里建立了一个属于全人类的社会，在战争结束以后，我们会接管整个地球。我们现在的目标是，在这场战争中存活下去。为了实现这个目标，我们不得不依靠他们的食物、水源、能源以及衣物和设备，这些都是我们趁着夜色，派出搜索队搜寻来的。我们潜入他们的战壕，拿走需要的东西。与其让他们利用这些物资进行杀戮，不如让我们更好地利用。

——在这块区域内，我们一共有五千六百人。而沿着整条长达四百英里的西部战线，潜伏着五十万我们的人，时机一到，我们就会重返光明，建立一个四海之内皆兄弟的新世界。这是一大创举；从前在战场上厮杀的士兵，届时却可以和谐地生活在一起，讲同一种语言，为同一个目标奋斗。他们从战火中走出，找到了摒弃民族主义和偏见的道路。你可以想象，总有一天，我们会从这里走出去的。

汤米伸出手，前任上尉欣然地与他握了手。——能遇见一位真正的理想主义者，真好，——汤米说，——这样的人太少了。——

——你会亲眼见证这一切的！——前任上尉说，——等待时机成熟的过程中，我们还有许多工作要做，当你必须弄到一罐豆子来填饱肚子时，很容易忽视那些更大的目标。战争供养了我们，但我们必须结束它。很多人仍旧是战争的参与者,仍旧信仰战争。——

——不要误解我的意思,——他续道,——德军不是我们的敌人。英军也不是我们的敌人。不论你曾经的任何一位长官,还是英军总参谋部,都不是我们的敌人。"战争"才是我们真正的敌人。它利用了参战者内心的恐惧,得以持续下去。战争是一种机器,把人放进去,留下的只剩回忆。

——战争双方都把疾病、自我伤害和意外事故看做一种"耗损"①,即没有换取敌人性命的毫无意义的死亡。

——个置身于战争中的人,被战争控制了思想,就无药可救了。一时冲动会取代谨慎周密的计划,即使是总参谋部的军官也会被战争思维操控。这三年里,除了战争,他们的头脑中再也容不下其他东西。

——我们正是利用了这一点。夜空中突然亮起的一发照明弹,出乎所有人意料,所达到的效果丝毫不亚于一大排火力十足的克虏伯榴弹。战争为那些参战者提供了高档的克虏伯榴弹,其实也就是把它们送到了我们手中。

——其实我没必要告诉你这些,——他续道,——我会化身为威尔斯的《世界之战》里那个流浪的炮手。这里的每个人都必须摆脱战争思维,学会以一位巴别新城市民的身份来思考问题。怎样才能消灭战争?战争正一步步让这个世界濒临崩溃之时,我们怎样才能制订出建立未来美好世界的宏伟计划?我们之所以会来到这里,就是为了要有所作为,阻止战争的发生。一旦人类意识到战争才是真正的敌人,所有人就会加入我们的行列,共同为美好的未来奋斗。柴门霍夫想得没错,世界语引领未来!——

——祝你好运!——他离开之前说,——巴别新城的新市

---

①按照全意,他们这部分都是用世界语交流,没必要单独用一个。

民。——

◆

　　距那位前上尉来访已过去几周了，他们今天的任务，是去一处法军供应点领一部分补给，然后穿过通往地下巴别新城的秘密通道，把补给运送到地下。厨师能用这些食物，烹制出法国兵根本无法想象的美味。去的时候，他们会尽量换上法国兵的行头；由于天色昏暗，再加上是战争时期，如果衣服颜色差不多，就不会引起太多注意。汤米把一顶法国兵的头盔绑在腰带上，乐天派的法国劳工平时就喜欢这么干。

　　他们混在法国兵里，排着长长的队伍，等着领取补给。时间一分钟一分钟地过去，终于轮到他们了。

　　"不要芜菁。"和汤米同行的一位中士说，他在凡尔登打过仗。

　　"啊，当然，"负责补给的中士回应，"会满足你的要求的。"他做了个很不客气的手势。

　　他们领完装在板条箱和麻布袋里的补给，跟在背着补给缓缓前进的法国兵后面回到前方的战壕里。战壕连接着一条和地平线齐平的小道，小道上铺着遮泥板，这条小道顺着地势缓缓下降，周围的防护墙则越来越高。他们前方传来军靴踩在木板上发出的"咔哒咔哒"的回声，身后也传来了同样的声音。

　　走到第二道和第一道防线之间的侧沟里某个地方，一眨眼工夫，他们就在壕沟连接口的一个隐蔽拐弯处带着食物消失了。

　　他们把这些食物送到了前线下方灯火通明的地下城里。

　　——啊，很好，——厨师看了看麻布袋里的食物，叫道。——又是芜菁！——

他和一名前任德国中尉一起在监听站等候。

——今晚线上似乎挺热闹,——中尉对汤米说,——等会儿我们跟其他分区交流时,他们应该不会注意到吧?

——不会。——汤米回答,——作战双方已接入了彼此的电话系统,想要窃取情报。不过,他们听到的不只是敌人的对话,还有我们的。

——那他们会怎么做呢?——前德国中尉问。

——他们想弄明白电话里的人说的是什么语言。英军那边对此就很疑惑,他们觉得这是巴尔干地区的某种方言。——

前德国中尉说:——我那边觉得它可能是威尔士语或巴斯克语。你听过电话里的声音吗?

——没听过,只有军官才有资格听。——

——换做你,一下子就能听出来。可战争让那些军官们形成了思维定式,认为应征入伍的士兵都是又懒又蠢的文盲,只会偷懒和酗酒。这群蠢货对语言能有多少了解呢?要不他们就该是军官了。不是吗?——

——你分析得非常正确。——汤米肯定地说。——

◆

一周后,汤米待在明亮的图书馆里,查看从作战双方那里偷来的各种奇奇怪怪的书。从战地参考手册到廉价小说,从诗歌选集到用各国语言写成的剧本。有些书是用世界语写成的,大部分在上个世纪末出版。当时掀起了一阵世界语热潮,可后来,各国都认为,世界语不过是一个无法实现的梦，于是他们又回到军备竞赛和"日不落帝国"的老路上去。当然，也有一部分小说被翻译成了世界语。

图书馆里还有你能想到的最完整的前线地形图。汤米在图上查找自己所在的这个分区，然后看到了巴别新城里的每条通道和走廊，甚至连英军监听哨都被标上了"伪造死马"的标记。图上所示的巴别新城从瑞士边境延伸到了英吉利海峡（只有在地面上前线两条战壕间的距离只有几码时，地下城才不会覆盖到那里，因为那样很容易被作战双方发现）。在这里，巴别新城仅通过一条比交通壕还窄的通道与地面相通。

地面上的任何一方都愿意付出一千人马的代价换取这里任何一张战场地形图。

这也就意味着，巴别新城里的人们必须没日没夜地工作，监听地面上传来的消息，然后在地形图上修改每一处微小的变化。抽屉里每一摞地形图的最上面一张都是最新修改版。翻看地形图，就能追溯战争，一直到1914年末。当时德军决定将战线回收，定在更高的地方，即使只提升一两英尺的高度。巴别新城就是在那时建起来的，当时战争已陷入了僵局。

大多数情况下，战线的位置并不会随意改变，除非是过于泥泞污秽，让人无法忍受。军队偶尔也会根据敌我双方的进退，将战线来回移动几英尺，乃至一百码。与此同时，越来越多的人加入了巴别新城，这使得它变得更加完善，更有活力。

正如那位前任上尉所说：——这场世界大战训练出了史上最优秀的工兵、机械师和战士。如果把这些训练成果都浪费掉，那简直太可惜了。我们应该将这些人团结起来，在地底下建立一个更好的世界。——

汤米站在明亮的图书馆里环顾四周。他觉得自己真的可以在这里过完余生，和这些人一起，建立一个更美好的世界。

◆

连续三天晚上,作战双方都向对方战线派出了突击队。两方之间爆发了激烈的战斗,战场上所有的士兵们都在进行殊死搏斗。

这对巴别新城的搜索队来说,是个绝佳的机会。他们洗劫了伤亡人员身上有用的东西:书籍、食物、装备和衣物。他们动作迅速,搜刮彻底,无人区里留下了许多赤裸的躯体。回到地下城隐藏入口的一路上,将死之人的呻吟声一直跟随着他们。

汤米的肩伤几乎痊愈了,他放下从军队仓库里搜刮来的战利品,躺在干净的床上。这些天来,他从各处搜集来的东西越来越多——对于一个生活在地底下的人来说,足够多了。他胸前摊着一本《牛津英国诗选》。他觉得英语变得陌生起来,已经很久没有说过英语了。如今,他连思考,甚至做梦都用的是世界语。就该如此。对全人类来说,不同国家的语言是拖累和阻碍。他读了几首诗,合上书,思索。或许有一天,我们会带着怀念的心情,回首那段不同国家的语言将人们划分开来的日子。在他想象中,未来那些用世界语写下的田园诗里,会描述牧羊人和仙女用英语相对吟诗的画面,那感觉就像是听着希腊语、拉丁语之类已经失传的古老语言。他多么渴望那个新世界的到来,渴望让这一切都成为现实。

◆

地面上作战双方的战地电话线路里,竟然将近一整天没发出一点声音。他们还注意到,地面上双方的情报员都一直不停地来往于战壕、观察哨和总部之间。很显然,有事情要发生了。一名情报员在光天化日之下遭到伏击,这原本就是一项危险的任务,不过他的身上没有携带任何书面命令。抓住这名情报员的分队成员不赞成刑讯逼供，于是向上级报告称，他接受的一定是口头命令。或许这只是偶然，但看来双方都在策划发起进攻，打破僵局——而这是巴别新城的人们最乐于看到的事情了。

当然，战争进行到当前阶段，只要双方开炮齐射，基本就失去奇袭的效果了。于是地底下的人们默默等待着——不论结果是什么，无人区里必将尸横遍野，伤亡惨重，这也就意味着有大量战利品等待着他们去收获。

——太安静了。——走廊里有人说。

——他们从来不会这么久都不打电话。——另一个人附和。

◆

汤米穿过干净的走廊，不禁心生感叹，头顶上仅仅几英尺距离外是另一个肮脏丑陋的世界。这场战争竟然持续了三年之久。几英尺以下的这里，是一个干净整洁的世界，地面上的人们根本不敢奢望过上这样的生活。

这时，第一批齐射的炮弹落在他头顶的土地上。尘土从天花板上飘洒下来。有些地方的墙壁开始扭曲、晃动。

汤米这才意识到，自己就在无人区正下方。如果不是地面上那些士兵的瞄准差到了家，炮弹是绝不会落到这里的。他们本应瞄准对方阵营。

整座巴别新城在炮火的攻击下，摇晃和颤抖。当炮弹切断了某处电线时，所有的灯都灭了。

汤米点燃一根火柴，在走廊拐角处的壁龛里找到手电筒。他打开手电筒，朝图书馆的方向走去。

接着，是一阵不祥的寂静。炮火没过一会儿就停止了。谁会选择在一个错误的地点进行五分钟的炮火齐射呢？上面那些人都疯了吗？

他走进图书馆，用手电筒照了照四周。有的书从书架上掉了下来，但总的来说，这里没有受到什么损害。

他坐在桌前。走廊远端传来一阵噪音。一个浑身是血的人跑了进来，目光狂乱，不停地尖叫：——Tri rugo bendos! ——三道红杠！他在隐喻什么吗？三个马克思主义帮派？还是像夏洛克·福尔摩斯在"斑点带子"那一章里一样，只想表达字面上的意思？他到底想说什么？汤米刚想上前抓住他，他却冲出图书馆跑掉了，边跑仍旧边喊着。

汤米走进大厅，再爬到几层台阶上的观察哨，这里有两条连通外界的观察孔，一个朝东北方，另一个朝西南方。

他在东北方的观察孔里看到令人吃惊的景象。光天化日之下，德军士兵手握步枪，佩好刺刀，正在进军。他们边走、边在地面和四处堆砌的残骸上仔细翻找。每个士兵的左边袖子上都绑着一块白布，上面画有三道红杠。

汤米来到另一个观察口旁，心里还在琢磨为什么没看到英军对德军发起攻击。

随后看到的景象却让他体内的血液凝固了。在另一个方向，英法军士兵也在向无人区前进。他们右臂上都在一块白布上别了三根红布条。他看着看着，便发现有的士兵在路堤旁突然消失了。接着传来一阵枪声，一个左右衣袖上都没有红布条的人摇摇晃晃走了几步，倒在地上死掉了，那明显是个巴别新城的市民。枪声继续响，声音却越来越微弱。

突然，枪声再次响起，不过这次，是从他身下远处的走廊里传来的。

汤米连忙朝医务室跑去。

◆

原本木工房里有各色颜料,但和红色接近的颜色很少,因为它是战场上最忌讳的颜色。

汤米跑进医务室,发现前任上尉先他一步到了那里。他正把绷带撕成块,每块有脚掌那么长。

汤米走到药品柜旁,直接冲了上去。一柜子药瓶全掉下来,摔碎在地。

——他们终究还是这样做了!——上尉喊道,——他们决定联合在一起,除掉我们。——定是我们上周的搜索行动促使他们最终醒悟了。——

汤米拿起一块绷带,用红药水在上面迅速涂上三道红杠,递给上尉,又做了一个给自己。

——他们会先联合起来把我们解决掉,——上尉解释,——然后会再返回敌对状态。——

上尉给汤米戴上一顶英军头盔,再系上一条新模范军的网状腰带。——拿好步枪了没?很好,努力混进去。记住要讲英语。祝你好运。——话音刚落,他就冲出了门外。

汤米选择了和上尉相反的那条路,朝他印象中德军的方向跑去。

交火声越来越响。他知道,此刻的他可能会成为自己人的靶子。他转过走廊的交叉处,迎面走来一个德国兵。那人看到他,把枪管举向天花板。

"是英国人?(德语)"德国兵问。

"是的。"汤米也把枪管举向天花板。

"我后面还有不少战友,"汤米补充,"我们没遇到几个……几个地底下的家伙。"德国兵有些不解地看着他,然后望了望汤米刚刚走过的那条走廊深处。

另一个大厅里似乎传来更多德国兵接近的声音。他们先是举起手中的步枪，看到他胳膊上的三道红杠，又放下枪管。

汤米和他们一起朝走廊更深处走去，一路上，他惊叹于这里的结构之巧妙。一个巴别新城的市民从过道旁一个房间里冲了出来，立马被德国兵齐射击毙，场面刺激极了。

"好枪法。"汤米赞赏。

终于，他们听到前面传来讲英语的声音。

"是我的人。"汤米提醒同行的德国兵。他朝他们挥挥手，然后向声音传来的方向走。

一名英军上尉握着手枪，站在一群士兵前。地上躺着两具巴别新城市民的尸体。

——我们从洞穴里赶出的是什么鼠辈？——那名上尉用世界语问。

汤米保持面无表情。

"您说的是匈牙利语吗，长官？"他用英语问。很久没讲过英语了，他的舌头感觉有些生涩。

"你是哪支部队的？"上尉问。

"国王步枪一团，"汤米回答。"我和战友们分开了，刚刚和几个德国兵在一起。"

"有收获吗？"

"收获不大，大部分走廊是空的。他们应该是撤到其他地方去了，长官。"

"加入我的队伍吧，等到我们完成任务回去，你就可以归队了。你这布条用什么东西染的？碘酒吗？"

"我猜，是红药水，"汤米回答，"我们的物资不够，这是担架手想出的权宜之计。"他好不容易才想到该怎么用英语解释。

脑袋里不停往外蹦出的都是世界语，这可不妙。他必须多加小心，尤其在这名军官面前。

他们又搜查了几个房间和过道，仍旧一无所获。远处突然传来哨声。

"这是撤军的命令，"上尉说，"我们走。"

远处又传来一声更低沉的哨声，那是德军的撤军命令。合作突袭应该是结束了。

他们跟在上尉身后，来到通往地面无人区的木板门前。

上尉离开了片刻，和另外几名军官开了一次紧急会议。几分钟后，他又回来了。

"有新任务，"他说。一个士兵搬来几罐汽油，摆在一旁。

"我们准备烧掉第一层的两条走廊。你，你，你，"他第三个指的是汤米，"带上这些汽油，倒在走廊里。每个人都有火柴吧？很好。"

他们三个人又回到走廊，汤米感到手里的汽油罐格外沉重。他走到走廊拐角处，开始往遮泥板上倒汽油。

倒到最后，他专门留了一点，然后百无聊赖地晃动着手中的汽油罐。

我们要建立一个更美好的世界，一切还来得及。一定还有很多人，像他一样，抱着一定能够成功的信念，再次团结在一起，最终结束这场战乱。

战争结束后，我们会找到彼此，再次相聚，在旧世界的灰烬之上，建立一个充满仁爱的新世界。

示意点火的三声哨子响了。汤米点燃一根火柴，丢在洒满汽油的遮泥板上，看着点燃的汽油发出"嘶嘶"响声。

最后他把汽油罐也扔在火苗上，返回地面。阳光普照，一个新世界正在孕育之中，等待着诞生的一刻。

（梁涵　译）

大卫·韦伯

大卫·韦伯是《纽约时报》榜上常客，也是如今军事科幻领域最负盛名的作家之一——虽然他对其他题材也有广泛涉猎，从太空歌剧到史诗幻想无所不包。人们经常将他与"号角手霍雷肖"的创造者C.S.福里斯特相提并论。韦伯最广为人知的作品是畅销不衰的"光荣的哈林顿"系列，在这个系列中，他通过十一部长篇小说详细描绘了哈林顿的开拓故事。该系列也许是有史以来最受欢迎的军事科幻小说，它包括《蜥蜴站》《女皇的荣耀》《耻辱之地》《沦入敌手》《胜利余烬》及其他多部作品。关于哈林顿的短篇故事则收录于《韦伯的世界：哈林顿的女候补少尉及其他故事》一书中。此外，韦伯也授权了包括S.M.斯特灵、艾里克·菲林特、大卫·德雷克、简·林德斯科德、蒂莫西·萨恩在内的作者参与哈林顿世界的创造。韦伯的其他作品有史诗科幻"战争之神"系列，包括《刀剑誓约》《战争之神》和《风行者的誓言》；四卷本的"达哈克"系列；四卷本的"星火"系列（与史蒂夫·怀特合著）；四卷本的"人之帝国"系列（与约翰·林戈合著）；两卷本的"阿斯提之锋"系列（与艾里克·菲林特合著）。韦伯也出过一些独立设定的小说，如《复仇之路》《天启颂歌》《另一把圣剑》《老兵》《复仇之神的诞生》。韦伯最近的作品有三卷本的"保卫"系列，该系列始于2007年，第一部作品是《世界末日大决战的礁岩下》，后面两部是《异形来袭》和《暗影风暴》；此外还有两卷本的"多重宇宙"系列（与琳达·伊文斯合著）、"哈林顿"系列选集《女候补少尉》。大卫·韦伯目前居住在南加利福尼亚州的格林维尔。

在下面这篇结构精巧充满张力的作品中,韦伯为我们描绘了一个外星入侵者铁蹄下的地球,在敌人的进攻下,地球满目疮痍、血流漂杵,几乎走到了穷途末路;不过,还有一些不甘屈服的战士星散各处,他们仍在为人类而战——在反抗的征程中,他们发现自己还有一些意想不到的资源可供利用。

WARRIORS

冲破黑暗

I

舰队司令提凯尔的通讯器轻响起来。

他一直觉得这铃声乏味又……普通，不过此时此刻，当他从又一批堆积如山的无聊文件中抬起头来，一阵不言而喻的解脱感悄然涌上心头。提凯尔按下接受键，看见通讯器上旗舰指挥官的脸……和对方忧虑的表情时，解脱感立刻消失了。

"怎么了，阿兹默？"他没有浪费时间寒暄。

"阁下，恐怕我们的侦察舰刚刚报告了一个十分……令人困扰的发现。"旗舰指挥官阿兹默回答。

"唔？"阿兹默停了一下，提凯尔的耳朵好奇地竖了起来。

"阁下，他们发现了一些相当复杂的通讯信号。"

"通讯信号？"有那么一两秒钟，提凯尔完全没反应过来，然后他的瞳孔缩小了，毛发根根竖起，"有多复杂？"他的口气比刚才严厉多了。

"恐怕非常复杂，阁下。"阿兹默痛苦地说，"我们收到一些带宽相当可观的数字信号或类似信号。至少是三级活动，阁下。可能甚至有——"他的耳朵耷拉下去，"——二级。"

提凯尔的耳朵耷拉得比旗舰指挥官更厉害，他觉得自己的犬齿已经露了出来。他不该如此直白地流露出自己的情绪，不过阿兹默和他相识多年，对方现在想的显然和他一样。

经过8个标准主观年的冷冻休眠，两天前舰队重新进入态空间。以银河系其他地方的时间计算,这次飞行持续了约16年。主观时间和客观时间之间有差别,是因为在常态空间中,即便是超态文明最好的速度调节器也只能达到5至6倍光速。主力战舰和运输舰距离目标还有约一周常态空间航程,他们从无尽的黑暗中悄然出现,像是浑身油光水滑的巨型哈萨①,尖牙利爪藏而不露,但已准备好出击。可他派出了侦察舰先行一步,近距离观察目标,侦察舰的吨位小,在常态空间中速度更快。现在,他希望自己没下过这个命令。

别想了,提凯尔断然告诉自己,无论如何,早晚都得面对,都得决定该怎么办。至少现在,还有点时间思考对策!

提凯尔的大脑重新运转起来,他向后靠去,一边思考一边用长着六根指头的手捋自己的尾巴。

问题是这样的:此前调查组报告这颗星球的智慧种族只有6级文明水平,正是基于这份报告,联盟委员会才批准此次行动。提凯尔的单子上有另外两个星系,它们都被标识为5级文明,虽然其中一个的发展水平已接近4级。让委员会批准对那两个星系的行动计划费了不少劲儿。由于此次行动的目标多达三个星系,多方面的考虑与权衡已经让任务计划拖延了很久,一切都是为在委员会面前奋力争取松盖利人的行动计划——对这个星系的殖民差不多是后来临时加上去的。联盟任何一位成员都可能提出类似的行动计划,但他们绝不会同意征服一个三级文明,更别说二级!事实上,任何达到二级水平的文明都会被列入受保护状态,直到他们达到一级水平,获得加入联盟的资格;又或在此之前,他们自己把自己干掉了(事实上至少半数类似文明都有这个倾向)。

懦夫,提凯尔愤愤不平地想,挖泥巴的混蛋,吃种子的粗坯!

---

①Hasthar,作者杜撰的一种生物,应该是一种猛兽。

松盖利人是所有超态文明里唯一的肉食物种。联盟里约40%的种族是素食者，他们觉得松盖利人的饮食习惯既野蛮又恶心，甚至有点吓人。就连联盟里的大多数杂食者都觉得……和松盖利人待在一起不太舒服。

松盖利帝国进入太空时代时，联盟自己的宝贝宪法迫使他们接受了松盖利人，可他们从没对此高兴过。事实上，提凯尔读过一些学术专著，里面提出松盖利人的存在只不过是（那些作者的观点显而易见，他们觉得这很不幸）必然发生的无数小概率事件之一。他们觉得，要是松盖利人有点儿基本的廉耻，就该像其他残暴好斗的种族一样，一发现原子裂变就乖乖把自己炸回石器时代去。

对这些种族主义者来说不幸的是，松盖利人没有。不过委员会依然对松盖利人没什么好感，而且一再试图否决他们合法的天性。

不是只有我们在寻求殖民地。巴松人、克里普图人，还有利亚图人呢？他们倒是吃草，可他们的殖民星系有五十多个！

提凯尔强迫自己停下手上的动作，深深吸了口气。翻旧账解决不了眼前的问题，而且如果完全公正地说（他真的不想这么公正，尤其是谈到利亚图人时），六万两千个标准年来，利亚图人一直在走遍银河寻找更好的地方，松盖利人才开始了九百年，这也许可以部分解释二者殖民地数量的差距。

这样的局面很快就会改变。他冷酷地提醒自己。

早在提凯尔出发之前，帝国的殖民地就已多达十一个；哪怕联盟制订了许多荒谬的限制条款，松盖利议员仍坚决捍卫建立殖民地的权利。

没人能阻止任何种族在任何一颗没有原生智慧种族的星球上殖民。不幸的是，宇宙中没有那么多可供居住的星球，而且讨厌的是，宜居星球之间的距离一般都很遥远，哪怕对超态文明来说也够远的。更糟糕的是，相当一部分宜居星球上已有原住民了。根据联盟宪法，对这样的世界进行殖民需要得到委员会的批准，如果他们生活在一个更讲道理的宇宙中，这活儿也许会容易一点。

提凯尔十分清楚，联盟许多成员认为松盖利人"不正当的"好战天性（还有更"不正当的"荣誉准则）意味着他们会通过征服来扩张领土。而且，说实在的，他们想的没错。可真正的原因只有帝国自己的议会才知道：如果殖民地已有了一些基础设施，无论它们多简陋，都会大大加速、简化殖民地的开发。更重要的是……征服这样的星球会带来发展程度较低但可教育的大量人口，为帝国提供宝贵的劳动力。多亏了联盟宪法道貌岸然地一再强调成员国拥有内部自治权，这些劳动力才可以调用到帝国下辖的任何星球。

劳动力是支持战争的血肉，终有一天，帝国会向整个联盟宣告，面对所有屈辱的限制条款，我们打算做点儿什么。到那一天，帝国会需要这些劳动力。

可这些对他现在的麻烦都毫无帮助。

"你说，那可能是个二级文明，"提凯尔说，"为什么这么认为？"

"电转移活动频繁，有大量复杂信号，显然当地文明至少有三级，阁下。"提凯尔发现，阿兹默的情绪似乎没有好转，"事实上，初步分析显示他们已发展出了裂变能——甚至可能有聚变能。这颗行星上至少有了部分裂变能，不过数量很少。事实上，他们主要的发电方式似乎是燃烧碳氢化合物！真正达到了二级水平的文明为什么会干这么蠢的事儿？"

舰队司令皱起眉头，摊平耳朵。和旗舰指挥官一样，他也很难想象一个物种已经发展出了裂变能，为什么还会愚蠢地继续燃烧发电，白白浪费珍贵的碳氢化合物资源。阿兹默只是不愿意承认，哪怕是对他自己——因为如果这真是个二级文明，那么委员会永远不可能允许对这颗星球进行殖民。

"打扰了,阁下,"因为太过焦虑,阿兹默的胆子也变大了,"可我们现在怎么办?"

"我不能回答这个问题,旗舰指挥官,"提凯尔回答的语气比两人平常独处时正式了一点,"但我可以告诉你,我们暂时什么也不干:我们不会被这份报告吓倒,作出任何草率的结论或反应。我们花了八个主观年来到这里,又花了三个月唤醒全体人员。在我们全盘考虑对这颗星球的所有发现、彻底权衡所有可能的选择之前,我们不会轻易地把它从名单上画去,而转向下一个目标。明白?"

"是的,阁下!"

"很好。不过,与此同时,我们必须假设,可能会遇到一些远超过预期的侦察系统。考虑到这种情况,我希望舰队保持隐蔽状态。启动全面排放控制和软侦察模式,旗舰指挥官。"

"遵命,阁下。我会立刻传达命令。"

II

军士长史蒂芬·布切夫斯基爬出防雷车,伸展了一下身体,然后他拿起武器,对司机点点头。

"去找杯咖啡喝吧。应该用不了太久,不过你知道,我估测这样的事儿不太在行。"

"收到,头儿。"方向盘后面的下士大笑。他一踩油门,防雷车便朝营地另一头的食堂开去,布切夫斯基则朝陡峭的山脊上的沙袋掩体爬去,那里有一个哨所。

清晨的空气稀薄寒冷,不过调到这里将近两周,布切夫斯基已经习惯了。确切地说,他不是第一次来这儿。海军陆战队敢死连里有很多人觉得这里简直是宇宙的胳肢窝，不过自从布切夫斯基被一个看似老实的征兵官拐骗入伍后，十七年来见过很多比这还糟的东西。

"啊，你要去的那些地方——你会看见的那些事物！"征兵官曾热情地描述。从那以后，史蒂芬·布切夫斯基的确去了不少地方，长了不少见识。他在行动中负伤至少六次，三十五岁时，他的婚姻相当不愉快地终结了，主要原因是调动太频繁，每次出任务的时间又太长。现在他走路有点跛，康复师没法彻底矫正；如果右手开始痛，那雨雪一定快来了；短发下面左太阳穴上的伤疤在黑皮肤的映衬下清晰可见。有时他会幻想找到当初那个忽悠他在虚线上签字的征兵官痛揍一顿，不过每次续征他都痛快地签下自己的名字。

没准他会跟别人说我有什么人格缺陷。停下脚步回头去看后面狭窄的盘山小路时，布切夫斯基想。

第一次来到阳光灿烂的阿富汗时，他待在坎大哈附近的莱茵营。也就是在那一次，他的脚跛了。第二次，他被派到杭济附近，监视从坎大哈通往喀布尔的A01号高速公路。这里比坎大哈……无聊多了，不过他还是想方设法在屁股上挨了点儿火箭碎片，这让他的紫心勋章[①]绶带上添了一颗金星（同时也给那些所谓的朋友添了点儿残酷的笑料）。不过后来，波兰人接管了杭济，坎大哈事态再次告急，于是他和海军陆战队三师三团一营的战友们一起第三次来到阿富汗。他们在当地待了……至少一直待到了新的命令下达。帕克提卡省——波兰人从杭济转进到了那边，因为帕克提卡的情况紧张得多——局势也恶化了，布切夫斯基和敢死连受命赶赴当地支援陆军508伞兵团，同时陆军自己也在设法挤出人手去支援。

虽然上面一直在强调"合作"，但事情没向良好合作的方向发展。每个人都知道，作为临时派来的外人，敢死连（在收到命令

[①]美国军方的荣誉奖章，一般赠与对战事有贡献或参战负伤的人员。

前，他们原计划在三个月内撤回美国）根本没帮上忙。敢死连到达当地时，相应的后勤支援没能跟上，虽然许多设备可以通用，但他们还是给508团的后勤带来了额外的负担。不过，陆军很高兴看到他们到来，也竭尽全力地欢迎了这些"锅盖头"[①]。

帕克提卡省的面积和佛蒙特州差不多，有600英里边境与巴基斯坦接壤。在塔利班的支持下，鸦片生产大幅增长（原教旨主义者对鸦片贸易的激烈抨击令人惊异地销声匿迹了，因为他们需要钱来支持组织运转），加上巴基斯坦动荡的政局，B连的日子一点都不无聊。阿富汗当地军队的扫荡也在逐渐升级，不过他们力量不强，帮不上什么忙；即便如此，布切夫斯基还是觉得帕克提卡比2004年去伊拉克那趟强，也比上次去坎大哈强。

现在，透过山间稀薄的空气，他紧盯着下方盘桓的小道，二排的任务就是严密监视这里。要在这样的地方切断交通，任何高级玩意儿也没法取代人眼。比起他爹受命封锁胡志明小道那时候，现在这活儿也许轻松了点儿——至少他们能看到的距离远得多！——不过综合来看，也没轻松太多。而且，他可不记得老爹提到过那时候有疯狂的殉道者为了安拉的荣耀冲出来把人炸飞。

布切夫斯基摇摇头，连队回撤还有很多事情要准备。他转身朝掩体里的哨所走去，打算通知枪炮军士威尔逊准备撤退，陆军那边来接班的人将在48小时内到达；等二排回到基地，还有一大堆书面文件要处理，一大批设备要检查，每支部队转移都少不了这样的事儿。

不过，布切夫斯基觉得这次转移应该没人抱怨。

[①]对海军陆战队士兵的戏称。

III

"帝国之星"号的会议室里,提凯尔手下的飞行指挥官和地面指挥官齐聚一堂,此外还有基地指挥官谢瑞兹。虽然从技术上说,谢瑞兹的职位比地面指挥官泰瑞斯要低,但在这支远征军里,作为一位资深的基地指挥官,她直接对提凯尔负责。

侦察舰的发现已经传开了。除非见了鬼,不然根本不可能阻止流言传播!不过,比起登陆可能被取消来说,流言只是区区小事,不是吗?

"基地指挥官,对于侦察舰报告的数据,你有何想法?"提凯尔没有正式宣布会议开始就直入主题。大部分人似乎很惊讶司令竟如此罔顾礼仪,可作为第一个被提问的人,谢瑞兹却没有感到受宠若惊。对于问题本身,她并不意外——她能成为远征军的资深基地指挥官,正是因为她能专业地评估其他智慧种族。

"我仔细研究了侦察数据,包括轨道上的隐蔽侦察平台传回的那些,舰队司令,"她回答,"恐怕我的分析证实了旗舰指挥官阿兹默最初的担心。我可以明确地说,当地文明达到了2级水平。"

不管愿不愿意被点名提问,她都没有畏缩,提凯尔赞许地想。

"请进一步说明。"他说。

"遵命,阁下。"谢瑞兹轻触了一下个人电脑的虚拟面板,她在凝视直接显示在视网膜上的备忘录时眼睛有轻微的失焦。

"阁下,首先,该物种已发展出了核能。当然,他们的技术仍很原始,对核聚变的研究停留在初级实验阶段。不过,这是一个重要的信号,表明他们的综合技术水平远高于我们的预期,作为一个核能力如此有限的文明,这样的成就相当惊人。出于某些只有他们自己才知道的原因，这些人——当然，我采用这样的称呼并不严谨——选择了坚持使用碳氢化合物发电，而非核能。"

"太荒谬了！"飞行指挥官简因发表示反对。这位顽固的太空老兵是提凯尔手下的资深飞行指挥官，强硬得像是他指挥的无畏战舰上的主炮一样。提凯尔瞥向他时，简因发不以为然地皱起眉头，一只耳朵质疑地竖了起来。"抱歉，基地指挥官，"飞行指挥官几乎是在咆哮，"我不是质疑你的数据，只是无法相信这么蠢的物种最开始居然学会了用火！"

"以我们的经验来看，的确很特别，飞行指挥官，"谢瑞兹赞同地说，"根据主数据库里的数据，联盟其他任何一位成员也没有遇到过这样的情况。但该物种的确具备了2级文明的几乎全部特性。"

她举起一只手，拨开面板上的提示，继续说下去。

"他们建立了行星范围内的通讯系统。虽然在真正的太空开拓上几乎毫无建树，但他们有许多用于通讯和导航的卫星。他们的军用航空器能进行超音速飞行，并且广泛应用先进的——好吧，对尚未达到联盟水平的文明而言先进的——复合材料，而且我们还观察到，他们已经开始试制原始的定向能量武器。他们的技术能力在这颗星球上的分布并不平衡，但高科技的扩张十分迅速。如果在接下来的两到三代内，他们没有建立起实质上的全球联合政府——假设他们能活到那时候——我会感到非常惊讶。事实上，如果他们的技术水平以如此不可思议的速度继续发展下去，全球政府的出现甚至会比我预计还快！"

会议桌周围陷入一片黑洞般的沉默。提凯尔任由沉默持续了一小会儿，然后往后靠向椅背。

"我们现在的观察结果和最初的调查报告如此矛盾，你作何解释？"

"阁下，我无法解释，"谢瑞兹坦率地说，"我对那份原始报告进行了再三查验。毫无疑问，当时它的判断是准确的，可现在我们却发现了这些东西。该物种以某种方式跨越了畜力运输、风能和原始火器的阶段，发展到如今的地步，技术进步的速度是其他任何物种的三倍以上。请注意，我说'其他任何物种'，除了乌加图人。"

舰队司令看见会议室里不止一个人皱起了眉头。乌加图人从未达到过联盟的文明水平……因为在此之前他们就把自己的母星系变成了一个放射性垃圾场。事情发生时，委员会没有发表任何意见，不过暗地里都大大松了一口气，因为乌加图人的技术发展速度是银河平均水平的两倍。那么，这颗星球上的人……

"会不会是最开始的调查组违反了规程，阁下？"旗舰指挥官阿兹默困惑地问。提凯尔瞥了他一眼，旗舰指挥官的双耳都在抖动，"我只想知道，当时的调查人员是否有可能无意间与当地人发生了直接接触？由此意外地加速了他们的发展？"

"也许，但是不太可能，旗舰指挥官，"地面指挥官泰瑞斯说，"我的期望和你一样，对于这样疯狂的发展速度我也和你一样困扰，但我不得不说：不幸的是，最初的调查是由巴松尼人实施的。"

提凯尔手下军官的表情就像是闻到了什么味道很糟糕的东西一样。事实上，对任何食肉者来说，巴松尼人闻起来都很好吃，但那些胆小的素食者却是对松盖利人抨击得最猛烈的种族之一。而且尽管巴松尼人天性十分胆小，联盟的调查组里却有许多他们的人，因为他们狂热地支持委员会限制与低等种族接触的政策。

"恐怕我得赞同地面指挥官的意见。"谢瑞兹说。

"而且，就算真的有过接触，现在也不重要了，"提凯尔指出，"宪法不在乎某个物种的技术从哪儿来。重要的是它达到的文明等级，不管它是怎么达到的。"

"还有委员会做出什么反应。"飞行指挥官简因发酸溜溜地说，会议桌周围的人都赞同地动了动耳朵。

"恐怕简因发说的有道理，阁下，"泰瑞斯重重叹了口气，"计划里其他两个目标获得批准就够困难了，它们的文明程度比现在这个低得多。尽管如此，我仍期待达因沙①的猎犬锋芒依旧！"

赞同的耳朵此起彼伏，提凯尔也在其中。无论多么古怪，这颗星球已达到了现在的文明水平，委员会决不可能批准对它进行殖民。不过……

"我十分明白，我们的发现让此次任务的前景变得十分艰难，"提凯尔说，"不过从另一方面来看，我相信还有几点值得我们详细考虑。"

大多数人看他的眼神满是惊讶，但泰瑞斯的尾巴反卷到椅背上，耳朵也因思考而放平了。

"首先，我阅读基地指挥官谢瑞兹的初步报告时注意到一点，对一个文明等级如此高的物种来说，他们不光核电站非常少，核武器也少得可怜。这颗星球上似乎只有一些主要的政治力量拥有核武器，而且与他们拥有的非核武器相比，数量也十分有限。当然，他们是杂食物种，不过武器也实在太少了，甚至比许多同等水平的素食物种还少。考虑到该星球上许多地区军事活动相当频繁，这一点尤其引人注目。特别是，一些较发达的国家正在对技术水平远不如自己的敌人采取军事行动，虽然这些发达——当然，我是说相对发达——国家有核武器而他们的对手没有，根本无法有效还击，但他们还是选择了不使用核武器。他们还至少拥有制造生物武器的部分能力，但我们也没发现任何使用生物武器的迹象。事实上，我们连毒气或神经毒素都没发现！"

---

①作者虚构的词语，应为松盖利人信仰的主神。

他坐直身子，然后再次前倾靠向桌子，把交叉的双手放在会议桌上。

"从某些方面来说，这是一个非常怪异的物种，"他低声说，"他们没有采用手里最有效的武器，这说明他们几乎和联盟里的许多素食物种一样缺乏……军事上的实用主义。在这种情况下，最后我发现，他们也许是很合适的……奴役对象。"

会议室里一片寂静，听众们逐渐开始反应过来司令到底是什么意思，泰瑞斯抢先一步已经猜到了。

"我知道，"舰队司令继续说，"继续行动不符合委员会授权的精神。但经过仔细的阅读，我发现授权中并未特别注明当地文明达到的等级。换句话说，授权书的'文本'并不会妨碍我们继续行动。当然，事后巴松尼或利亚图之流肯定会对我们发出正式的抗议，不过考虑一下我们能得到的好处。"

"阁下，好处？"阿兹默问道，提凯尔的眼睛亮了起来。

"啊，是的，旗舰指挥官。"他柔声说，"也许这个物种很多方面都很奇怪，而且他们显然并不理解真正的战争，不过有一点同样显而易见：他们有某些特质支持着如此不可思议的发展速度。我意识到，他们真正的潜力需要一个比我们预期的更加……有力的第一推动才能完全激发。虽然在登陆前我们总会做很充分的准备，但每次行动的伤亡总高于预期，不过幸运的是，这次我们有足够的冗余量来对付这颗星球，哪怕他们如此怪异。这得感谢计划里原本还有的后面两个目标——塞克和约矛。我们的军事力量足以征服任何行星级文明，就算它达到了2级；而且说实话，我觉得征服这个星系非常值得，哪怕这意味着我们必须放弃后面的一个——甚至可能是两个——目标。"

有一两个人看起来似乎想表示反对，但他放平了耳朵，声音更柔和了。

"我知道这个计划听起来是什么感觉,不过想想看吧。如果我们能将这些人——这些'人类'——整合进我们的劳动力体系,让他们为我们做研究工作;如果能利用他们的特质撬动我们的科技发展,将我们的科技悄无声息地推进到远超联盟其他成员的水平,你们觉得这会对帝国的计划和时间表产生什么影响?"

会议室里仍然一片死寂,但现在的沉默和刚才完全不同了,他轻笑起来。

"联盟初次接触他们是三个世纪前的事了——以他们的时间来算是五百多年。按照联盟惯常的时间表,下一个非松盖利的观察组会在至少两个世纪——几乎四百个本地年——以后才会再次来到这个星系……而且是从我们发回成功殖民报告的那一刻算起。如果我们拖个几十年再报告,也许拖上一百年左右也没关系,毕竟我们原定的殖民目标有整整三个星系。"他不屑地哼了一声,"事实上,那些素食者没准会挺高兴的,他们会觉得我们碰到了预料之外的困难!不过,如果我们把这段时间用来征服'人类',然后以联盟的标准培养他们的年轻人,那么在观察组到达之前,谁知道他们的科研水平能达到怎样的高度?"

"这样的前景真是激动人心,阁下,"泰瑞斯慢慢说,"不过我担心这样的前景完全建立在投机的基础上,不加实践根本无法验证。如果前景不如设想的那么美妙,那么,如您所言,我们违背了委员会授权的精神,却几乎一无所得。就我个人而言,我相信您的判断,也认为我们的确应该验证这个计划的可能性;但若是结果不如我们期待的那么美满,帝国不就会面临被联盟其他成员攻讦的危险吗?"

"说得有理,"提凯尔赞同,"但首先,帝国可以——诚实地——坚称这个决定是我个人下达的,而不是帝国,帝国从未授权过这种事。我相信,联盟法院肯定更愿意惩罚我个人,而不是跟整个帝国作对。当然，作为我手下的军官，你们中有几位可能也会受牵连，但从另一方面来说，我相信这个险值得冒，最终会为我们的宗族带来荣耀。

"事情未必会这样发展。和我们一样，委员会也想不到这里竟有一个三级甚至二级文明。如果一个当地世纪以后，这些'人类'没搞出什么像样的东西，最简单的解决方案就是消灭他们，破坏城市和各种设施，掩盖我们到来之前他们真实的技术水平。我们一直密切关注并严格限制生物武器的使用，但如果产生某种突变进而引发全球范围内的致命瘟疫，这当然十分不幸，但我们每个人都知道，"他微笑起来，露出犬齿，"意外有时候就是会发生。"

◆

IV

不幸的是，国际上对战俘待遇的规定不适用于约束各国如何对待自己人，在C-17环球空中霸王斯巴达号的机舱里，史蒂芬•布切夫斯基——又一次——发现自己根本没法在军用"座位"上坐得舒服一点。他愤愤不平地想：如果他是个圣战主义者，在这里关上一个小时估计就会连肠子都给吐出来！

事实上，布切夫斯基身高六呎四吋，外貌更像粗鲁的养路工而不是篮球运动员，他早已料到这副体格会遇到不少麻烦。商业头等舱的座位根本不是为他这样体型的人设计的，而美军会派一架有商业头等舱的飞机（那是E-9级才能享受的）来接人的可能性和布切夫斯基被提名为总统候选人差不多，没准概率还更小。而且说实话，比起难受的座椅，他更讨厌机舱里没有窗户。整整几个小时被锁在轰鸣着飞行的金属管子里，这感觉不是密闭，简直就是围困。

WARRIORS

好吧，史蒂芬，他告诉自己，如果你这么不高兴的话，大可以叫飞行员把你扔下去，然后一路游回去！

他被自己逗笑了，看了看表。坎大哈距意大利阿维亚诺大约有三千英里，比C-17常规的飞行距离远几百英里。幸运的是——这么说也许不大确切——他搭的这架飞机几乎是空的，这在返程航班中十分罕见。空军迫切需要这只大鸟回去执行任务，所以希望它尽快赶回家去，于是这趟航班额外加了燃料，装的货物只有三四十个人，所以它可以不用加油从坎大哈直飞阿维亚诺。这还意味着如果不碰上什么倒霉的风，飞行时间也许只要六个小时。

要是能跟队里其他人一起走就更好了，可他得留下来处理最后几份设备回运的文件，"快乐的小家务"耽搁了时间。不过从另一方面说，虽然这辆空中马车的铺位远称不上豪华，但还是得感谢它的偶然出现，大幅缩短了他的回家时间。而且从军多年，他早学会了随时随地睡觉。

就算是这儿，他扭动身子，说服自己这样好像舒服了一点点，然后闭上眼睛，就算是这儿也行。

◆

飞机猛地向右急转，布切夫斯基一下子惊醒了；接着弯转得更急了，他从难受的座位里噌地弹了起来。巨型运输机的引擎轰鸣声比原来响得多，这意味着飞行员开足了全部马力，所有的本能都在告诉他，无论正在发生的是什么事，绝不是好事。

没过多久他就知道到底出了什么事了。事实上——"所有人，注意！"飞机内部通话系统里传出紧张刺耳的声音，"我们遇到一点问题，现在我们正飞离阿维亚诺，因为阿维亚诺已经不在了。"

布切夫斯基的眼睛瞪大了。不管通话器那头是谁，他一定是在开玩笑,他想。很快他回过神来,那声音里充满了震惊——与恐惧。

"我不知道出了他妈的什么事儿,"飞行员继续说,"远程通讯已失效,但民用频道传来信息,这个该死的地方放射出低剂量核辐射。根据我们了解的情况,某个势力把整个地中海范围内意大利、奥地利、西班牙及其他地方的北约基地踹得屁滚尿流,而且——"

声音停顿了一下,布切夫斯基听见那边清喉咙的刺耳声响。然后——

"而且我们收到一个未经验证的消息,华盛顿消失了,兄弟们。他妈的消失了。"

布切夫斯基感到自己的肚子似乎被狠踢了一下。不会是华盛顿,华盛顿不能消失。崔茜和女儿——

"我他妈的完全不知道是谁干的,又是为什么,"飞行员说,"但我们需要尽快找个地方着陆。现在我们的位置是黑山波德戈里察北偏西北约80英里,所以我正朝内陆转向。我们最好一起祈祷我能找到个地方让这只鸟儿完整地降落到地面上……也祈祷地上的人最好不要觉得我们和这件混账事儿有什么关系!"

◆

V

提凯尔站在帝国之星号的舰桥上,审视着下面那颗星球的巨大图像。闪烁的符号标示出动能轰炸刚刚抹掉的城市和主要军事基地。真多啊——比他预计的还多——他将双手背到身后,十指紧扣,专注地享受此刻的心满意足。

你确实应该满足,提凯尔。短短两天拿下一个2级文明,简直创下了银河纪录!

一个小小的声音提醒他,那是因为这直接违背联邦宪法。

他试图控制住自己不屑的表情,这可不容易。当他灵光一闪想出这个主意时,并没有真正意识到那些"人类"在这颗"地球"上的分布是如此广泛而密集。现在他很想知道,当时没留给自己足够的考虑时间,是不是因为他心知肚明,一旦真正意识到这点,他也许会改变主意。

啊,别想了!所以这颗该死的星球上的人比你想象的多,你杀了——多少?20亿,那又怎样?留下来的更多——他们繁殖的速度简直跟该死的加苏①一样!而且你告诉过阿兹默和所有人,如果进展不如意,你打算把他们统统屠戮一空。所以现在为一点微不足道的额外损伤而烦恼毫无意义,不是吗?

当然没意义。事实上,他承认自己最大的顾虑是那些人类建造了多少大型工程项目。毋庸置疑,有必要的话他会毫不手软地消灭这个物种,但现在,他开始怀疑到底能不能彻底抹去人类文明曾达到的水平的物质证据。

好吧,我们得尽量保证别走到那步,不是吗?

"转告地面指挥官泰瑞斯,"他低声对旗舰指挥官阿兹默说,眼睛没有离开闪烁的符号,"我希望地面行动越快越好。确保提供他们需要的全部火力支持。"

◆

史蒂芬·布切夫斯基站在路边,想知道——又一次想知道——他们是在什么鬼地方。

---

①Garshu,应为作者杜撰的某种动物。

飞行员没有找到欢迎他们的机场。他已经尽力了，但是燃料耗尽，通讯中断，GPS失效，整个欧洲大陆千吨级的爆炸星星点点，他的选择实在有限。最后他勉强找到一条够长的双车道公路，靠着最后几加仑燃料让飞机安然落地。

C-17设计时考虑到了在崎岖地面上着陆的情况，不过设计师显然没考虑过这么糟糕的地面。尽管如此，要不是路上横着一条空中看不见的涵洞，着陆几乎也称得上成功。140吨重的飞机把涵洞压塌了，仅有的两套主传动装置也光荣牺牲。更糟的是，两套传动装置是同时失效的，于是飞机彻底失去了控制。飞机在崎岖的谷地里横冲直撞，终于歪歪斜斜地停下来，机身前半部撞得粉碎，只留下无数残骸。

飞行员全部牺牲，乘员死亡六人——包括机上仅有的两位军官。于是按照指挥序列，布切夫斯基成了现在这个小队的头儿。两名乘员受重伤，布切夫斯基把他们从残骸里弄出来，拖到他竭尽全力搞出来的临时避难所里，可是这里没有医生，连能凑合的都没有。

他们也没什么可用的装备。布切夫斯基自己有武器，其他六个人也有，但仅止于此了，而且每个人的弹药都不多。这很正常，他心想，因为压根就不该携带弹药上飞机。幸运的是（至少在这种情况下），军人从战区返回时，多少都会带点儿子弹。

而且多少会带点儿急救物资——足够清理三个人胳膊上的伤口，或至少是象征性地给重伤员包扎了一下。不过仅止于此了，他非常、非常希望至少能跟比自己的指挥序列高的人说说话。不幸的是，他上面没人。

这事儿，他刻薄地想，至少能让我忙得没空想别的。

这事儿也让他除了华盛顿多了点儿别的可担心的东西。前妻决定把沙妮娅和伊冯娜都带走时，他跟她吵过，不过那只是因为华盛顿犯罪率居高不下，生活费用也很昂贵。他从来，从来没有想过——

他再次甩开这样的想法，几乎满怀欣喜地重新考虑起眼下一团糟的局面。

枪炮军士卡尔文·迈耶斯是小队里指挥序列仅次于他的人，所以他成了布切夫斯基的副手……陆军资深中士弗朗西斯科·拉米雷斯显然对此很不高兴，不过就算拉米雷斯不愿让海军陆战队的人主持局面，他也没太表现出来。也许是因为他发现布切夫斯基的活儿突然变得多么棘手。

他们还有少量食物，这得多谢飞机上的水上生存包；但他们完全不知道自己的确切位置，也没人会说塞尔维亚语（先假设他们是在塞尔维亚吧），没有地图，跟组织彻底失去联系，而他们听到的最后一个消息是，似乎整个地球陷入了无意识的疯狂。

要不然的话，现在的状况完全是小意思，他自嘲，当然——

"我想你最好听听这个，头儿。"有人叫他，布切夫斯基转过头去。

"听什么，枪炮军士[①]？"

"电台里播的真有点怪，头儿。"

布切夫斯基的眼睛眯了起来。上飞机之前他从没真正和迈耶斯打过交道，不过这个来自阿巴拉契亚煤矿区的汉子个子不高，体格敦实，语速很慢，看起来十分镇定可靠。但是此时此刻，迈耶斯脸色苍白，举着应急电台的手微微颤抖，电台是他们从飞机残骸里找回来的。

迈耶斯调高音量，布切夫斯基的眼睛眯得更厉害了。电台里的声音听起来……非常机械，像是人工合成，没有任何情感和声调起

[①]枪炮军士是美国海军陆战队中特有的军衔，通常对枪械使用比较精通。

伏。

这是他遭遇的第一个打击。而当布切夫斯基终于听明白电台里说的是什么，他猛地后退半步，像是被重重砸了一拳。

"——是松盖利帝国舰队司令提凯尔，我正在对你们星球的所有频段发送信息。在我们面前，你们的世界毫无还手之力。我们的动能武器摧毁了你们星球上主要国家的首都、军事基地和战舰。有需要的话，我们能够，并且即将对任何地方继续实施动能打击。你们将臣服于我，成为帝国治下驯服而高效的仆从，否则会被毁灭，正如你们的政府和军事力量已被毁灭了一样。"

布切夫斯基紧盯着电台，他的家人所在的地方突然裂开大口，变成了一个深不见底的黑洞，想到这个，他的思绪颤抖着缩回来。崔茜……虽然离了婚，她仍是他不可分割的一部分。还有沙妮娅……伊冯娜……沙妮娅才六岁，看在上帝的分上！伊冯娜更小。这不可能。这不可能是真的。不可能！

机械的英语停止了，然后是一阵听起来像汉语的声音，接下来换成西班牙语。

"说的和英语一样。"拉米雷斯中士干巴巴地说。布切夫斯基颤抖起来，他紧紧闭上眼睛，忍住不愿——也不能——流下的泪水。那个可怕的黑洞出现在他脑海中，想将他吞噬，他的一部分意志觉得这个世界无可留恋，情愿被它吞没。但他不能这样。他有责任。肩上的担子。

"你相信这堆鬼话吗，头儿？"迈耶斯嗓子嘶哑。

"我不知道。"布切夫斯基坦承，声音听起来十分粗哑。他艰难地清清喉咙，"我不知道，"他试图让自己的语调听起来正常一些，"或者说，至少，我知道自己不愿意相信，枪炮军士。"

"我也一样。"另一个声音说。这是个女高音，它来自米歇尔·杜鲁门上士，空军幸存的士官之一。布切夫斯基感激地朝她扬起一条眉毛,她的声音让他从撕心裂肺的痛苦中稍微解脱出来,红发上士报以苦笑。

"我不愿相信,"她说,"但是想一想吧,我们已经知道有人把整个地球搞得一团糟,谁他妈有那么多核弹?"她摇摇头,"我不是动能武器专家,不过我读过点儿科幻小说,来自轨道的动能打击看上去跟核打击差不多。所以,是的,那个杂种说的很可能是真的,幸存者确实会说他们受到的是核攻击。"

"哦,混账。"迈耶斯嘀咕一声,回头看向布切夫斯基。他一句话也没说,但他不用说什么,布切夫斯基深深吸了口气。

"我不知道,枪炮军士,"他再次说,"我真的不知道。"

◆

第二天早上,他还是什么都不知道——很大程度上是自欺欺人——但他们不能待在这儿什么都不干。C-17压毁的公路沿线没有任何标志。不过公路总会通向某个地方,只要他们沿着公路走得够远,总会走到"某个地方"——希望是在食物吃光之前。两个重伤员在夜里断了气,需要他下的决定又少了一些,虽然这很残忍。

他试图对此感到高兴,但他内疚地发现,这样的高兴并不诚实。

算了吧史蒂芬,你高兴的不是他们死了,他冷酷地告诉自己,而是他们不会再拖后腿了。这不一样。

他知道自己想的没错……但情绪并未因此好转。他把妻女的脸庞放进一个小金属盒子里锁起来,深藏在心底,好腾出精力来应付眼下的职责,但这也没让他的情绪好一点。他知道,有朝一日,他还是不得不打开那个盒子,承受应有的痛苦,面对失去的一切。但不是现在。还不是时候。现在他告诉自己:所有人都指望着我,我必须把个人的痛苦放到一边,处理他们的需求;他很想知道,这是不是意味着他是个懦夫。

"出发准备完毕,头儿。"迈耶斯的声音在背后响起,他回过头。

"很好,"布切夫斯基大声说,试图让自己看起来很自信,虽然实际上他一点信心都没有,"那么,我觉得该上路了。"

真他妈希望我知道我们是在朝哪儿走,知道一点儿都行。

◆

VI

伊尔库排长站在地面效应车打开的顶舱里,装甲排正沿山间漫长开阔的公路疾行。每隔一段路,就有一座桥梁横跨过主干道,当装甲排进入城镇(或者说,曾经是城镇的地区)后,桥梁的出现更为频繁;纵队通过桥梁时不得不收缩间距,不过总的来说,伊尔库心情很好。坦克下面装着反重力垫,路况如何根本无关紧要,不过要是路面不平,高速下士兵可能晕车。他仔细研读过最初那份调查报告,曾经杞人忧天地担心要在荒原上开展行动,那样的话,"道路"的情况大概只比兽径略好。

眼下的情况比预计的好,伊尔库松了口气,不过他也承认(非常私人地),这些"人类"的基础设施……很令人不安。路太多了,尤其是在某些国家曾经的领土上,比如说现在这个"美国"。而且,虽然建筑物看起来都很原始,但大部分经过良好的规划。人类修了这么多建筑,而且都能很好地满足他们目前技术水平下的需求,这事儿也让他觉得不那么舒服。此外——

坦克刚刚开过一道桥梁,一颗来自M-136轻型反装甲火箭炮的炮弹以每秒360英尺的速度击中了装甲车炮塔,伊尔库排长的思绪一下子被打断了。灼热的弹头引发超高速的气体爆炸,像锋利的匕首一样刺破地效车的光盾,轻而易举地从内部将坦克炸得四分五裂。

10枚火箭同时飞向被路障切断的81号洲际公路,其8枚击中了目标,雷鸣般的爆炸此起彼伏。每枚炸弹摧毁一辆地效车,发射火箭弹的人着重打击的是纵队首尾的车辆。虽然有反重力垫,但剩下的四辆坦克还是被正在爆炸燃烧的残骸暂时困住了。在它们脱困之前,又有四枚火箭弹"嘶嘶"飞了过来。

在最后一辆松盖利坦克爆炸之前,伏击者已重新消失在街道深处。他们是田纳西州国民警卫队临时募集的小队,全是上过伊拉克或阿富汗战场的老兵。

◆

科尔沙连长的运输队在浓重的烟尘中"隆隆"行进,他很庆幸自己这辆地效司令车是全封闭的。要是他被派去的地方是那块叫"美国"的大陆就好了!或者去现在这块大陆的西边也好啊!

要是车上全装了反重力垫,情况就不会这么糟糕了,他看着那些轮式车穿过令人窒息的烟尘,这么告诉自己。可是地效车十分昂贵,反重力发生器会占用宝贵的舰上空间,哪怕运兵舰也装不了多少。虽然帝国的轮式车辆在野地上也有优秀的机动能力,但有条路毕竟能提高不少效率,哪怕是眼前这条可怜巴巴的所谓的"公路"也行。

至少情况还不算太糟,视野内一马平川,科尔沙提醒自己。他不喜欢那些落单的分遣队遭到伏击的流言。根本不可能,"人类"早就彻底被打趴下了。就算真有那样的事儿,也没用。实施伏击的人肯定会被干掉。

不过,如果流言说的是真的,报复行动似乎并不顺利。的确有一些袭击者被定位消灭，本来以联盟的技术水平而言，所有袭击者早就该被一扫而空，但事实上却没有。好在这片无边无际的平原上没有供伏击者藏身的山坡或林地，而且——

◆

透过望远镜，乌克兰军的彼得·斯蒂芬诺维奇·乌沙科夫上尉看见整支外星车队和随行的坦克消失在一道长达两公里的火浪之中，他对此很满意，毫无怜悯之心。"路边炸弹"在伊拉克让美国人吃过不少苦头，埋在地里的120毫米炮弹就是我的路边炸弹，看来十分成功，他冷酷地想。

现在，他想到，该看看那些黄鼠狼到底会作何反应了。

他十分清楚逗留在这片区域里非常危险，但他需要了解外星人的军事能力和作战方式，唯一的办法就是留下来观察。他自信头顶的土层厚度足够遮蔽掉所有热信号，他没携带武器，身上穿戴也不含金属，磁探测器不起作用。所以，除非那些家伙有某种更高级的雷达，否则他不太可能被发现。

就算被发现了又怎样，他的所有家人已在基辅遭受动能打击时灰飞烟灭。

◆

尼古拉·巴塞斯库上校坐在T-72M1的指挥舱里静静等待，他脑子里怪异而空洞的寂静"嗡嗡"作响。

这辆坦克的前身——俄罗斯T-72A坦克的出口型号——诞生于1970年，比巴塞斯库还大四岁。不幸的是，很快就出现了更现代化、杀伤力更强的坦克。T-72M1当然比罗马尼亚军队以更为经典的T-55为蓝本自己生产的TR-85s强得多,不过还是没法跟俄国的T-80s、T-90s,美国的M1A2相提并论。

更没法跟跨越星空而来的外星人比,巴塞斯库想。

不幸的是,他手上只有T-72M1。好不容易凑起7辆坦克,又能怎么样?

别想了,他断然告诉自己,你是罗马尼亚的军官。你当然知道自己能怎么样。

透过面前用斧子劈开的缝隙,他向外看去。沿着宽达百米的穆列什河两岸,他的坦克尽可能小心地隐蔽在临河厂房里。河上横着一座双跨悬臂桥,E-81号高速公路的两条车道跨河而过,东侧是一座铁路桥,东北两公里外就是阿尔巴县首府阿尔巴尤利亚。那座拥有八万人口的城市——1599年,勇敢者米哈伊正是在这里一统三个公国,建立了罗马尼亚——如今十室九空,巴塞斯库不愿意去想那些逃走的人如果用光了途中想方设法搞来的补给,到底会干出什么事。他并不想责备逃跑的人。他们的城市离布加勒斯特[1]还不到270公里,确切地说,是西北面那个四天半以前还叫做布加勒斯特的地方。

他希望自己有胆量打开电台,但外星司令在广播里说,任何无线通讯都是不明智的。幸运的是,至少部分有线通讯设备还能用。他很怀疑这些设备能维持多久,不过至少它们坚持到让他知道外星人正沿着高速公路朝他……朝阿尔巴县前进。

◆

巴米特连长狠狠砸了导航仪一下,可它又"叽叽喳喳"响了起来,他心里默默诅咒着,又使劲戳了一下控制面板。

---

[1] 罗马尼亚首都。

虽然基地指挥官谢瑞兹的战前分析确认前面这座城市是一个次级行政中心，不过在巴米特参与进来之前，这个目标完全不值得派出整整两个步兵连。它离这个国家曾经的首都很近，上面觉得这很可能是当地武装力量的总部，因此十分重要。巴米特个人很怀疑他们的判断。离大城市——"布加勒斯特"，似乎是这么古怪的叫法——这么近的行政中心更可能被淹没在首都的阴影下，不太可能是重要的次级枢纽。

地面指挥官泰瑞斯不来问问我的意见真是太遗憾了，他一边继续戳着该死的导航仪，一边冷冰冰地想。

当记忆中的图像终于出现在屏幕上并稳定下来，他皱皱眉头，弹弹耳朵，开始键入命令。

"好吧，"他说，"又一条河，目标就在河那边。我们会以标准行军纵列通过桥梁。不过保险起见。红队，向左展开；白队，向右展开。"

收到确认后，他重新将仪器从导航模式切回战术模式。

◆

随着外星车队进入视线，巴塞斯库上校微微颤抖起来。他紧盯着望远镜，车队越来越近，越来越清晰。看起来实在太不起眼了，他身体里有一部分几乎感到失望。如此……寻常。

大多数车辆有轮子，四四方方，让他想到装甲运兵车。这样的车有大约三十辆，另五辆长得不一样的，显然是护卫车。

他开始观察护卫车，当他发现这些车有多不寻常时，立刻浑身僵硬。护卫车是黑色的，在地面上空一两米处悬浮盘旋，看起来很灵活，四四方方的炮塔上有细长的炮筒。

看似装甲运兵车的车辆开始排成两行纵队，看似坦克的护卫车警惕地监视周围,车队速度慢了下来。巴塞斯库放下望远镜,抓起野战电话话筒。坦克一进入隐蔽位置,他立刻架设了电话线。

"米哈伊,"他告诉二队指挥官,"我们负责坦克。拉杜,我希望你和马修斯集中攻击运输车。在米哈伊和我动手之前先别开火——我们一动手,你们就想办法把他们堵在桥上。"

◆

轮式车辆排成纵队,地效车开向河面掩护侧翼,巴米特的耳朵满意地放松下来。从公路降落到河面上时有种"胃里一空"的感觉,不过真正到了水面上,感觉就跟玻璃一样光滑流畅。巴米特领着白队另外两辆地效车在河心的小岛间穿梭,放慢速度和大部队保持步调一致。

◆

也许他们有魔法坦克,但作战方式委实不怎么样,对吧?巴塞斯库脑子里某个角落这样想。他们没派侦察兵过河,也没在河岸上留下掩护后路的坦克。他对这可没什么怨言。

炮手追踪着选定的目标,坦克炮塔缓缓向右滑动。此刻巴塞斯库注意的却是那些有轮子的车。整座桥的长度不到150米,可能的话,他希望等到所有车子都上桥。

◆

地效车登上对面河岸时,巴米特连长叹了口气。离开河床的感觉比下来还要难受,看着运输队通过桥梁,他故意放慢速度,让行云流水的感觉多停留一会儿。

"人类"多好啊，给我们造了这么好的高速公路，他回想这片地区郁郁葱葱的群山，不然就太痛苦了——

◆

"开火！"尼古拉·巴塞斯库高喊，重达19千克的3BK29热弹头打断了巴米特连长的沉思，在两公里的射程内，这种弹头能穿透300毫米的装甲。

坦克被后坐力震得抖了一下，巴塞斯库兴奋起来，在120毫米的2A46主炮的猛轰之下，掩体外墙消失了，对面的目标也爆炸了。经过第一轮攻击，五辆护卫坦克被干掉了四辆，着火的坦克坠进河里，白色的烟雾和半可燃的弹壳残片笼罩了视野。自动装弹器已在准备下一轮攻击，将分开的炮弹和弹夹装入炮筒，无须他再下什么命令，手下的指挥官已经开始追寻下一个目标。

幸存下来的外星坦克转了个急弯，炮塔疯狂地转动，它开火时，巴塞斯库不由自主地缩了一下。

他不认识对方用的武器，但这和他以前见过的所有大炮都不一样。"炮"管里射出一道亮得像是固态的强光，3号坦克所在的建筑便爆炸了。就在外星坦克开火的那一刻，"砰"的一声，两枚120毫米炮弹几乎同时击中了它。

这辆坦克死得和它的战友一样壮丽，与此同时，拉杜和马修斯也没闲着。他们的任务完成得完美至极，运输队刚刚全部开到桥上，一头一尾就被钉死了。剩下的运输车像群鸭子一样被困住了，动弹不得，除开牺牲的3号，其他坦克从容不迫地开始对桥上的纵列开火。

外星人试着从车上逃下来，至少有一部分人作了这样的努力，但他们离远端河岸的距离还不到300米，7.62毫米的共轴机枪和炮塔上

12.7毫米的坦克机枪正等着他们。距离这么近，完全是一面倒的屠杀。

◆

"停火！"巴塞斯库高喊，"撤退！"

下面的士兵几乎立刻就作出了反应，T-72s坦克退出隐蔽点，以60公里每小时的速度在高速公路上疾驰，强有力的V-12发动机"轰隆隆"喷出滚滚黑烟。外星人使用过"动能武器"，因此老待在一个地方显然不是什么好主意，战斗开始之前巴塞斯库就挑好了下一个战场，从这儿开过去大概要15分钟，然后再花上15到20分钟，坦克就能重新进入隐蔽位置。

◆

17分钟后，万里无云的天空中闪过一道灼目的光芒，尼古拉·巴塞斯库的坦克小队和半个阿尔巴尤利亚城一起灰飞烟灭。强烈的爆炸让喀尔巴阡山也颤抖起来。

◆

VII

山脊另一边远远传来让人牙齿打颤的震动，越来越响，史蒂芬·布切夫斯基觉得自己的身体似乎也跟着颤抖起来。他弄到一把AKM来换掉原来的M-16，不怎么称手，不过确实是把好枪；AK-47的血统给了它无与伦比的可靠性，弹药也很容易搞到……而在这样的时刻，它能带来无法用语言形容的安全感。

他留意着外星无人侦察机的"声音",脑子里某个角落悄悄回忆起三周来的经历。

C-17驾驶员朝东边飞得比他料想的要远。最开始一两天,他们并不知道自己是在罗马尼亚而非塞尔维亚境内——直到偶然在公路上发现一些罗马尼亚士兵的尸体,大概有好几个排。制服和标志表明了他们的国籍,大多数人似乎死于普通枪伤,但公路上也有几个奇怪的弹坑,坑里凝结着玻璃状物体,显然是重武器打出来的。

罗马尼亚人的不幸却给举步维艰的布切夫斯基带来了意料之外的好运:他们留下不少轻武器,还有一些手榴弹、单兵反装甲武器和肩扛式地空导弹——SA-14"小鬼"的衍生型号——多得他们没法全拿走,甚至还有水壶和口粮。布切夫斯基对M-16恋恋不舍,不过罗马尼亚虽然加入了北约,但他们主要的装备还是源自苏联。在这儿要找5.56毫米的子弹不容易,可7.62毫米的到处都是。

以上是好消息。坏消息则是,在外星人野蛮的轰炸之后,大多数人显然都从城镇里撤离了。他们发现了几个稍大的聚居点——最多时上百人。大多数聚居点有男人带着武器担任警戒,他们不愿冒多余的风险。也许很多人已经想到,等补给消耗殆尽,这些平民小团体里会出现多么丑陋的事;撇开别的不论,没人愿意到那时候身边有33个穿着沙漠迷彩服的陌生人。

外国的沙漠迷彩服。

他们遭到过几次警告式的枪击,一等兵莱曼·柯里受了点小伤,这让布切夫斯基明白了对方的意思。可在日复一日的挣扎求生中,他至少得找到地方建立一个保证基本安全的营地。

这正是他今天的任务。布切夫斯基在山坡上浓密的树林中穿行,山谷里的公路在脚下遥远的地方,路越来越难走。开始有不少人抱怨,其中包括拉米雷斯中士。不过,只要他们脚下的动作别慢下来,布切夫斯基不在乎有多少人发牢骚。最后,当所有人意识到头上有片屋顶有多重要的时候,就连那些最激烈的反对声也迅速消失了。

根据那些奇怪的黑色飞行器的行为,布切夫斯基发现它们有点像是美军的捕食者——用于侦察的小型无人机。但他不知道它们有没有携带武器,也不知道捡来的肩扛式地空导弹能不能把那玩意儿打下来;不过不到紧要关头,他不打算尝试。

幸运的是,虽然那些外形怪异的飞机动作灵活、速度很快,但行动起来却一点都不隐蔽。它们的推进系统会发出令人牙齿打颤的震动。这样形容并不准确,他知道,可他找不出更合适的词,那是一种感觉,而非声音。不管它们是用什么提供动力,至少在视距之外就能发现。

他跟杜鲁门上士和海军唯一的幸存者贾斯敏·谢尔曼下士讨论过这个问题。杜鲁门是电子专家,谢尔曼则是导弹和电波频率方面的技师,她们是布切夫斯基的"智囊团"。两个姑娘都不知道外星人到底用什么动力,不过她们一致认为,人类对那种"震动"可能比外星人更敏感,因为制造一种明知敌人在视距以外就能发现的侦察平台太不合情理。

布切夫斯基对此将信将疑,因为人类也能在视距以外"听见"地球上无人侦察机的"嗡嗡"声。所以当震动开始从山脊背后向正北方移动,他示意全体人员卧倒。现在,但愿——

他听见了枪声和惊叫声。

那也不关他的事儿。他只需对这群人负责,保证他们活着回家……如果谁还有"家"的话。但当他听见远处的喊叫——其中有孩子的尖叫——他发现自己站了起来。布切夫斯基转过头,卡尔文·迈耶斯正看着他,然后他使劲一挥手,指指右边。

好些人没有动弹——不是因为胆小,而是他们没明白头儿为什么突然改变了主意,一时间没反应过来——他没有责怪他们。甚至在他冲过去时，他心里也明白这样的举动很疯狂。这些人里有实战经验的还不到一半，而且其中五个是坦克手而非步兵。难怪他们反应不过来！

但是迈耶斯理解了他的命令，还有拉米雷斯——虽然他是个陆军废物——还有一等兵古铁雷斯，下士爱丽丝·麦库姆，以及其他五六个人，他们跟在布切夫斯基身后，猫腰冲了过去。

◆

部队沿山谷前行，瑞扎班长龇出犬齿。他来到这颗该死的星球上还不到7个当地日，但这里的原住民已让他深恶痛绝。他们根本就不懂什么叫体面，什么叫荣誉！他们已经被打败了，达因沙人抓住了他们！松盖利人证明了自己的强大，可这些低等物种不但没有屈服承认自己的弱小，反而发起疯狂的反扑！

巴米特连的覆灭让瑞扎失去了两个同一窝出生的兄弟。他那两个兄弟被人当成吃种子的粗坯一样乱枪打死了，就好像是低等物种一样。瑞扎永不会忘记——也不会原谅——除非能拿足够的"人"命来祭奠已经去了达因沙的两位兄弟。

他本来无权发起攻击，但派给他执行运输任务的无人侦察机发现这伙衣衫褴褛的家伙缩在半山腰的死胡同里瑟瑟发抖。他们只有五六十个，但其中有六个穿的制服和杀他兄弟的那些人一样。这就够了。而且，总部永远不会看无人机拍下的镜头——他会确保这一点——他会报告说是人类先开的火，他只是下令反击，不会有任何问题。

瑞扎从全息显示屏上无人机发回的图像中抬起头，厉声对副手吉尔萨下达命令。

"向右转！包抄侧翼！"

吉尔萨开始执行命令，两个人类战士被放倒在地，瑞扎再次龇出犬齿——这一次是因为满意。运输车朝死胡同尽头射出一枚炮弹，那里的树丛中藏着人群。炮弹炸开了，一股强烈的愉悦感充盈了他的身体。

◆

布切夫斯基攀到山顶，脚下景象犹如地狱。五十多个平民躲在脆弱的树丛中，其中半数是儿童，几个罗马尼亚军人疯狂地抵挡着至少二十五到三十个外星人的进攻。下方公路上有三辆有轮子的车，其中一辆装有炮塔，配备着类似迫击炮的武器。就在他的眼皮子底下，迫击炮开火了，刺眼的强光在死胡同尽头猛地炸开。他脑子一团乱。被炮弹烧焦的孩子发出垂死的尖叫，听到这样的尖叫，他才真正意识到刚刚发生了什么。为什么他会彻底改变主意，让所有人陷入这样的险境？

平民。孩子。他们是他应该保护的对象，他的内心深处仍在为自己的女儿流血，他再也见不到自己的孩子了。松盖利人夺走了他女儿，要想再从他手里夺走别的东西，他会用牙齿撕破他们的喉咙。

"枪炮军士，车子你来对付！"他简短地发令，声音毫无感情。

"好嘞，头儿！"迈耶斯利落地回答，他冲古铁雷斯和陆军二等兵罗伯特·苏挥挥手，他们三个扛的是PBR-M60s，罗马尼亚人仿造美国M72生产的单发反装甲火箭。这玩意儿的理论射程超过1000米，火力比许多老式的主战坦克还猛。三人扛着火箭筒，穿过树林迅速朝公路前进。

就让迈耶斯去大显身手吧，布切夫斯基伸手抓住麦库姆下士的肩膀,她扛着一架地空导弹发射器,他冲头顶上盘旋的无人机重重点点头。

"把那该死的玩意儿打下来。"他直截了当地说。

"好的,头儿。"麦库姆的声音冰冷。她看起来有点儿害怕,但把炮筒举上肩头的双手很稳定。

"剩下的人,跟我来!"布切夫斯基大喊。他的命令不怎么明确,但剩下的8个人里有4个来自海军陆战队,另有3个是陆军步枪手。

而且,眼下的战术简单得要命。

◆

又一个穿制服的人类在瑞扎面前死掉。手下的一个士兵猛地直起身子,大叫一声倒了下去,血流如注,瑞扎愤怒地咆哮起来。松盖利人不习惯面对能穿透铠甲的武器,哪怕是在激怒之中,瑞扎也感到恐惧如冰针般扎进脑子。但他不会就此退缩,只剩三个有武器的人类了。只有三个,然后——

◆

布切夫斯基听见几声爆炸,远处的外星车起火了,烟雾腾空而起。几乎与此同时,SA-14窜入空中,现在他们至少弄清了两件事:第一,不管无人机的动力系统是什么,至少它会发出足够的热量,"小鬼"能咬住它;第二,不管无人机的外壳是什么做的,至少它能挡住重达一千克的弹头单次轰击。

外星人看起来瘦小而怪异,有点像狗,其中一个人正在拼命挥手,显然是个头儿。AKM的瞄准镜套住了他,布切夫斯基扣下扳机。

◆

　　四枚7.62毫米子弹扎进瑞扎背后的铠甲，然后穿透胸甲飞了出去，带起一片血雨，他听见有人闷声惊叫。瑞扎迷迷糊糊地意识到，那是他自己的声音，然后他面孔朝下，倒在异星的泥土中。

　　他并不孤单。虽然袭击外星人侧翼的步枪手只有九个，但这里的射击视野非常完美，而且他们个个都听过舰队司令提凯尔的广播；他们知道瑞扎和这支军队所为何来；也知道自己的城市和家园如今是什么样子。他们心中没有丝毫仁慈，他们的枪法准得可怕。

　　更多松盖利人痛苦地倒下，剩下的人惊异地退了回去——当他们发现身后的车辆已被炸毁，惊异变成了恐惧。他们不知道对面有多少敌人，但一看到炸毁的车辆，他们晓得自己完了。松盖利人转身面对新来的敌人，将武器举过头顶投降，他们的耳朵趴了下去，表示已经屈服。

◆

　　外星人转身朝山顶举起了武器，史蒂芬·布切夫斯基目不转睛地看着，他看见了那些刚刚死去或伤残的孩子，他看见了……自己的女儿。

　　"杀了他们！"他厉声下令。

◆

VIII

　　"给我一个解释。"舰队司令提凯尔怒视着会议桌周围的人。

没人傻到去问他要什么解释，不止一双眼睛悄悄望向地面指挥官泰瑞斯。伤亡比登陆前他最悲观的预测高六倍……而且还在上升。

"我无话可说，司令。"泰瑞斯放平耳朵，表示遵从提凯尔的权威。会议室里沉默了一两秒。

然后基地指挥官谢瑞兹举起一只手。

"请问我可以发言吗，舰队司令？"

"基地指挥官，如果你有任何解释，我洗耳恭听。"提凯尔的注意力转移到她身上。

"恐怕原因不止'一个'，阁下。"她的耳朵尊敬地半垂着，不过不像泰瑞斯那样紧贴在脑袋上，声音也很平静，"我认为，现在的局面是多种因素共同作用造成的。"

"说说看。"提凯尔靠回椅背上，不知为何，他的怒火似乎被她的从容浇灭了。

"阁下，第一个原因很简单，这是我们第一次试图征服一个2级文明。他们的武器不如我们，但比起我们之前遇到过的其他文明来，却'相对'要好得多。比如，他们的装甲车比我们的差得多，行动缓慢、机动困难、结构复杂，但防护性更强，而且装载了能摧毁我方重型单位的武器。甚至他们的步兵也有反装甲武器，地面指挥官泰瑞斯最初完全没考虑到这一点。"

提凯尔沮丧地龇了龇牙，她说的有理。松盖利人上一次正经打仗已是好多个世纪前的事了，那是一场同室操戈，当时他们还没飞出自己的母星。从那以后，他们的对手武器基本都相当原始，通常只有手持武器，最多有粗糙的火器……他们原以为这里也一样。

"第二个原因，"谢瑞兹继续说，"也许我们最初的轰炸太成功了。他们的通讯网络和指挥架构被破坏得过于彻底，也许那些独立单位无法接到放弃抵抗的命令。"

"'命令'？"飞行指挥官简因发不可置信地重复，"他们被打败了,基地指挥官!我不管他们有多蠢,或者通讯被破坏得多严重,他们肯定知道自己被打败了!"

"也许吧,指挥官。"谢瑞兹直面那位太空老兵,"不幸的是,目前我们对该物种的心理几乎一无所知。我们知道他们一定有什么地方与众不同,所以发展速度才会如此惊人,但我们知道的也就这么多了。也许他们根本不在乎被打败。"

简因发说了句什么,不过很快他克制住了自己。显然,他无法想象任何智慧种族会以如此怪异的方式思考,但谢瑞兹是远征军中的外星文明专家。

"基地指挥官,就算如此,"提凯尔的声音和平常几乎没什么两样,"但这没法帮我们解决眼下的问题。"他望向泰瑞斯,"如果'人类'的行为不发生变化,我们的伤亡率最终会达到多少?"

"可能相当高,"泰瑞斯回答,"我们已损失了11%的装甲车。事先我们没料到会需要这么多地效车,所以现在手头没有足够的车辆和相应的驾驶员。损失的运输车也很多,幸好我们带的够多。另一个问题是步兵的损失,按现在的伤亡率,很难保证我们能坚持到全面胜利。而且我必须指出,战斗才进行了不到8个本地日,如果仅以目前观察到的来进行新一轮预估,其结果很可能像最初那次一样失真。"

显然,最后这句他并不情愿说出来。很公平,提凯尔也不乐意听。

"我觉得地面指挥官可能过于悲观了,阁下,"所有人都再次望向谢瑞兹,基地指挥官耸耸肩,耳朵弹动,"根据我个人的分析,我们面临的敌对行动分成两种基本类型,两种都是由较小的单位独立发起的,没有来自上级的命令和协调。根据我的推测,其中一种采用的是重武器,行动也合乎他们的标准规条,例如几天前巴米特连遭到的伏击;另一种则主要是步兵,装备轻武器或自制的炸药和武器。

"就前者而言,他们经常给我们带来严重损失——还是巴米特连那一例。事实上,他们给我们造成的伤亡往往高得不成比例。不过,对于这种情况,我们一般能用轨道对地打击系统定位摧毁。简而言之,使用这种方式攻击我们的人类基本不会活到下一次出手,他们剩下的重武器也不多了。

"不过,后者就难缠得多了。我们的侦察系统侧重于定位高科技重型武器,其工作原理是追踪电子信号和热信号,例如车辆运转时发电单元释放出的信号。但要逮住单个人类或小队,我们没有合适的技术手段。因此,我们能够截击并摧毁的这一类袭击者比第一类少得多。

"好消息是,虽然他们的步兵便携式武器比我们预计的强大,但威胁性还是比重型装甲车或大炮小得多。撇开别的不谈,这意味着只有在我们的小股部队面前,他们才有胜算。"

"说得非常准确。"片刻之后,泰瑞斯说,"不过,这也意味着要避开步兵的袭击,我们不得不集结大队一起行动。但我们的人员十分有限,在给定时间内,单个行动单位越大,能够部署的地区就越少。为避免遭到袭击,我们将被迫大幅缩小在整颗星球上的活动范围。"

"我明白你的意思了,泰瑞斯,"提凯尔冷笑一声,上犬齿全都露了出来,"我必须承认,如果想靠一支舰队一次性彻底榨取某颗星球的全部资源,这地方当然就显得太大了!"

他考虑了一下,想说得更强硬点儿,不过那样似乎就承认了这块肉太大,他的舰队吃不下,他可不乐意朝那方面想。

"目前,"他续道,"我们将继续执行计划,不过要调整一下重点区域。泰瑞斯,我希望你修改部署方案,我们将暂时集中部署到技术水平较高、较发达的地区。这些地区的危险性最高,所以我们先在当地建立足够安全的基地，以这些基地为基础，进行更高强度的行动，最终连成一体。"

"遵命，阁下。"泰瑞斯领命，"不过，这估计要花点儿时间。尤其是考虑到我们的步兵已派出去追踪消灭人类小队了，现在非常分散。重新集合步兵对我们的运输能力是个严峻考验。"

"要完成我刚才提及的目标，需要集合所有步兵吗？"

"也不是完全必须，阁下，但肯定需要很多步兵，不过我们可以直接空降一些兵力。此外，我们需要总结和这些游击队作战的实际经验，然后改善策略，就连老兵都没经历过这样的战斗。我更倾向于在内陆地区保持部分兵力，让我们的年轻军官在危险性较低的地区经历更多战火洗礼。"

"只要你能照我的意思完成集中，别的我都不反对。"提凯尔说。

只要能找到办法遏制这么高的伤亡。舰队司令对自己补充道。

◆

IX

一只虫子从史蒂芬·布切夫斯基汗湿的后颈掠过。他没理这茬，继续紧盯正在扎营的外星人。

虫子飞走了，他检查了一下RDG-5手榴弹。虽然手里有电台，但他不太敢用，不过手榴弹的爆炸声完全可以作为出击信号。

他倒是很希望自己能放过这支巡逻队，可惜不能。他不知对方来这儿干吗，不过也不重要。无论他们的本职工作是什么，每支松盖利小队总会搜索并消灭地球人，他不会允许这样的惨剧发生在他的小队刚救下的那些平民身上，他们恰好在松盖利人的必经之路上。

救下那些罗马尼亚平民让布切夫斯基肩头多了一副担子——可能的话他真不想接，或者至少他是这么跟自己说的。小队里其他人——也许除了拉米雷斯——似乎没那么不情愿。事实上，他经常觉得自己这么不乐意肯定是因为他是领头者，有责任不情愿。不过无论如何，这些流亡的美国人已经成了罗马尼亚人的保护者，而且人群数量还在缓慢却稳定地增长。

幸运的是，有个罗马尼亚人——伊丽莎白·康塔屈泽纳——当过大学老师。她的英语口音很重，不过语法（估计还有词汇）比他自己还强些，一位当地翻译大概抵得过随之而来的所有麻烦吧。

现在，他手里的武装力量不到60人，美国人是这支力量的核心，不过罗马尼亚士兵的数量和他们差不多。布切夫斯基、枪炮军士迈耶斯和罗马尼亚军的亚历山大·琼斯库中士正对平民进行速成的军事培训。他把手下编成了四个人数差不多的"班"，迈耶斯、拉米雷斯、琼斯库和爱丽丝·麦库姆各指挥一个。米歇尔·杜鲁门任麦库姆的副手，不过她和谢尔曼仍是布切夫斯基的"智囊团"，让她们俩去守着射击位未免太屈才了。此外，杜鲁门还在跟着康塔屈泽纳学习罗马尼亚语。

幸运的是，琼斯库中士已经会讲英语了，布切夫斯基打算争取让每个班里至少有一个会说两种语言的人。这很麻烦，但很有用，他们还花了不少时间钻研怎么用手势沟通。现在，至少每个人都知道眼下局面是多么糟糕。

躲藏，隐蔽，竭尽全力确保平民——现在有差不多两百个了——的安全。不停转移。避开道路和城镇。永远都在找食物，什么都行。大家发现卡尔文·迈耶斯原来是猎鹿好手，他和另外两个曾在罗马尼亚森林局工作的同道中人为大家的饭桌作出了巨大贡献。但夏天很快就要过去，天气会很快变冷，低温和饥饿将带来致命的威胁。

要熬到那时候,首先我们得活过夏天,不是吗?他冷酷地想。这意味着必须在平民被发现前干掉这群杂种,而且不能让他们有机会回去报信。

他不喜欢这样,一点都不喜欢,但别无选择。在康塔屈泽纳的帮助下,他询问了每一个见过活的松盖利人的人,竭力想多了解一点敌人的策略和规条。

显然,那些装备重武器的大股部队都是突然出局的。他觉得部分原因可能是坐在坦克里的人"听"不见无人侦察机逼近的声音,但步兵在野外能听见。杜鲁门和谢尔曼猜测,松盖利人的传感器是设计来探测机械化部队的,或至少是会发出显著信号的单位,正是这个原因促使他放弃了使用电台。

看起来这支步兵巡逻队的侦察范围不如飘在空中的坦克或公路上的护卫队那么大。上次战斗之后,他们和松盖利人又发生过几次小规模交火,他们逐渐观察到,侵略者的步兵似乎不能随时随地与外界通讯。他能肯定,如果他们有这样的通讯手段,那交火好几次之后,受到袭击的小队里肯定会有某一支设法请求动能轰炸。

所以必须得快点干掉他们,确保第一时间摧毁他们的车辆……如果有人身上带着电台,不能让他活着发出信号。

松盖利巡逻队似乎开始安顿下来了。显然他们没发现布切夫斯基和其他人,很好。

睡吧,他恶狠狠地想,躺舒服点儿。睡吧。我给你们准备了安眠药,再等5——

"打扰一下,中士,可这样真行吗?"

史蒂芬·布切夫斯基像被高压电电了似的猛地抽搐了一下,他立刻朝发声处转过头。

提问的人说的英语几乎不带任何口音……而且他这辈子从没听

见过这个声音。

◆

"现在,你是不是该告诉我你是谁以及你他妈是从哪儿来的?"10分钟后,布切夫斯基厉声问道。

他站在松盖利营地的200米外,面前是个完全陌生的人,要是光线好一点就好了,不过他可不打算划燃火柴。

陌生人的个头比一般的罗马尼亚人高,虽然比不上布切夫斯基。鹰钩鼻,黑头发,绿眼睛深深陷入眼窝。他能看出来的就是这些,此刻,陌生人脸上的微笑略带戏谑。

"打扰了,"陌生人说,"我无意……惊吓你,中士。不过,我知道的东西比你多点儿。大约一公里外还有一支巡逻队。"

他指着松盖利人来时的那条窄路,布切夫斯基背上顿生一阵寒意。

"你怎么知道?"

"我的人一直盯着他们,"陌生人说,"我们见过这样的编队——大约一周前,他们开始采用这样的编队。我觉得这是在试验新战术,成对地派出步兵巡逻队,彼此策应。"

"真该死。我还希望他们晚点儿想到这个,"布切夫斯基喃喃道,"从他们最开始的战术来看,我以为他们没这么聪明。"

"我不知道他们的智力水平到底如何,中士。不过我确实觉得,要是你袭击这支巡逻队,另一支很可能会迅速呼叫重火力支援。"

"他们肯定会这么干,"布切夫斯基表示同意,然后他皱起眉头,"我很感激你的提醒,没别的意思,"他说,"不过你还是没告诉我你的身份,来自哪里,或者说你是怎么来到这里的。"

"当然,"这一回,罗马尼亚人声音里的戏谑不容置疑,"在瓦拉几亚的腹地,一位美国海军陆战队员这么问我,非常合理。"

布切夫斯基的下巴绷紧了,不过陌生人轻笑起来,摇摇头。

"原谅我,中士,据说我的幽默感很有问题。我叫巴萨拉布,米尔恰·巴萨拉布。我来自维达鲁湖附近,从这边向北五六十公里就到。我和我的人干的事和你差不多——保护我的人民免遭'松盖利人'屠戮,"他苦笑一下,"啊,在侵略者的铁蹄下保卫平民是这一带的优良传统。"

"我懂了……"布切夫斯基慢慢说。昏暗中罗马尼亚人的白牙闪了一下。

"我相信你懂了,中士。而且,是的,我也相信我和我的人保卫的村庄可以吸纳你羽翼下的平民。他们是典型的山地农民,自给自足,不怎么用'现代设备'。他们自己种植粮食,只要勒紧裤腰带,还是够这么多人吃的。我估计整个冬天大家都不会长胖!不过他们一定会尽量腾出食物,能有这么多双手帮忙准备过冬是件好事儿。而且据我观察,你们也能大大加强我们的防御力量。"

布切夫斯基扬起头,尽力试图看清对方的表情。这一切来得太快,他知道自己应该缓一步,冷静而理性地考虑陌生人的条件。但事实上他感到一股难以言说的巨大解脱,他需要负责的男人、女人和孩子——首先想到的总是孩子——暂时不会冻死饿死了。

"不过,这些小狗挡在路上,我们怎么去那边?"他问。

"中士,显然我们必须先把他们从'路上'弄走。我的人已经准备好对付后面那队,你的人也准备好了对付这队,我们何不各归其位?我猜,你打算用手榴弹发起攻击信号?"

布切夫斯基点点头,巴萨拉布耸了耸肩。

"我看你没理由改变计划。给我十五分钟——不,也许二十分钟好一些——我会回去通知手下听你这边的动静。然后,"白牙又是一闪,布切夫斯基知道,这次的微笑冷酷而残忍,"尽情向这些害虫宣告你们的存在吧。声音大点儿。"

◆

X

迪拉克排长一点都不喜欢这样,不过命令就是命令。

狭窄的小道上,他跟着二班缓慢地前进,耳朵竖起,随时警惕着哪怕最轻微的声响。他位于二班的正中间,前面是一班。不幸的是,他的族人进入文明社会已经一千个标准年了,敏锐的听觉和嗅觉曾经生死攸关,如今却已退化,而且在这片浓密的森林里,他几乎什么都看不见。

母星上已没有这样的森林了——这样原始的巨树,树荫浓密,树干最粗的地方几乎顶得上松盖利人身高的一半——不过出乎意料的是,这片森林几乎没什么灌木和矮树丛。远征军里的植物学家说,唯一的原因是成熟森林里能直接照到地面的阳光太过稀少。毫无疑问,他们说的有道理,不过迪拉克还是觉得……怪怪的。小路两边倒是长着树苗和灌木,他却希望这些小树少点儿就好了。也许这恰好证明了植物学家的理论,因为小路隔开了树荫,会漏下一点儿阳光,不过这些小树丛只会让他觉得自己被关在了里面。

事实上,他的焦虑大部分来自于上面下达的命令,上头叫他留下部队编制里的侦察通讯中继无人机,丢给远远落在后面"轰隆隆"艰难前行的有轮车队。之前派到这片地区的三支巡逻队都遭遇了不测,对此前的事件进行分析后,他们发现"人类"掌握了某种悄无声息地干掉无人机的方法,飞机甚至来不及向自己所属的步兵部队报告,就永远消失了,而步兵正是靠这些无人机提供侦察和与基地的安全通讯。没人知道那些原始人——当然,他们不是真正的原始人,对吧?——是怎么迅速发现并锁定无人机的,但总部决定试用更隐蔽的方法……他们选择迪拉克来做试验。

啊,上主有多看得起我,他愁眉苦脸地想,我知道,要修改规条,我们就得多弄点儿对付这些……生物的经验。可为什么偏偏要我把头探进哈萨的窝里?这又不像是——

他听见后面传来爆炸声,立刻转过身子。头顶的树荫太浓了,什么都看不见,但不用看他也知道,爆炸的一定是他的无人机。该死的枝叶长得这么密,他们是怎么发现无人机的!

他还在烦恼这个问题,后面又传来几声爆炸——这回是地面上……他留下两个班开着地效车跟在后面。

他没有时间思考这次爆炸的是什么,小路南侧,藏在树干后面、落叶堆下面的突击步枪便开火了。

对迪拉克排长来说很不幸的是,握着突击步枪的男女已经学会怎么辨认松盖利步兵编制中的指挥官。

◆

"停火!停火!"布切夫斯基大喊,自动步枪的怒号戛然而止。

他坚守射击位,AKM随时准备开火,松盖利人扭曲的尸体横七竖八摊在路上。有一两个外星人还在痛苦地翻滚,不过看起来也活不了多久了。

"很好。"身后传来一个恶狠狠的声音,显然很满意,布切夫斯基回过头。米尔恰·巴萨拉布站在浓密的林荫里,巡视着遭到伏击的巡逻队。"干得好,我的史蒂芬。"

"大概吧,不过我们最好动起来。"布切夫斯基关上步枪保险栓,从射击位上站起。

他知道，自己的表情比巴萨拉布焦虑得多。归入巴萨拉布麾下六天来，这是他们打的第三场硬仗了，根据巴萨拉布的说法，现在离维达鲁湖畔群山里的桃源已经很近。这意味着他们必须结束外星人坚持不懈——也许很愚蠢——的追踪。

"我想我们还有点时间。"巴萨拉布否决了这个提议，他望着小道远处的烟柱，那里原本有几辆装甲车，琼斯库带领的小队和巴萨拉布手下的几个人一起干掉了它们，"这次他们似乎也没来得及发出信号。"

"也许吧，"布切夫斯基承认，"但他们的上级肯定知道我们在哪儿。一旦那边没有收到例行汇报，肯定会派人出来找。周而复始。"

他的口气听起来像在反对，但实际上并非如此。因为首先，巴萨拉布很可能是对的；其次，过去一周以来，他开始意识到米尔恰·巴萨拉布是他追随过的最好的上级之一。能在一个外国的海军陆战队军官眼里得到这样的评价相当了不起，他想着……但与此同时，这个罗马尼亚人也是布切夫斯基有生以来见过最可怕的人之一。

很多人也许没意识到这一点。离开夜晚昏暗的光线，可以看到巴萨拉布长得颇为英俊，瘦削的脸有点像狐狸，而且经常露出温暖的微笑。但在那双绿眼睛后面，却藏着平静而黑暗的东西。这样的平静在后齐奥赛斯库时代[①]的巴尔干人眼里并不陌生，而布切夫斯基之所以能认出那些黑暗，是因为他一生中见过太多可怕的人……还有一个原因是，现在他自己心里也有一些平静而黑暗的东西，上面贴着一个标签，"华盛顿特区"。

不过，无论巴萨拉布曾遭遇过什么，他都掩饰得很好，举手投足间散发出迷人的气质，布切夫斯基很少碰见这样的人。这样的人

[①]尼古拉·齐奥赛斯库于1965年至1989年间任罗马尼亚共产党总书记，后兼任罗马尼亚国家元首。这里指的是东欧剧变以后。

格魅力轻而易举就能赢得别人的信任，哪怕对他的了解少得可怜的人——就连史蒂芬·布切夫斯基也不例外。

"你的意思我非常清楚，我的史蒂芬。"巴萨拉布微笑着说，仿佛看透了布切夫斯基的心事。他挺直身子，把一只手放在高大的美国人肩头。他经常叫他"我的史蒂芬"，这像是在宣示主权；与此类同，这个动作也可以看作傲慢。

"不过，"他的微笑退去了，"我想是时候把这些害虫赶到别处去了。"

"听起来很合我的胃口。"布切夫斯基的声音里有一丝怀疑，巴萨拉布轻笑起来。这笑声可不怎么让人愉快。

"我相信我们能做到。"他说，然后吹了声口哨。

片刻之后，特克·布拉提阿努从森林里钻出来，他是个黑发宽肩的罗马尼亚人。

布切夫斯基的罗马尼亚语进步很快，这得多谢伊丽莎白·康塔屈泽纳，不过接下来这两个人的交谈语速太快，以他粗浅的罗马尼亚语水平根本听不明白。两人聊了几分钟，然后布拉提阿努点点头，巴萨拉布转向布切夫斯基。

"恐怕特克不会说英语。"他说。

特克显然不会，布切夫斯基冷冰冰地想。从另一方面来说，不用对方说英语他也能看出来，特克是个桀骜不驯的人。巴萨拉布的人都这样。

巴萨拉布手下一共只有不到20人，但他们行动起来如鬼魂一般。这不是长他人志气，在灌木丛中监视敌人探听情报时，这些人的表现的确比他好。他们的手段比他强多了，除了常规的步枪、手枪和手榴弹以外，他们还会不少花样：小刀、短斧、弯刀，样样精通。布切夫斯基甚至怀疑，比起花拳绣腿的突击步枪来，这些人大概更喜欢冷冰冰的金属。

此刻，布拉提阿努和他的同伴沿着小道移动，刀光闪过，几个负伤的松盖利人便停止了翻滚。

布切夫斯基对此没有意见。事实上，他的眼睛里流露出阴郁的满足。可是接下来，罗马尼亚人砍下路边的几棵小树，剩下的人开始给外星人的尸体剥皮，他皱起眉头，向巴萨拉布投去一个疑惑的眼神。罗马尼亚人摇摇头。

"等着。"他说。布切夫斯基移开视线，继续看其他人的动作。

他们的活干得很利索，短斧和弯刀熟练地挥舞，把小树分成长约10英尺的木棍，两头削尖。没花多少时间，一打木棍就做好了，然后他们从容不迫地抬起松盖利人的尸体，钉在木棍上，布切夫斯基惊讶地瞪大了眼睛。

鲜血和各种体液沿着粗糙的棍子缓缓流下，然后罗马尼亚人把木桩扎进松软的森林腐土里，布切夫斯基一个字都没说。外星人的尸体沿小路排成一行，像是被大头钉钉住的昆虫一样，在阴影里看来有些怪诞。他感觉到巴萨拉布的目光。

"你吓到了吗，我的史蒂芬？"罗马尼亚人静静地说。

"我……"布切夫斯基深吸一口气，"是的，我想我吓到了。有点儿，"他转身面对巴萨拉布，"也许是因为，这有点像是那些圣战组织干的事儿，我见过。"

"是吗？"巴萨拉布眼神冰冷，"我想我不该吃惊。很久以前，我们从突厥人那里学来了这样的传统。不过至少，他们被钉上去时已经死了。"

"有区别吗？"布切夫斯基问，他看见对方的鼻孔张大了，然后，巴萨拉布轻轻摇了摇头。

"和以前？"他耸耸肩，"没区别。我说过了，这种做法在这片地区渊远流长。毕竟，有一位罗马尼亚最著名的人物被称作'穿刺公弗拉德①',对吧?"他勉强笑笑,"所以,用你们美国人的话来讲,我的童年并不幸福,而且有一段时间,我也以同样残酷的手段来对付周围的人。当时我很享受。毫无疑问,那时的我更想把他们活活钉在上面。"

他摇摇头,望向被钉在木桩上的外星人尸体,脸上满是悲伤。

"多年以后我才发现,全宇宙所有的残酷刑罚都无法弥补破碎的童年,也无法安抚年轻孤儿的怒火,我的史蒂芬。"他说,"我在澳大利亚遇到过一位医生,他这么告诉我。我很惭愧,当时我并不想听他的话,但他说的是真的。我花了太多时间才认识到这一点,我在乎的人和在乎我的人都付出了太高的代价。"他看着那边的木桩,过了很久,他颤抖起来,"不过这一次,我的朋友,和我灵魂里黑暗的那一面完全无关。"

"真的?"布切夫斯基扬起一边眉毛。

"真的。我很清楚,这些害虫会对我们穷追不舍。所以,我们就得弄出点东西来吸引他们的注意力——能让任何生物,能让他们中的每一个人都怒火中烧的东西——然后再给他们点目标,让他们放弃追踪你保护的平民。特克和我手下的大部分人会向南走,他们会留下明显的记号,就算是这么——"他冲着那边点点头,"愚蠢的家伙都很难错过。他们会把敌人引到几十公里外,然后再溜回来和我们会合。"

"外星人不会跟踪他?"

"别这么没信心,我的朋友!"巴萨拉布轻笑起来,他在布切夫斯基肩上拍了一下,"这些人可不是随便挑出来的!整个罗马尼亚都没有比他们更棒的森林人。完全不用担心他们会把敌人引过来。"

---

①15世纪的瓦拉几亚大公,吸血鬼德古拉伯爵的原型。

"希望你是对的，"布切夫斯基回头看着尖桩上的尸体，想象如果自己是外星人将会作何反应，"希望你是对的。"

◆

XI

舰队司令提凯尔按下接受键，谢瑞兹走进他的房间，他又坐回椅子里。门在谢瑞兹身后无声地关上了，他冲一把椅子挥挥手。

"请坐，基地指挥官。"对这位不速之客，他故意表现得更加正式。

"谢谢，舰队司令。"

他看着她在椅子上坐下。谢瑞兹好像一如既往的自信啊，他想着，但她的耳朵有点不对劲。还有眼睛。

她变了，他想。老了。他在心里哼了一声。好吧，我们都老了，不是吗？不过她不光是老了，她和昨天看起来不一样了。

"基地指挥官，你想见我所为何事？"片刻之后，他说。还有，他在心里补充，为什么要单独见我？

"阁下，我基本完成了对人类心理状态的初步分析，"她毫不退缩地对上他的视线，"恐怕我们对这颗星球最初的期望……错得有些离谱。"

提凯尔坐得很稳。说得这么平静，她的内心的确很强大，他想。尤其是考虑到，根本就不是"我们最初的期望"，而是他最初的期望。

他深吸一口气，感觉自己的耳朵耷在了脑袋上，然后他闭上眼睛，开始考虑为了那些期望付出的代价。短短三个本地月的时间，这颗卑鄙的星球已消耗了远征军56%的地效车，23%的运输车和装甲运兵车，还有26%的步兵。

当然，他冷冷地想，人类付出的代价更大。可不管他如何逼迫，那些疯狂的生物就是拒绝屈服。

"错得有多离谱？"他闭着眼睛问。

"阁下，问题在于，"她的回答有些委婉，"我们从未遇到过这样的物种。他们的心理……和我们见过的生物都不一样。"

"这些我已经猜到了，"提凯尔的声音里带着刻薄的幽默感，"现在，我是否可以猜测你知道了一些具体的不同之处？"

"是的，阁下。"她深吸一口气，"首先，您必须明白，他们的心理状态在不同地区有许多变种。当然，这不可避免，考虑到他们与我们、与联盟中任何一位成员都不一样，他们令人困惑地保留了多种不同的文化和社会模型。不过，他们也有一些共同点。舰队司令，其中之一就是，从本质上说，他们没有我们概念中的投降机制。"

"请再说一遍？"听见这么荒谬的说法，提凯尔的眼睛猛地睁开。谢瑞兹叹了口气。

"联盟中有一些种族的心理与人类类似，阁下，不过我所知道的只有两三个。和人类一样，这些种族都是杂食者，但没有任何一个种族有人类这么……倔强。坦率地说，如果以松盖利的心理学标准来衡量，每个人类都是疯子，阁下。他们不同于素食者和大多数杂食者，他们性格中的骁勇倒是和松盖利人有些相似，不过，他们的自我意识远高于集体意识。"

显然她正在寻找合适的方式来描述某些超越目前的物种心理学的东西，提凯尔想。

"几乎所有素食者都有很强的群居本能，"她说，"某些情况下，他们也许会野蛮地战斗，但他们天性中占压倒性优势的本能是'避免冲突'，他们基本的心理状态会将'群体'的利益放在个人利益之上，哪怕是放在他本人的存亡之上。现在，大多数这样的物种将'群体'定义为自己所属的整个星球或星系，但群体利益依然是他们做任何决策、开展任何政治行动的出发点。

"联盟中大多数杂食者的情况也基本如此，不过有少数几个与我们的心理状态类似，他们更重视'集体'而非群体。我们是猎人，而非猎物，我们的社会结构和心理状态是建立在这个基础上的。与素食者和大多数杂食者不同，松盖利人更重视个人成就和对个人能力的证明，因为在远古时期，猎人的个人技艺决定了他在集体中的地位。

"不过，集体仍比个体重要。我们的个人价值和成就感只有在集体背景中才能获得认可。弱者对强者的臣服源于同样的背景。我们的基因中烙印着：服从集体的领袖，他是周围所有人中最强大的个体。当然，我们的族人，尤其是男性，总会挑战领袖，这也是远古时期集体保证领袖的能力足够强大的手段。不过，一旦领袖再次证明了自己的权威和强大，就连挑战者也会再次臣服。我们的所有哲学，所有荣誉准则，所有社会期待，都源于这个基础出发点。"

"当然，"提凯尔有点不耐烦了，"不然的话，我们的社会怎么存续下去？"

"这正是我要说的，阁下。我们这样的社会结构无法在人类中存续。他们臣服的本能比我们弱得多，如果他们第一忠诚的小团体——既不是集体，也不是群体——受到了威胁，那么击退威胁的个人驱动力就会占据绝对上风。"

"什么？"提凯尔深感讶异，谢瑞兹露出苦笑。

"人类第一忠诚的小团体是家庭，阁下。不是群体，家庭只是群体的一小部分。也不是集体，集体中更强调的是能为集体提供的力量与价值。人类当然也有例外，但对家庭的忠诚可谓是他们行为动机的基石。大体上，也许可以把他们看作……由独立的掠食小队组成的群体。人类能将忠诚扩展到家庭以外的范围——例如忠于某个组织、某个社区、某个国家或某种哲学体系——但从骨子里说，独立家庭是人类行为的基本出发点，正如臣服于强者是我们的基本出发点。阁下，我的研究表明，为保护自己的伴侣或后代，很大百分比的人类会对抗任何敌人，无论敌人有多么强大。而且这样的保护欲可以扩展到集体或群体，为了保卫自己所属的组织，他们会不惜一切代价。"

提凯尔看着她，努力试图理解她描述的这种离奇的心理状态。从理性上说，他能理解，至少能部分理解；可从情感上说，他完全无法接受。

"阁下，"她继续说，"我已经完成了所有标准的心理学测试。根据您的指示，我也试验了我们已有的直接神经教学技术对人类是否有效，结果十分满意。不过，如前所述，对他们的心理状态研究的结果十分不如人意，所以，我认为，将人类作为奴役对象会是最愚蠢的事情。

"他们永远不会明白弱者天然应该臣服于强者。恰恰相反，他们会孜孜不倦努力成为强者，并且其目的不是为了取得集体的领导权。是的，有一部分人类的反应和松盖利人十分相似，另一部分的行为模式甚至更类似素食者，但大部分人类在保护第一忠诚的小团体时会发现力量的重要性。他们会投入全副精力摧毁一切——任何——威胁到小团体的事物，哪怕这样的尝试本身可能给团体带来风险。而且，他们永远不会遗忘，永远不会原谅自己要保护的小团体面临的威胁。我们的强权也许可以获得暂时的服从，也可能说服许多人接受我们成为他们天然的主人，但我们永远无法征服所有人类。因此，最后我们会发现，这个'奴隶'种族会用我们观察到的所有创造力和骁勇来对付我们，而且他们还拥有了我们的技术能力……作为起点。"

◆

"似乎，"提凯尔对着高级军官们说，"对这颗星球的行动不是我职业生涯中最明智的决定。"

军官们回视着他，他们大多显然还没从谢瑞兹的报告中回过神来。他们没有哪一个的表现比我听到的时候强，他想着。

"显然，"他续道，"考虑到基地指挥官的发现，有必要重新评估我们的政策——我的政策。而且，坦率地说，我要考虑我们已经遭受的严重损失。

"迄今为止，征服人类的努力已经杀死了这颗星球上超过半数的原住民，也给我们自己造成了巨大损失。现在，地面指挥官泰瑞斯预测，如果我们的行动再持续一个当地年，我们将失去四分之三的兵力。同时，现存的人类也将被消灭一半。显然，就算地面基地指挥官谢瑞兹的数据有误，我们也无法承受这样的损失。而且，在消灭了他们四分之三的人口之后，我们也不敢冒险将现代技术传给如此……倔强的物种。"

他环视一圈，会议室里鸦雀无声。

"该停止了，"他平静地说，"我不准备放弃这颗星球，特别是在我们付出如此代价之后。不过与此同时，我认为人类太危险了。的确，如果看到我们在这里发现的一切，我相信联盟里其他诸多种族也将得出同样的结论！

"我已命令基地指挥官谢瑞兹执行备用计划，开始研制靶向生物武器。这个任务赋予她极大的优先权，我们有必要为她的工作安排适当的设施，并为她提供合适的实验对象。

"我考虑过让她和研究小组转移到已有的地面基地中。不幸的是，当时建立那些基地时必须采取的高强度行动使得邻近地区的人口已经变得十分……稀少。因此，我决定在地面上的荒芜地区建立一个新基地,在那样的地区我们无需采取过高强度的行动,因此她能轻而易举地获取相当数量的实验对象。基地建设期间,地面指挥官泰瑞斯将负责安全工作……基地落成后,寻找实验对象的工作也由他负责。"

◆

XII

"那么,我的史蒂芬,你怎么看?"

布切夫斯基将沙拉一扫而光,然后喝了一大口啤酒。虽然从前奶奶总鼓励他多吃蔬菜,可在数周的饥不择食之后,一份豪华的新鲜蔬菜沙拉吃起来竟这么有罪恶感。

不幸的是,巴萨拉布问的不是这个。

"我真不知道,米尔恰。"他皱起眉头,"在计划方面,我们没发生过分歧,据我所知,哪怕是最小的分歧都没有。"

"据我所知也是。"巴萨拉布若有所思地同意了。他低头看着桌上手写的纸条。

木屋外边比前段时间冷多了,秋天的颜色悄悄爬上了阿尔杰什河畔的山坡,宽阔的维达鲁湖碧蓝如宝石一般。这片湖泊离阿尔杰什县首府皮特什蒂的废墟北郊还不到七十公里,但它是这片荒野保护区的心脏;木屋是森林局修的,它不属于巴萨拉布治下的三个村庄。

虽然维达鲁湖离皮特什蒂很近,但动能打击的幸存者们却不大往这边走。布切夫斯基觉得,大概是因为这里的群山和茂密的森林让城里人望而生畏。这里几乎连公路都没有,那几个村庄的生活简直就是世外桃源。事实上,他们让布切夫斯基一下子就想起音乐剧

《布里加东》里的村庄。

这不是什么坏事,他想,旁边就是维达鲁湖,湖上有水力发电机,可这里的人连电都没有!这意味着他们不会发出任何可能被松盖利人探测到的信号。

过去几个月里,他和手下的美国人、罗马尼亚人都受到村民的欢迎,他们也——正如巴萨拉布预告过的——被安排了准备过冬的工作。午饭里的沙拉感觉这么美味,原因之一就是未来很长一段时间里都吃不到沙拉了。这里可不会有加利福尼亚州的新鲜蔬菜运来。

"这事肯定有原因,我的史蒂芬,"巴萨拉布说,"而且恐怕原因我们俩都不会喜欢。"

"米尔恰,从最开始我就没喜欢过那些杂种干的任何一件混账事儿。"

巴萨拉布扬起一边眉毛,布切夫斯基被自己声音里锯齿般尖锐的恨意吓了一跳。每当关于崔茜和女儿们的回忆从黑暗的深渊中浮现,张牙舞爪地提醒他的损失、痛苦和伤心欲绝,这样的恨意便会出其不意涌上心头。

我爱的人死去时也许毫无痛苦,这是我唯一的安慰。还有比这更痛苦的事情吗?

"我也一样,"片刻之后,巴萨拉布说,"的确,很难相信……曾经一度,我们竟然不敢和他们交战。"

布切夫斯基理解地点点头。一开始巴萨拉布的策略很明确,避免和敌人接触,藏好点儿,这是保护平民的最佳办法。他是对的。不过这样的策略并未改变他的本性——和布切夫斯基自己一样——他渴望进攻。搜出敌人,加以消灭,而非躲躲藏藏。

巴萨拉布派出的人接触过罗马尼亚南部及保加利亚北部的几个小型避难营,到目前为止,那些人更关心的是如何防备其他人类而不是松盖利人。经过轰炸和最初几周的混战，侵略者似乎决定撤出巴尔干这片不友好区域，转而占领这颗星球上其他空旷的地方。究竟为何很难证实，因为卫星通讯网络业已彻底崩溃，不过似乎很合理。杜鲁门和谢尔曼说，恒星际远征携带的兵力必然十分有限，所以似乎没必要深入群山去征服贫瘠的山地村落，这听起来有道理。

人类难民则是一股截然不同的威胁，布切夫斯基很高兴他们还不用去对付这样的威胁……截至目前。饥饿、露宿和疾病很可能干掉了一半的流民，随着冬天到来，幸存下来的人会越来越绝望。为保护自己人生存必需的资源，已有其他避难营被迫和流民打了好几场，战斗通常很残酷。

从很多方面来说，外星人的行动迫使人类为了生存自相残杀，这一事实让史蒂芬·布切夫斯基的怒火烧得更加炽热。

"我最高兴的事儿就是踢他们的瘦屁股，"他回答，"不过只要他们别把鼻子伸进我们的地盘——"

他耸耸肩，巴萨拉布点点头，轻笑起来。

"笑什么？"布切夫斯基冲他扬起一边眉毛。

"我笑我俩竟然这么像，你和我。"巴萨拉布摇摇头，"尽管不承认吧，史蒂芬，但你骨子里是个斯拉夫人！"

"我骨子里？"布切夫斯基大笑，低头看着自己漆黑的手背，"喂，我告诉过你！就算我的祖先到过欧洲，那肯定也是从非洲过去的，不是从干草原！"

"啊！"巴萨拉布在他鼻子下面晃晃指头，"就算你说过吧，不过我还知道点儿别的！你叫啥，'布切夫斯基'？这是个非洲名字？"

"不是，可能是我曾曾曾祖父或祖母的主人的名字。"

"没道理嘛！十九世纪美洲的斯拉夫人可没钱养奴隶！肯定没有。相信我——血脉不会骗人。你的祖先里肯定有——你们美国人怎么说来着？——草垛里的斯拉夫人！"

布切夫斯基又笑起来。又来了，有时候巴萨拉布和他老是重复类似的对话。不过接下来，罗马尼亚人的表情严肃起来，他从桌子对面伸过手，放在布切夫斯基的前臂上。

"不管你是在哪里出生的，我的史蒂芬，"他平静地说，"你现在已经是个斯拉夫人了。一个瓦拉几亚人。是你自己挣来的。"

布切夫斯基摇头否认，但他心里涌起一股暖意。他知道巴萨拉布是认真的，正如他知道，通过对村民的训练和纪律整顿，他已成了这群罗马尼亚人里的二把手。巴萨拉布不知从哪儿搞来大批轻武器和其他步兵武器，但无论特克·布拉提阿努那群人的个人能力有多强悍，显然他们都不知道怎么训练平民。与之相反，多年来史蒂芬·布切夫斯基干的活就是把娇生惯养的美国平民训练成海军陆战队员。相比之下，训练吃苦耐劳的罗马尼亚山民简直是小菜一碟。

我只希望他们永远都用不上接受的训练，他这么想着，戾气又涌了上来。

"我不喜欢这样，米尔恰，"他说，"他们没道理把一个基地远远放在要命的大山里。除非发生了什么你我不知道的事情。"

"同意，同意。"巴萨拉布点点头，继续摆弄着手里的纸条，然后耸耸肩，"除非他们打算把我们杀光，否则早晚都会达成某种平衡。"

他脸上厌恶的表情说明了一切，但他毫不畏缩地说下去。

"这片土地上的人民曾在征服者的铁蹄下活了下来，毫无疑问，他们可以再来一次。如果松盖利人想要的仅仅是屠杀而不是征服，他们早就把我们所有的城镇化为乌有了。在最坏的结果出现之前，我不打算让我的人民屈服——要拿下这片大山，他们会付出高得超乎想象的代价。"

他停了一下，沉默中充满冰冷的威胁。然后他摇摇头。

"好吧，没有第一手资料，我们坐在这儿乱猜好像没什么意义。我估计咱们必须近距离观察一下这个新基地，看看他们到底打算干吗，"他弹弹手里的纸条，"这上面说，伊利埃斯库发现时，他们差不多都修完了。所以，也许特克和我跑一趟比较好。"

布切夫斯基张嘴想反对，但旋即闭上了嘴巴。他早就发现，只要巴萨拉布去山里转悠，不在他眼皮子底下，总会让他觉得不舒服。而且他心里还有点愤怒，巴萨拉布完全没有考虑过邀请他一起去小小游览一番。不过无论他多么不愿承认，事实就是，他如果去了，可能不是帮忙而是添乱。

巴萨拉布和特克·布拉提阿努像猫一样敏捷，落叶一样轻盈。要在夜间的森林里行动，布切夫斯基完全无法跟他们相提并论，这一点他自己很清楚……无论他多不乐意承认世界上居然有人在某个方面比他强。

"我们今晚就去，"巴萨拉布拍板，"我不在时，你会帮我盯着点儿，我的非洲斯拉夫人，对吧？"

"好吧，我会的。"布切夫斯基答应。

◆

XIII

哈拉团长不喜欢树。

从前他不这样。事实上，以前他挺喜欢树的，直到帝国侵入这颗该死的星球，这里永远不可能展开高效的行动。现在他大大怀念一望无际的广阔空间——光秃秃的坚实地面，就连嘎里西[1]和人类

---

[1]原意为花哨，这里应是指某种外星小动物。

嘴里的"兔子"都没处藏身。除此以外，什么样的地方都有源源不断的人类冒出来……而且他们出现时都带着枪。

不用基地指挥官谢瑞兹说他也知道，人类都是些疯子！当然，能确认这一点也挺不错，而且他很高兴基地指挥官的研究结果让提凯尔司令改变了计划。只要把那些该死的人类统统消灭干净，这颗星球一定是个宜居的好地方。

他坐在地效指挥车里盯着全息地图，为自己的想法苦笑起来。

哈拉，事实上你有点欣赏那些生物，不是吗？他想着，毕竟我们每失去一个同胞，总会杀死成千上万个人类，而他们竟然还有胆量——完全疯狂、彻底荒谬、毫无理智的胆量——和我们正面对抗。哪怕他们有半点脑子，几个月前就该知道我们的强大并屈膝臣服了。可他们没有！他们不会屈服的，是吧？

他咕哝一声，想起了在征服那个曾经叫做辛辛那提的地方时，他的团损失了35%的人。特苏克师长带了三个团去，回来时只剩下不到一个，而且最后也只控制了大半个城市。特别是那个他们叫做"美国"的地方，那里的枪似乎比人都多！

至少那一仗让远征军的高级军官们知道，空旷区域才是他们的目标，空旷的地方才能高效地保持侦察，如果在比较复杂的地形上遇到任何有组织的抵抗，只要呼叫动能打击就好。

没人乐意去那些长期和人类交火的地方帮谢瑞兹抓实验对象。首先，那样的地方根本没剩下多少人，余下的那些又很擅长躲避。光是把他们找出来就够费劲了，何况有第二个顾虑……这些幸存者很擅长伏击那些去找他们的人。

当然，人类这么疯狂的反扑，没交过火的地方不多。不过，这片人类称之为"巴尔干"的山区发生的战斗非常少，主要是因为这里的人口十分稀疏，地形又糟糕得要命，总部决定放过这里的人类，让他们在绝望中自生自灭吧，不值得投入精力追捕。

而且，他悻悻地想，总部之所以作出这个小小的决定，还有一个原因：每次我们派人去这片地方总会被踹两脚，不是吗？

公平地说，开始的几周损失最为惨重，后来他们开始意识到，在人类选定的战场上对人类穷追不舍，完全就是犯傻。

这就是神灵为什么会创造火力支援，哈拉阴郁地想。

好吧，地效车和运输车到达预定位置时他提醒自己，至少卫星告诉了我们人类的确切位置，而且他们也落单了。他们的群体良莠不齐。在家乡，我们在森林里挖到的是那些该死的杰马克①，人类和它们一样又肥又蠢，成天傻乐，而且过去几个月里，我们已经对他们有了不少了解。

他的嘴唇向后一缩，露出猎手的微笑，犬齿寒光闪闪。

◆

史蒂芬·布切夫斯基在心里破口大骂。

太阳刚从东边地平线上升起，阳光射入他的眼睛，就在这时，他从望远镜里看见了松盖利人。他妈的，他们在找什么？这段时间以来松盖利人一直绕着山区走，他们为什么会突然来到这边的村子？

真该死，为什么偏要挑米尔恰不在的时候？他脑子的某个角落咒骂着。

幸运的是，至少监听岗早早发现了逼近的无人机，他们借此推断出外星人就在后面不远处。还有时间——虽然不多——拉响手摇式警报。至少浓密的森林阻碍了飞行器在空中活动。要是松盖利人想抓他们，只能从地面来。

---

① 作者杜撰的一种外星动物，应类似鼹鼠。

他们似乎打的正是这主意。一大批装甲运兵车和几辆坦克聚集在湖泊南岸，离上游的乔治乌-德治大坝约1公里。几辆坦克开过湖面，后面跟着一打大型轨道穿梭机，他一点都不喜欢这个局面。

维达鲁湖东南岸有一片高低起伏的东西向山脉，村落依山而建。山脊某几处高度超过3200英尺，村庄就掩藏在海拔1800英尺以上的茂密树林里。他原以为他们藏得很好，不过松盖利人显然知道了他们的藏身之地；眼前这支部队跨湖而来，另一支部队正沿着这座山和南面那座山之间的山谷朝这边进发，显然打算前后夹击。

眼下局面十分清楚。惟一不清楚的是，隔着厚厚的林荫，外星人的探测器监测复杂地面上人类行动的准确性如何。他希望答案是"不太准确"，不过不能指望这个。

"开始转移，"他告诉伊丽莎白·康塔屈泽纳，"他们是冲着这个村子来的。我觉得等到他们到达时，我们最好别留在这儿。"

"收到，史蒂芬。"大学老师点点头，跑去传达指示，她的声音听起来很冷静，布切夫斯基觉得自己都没那么冷静。他知道，片刻之后命令就会传达下去，村里人会撤入隐蔽点，拉米雷斯给那地方起名叫"巴斯托涅"①。

这是陆军头一回闪亮登场，他想着，技惊四座啊。我猜是时候看看那些绿色机器的效果了。

◆

图像上的标记动了，哈拉团长咒骂起来。

看来我们跟无人机还是跟得不够紧，他愤怒地想。

人类拥有在视距外发现无人机的奇特能力，总部不得不考虑

---

① 比利时城市，二战期间美军曾成功固守此地。

这个因素，行动计划据此作了一些调整。这应该没有问题，不幸的是，还是出了问题，而且在这该死的树林里急行军，探测器的精准度无法保证。

"他们正沿山脊转移，"他通过团内网络广播，"他们正朝西边前进——海拔更高的那边。二营，迂回到湖泊上游，从侧面包抄；一营，离开山谷，向上前进，快点儿。"

◆

无人机讨厌的震颤跟在身后阴魂不散，布切夫斯基喃喃咒骂了几句。显然，这该死的玩意儿穿透林荫的探测能力比他希望的强。从另一方面来说，它们似乎跟得紧了些，在树顶低低盘旋，要是——

◆

"达因沙会惩罚他们！"

四颗可恶的火球从天而降，哈拉的四架无人机同时从空中掉了下去。

该死！以达因沙的第三个地狱之名，这些可恶的山民竟然有地空导弹！

◆

麦库姆领导的防空小组干掉了靠得最近的几架无人机，正在疾奔的布切夫斯基气喘吁吁地咧开嘴笑了。他还能感觉到远处几架无人机的震动，不过要是那些混蛋让无人机飞高以避开"小鬼"的攻击,那它们的探测器估计就没什么用了。

◆

哈拉试图控制住自己的怒火,他对该死的人类实在恨之入骨,就连最简单的行动他们都要捣乱!原以为这地方没有地空导弹之类的重武器,所以才会上这儿来帮基地指挥官谢瑞兹找样品。可那些人类还是不肯合作!

他考虑了一下是否向总部汇报。在这场被诅咒的侵略战争中,设备的损失已达到了天文数字;原以为这里只有无武装的村民躲在山洞里瑟瑟发抖,结果又遭受这么严重的损失,他很怀疑总部会作何反应。可他们总得上哪儿找点样品回来,至少这些人多多少少算是在他眼皮子底下了。

"计划有变,无人机不能靠那么近,"他告诉手下的营长,"全靠侦察兵了。告诉他们,把该死的眼睛睁大点儿。"

命令很快得到确认,他看见全息图像上方的标志开始靠近那片用阴影标示出的区域,那是无人机尽最大努力探测到的人类可能聚集的地方。

也许我们看不清楚他们在哪儿,他愤怒地想,就算看不清楚,现在他们可去的地方也不多,不是吗?

◆

布切夫斯基十分庆幸,辛勤的劳作给了这些低地难民强壮的身体。他们正竭力让村民跟上大部队,要是没有以前那些劳动的磨练,这根本不可能。不过当然,几个较小的孩子开始累了,他严厉地催促他们快点儿走,心里却隐隐作痛。好在大一些的孩子都在竭力跟上大人的步伐,也有足够的成年人轮换着背最小的孩子。

他似乎听见沙妮娅和伊冯娜的哭喊,她们在找爸爸……未愈的创伤让他恨不得一把抱起那个最小的孩子。一定要把孩子带到安全的地方,虽然他没能保护自己的孩子。

但那不是他的活儿,他把注意力集中到自己该做的事情上。

他在狭窄的小道上喘着粗气停下脚步,最后几个村民从他身边赶了过去,接着是殿后的士兵,最后是侦察员,他们满怀警惕地盯着周围,罗伯特·苏就在其中。

"正如……正如你和米尔恰所料……头儿,"二等兵气喘吁吁,停了一下调匀呼吸,然后重重点头,"他们在从山脊两边的防火隔离道爬上来,前面的估计爬到半山腰了。"

"很好。"布切夫斯基说。

◆

"该下十八层地狱的蠢货!"

驾驶员惊讶地回头看着暴跳如雷的哈拉团长,哈拉龇出尖牙,对他猛猛咆哮,驾驶员吓得赶紧转了回去。要是对付那些被达因沙诅咒的人类也这么容易就好了!

我不该让兵车靠得那么近,沸腾如血的狂怒中,他竭力冷静地告诉自己,我该让步兵远远地就从车里下来。显然那些人类和我一样清楚,我们的车不多!

他悔恨地咆哮了两声,不过他心里清楚自己为什么会犯错。人类转移的速度比他预计的快,他想利用一下运输车的速度优势。所以人类才能一举消灭6辆地效车和11辆轮式装甲运兵车……更别提车上的一百多个士兵。

随便哪条宽得够兵车通过的路上,人类都准备了许多小惊喜。

"所有步兵下车，"他冷静地下达命令，"列侦察队形。所有车辆原地待命，等工程师检查路上还有没有爆炸物。"

◆

布切夫斯基坏笑起来。树顶冒出滚滚浓烟，至少又搞掉他们好几辆车。可惜他不知道到底几辆。

不管多少，他们估计会吸取教训，开始步行……除非他们真是一群彻底的蠢货。不过这不大可能。真该死。

好吧，至少也拖了他们一下，让平民赢得了一点喘息的时间。现在，好戏开场，很快还能再给他们弄到点儿喘息的时间。

◆

哈拉的耳朵摊平了，至少这次不是因为惊讶。从他命令部队步行前进那一刻起，他就料到树林里肯定有埋伏。

附近果然传来轻武器"嗒嗒"开火的声音。

◆

自动步枪喷出怒火，布切夫斯基真希望那些电台没有被迫埋掉。他的人很熟悉这片地形，也知道最佳的防御点，不过松盖利人的火力支援更强，通讯手段也强得多。雪上加霜的是，一些松盖利步兵使用了缴获的人类火箭弹和手榴弹来加强火力。

他发现这事儿有些讽刺。这一次，他处于"不对等战争"中弱势的一边，这滋味不好受。不过从另一方面来说，他个人的痛苦经验教过他，在这种地形上游击队能怎样大显身手。

♦

哈拉看着最新的战场全息图，咆哮声中除了挫败，开始有了一些满意。

进展比他预计的慢，战斗从清晨持续到了下午，不过，人类的地空导弹似乎终于用光。这意味着无人机可以靠近一点观察战场，而且现在的势头看起来非常良好。

这事儿他妈的不坏，因为他已损失了超过20%的兵力。

好吧，也许我的损失不小，但他们一定会付出代价，他冷酷地想。实时估测敌方损失准确度太低，不过就算按照他保守观的估计，敌方目前至少已损失四十个人。

以上是好消息。坏消息是，人类的步兵武器非常精良，他们的指挥官打起仗来也和哈拉听说过的那些人类一样狡猾。他这边的人数和火力都占压倒性优势，可现在却在艰难反击——事实上，虽有地效车和迫击炮，但哈拉这边的伤亡至少是人类的六到七倍。敌人非常熟悉地形，他们也冷酷地利用了这一点，哈拉的手下遇到不少隐蔽的炸弹，现在每个人都小心翼翼。

不管对面到底都是些什么人，他想着，肯定不全是农民。他们花了不少时间勘察这片该死的山地。他们的火力点都是根据射程提前选好的，还有那些炸弹……炸弹放的地方也他妈是精心谋划过的。不管是谁干的，活干得不赖，而且肯定花了好几个月来准备。

尽管并不情愿，他心里仍闪过对敌人的一丝敬意。不过这丝毫不会影响最后的结果。无人机勘测到的东西还是远没有他希望的那么精确，不过很明显，村民逃跑的方向尽头是一个死胡同。

◆

布切夫斯基开始感觉到绝望。

早上从村里出来时,他手下有100个"常备军"和150个"民兵"。他知道在这样的战斗中你总会倾向于高估自己的损失,尤其是这样的地形上。比如到目前为止,如果损失的人还不到四分之一,那他可真要大吃一惊了。

这就够糟糕了,还有更糟的。

巴斯托涅营地从来不是用来抵挡松盖利人的全力攻击的。实际上他们想的是,如果有其他人类想打村里过冬物资的主意,可以先退到这边。尽管有巴斯托涅这么个名字,但实际上它更像一个加强版仓库,而不是用来固守的最后阵地。他竭尽全力加强了巴斯托涅的防御能力,但从没想过要把它修得能扛住数百松盖利士兵的正面冲击,更何况对方还有坦克和迫击炮。

别折磨自己了,脑子里有个声音在咆哮,之前根本没有理由修筑坚固的要塞,所以现在别想了,好吗?就算你修了,他们只要呼叫该死的动能轰炸,一切也全完了。

他知道现实的确如此,不过眼下要面对的还有一个现实:通往营地的路太险,几乎没法走过去。巴斯托涅原本是修来对付人类的,如果失去里面储备的物资,就算最乐观地估计,平民也很难度过接下来这个冬天。所以他和米尔恰把所有鸡蛋放在了一个篮子里,尽量找个易守难攻的地方……现在这反倒成了个陷阱,大部分人上不去那个地方。

西坠的落日把森林里缭绕的烟雾染得血红,他们已经无路可走。这是最后一道防线,他用尽一生中学到的所有纪律才压抑住自己的绝望。

对不起,米尔恰,他沮丧地想。我搞砸了。现在我们所有人都完蛋了。不过，我很高兴你没能及时赶回来。

他下巴的肌肉绷紧了，然后伸手抓住了通讯兵玛丽亚·阿维雷斯库。

"去找枪炮军士迈耶斯。"他用好不容易学会的罗马尼亚语说。

"他死了，头儿。"她的回答很残酷，布切夫斯基觉得自己的肚子一下子揪紧了。

"拉米雷斯中士呢？"

"我猜他也一样。我看见他这儿中了一枪。"阿维雷斯库捶了一下自己的胸口。

"那就去找琼斯库中士，告诉他——"布切夫斯基深深吸了口气，"告诉他我说的，让他的人尽量多救几个孩子，我们剩下的人会尽量争取时间。听懂了吗？"

"是的，头儿！"阿维雷斯库满是灰尘的脸一下子变白了，但她重重点了点头。

"很好。去吧！"

他松开女兵的肩膀。阿维雷斯库很快消失在烟雾中，布切夫斯基朝防线上的指挥所走去。

◆

松盖利侦察兵发现，人类撤退的速度比刚才更慢了。惨痛的教训让他们提高了警觉，他们小心翼翼地一步步前进。

小心是对的。

◆

巴斯托涅营地的中心是一个很深的山洞,山洞提供了很好的隐蔽,里面藏着过冬的食物和喂养牲畜的草料。不过,巴斯托涅的防御手段不光是隐蔽。

◆

布切夫斯基听见远处传来的爆炸声,冷酷地咧嘴笑了。他还是很希望手上能有好点的地雷——他愿意用自己的左臂去换几箱阔刀地雷[①]——可巴萨拉布搞来的罗马尼亚反步兵地雷实在糟糕,只能凑合用用。雷带挖得比他预想的浅,不过松盖利人压根儿就没意识到自己走进了什么地方,听见他们的惨叫,布切夫斯基感到一阵残忍的满足。

也许我挡不住他们,但我他妈一定会捞够本。别忘了,没准——没准!——琼斯库真能救几个孩子出去。

他控制住自己不去想,就算孩子们能逃出去,但紧接着就是冬天,他们没有食物,也没有地方住。他不能去想。

"通讯兵!"

"到,头儿!"

"去找古铁雷斯下士,"布切夫斯基对小伙子发出指示,"告诉他,跳舞时间到。"

◆

巴萨拉布搞来的两门迫击炮开始轰鸣,致命的怒火暴雨般倾泻

[①]1960年代美军于越战期间研发的一种定向人员杀伤地雷。

到松盖利人头上，他们被堵在雷区边上，缩在地上抖成一团。在此之前，没几个松盖利人真正见识过人类的炮兵，35磅的HE炮弹一定会给他们留下深刻印象。

◆

瞬息之间，通讯网里遭遇重火力的报告纷至沓来，哈拉团长大吃一惊。虽然步兵的便携式地空导弹已给了他一个不愉快的惊喜，但他完全没料到人类还有这个。

先锋连本已十分惨重的伤亡率再次急剧上升，透过网络，哈拉愤怒地对手下的火力支持指挥官吼道：

"找到那些该死的迫击炮，摧毁它们——立刻！"

◆

迫击炮和地雷营造的大屠杀中又响起步枪声，哈拉手下的步兵退缩了一下。但这些幸存者已从惨烈的战斗中学会不少东西，低级军官开始试探着前进，寻找可能的缺口。

他们身后，三门装在无装甲运输车上的重型迫击炮艰难地爬上了狭窄的小道，开始寻找人类的迫击炮点。但树荫太过浓密，地形十分崎岖，雷达根本不可能有效跟踪对方的火力位置。他们找不到人类的迫击炮位，只得被迫盲射，试图压制对面的火力。

松盖利的迫击炮火力更强，人类前线后方闪过一片又一片灼目的白光，布切夫斯基听见身后的惨叫声越来越大。

但松盖利人有自己的麻烦。他们的大炮装在运输车上，只能在小路上行进，而人类的大炮深埋在地里；而且，布切夫斯基和伊格纳西奥·古铁雷斯早已提前勘察了小路沿线几乎每一个可能的火力位置。松盖利人一开火，古铁雷斯立刻就知道他们的位置，两门迫击炮马上重新锁定目标。他们开火的速度比松盖利人的大炮快得多，松盖利人射出的炮弹数量和密密麻麻落在他们炮车周围的比起来少得可怜。

不过这样的情形根本不可能——实际上也没有——持续很久。

伊格纳西奥·古铁雷斯牺牲了，和一整个迫击炮组一起。但另一门炮还在轰鸣……它的目标可不光是对面的炮车。

◆

哈拉咆哮起来。

他还有十多辆迫击炮车……可它们都远在交火点数英里外，他们沿着这条曲里拐弯的小路追出来太远，炮车都被远远落在后面。他可以把炮车调来——早晚总能开到——也可以呼叫动能打击，到时候，只要几分钟就能彻底完事。可拖延得越久，人类仅存的大炮造成的伤亡就越惨重；要是呼叫动能打击，他领命来抓捕的实验对象就会和他们的保卫者一起灰飞烟灭……这样一来，整个行动变得毫无意义，包括此前已付出的牺牲。

事情不该这样。既然这群原始人这么愚蠢，完全没有一丁点理性与基本的教养，一心只想着战死，那哈拉很乐意成全他们。

他抬头看着树荫间的缝隙。天黑得很快，松盖利人不喜欢在黑暗中作战。可还有时间。在夜幕降临之前，他们还有机会突破人类防线，只要——

◆

史蒂芬·布切夫斯基感觉到，他们来了。他无法解释这样的感觉从何而来，但他就是知道。他能真真切切感觉到松盖利人集结起来，下定决心放手一搏，他就是知道。

"他们来了！"布切夫斯基喊道，以指挥所为中心，他听见自己发出的警报沿马蹄形的防线一棒接一棒传向四面八方。

他把自己的步枪放到一边，走进KPV重机枪的射击位。巴斯托涅的最后一道防线上不止布有三挺装在三脚架上的PKMS 7.62毫米中型机枪，米尔恰·巴萨拉布利用他搜罗物资的天赋找来了一挺重机枪。这挺KPV庞大而笨拙——长达6呎半，原本是车载设计，现在却成了步兵装备。

一阵密集的步枪扫射和手榴弹轰炸之后，松盖利人开始前进。雷区拖慢了他们的步伐，队形开始有些混乱，但他们坚定不移地推进。他们靠得太近了，仅存的大炮没法瞄准，中型机枪开火了。

松盖利人惨叫起来，翻滚到路边，鲜血和肢体残片洒得到处都是，可在他们身后，两辆有轮装甲运兵车缓缓出现在小道上。布切夫斯基无法想象它们是怎么开到这儿的，可车上装载的光能炮炮筒已经开始逡巡着寻找目标。然后，一道固体似的白光猛地穿透了前方的混乱、鲜血和恐惧，一挺机枪永远地沉默了。

但史蒂芬·布切夫斯基也看见了白光的来处，14.5毫米口径的KPV正是俄军在二战期间用于反装甲的终极武器。PKMS的子弹重量约为185格令[①]，发射动能约为3000呎磅[②]；而KPV的子弹大约有1000格令重……它的发射动能大概是24000呎磅。

他瞄准刚才开火的那辆装甲车，重机枪以每分钟600发的射速尖啸起来。

钢芯穿甲燃烧弹以超过3200尺每秒的速度狠狠穿透装甲，车子

---

①英制重量单位，1格令=0.0648克。
②英制能量单位，1呎磅≈1.36牛米。

摇晃起来。用来抵御轻武器的装甲在这样毁灭性的连射下像纸一样脆弱，运兵车开始冒烟，火焰腾空而起。

另一辆运兵车转向这边开火，爱丽丝·麦库姆从掩体里站了起来。她满不在乎地端着一架RBR-M60，重达3.5磅的火箭弹呼啸着飞向运兵车……就在下一个瞬间，一个六连发击中了她。

布切夫斯基手中的KPV喷吐出怒火，密集的子弹沿着松盖利人的前线扫射，他把所有厌恶，所有因身后亟须保护的孩子而生的绝望，统统倾泻到敌人头上。

一颗手榴弹击中了他，重机枪的怒号戛然而止。

◆

XIV

他慢慢醒来，感觉自己像是鬼魂，从黑暗的深渊中缓缓浮起。周围一片黑暗，他浑身剧痛，眼前天旋地转，脑子有些迷糊，记忆支离破碎。

他眨眨眼，艰难而缓慢地回想到底发生了什么。他懒得回想自己受过多少次伤。没有哪次像现在这样，浑身上下每一处地方都在痛，就像心跳一般永不止歇。他知道自己一生中从来没有这么痛过，但奇怪的是，身上的疼痛似乎非常……遥远。有一部分自我的确感到疼痛，但另一部分的自我被眩晕感隔开了，隔在小小的一步开外。

"你醒了，我的史蒂芬。"

他意识到，这是一个肯定句，而非疑问句。虽然说话的声音似乎是在向他求证。

他试图转头，但头好像不是自己的，感觉花了一辈子的时间，米尔恰·巴萨拉布的脸才终于浮现在他眼前。

他又眨了眨眼,试图聚焦,却没能办到。他发现自己躺在某个洞里,外面是一片山地,天黑了。他的眼睛似乎出了点问题,所有东西看起来都不太协调,夜幕里不断有闪光划过,就像灼热的闪电一般。

"米尔恰。"

他几乎听不出自己的声音,这声音微弱而纤细。

"是我,"巴萨拉布回答,"我知道现在说这个你也许不信,但你会好起来的。"

"你……说的……我就信。"

"明智的决定。"

虽然眼前的一切还是模模糊糊,但布切夫斯基没错过巴萨拉布脸上一闪即逝的微笑,他艰难地试图张嘴回答,但一阵新的疼痛席卷而来。

"我……搞砸了。"他强忍疼痛,"对不起……真对不起。孩子们……"

他忍住泪水,眼睛如灼烧般地痛,然后他感觉到巴萨拉布握住了自己的右手。罗马尼亚人举起这只手,放在自己胸口,然后朝布切夫斯基俯身,他的脸更近了。

"不,我的史蒂芬,"他缓缓地说,"失败的不是你,是我,都是我的错,我的朋友。"

"不。"布切夫斯基虚弱地摇头,"不。就算……你在这儿……也挡不住……他们。"

"你这么觉得?"这次轮到巴萨拉布摇头了,"那你就错了。如果我觉醒了,那些生物——那些松盖利人——根本别想碰我的人一根指头。我花了太多时间试图去做一个不是我自己的人,试图去遗忘。你让我羞愧,我的史蒂芬。你填补了我的空缺,承担起我的责任，为我的失败而流血。"

布切夫斯基皱起眉头，脑子里天旋地转，但他还是努力理解巴萨拉布的话。最后他决定，既然现在感觉这么糟糕，还是不要……或者也不该……表现得太过惊讶。

"还有多少——？"他问。

"恐怕只剩下几个，"巴萨拉布轻轻说，"你的枪炮军士迈耶斯在这儿，虽然他伤得比你还重。那些害虫估计觉得你俩必死无疑。贾斯敏和二等兵洛佩斯也在，但其他人……在我和特克回来之前就死了。"

这情况布切夫斯基早已料到，但在巴萨拉布确认这一切时，他还是感觉自己的胃抽紧了。

"还有……村民呢？"

"琼斯库中士救出十多个孩子，"巴萨拉布说，"孩子和他们的母亲逃走时，琼斯库带着兄弟们死守小路，他阵亡了，兄弟们也没剩下几个，他们——"

他耸耸肩，挪开视线，然后又转头望着布切夫斯基。

"他们不在这儿，史蒂芬。出于某种原因，那些害虫把他们带走了，我见到了他们的新基地，我觉得，大概我俩都不会喜欢那个原因。"

"上帝啊。"布切夫斯基再次闭上眼睛，"对不起，都是我的错。"他再次说。

"别老说蠢话，不然我要发火了，"巴萨拉布断然道，"也不要放弃援救的希望。他们是我的人，我发誓要保护他们，我绝不会让自己的诺言落空。"

布切夫斯基的世界再次旋转起来，但他勉力睁开眼睛，不敢相信地向上看去。他的视线变得清晰起来，虽然只有一小会儿，但当他看见米尔恰·巴萨拉布的脸庞，所有的怀疑都烟消云散。

当然，对方的话还是很荒谬，布切夫斯基对此心知肚明。只是不知为什么，当他看见巴萨拉布花岗岩般坚定的表情，他知道的一切都不重要了。唯一重要的就是，他觉得……布切夫斯基又坠入无限的黑暗中，与此同时，他脑子里掠过几乎微不可见的一点灵光。

他几乎开始同情起松盖利人来。

◆

二等兵库梅尔觉得自己的头开始往前低了，他赶紧挺直脊背，端端正正地坐回椅子里。这把椅子舒服得要命，要在半夜保持警觉的人需要的可不是这样的玩意儿。

他摇摇头，觉得自己最好找点事做，他可不想让巡视的军官发现自己在当班时打瞌睡，然后揪下他的脑袋。找点儿能让他看起来勤快又正大光明的事情来做吧。

他愉快地抖抖耳朵，输入命令，让安保系统执行一次标准的全防线扫描程序。他没指望真能发现什么问题，整个基地是全新的，不到三天前所有系统刚刚圆满完成了最后一次检查。不过，能让上面从系统日志里看见他的勤勉总是好的。

计算机有条不紊地执行程序，汇总报告，他一边看一边轻声哼歌儿。他特别关注了一下实验室区。既然现在有实验对象了，实验室应该马上就会开始真正的实验。到那时候——

屏幕上出现了一个红色图标，歌声戛然而止，库梅尔的耳朵竖了起来。肯定出错了……不是吗？

他输入一个更严密的扫描程序，屏幕上闪烁的图标更多了。竖起的耳朵倏地摊平下来，库梅尔紧盯着一片红色的屏幕，猛地按下通讯键。

"一号防线！"他大喊，"请接一号防线，总机。紧急状况！"

对面没有回答,他感觉似乎有上百只冰冷的小脚在自己背上窜来窜去。

"二号防线!"他狂吠着试图接通另一条线路,"二号防线——紧急状况!"

还是没有回答,这不可能。每条防线上有整整50个人——总有一个能听见他的警报吧!

"所有岗哨!"库梅尔听见自己声音里的绝望,他一边砸着"所有单位"的按键,一边试图克制情绪,"所有岗哨,红色警报!"

没有任何回音,他胡乱拍打着台子上的按键,然后一把抓起显示屏。画面从图标变成了实时画面……他惊呆了。

不可能,库梅尔盯着屏幕上的惨烈景象,脑海深处一个小小的声音坚定地说。画面上,他的战友们被撕开了喉咙,松盖利人的鲜血渗入异星干燥的泥土,有人被拧断了脖子,脑袋可笑地望着自己的后背,残缺的肢体散落一地,像是某个疯子的血腥创作。

不可能,不可能连警报都没发出一个。不——库梅尔听见一声轻响,他的右手闪电般地伸向佩枪,可就在他摸到武器的瞬间,控制室的门轰然大开,无边的黑暗击中了他。

◆

XV

"什么?"

舰队司令提凯尔震惊万分地看着旗舰指挥官阿兹默,完全不能理解对方的话。

"我……我十分抱歉,阁下。"旗舰指挥官听起来像是被最糟糕的噩梦魇住了，提凯尔心不在焉地想着，"报告刚刚送来，恐怕……已经确认了，阁下。"

"所有人？"提凯尔摇摇头，"所有派去基地的人——包括谢瑞兹？"

"所有人，"阿兹默沉重地回答，"而且所有实验对象都不见了。"

"达因沙啊，"提凯尔的声音低不可闻。他看着旗舰指挥官，然后更加用力地摇头。

"他们是怎么做到的？"

"阁下，我不知道。没人知道。这根本不……好吧，我们从未见到人类做这样的事。"

"你到底指什么？"提凯尔的声音恼怒地提高了。他知道这股怒火有一大半是冲自己发的，气自己表现得如此震惊，不过阿兹默刚才说的太过匪夷所思。

"事发现场看起来根本不像是任何使用武器的种族干的，司令。"听起来阿兹默根本不指望提凯尔相信自己，但他还是顽强地说了下去，"更像是某种野兽绕过了所有安保系统，没有触发任何警报。一次都没有，阁下。现场没有枪伤，没有刀伤，没有武器的痕迹。我们的人只是被……撕得四分五裂。"

"根本毫无道理。"提凯尔表示反对。

"是的，阁下，的确没道理。但事实如此。"

两人面面相觑，最后提凯尔深吸了口气。

"召集所有高级军官，两小时后开会。"他断然下令。

◆

"地面巡逻队已确认，司令，"地面指挥官泰瑞斯沉痛地说，

"松盖利人无一幸存。一个都不剩。另外——"他长吸一口气,当你必须说出某些实在不想提的事就会这样,"——没有证据表明我们的士兵曾经开枪自卫。好像他们就……坐在那儿,等着别人——或别的什么东西——来把他们撕碎。"

"冷静点儿,泰瑞斯。"提凯尔的声音既严厉又充满同情,"很快士兵们就会听说这个消息,届时会产生大把的恐慌流言,你不要自乱阵脚。趁现在谣言作坊还没开工,我们更不该鼓励这些无稽之谈!"

泰瑞斯看了他一会儿,试图笑一下,结果只发出一声空洞的轻响。"您说的没错,的确如此,阁下。只不过……好吧,只不过我从没见过这样的事。我检查了数据库,据我所知,整个联盟也从未有任何种族遭遇过类似事件。"

"银河很大,"提凯尔说,"联盟探索过的地方只占银河的一小部分。我也不知道下面具体发生了什么,可是相信我——总归有一个合理的解释。我们要做的,就是找出这个解释。"

"恕我直言,司令,"飞行指挥官简因发低声说,"我们该怎么做呢?"

提凯尔看向他,飞行指挥官的耳朵抖动了几下。

"我亲自复查了监控记录,阁下。在二等兵库梅尔开始试图联系各岗哨之前,没有任何出现问题的迹象。不管发生了什么,对方显然设法杀掉了守卫部队的所有士兵——除了库梅尔——却没发出任何可探测的热信号、移动信号或声信号。阁下,问题在于,我们完全没有任何数据、任何信息可供追查,只有一个尸横遍地的基地。没有证据,我们怎么弄清到底发生了什么?更别说追查凶手。"

"阁下,我认为我们可以作出一个假设。"基地指挥官巴拉克现在在地球上,他通过远程通讯参加会议,提凯尔朝他的图像点点头，示意他说下去。

"正如我刚才说的，我认为我们可以假设一件事——"巴拉克继续说，"如果是人类干的——如果他们拥有这样的能力——他们完全没必要等我们干掉了他们一大半人口以后才下手！我们也不会到现在才面对这一幕。为什么是现在？为什么是谢瑞兹的基地，而不是我或福尔萨指挥官的？除非我们假设人类通过某种方式发现了谢瑞兹在研究的东西，否则无法解释他们为何会首次动用'秘密武器'，只为对付一个附近人口伤亡不多的全新基地。"

"恕我直言，基地指挥官，"泰瑞斯说，"如果不是人类，你觉得可能是谁下的手？"

"我不知道，阁下，"巴拉克恭敬地回答，"我只是提出，从逻辑上说，如果人类最开始就拥有这样的能力，他们早该下手了……而且规模会比现在大得多。"

"你是暗示联盟其他成员可能参与了这一事件？"提凯尔缓缓地问。

"我觉得不能排除这种可能……但可能性的确极小，阁下。"巴拉克耸耸肩，"再次强调，我不知道是谁——或什么东西——干的，而且就算作此假设，我也不清楚联盟里其他成员怎能如此无声无息地渗入我们的安保系统。我们的技术不比任何人差，甚至可以说比谁都强，如果单从军事应用方面来看的话。"

"说得很精彩，"简因发撇撇嘴，"所以到目前为止，我们每个人能提供的意见就是：我们完全不知道是谁干的，也不知道他们是怎么做到的，连他们为什么要干都不清楚！当然，假如不是人类……现在我们一致认为人类最开始并不拥有这样的能力！"

"我觉得，为了回避实际问题，我们绕圈子绕得够远了，"提凯尔毫不客气地说，"目前我们一无所知，但是助长彼此的恐慌情绪毫无意义。"

下属们都看着他，每个人多少都有些怯懦，提凯尔冷笑起来，龇出犬齿。

"别误解我的意思。我对此……和你们一样焦虑，让我们一起来看看：目前为止，我们损失了一个基地和相应的人员。是的，我们被捅了一刀子——还很重。无论发生了什么，显然对方是在突然间彻底端掉了我们的一个基地，监控网络什么都没记录下来。我认为，首先应命令所有基地、所有人员进入最高戒备状态；其次，我们应该看到，无论敌人是谁，他们也许拥有某种高级隐身技术。探测器帮不上我们的忙，现在就得靠人工监控。我希望所有单位建立自由流通的实时通讯网络，所有检查站安排人员值守，不能只靠仪器，所有分遣队定时向上级总部签到。就算他们——不管是谁——潜进来时我们探测不到，至少来了以后我们能确保及时发现。我不在乎他们的'隐身技术'有多先进，只要知道他们在什么地方，在这颗星球上，我们有足够的兵力、足够的枪械和足够的重武器消灭任何敌人。"

◆

"泰瑞斯，有问题吗？"提凯尔说。

高级军官们鱼贯而出，但地面指挥官留了下来。此刻，他看着舰队司令，耳朵耷拉着，眼神黯淡无光。"阁下，有两个小问题……我没在大家面前说。"他小声道。

"啊？"提凯尔尽量让自己的嗓音保持冷静，他感觉到一根冰冷的钢针刺入了神经。

"是的，阁下。首先，初步医学检查表明，基地指挥官谢瑞兹的死亡时间比其他人员晚几个小时。有迹象表明她……在脖子被拧断之前被审问过。"

"我知道了。"提凯尔看了这位下属一小会儿,然后清清嗓子,"第二点呢?"

"阁下,第二点是,基地里有两套神经教学设备失踪了。一定是袭击谢瑞兹基地的那些人拿走的。如果他们知道如何操作……"

地面指挥官的声音越来越小。剩下的事不用他说,因为每套教学设备中都储存着联盟全套的基础科技知识。

◆

XVI

"我都要盼着赶紧发生点什么了。"基地指挥官福尔萨说。此刻他正通过通讯器与另一个基地的指挥官巴拉克通话,那头的巴拉克皱起眉头。

"我希望查个水落石出的心情和你一样迫切,福尔萨。我觉得,要弄清到底是怎么回事,的确得先'发生点什么'。不过,你要知道,你是离那片区域最近的主基地。"

"我知道,"福尔萨苦笑,"我要说的就是这个。我们待在这儿感觉有点不安全。我现在觉得,陷入这样的猜疑恐怕比真正的袭击更难应付。"

巴拉克咕哝了一声。他的基地位于一片曾叫做"堪萨斯"的地区中心,和谢瑞兹遇袭的地方隔着整整一个大洋。而福尔萨的基地就在人类城市莫斯科的废墟旁边。

不过,快两个本地周过去了,这么长的时间里,整支远征军没有一个人能对那件事作出合理解释。这段时间,所有人的神经都绷得紧紧的,福尔萨提到的"猜疑"在每个人心头蔓延。

而这么长的时间,足够那批袭击者在什么地方再来一次。

"你说的也许有理,"最后,巴拉克说,"但我可不盼望出事。事实上,要是我能做主的话,"——他的声音低了下去——"我会选择就此住手。这颗星球一无是处,就是一颗烫手山芋。我会撤回所有人员,然后把这儿夷为平地。"

两位指挥官视线交错,巴拉克看见了福尔萨眼神里的赞同。舰队司令提凯尔手下的任何一艘无畏战舰都能彻底消灭任何一颗行星上的所有生物。当然,要是真这么干了,在联盟里必将招来千夫所指。他们会把帝国盯得更紧,这样的密切监视也许会带来灾难性后果。不过就算如此……

"不知道为什么,我觉得舰队司令不太可能选择这样的解决方案。"福尔萨小心翼翼地说。

"是的,也许那才是正途。"巴拉克说,"但我敢打赌,他私下里肯定考虑过,你应该也想到了这点。"

◆

"签到时间!"卡朗斯旅长宣布,"报数。"
"一号防线,安全。"
"二号防线,安全。"
"三号防线,安全。"
"四号防线,安全。"

下属的确认有条不紊地传来,每听到一声,卡朗斯的耳朵就满意地抖动一下……突然间,报数戛然而止。

有那么一小会儿,旅长没放在心上,然后他的身子猛地绷紧。
"五号防线,请报告。"他说。

回答他的只有沉默。

"五号防线!"他大喊一声……就在这一刻,枪声大作。

卡朗斯猛地跳起来，冲进指挥部地堡里的观察哨点，在他身后，指挥部的工作人员陷入一片混乱。透过观察哨向外看，枪炮的闪光撕裂了黑暗的夜空，卡朗斯不敢相信自己的眼睛，他浑身都僵住了。外面除了自动武器暴烈的闪光什么都看不见……探测器也没发现任何东西，但外面的步兵正在朝什么射击，就在他向外看时，他手下的一个重武器阵地也开火了。

"我们受到攻击！"通讯网络里有人惊叫，"三号防线——我们受到攻击！他们从——"

声音戛然而止。然后卡朗斯听见了可怕的一幕，有人大声示警，有人惊恐尖叫，有人喊到一半，再也没出声。这就像是一阵不可阻挡的隐形旋风席卷他的防线，吹迷了他的眼睛……他甚至连对方是谁都看不见！

通讯网里的声音越来越小，突如其来的寂静比枪声、比不知道射向什么东西的炮声更可怕。枪炮声也突然中断，最后几声惊叫如水泡般消散，只留下无边的寂静，卡朗斯觉得自己的心脏似乎在胸膛里冻结了。

唯一能听见的声音，是指挥部的工员正绝望地试图联系上随便哪个外围防线的岗哨。

没有回答，只有沉默。然后——

"那是什么？"有人惊叫，卡朗斯转过头，看见头顶通风系统的天窗里有什么东西流了出来。他甚至来不及仔细辨认，黑暗像大锤一样砸在了他身上。

◆

舰队司令提凯尔觉得自己老了一千岁，他坐在寂静的特等舱里，诅咒着那一天，那一天，他想出了那个天才的主意，利用这颗星球和星球上那些该死的、杀之不绝的人类为帝国谋福祉。

看起来那么简单，他近乎麻木地想，似乎很值得冒险。可自士兵登陆的那一刻开始，一切都错得那么离谱。现在，又来了这个。

福尔萨的基地全完了，一夜之间就被连根拔起。不到八小时后，两个步兵旅和一整个装甲团也烟消云散。

而且，到底发生了什么，他们依然毫无头绪。

司令部只收到一份报告，报告人是一位团长，他声称受到人类的袭击。那些人类完全无视突击步枪的子弹，热感应器探测不到他们的踪迹，他们根本不可能出现在那儿。

也许确实不可能，也许这只不过是这颗疯狂的星球上另一桩疯狂的事情。不过不管是什么，我受够了。不不不，不止是够了。

他猛地按下通讯键。

"舰队司令，请问有何指示？"阿兹默的声音轻轻响起。

"让他们撤回来，"提凯尔的嗓音平静得可怕，"我希望所有士兵在十二小时内彻底撤离这颗星球。然后，让简因发的无畏战舰用达因沙之诅咒来一次打靶演习。"

◆

当然，事情不会那么简单。

组织一次行星尺度上的紧急撤退比登陆更复杂。好歹现在需要的运送量比登陆时少得多了，提凯尔痛苦地想。他手下超过半数的地面武装已付之东流。虽然比起人类的损失，这点绝对损失几乎可以忽略不计，但对帝国来说，这仍是一次难以置信的失败，而这一切都是他的责任。

他情愿以自杀来终结这一切，但就算自杀也无法抹去他给整个种族带来的污点。不，只有回去接受处决才能洗清名誉……也许就连处决都不能。

不过，在回去面对皇帝陛下之前，我还需要做最后一件事。

"准备好了吗，阿兹默？"

"正在等待进一步数据。"旗舰指挥官回答。他的声音有点不对劲，提凯尔望向他，不耐烦地问："什么意思？"

"根据目前的数据，所有穿梭机都已返航并进入泊位，但星晓号和帝国之剑号配备的小飞船仍未就位。所有运输船都已返航，就那两艘还没回来。"

"什么？"

提凯尔只问了两个字，但他颤抖的声音里突然充满了冰冷的狂怒。就像是他所有的焦虑、所有的恐惧、自责和耻辱突然找到了一个出口，他恶狠狠地咆哮一声，犬齿完全龇了出来。

"接通那两艘船的指挥官，马上，"他断然说，"看在达因沙第二层地狱的分上，搞清楚他们在干什么！然后把简因发给我找来！"

"立即执行，阁下！我——"

阿兹默的声音戛然而止，提凯尔的眼睛眯缝起来。

"阿兹默？"他说。

"阁下，图像……"

提凯尔望向主显示屏，这次轮到他惊呆了。

远征军的七艘无畏战舰中有六艘头也不回地向远离地球的方向开去。

"他们在——？"他刚开口就噎住了，两艘战舰突然开火，目标不是地球，而是它们自己的护卫舰！

整个银河系没有任何东西能在无畏战舰能量炮的轰击下幸存，小小的侦察舰、驱逐舰和巡洋舰当然不例外。

短短45秒内，提凯尔视野内的所有小型战舰灰飞烟灭，四分之三的运输舰也随之烟消云散。

"把简因发找来！"他冲阿兹默大吼，"搞清楚到底——"

"阁下，飞行指挥官简因发的战舰没有应答！"阿兹默手下的通讯官脱口而出，"其他无畏战舰也无一应答！"

"什么？"提凯尔不可置信地盯着他，凄厉的警报声骤然响起。起先只有一处，然后是另一处，再下一处。

他猛地转身望向主控制屏，就位确认板上，红灯闪成一片，一阵寒意流过他的血管。工程系统失控，然后是战斗信息中心。主火力控制系统离线，跟踪系统、导弹防御系统、导航系统全部瘫痪！

然后，舰桥也停电了。大灯熄灭，周围陷入一片黑暗，应急灯亮起时，提凯尔听见有人在匆匆祈祷。

"阁下？"

阿兹默的声音虚弱无比，提凯尔看向他，却说不出话。提凯尔只能站在那里，浑身僵硬，完全无法应对眼前这不可能发生的状况。

然后，舰桥的装甲大门轻轻滑开了，一个人类走了进来，提凯尔的眼睛猛地瞪大。

舰桥上的每个军官都有武器，十多把手枪同时开火，一瞬间提凯尔什么都听不见。无数子弹飞向人类闯入者……却完全没有效果。

不，这不对劲，提凯尔脑子里某个角落还在麻木地坚持。子弹直接穿过了他的身体，"嗡嗡"地撞在他身后的隔离壁上，又反弹开来，但他似乎完全没有注意它们。他没受伤，也没有流血，他的身体就像是烟雾构成的，毫无阻力，也完全不会受损。

人类闯入者就那么站着，看着这些松盖利人，然后突然间，舰桥上又出现了几个人类。四个。只有四个……但足够了。

提凯尔的脑子乱成一团，连那四个新来者的身影开始模糊起来的时候，他都来不及恐慌。那些人似乎变成了半蒸汽形态，以不可能的速度在舰桥中泼洒而过。他们流过舰桥，裹住军官，然后提凯尔听见了惊叫。后面的松盖利人看见烟雾朝自己的方向流过来，全都惊叫起来，叫声中充满恐慌……然后烟雾吞没了他们，有人"呜呜"闷叫几声便再无声息，只剩下可怕的寂静。

还站着的松盖利人只有提凯尔一个了。

他的身体软绵绵的，几乎要瘫倒在地，但不知为什么，他的膝盖绷得直直的。倒下也需要运动……但最前面那个人类绿眼睛里的某些东西让他动弹不得。

绿眼睛走进残肢遍地的指挥室，停了下来，看着提凯尔。

"你一定有很多疑惑，舰队司令提凯尔。"他轻柔地说……他的松盖利语无懈可击。

提凯尔只能直勾勾地盯着他，说不出——无法说出——一个字。人类笑了，笑容中有某种非常可怕……非常不对劲的东西。提凯尔意识到，那是他的牙齿。人类原本长得很小的犬齿变长了，也变得更尖了，就在那一刻，提凯尔终于明白了，数千万年来那些被掠食的动物是怎么看待松盖利人的笑容。

"你们自称'掠食者'。"人类的上唇弯了弯，"相信我，舰队司令——你们的人对掠食者根本一无所知。不过，他们会知道的。"

提凯尔喉咙里发出呜咽声，绿眼睛的脸涨成可怕的潮红色。

"我遗忘过，"人类说，"我曾厌弃自己的过去。你们来到我的世界，屠杀了数十亿人类，就算在那样的时刻，我仍坚持遗忘。但是现在，多亏了你，舰队司令，我觉醒了。我想起了光荣的义务，我想起了瓦拉几亚之王的职责。我想起了——哦，我是怎样想起的啊——复仇的滋味。我决不能原谅的正是这一点，舰队司令提凯尔。我花了五百年时间学习如何忘记它，你却让复仇的滋味又溢满我的嘴巴。"

如果能够不看那双燃烧的绿眼睛，提凯尔愿意出卖自己的灵魂，但他连这都办不到。

"整整一个世纪，我顶着被谋杀的兄长的名字，不肯面对，但现在，舰队指挥官，我恢复了我的本名。我是弗拉德·德古拉——弗拉德，巨龙之子，瓦拉几亚之王——而你，胆敢屠杀我庇护的人民。"

提凯尔突然发现自己能说话了——他知道，是面前这头人形的怪兽松开了控制——他艰难地吞了口唾沫。

"什——刚才你说什——？"他试图发声，却说不出一个完整的句子，弗拉德残酷地笑起来。

"在你们刚刚到达时，就算我准备好了——就算我愿意——做回曾经的自己，恐怕也难以作出反应，"他说，"当时我孑然一身，只有几个最亲密的追随者，我们的人数太少太少。但是后来，你们的行动告诉我，我真的别无选择。当你们建立起基地，计划制造武器消灭所有人类，我的选择就变得非常简单了。我不能容许这样的事——我不会容许。所以我别无选择，只能创造出更多同族。创造出一支军队——规模不大，但毕竟是一支军队——来对付你。

"比起……年少冲动时，现在的我谨慎得多。这一次我挑选出来转换成吸血鬼的男人和女人比我自己还在呼吸时更加优秀。我祈盼他们能够平衡你在我身上再次唤醒的饥渴，但别指望他们对你及你的种族会有丝毫仁慈。

"他们都比我年轻得多，刚刚拥有了新能力，还没有强大到能接受阳光的照射。不过，和我一样，他们已经不再呼吸了；和我一样，他们能贴在穿梭机外壳上，谢谢你慷慨地让他们随穿梭机进入了你的运输船……和你的无畏战舰；他们和我一样，使用了你们的神经教学仪,学会了如何操纵你们的飞船,如何使用你们的技术。

"我会把你们的神经教学仪留在地球上,让每一个仍在呼吸的人类接受全面的联盟级教育。也许你注意到了,我们非常小心,没有破坏你们的工业飞船。就算人类遭遇了如此重创,但现在有了这样的起点,你觉得未来几个世纪内他们会达到怎样的高度?你觉得,你们的联盟委员会会为此高兴吗?"

提凯尔又吞了口唾沫,沉重的恐惧压得他透不过气,人类的头颅高高昂起。

"委员会对你的作为恐怕不会太高兴,舰队司令,不过我向你保证,他们的怒火不会对你们的帝国造成任何影响。毕竟,任何一艘无畏战舰都能彻底消灭一颗行星的所有生命,不是吗?你的帝国有没有想到过,哪怕是短短的一刻——有朝一日,你们自己的主力战舰会给帝国带来威胁?"

"不,"提凯尔终于呜咽出声,他的眼睛猛地盯住了屏幕上的绿色光标,那是其他几艘正驶离地球的无畏战舰,"不,求求……"

"看着自己的孩子在眼前死去,多少人类父母会对你说出一模一样的话?"人类冷冷地回答,提凯尔啜泣起来。

人类冷酷地看了他一会儿,然后移开视线,抬头望向身旁那个高个男人。绿眼睛里燃烧的炽热消失了,他的眼神变得柔和起来。

"尽量保住我人类的一面,我的史蒂芬,"他用英语温柔地说,"提醒我,为什么我曾那么辛苦地试图遗忘。"

黑皮肤的人类低头回望他,点了点头,那双绿眼睛又转回提凯尔身上。

"我相信你和他还有账要算,我的史蒂芬,"他说。那位块头更大、个子更高、皮肤更黑、看起来远没有那么可怕的人类笑了起来。

"是的,有账要算。"他醇厚的嗓音低沉地响起。被那双有力的黑手抓住时,提凯尔像只被困住的小动物般尖叫。

"这是你欠我女儿的。"史蒂芬·布切夫斯基说。

(妲拉 译)

彼得·S. 毕格

彼得·S. 毕格（Peter S. Beagle）1939年出生于纽约。按照奇幻文学作家的标准，他并非多产作家，但他发表过一系列脍炙人口的奇幻小说，其中至少有两部作品——《美好安息地》（*A Fine and Private Place*）和《最后的独角兽》（*The Last Unicorn*）——影响深远，已被公认为流派的经典之作。事实上，毕格应该是继布拉德伯里（Bradbury）之后在抒情和感召方面最为成功的现代奇幻作家。他也是"创神奖"（Mythopoeic Fantasy Award）和"轨迹奖"（Lucas Award）的得主，并多次进入"世界奇幻奖"（World Fantasy Award）决选。毕格其他的著作包括小说《空中民谣》（*The Folk of the Air*）、《旅店主人之歌》（*The Innkeeper's Song*）和《塔米辛》（*Tamsin*）。他的短篇小说刊登在很多地方，如《科幻奇幻小说》（*The Magazine of Fantasy & Science Fiction*）、《大西洋月刊》（*The Atlantic Monthly*）、《十七岁》（*Seventeen*）及《妇女家庭杂志》（*Ladies' Home Journal*）。这些短篇又被收录在《引用尼采和其他老相识语录的犀牛》、《巨骨》（*Giant Bones*）、《字里行间》（*The Line Between*）以及《讳言吾兄》（*We Never Talk About My Brother*）等选集中。他凭《孪生双心》（*Two Hearts*）获得2006年"雨果奖"（Hugo Award）和2007年"星云奖"（Nebula Award）。他还曾为数部影片改编剧本，包括动画电影版的《指环王》（*The Lord of the Rings*）和《最后的独角兽》；歌剧脚本《午夜天使》（*The Midnight Angel*）；备受粉丝追捧的《星际迷航：下一代》（*Star Trek: The Next Generation*）系列电视剧中的《沙瑞克》

(*Sarek*)；另外还有一部畅销的自传体游记《人靠衣服马靠鞍》（*I See By My Outfit*）。他最新的作品是《镜中王国：彼得·S. 毕格佳作选》（*Mirror Kingdoms*：*The Best of Peter S. Beagle*）。2010年他将有两部期待已久的新小说问世，分别是《漫漫夏日》（*Summerlong*）和《恐怕是龙》（*I'm Afraid You've Got Dragons*）。

乍看本故事您会觉得有些费解，但请不要放弃，您将会看到一个充满悲悯之心的好故事——主人公或许是本选集中最为另类且不可思议的战士。

魅影

红色。

濡湿的红色。

我伫立在红色中。

看。他在红色中弯腰，一只手握着闪亮的东西，另一只手在红色中撕扯、摇晃着什么东西。

那东西在蠕动。

红色中的它在蠕动。

不想让它动。他踢它，再次举起闪亮的东西。

他没看见我。

在红色中，它发出声响。

声音让我很受伤。

也不想听见声音。弄出声响，闪亮的东西挥下去。

拦住他。

为什么？

不知道。

在我手里，他手里。怒目圆睁。抽出来了，闪亮的东西朝我挥来。

把它夺走。

我用闪亮的东西划过他脸庞。如花朵一般绽放。露出红红的牙齿。闪亮的东西再次划过，朝另一边。

红，红，到处都是红。

另一个声音，洪亮，刺耳。由远及近。眼睛煞白，脸色猩红。

他转身，脚在红色中打滑。本可以抓住他。

那声音越来越近。就在我脚下，在红色中移动。折磨着我，伤害着我。

声音太近了。

走开。

黑暗。

黑暗。

黑暗。

◆

我……

什么？哪一个？谁？

我是谁？想想。

什么是"想"？

太吵了。真难受。太吵了。

注意栅栏，孩子们。太吵了。真受不了。

一个男孩，绊倒在地。

其他男孩一起上前。

脚，我看到那么多脚。

伤害。

我走近他们。我。

我一手拎起一个男孩，把他们扔得远远的。我。

越来越多的男孩，越来越多的脚。抓起他们，对碰他们的脑袋，扔出去。

好爽，我感觉好爽。

男孩们不见了。

绊倒在地的男孩。衣服撕破了，脸上一道一道的红。这是血。我知道。我怎么知道？

男孩站起身，又倒下。

脸上湿乎乎的，不是血。有水从他眼中流出。那是什么？

他再次起身，对我说话，用语言。走开。差点摔倒，但是没有。擦擦脸，继续走。

转身，无数张脸看着我。我回头。他们都走了。形单影只。

这里。哪里？

好多门。好多窗。喧闹。人。一个昏暗的窗户中，一个人影。

我动，它也动。我靠近去看——它向前，向我扑来。

我？

黑暗。黑暗。黑暗……

◆

那人拿着刀，我差一点就能抓住他。退后，靠近，又闪开。在我的左眼角，潜伏着，潜伏着。老妪尖叫着，不停地尖叫。骑在我后背的那个，前臂卡着我的脖子，一边哈哈大笑，一边嘟嘟囔囔。我猛地向后甩头，似乎把他的鼻子撞断了，他掉了下来，被我一脚踢中裤裆。持刀的人逼近了，我抓住他的手腕，一下子掰断，是的。第三个人，拿着枪，战战兢兢，开枪了，嘭，垃圾筒摇晃了半天，倒了。他丢下枪，拔腿就跑，跑进巷子里溜掉了。

我转过身，被我踢中的那个，正侧着身子想爬过去够那把枪。见我转身就立刻停下。老妪终于走了，持刀的那个蜷缩在仓库墙根下。"贱人，你他妈弄断了我的手腕！"贱人，一遍又一遍，还夹杂着别的话。我捡起刀和枪，走开，找个地方把它们扔掉。明媚的阳光映在河上，好美。

黑暗……

◆

于是我在地上一滚，想夺下那个哭泣男人的自动步枪。他打我，咬我，踢我，还想用枪托抡我。四周全都是人——到处都是腿、鞋，近在咫尺，很多购物袋，就在眼前晃，有人踩在我手上。地上横七竖八地躺着尸体，有的还在动，但大部分一动不动。他在我怀中，挣扎，哀号，什么妻子弃他而去，工作丢了，孩子也被带走了。嘈杂，嘈杂。他突然一松劲，眼睛一翻，死了，从此与人无害。我打退了一个怒火中烧的男人，那人怀中抱着一个小女孩，想要那杆枪。把枪给我！我起身，站在持枪歹徒身边，围住他，保护他。警察来了。

警灯闪烁，红灯、蓝灯和白灯不停地转，将我们所有人围起来。警察猛地把那人架起拖走了，根本没让他的脚挨地。他还在哭个不停，脑袋向后耷拉着，就好像脖子断了一样。尸横遍地，大部分都死了。我知道什么叫"死了"。

一名警察走上前，感谢我避免了更多死亡。我把步枪给他，他取出一个小笔记本。要我讲经过——发生了什么事，看见了什么，做了什么。样子挺和善，笑眯眯的眼睛。我开始对他描述。

……然后黑暗袭来。

我这是去哪里？

黑暗袭来时，我在哪儿？——才下刀山，又入火海，中间没有间隔，没有记忆，只有模糊不清的搏斗，没有名字，没有需要，没有欲望，跟什么都没关系，只有自己在商店橱窗里或雨水坑里的倒影……我住在哪儿？我是谁？我又是什么时候来的？

我活着吗？

不，我不是个活生生的人，也不可能是。我是某种物体。一个会行走的武器，一个工具，一种力量，听命于未知的人或物。因何如此？我也弄不明白。

但是——

如果我注定是一件武器，专为某一目的特意制造的武器，那为什么我还有能力质疑？那个可怜的疯子的步枪会在意自己的身份吗？它在乎自己的主人是谁吗？它会问为什么自己平时被挂在这儿而不是那儿吗？不对，我肯定比步枪多点什么：我肯定是……

◆

我百思不得其解，此刻依然满是困惑。便道上躺着一个破衣烂衫、半睡半醒的叫花婆子，一对年轻情侣弯腰看着她嬉笑，小伙子手里拿着打火机，打开盖，大拇指按着打火波轮准备点火。我抢过他们手中的汽油桶，猛砸他们，将他们打翻在地不能动弹；接着往他们身上泼汽油，顺手把打火机扔进下水道。破衣烂衫的叫花婆子闻到汽油的呛鼻气味，起身嘟嘟囔囔地走开。经过我身边的时候对我微微地点了下头。

就在那一刹那，在黑暗包裹住我之前，我站在空荡荡的街道上，目送她的背影：我是一个暂时不属于任何人，也没有瞄准任何人的武器，正试图想象自己的模样。但仅仅在那一瞬间……

◆

然后黑暗再次袭来，开始想到黑暗……

◆

这次是白天，是个下午。我看见她在我前面，远远地走在我前面。这个镇静从容，衣着华贵的女人淡定地将第二个小孩丢入蜿蜒流经城市的河中。我还看见第一个孩子的头，几乎被河水吞没。她从小推车中抱起孩子，第三个孩子，她把孩子举过推车的扶手，孩子开始挣扎，在她怀中哭喊。所有人都跑向她，但我穿过人群，冲在最前。我冲上前来，拼尽全力扑过去，把她打飞起来，撞到一个我看不懂的标识牌上。但那个孩子已被她抛到空中，掉落入河中……

……我也翻身跳入水中，紧随其后。捞起这个孩子并不费劲——我一下子就抓住了她，是个女孩，个头很小，被水呛着了，呼呼地喘气，但没受伤。我把她放在狭窄的河堤上——前面有台阶，人们会下来把她抱走——然后游向另外两个，一边游，一边把鞋蹬脱。在我游水时……

我怎么会游水的？那是作为武器该有的能力吗？我轻松地划过水面，比路上奔跑的人还快——我是怎么学会这样用腿和胳膊游泳的？流水推着我向前，但同时也将孩子们扫出去。就在前面，小脸翻转仰对天空，随水漂浮，但是坚持不了太久了。我加速往前游。

是个男孩，比头一个年长。我用力蹬水将他揽起，让他伏在我肩上。他哇哇猛吐，像是要把半条河里的水都吐到我背上。他一边吐，一边费力地指着前方，指着下游，另一个孩子漂走的方向。可我根本看不到他在哪儿。人们在岸上呼喊，但没时间送他上岸，来不及了。我用左胳膊夹住他，再次出发，右手、双腿和后背划水的动作协调，头探出水面以便于搜寻前方。可是什么也没有。看不到任何迹象。

多懂事的孩子，我游水时，他爬过来抓住我的肩膀，这样我的左胳膊又自由了。但我怎么也找不到另一个孩子——我真的找不到……

……突然间我看到了。面朝下，毫无生气地漂在水面，不停地转着圈。是个女孩。我很快就抓住了她。但现在是逆流，带着两个孩子上岸非常吃力。可我们能对付。我们成功了。

无数双手和无数张脸，从我这儿抱走两个孩子。男孩和那个小女孩不会有事——至于那个大点儿的女孩……我不知道。警察到了，有两名跪在她身旁，警察还给另外两个孩子裹上毯子。我都没注意到什么时候自己肩上也搭了一条毯子。人们纷纷拥上前，称赞我，他们的声音很遥远。我想去看看那个女孩。

警察抓住了母亲。虽然她没有挣扎，他们还是一边一个，使劲抓着她的胳膊。她看上去从容淡定，面无表情；她看了一眼那些孩子，形同陌路。男孩回头望着她……我克制自己不去想那种神情。如果我只是一个武器，我根本没必要去想。我走向那个一动不动的女孩。

其中一个警察正在给她做人工呼吸，抬头看了一眼——他认出了我，我也认出了他。那次枪击事件里，他向我询问过那个哭泣的持枪男人的情况，他还亲眼看着我消失在黑暗中。我向后退去，任由毯子从肩上滑落，随时准备跳入河中，尽管浑身湿透且疲惫不堪。他指着我，站起来……

……黑暗朝我涌来，有一会儿我还满怀感激。除了……除了……

除了这次我将永远不会知道那个女孩会怎样，是死是活。我也永远不会知道那个母亲的结局……

以前我不会——也不能——有这种想法。曾经的我没有语言，也没有存放语言的地方。我本不知道如何从黑暗中脱离——维持自我，即使在黑暗中等待时。一件武器能做到吗？武器能记住小男孩浮在水面的脸孔吗？能记住他拼命帮我搭救他姐姐的样子吗？

  这么说，我不完全是个武器，即使我希望如此。我是谁？

  如果我是人，我一定有名字。人都有名字。我的名字是什么？

  我的名字是什么？

  我住在哪儿？

  我是不是疯了？就像那个可怜的枪手？

  我醒了。就是说，我也睡觉。不是吗？那么我在哪儿……不，不要胡思乱想。可以肯定的是，我会突然醒来——在大街上，每次都是，在城市的某个地方。彻底清醒，就在那么一瞬间……而且穿着衣服——打扮得体，一点都不引人注目——而且正在行动，要么已经身处麻烦之中，要么正向出事点赶去。而且面对麻烦我总有应对方法，因为……因为我就是知道，就是这样。我一直都知道。

  就是说，没有名字……没有家……不知所往，只有匆匆行动时除外。即使是光天化日下，黑暗也一直若即若离……沉默，空虚，曾经总是茫然若失，但如今，在这黑暗的新环境中，我开始感觉到了当下，这个当下有别于以后。如果真是这样，那我应该能够静静地等到以后再回首往事……

◆

  站在霓虹灯下，看着两个黑人女孩并肩挽手走在街上，样子不超过十五岁——更像是十三岁——她们刚刚看完电影从影院出来。我怎么会知道电影是什么？这部电影一定有趣，因为她们在"咯咯"地笑，引用里面的台词，还为对方表演里面的情节。但她们走得很快，几乎是一溜小跑，笑声中带着紧张不安，好像她们预感到逗留此地会有危险一样。我在街的另一边，和她们同向前行。

  五个白人男孩悄无声息地从阴影中出来——三个在女孩前面，

两个在后面，不给她们留任何逃跑的机会。一片寂静：每个人都知道对方意欲何为。黑人女孩绝望地环视他们，慢慢退到一座大楼墙边，就像无助的儿童那样紧紧拉着手。一个男孩已经开始解腰带了。

我率先打破沉默，慢慢走到前面，穿过空荡荡的街道，说："住手。不要胡来。"

我有点怪腔怪调，这我知道，尽管我根本听不明白自己怪在哪儿。男孩们同时回头看我，那一瞬间，两个女孩本可以趁机顺利冲到安全的地方。但她们吓坏了，两个人都呆若木鸡，寸步难行。我继续向前走。我说："各位，还是各回各家吧。"

大块头的男孩微微一笑。他是领头的。很好。他大声对其他人说，"好吧。老子要这个，反正黑肉也不合老子的口味。"其他人一哄而笑，转身朝向那两个黑人姑娘。

我径直朝他走去，没有丝毫犹豫。微笑凝固在他宽阔白皙的脸上，眼神中充满迷茫，他没料到我会这么做。我说："敬酒不吃吃罚酒。"一脚直踹他裤裆。

但这一次他猜到了，转身用大腿挡住。笑得龇牙咧嘴——小小的牙齿，就像白色玉米粒——他猛扑过来，同我扭打在一起，又一起跟跄倒地。他的手遮住了我整个脸；他固然可以轻松闷死我，但我也不是好惹的，不会逆来顺受任人宰割。我抓住他另外一只手，开始掰他手指。他怒吼着将手从我脸上抽开，攥成拳头，想打断我的脖子。但我没给他机会。我扭了一下，收紧拳头，捶向他心脏下面——又一拳，绕过身侧击打肾脏，三拳，四拳——他喘着粗气软下来。我迅速把他从我身上拽开，站起身。

那些男孩没注意到自己老大的下场，他们正对那两个黑人女孩忙得不可开交。女孩大声尖叫，向我求救。我一手一个抓住两个男孩的脖子，用力对撞他们的脑袋——力道太猛，撞出血了。我把这两个男孩扔到地上，揪住另外一个的衬衫，将他扔到一辆停在旁边的车上，一顿猛打，直打到他坐在街上不能起身。待修理完他，剩下的那个已跑出半个街区，边跑边回头看。他又胖跑得又慢，要逮住他不难——但我最好照料一下那两个女孩。

"这可不是什么安全的地方，"我说，"来吧，我送你们回家。"

刚开始她们浑身瘫软，简直不敢相信自己竟没遭到强奸、毒打，乃至谋杀。然后她们歇斯底里地不停向我追问。我是谁？我叫什么名字？我从哪里来——我住在附近吗？怎么那么巧她们有麻烦时我就在旁边？这些问题，我也不知道答案。

我只是看见了，就这些，我告诉她们。运气吧。

"你从哪里学的厉害功夫？"

不是功夫，我告诉她们，不是什么东方武术，我只是被惹毛了——这话让她们笑得前仰后合，也打破了尴尬。除此之外，我尽量少与她们说话。我的声音还是很生涩，稀奇古怪的。好在一直是她们喋喋不休，庆幸自己能活下来。

我把她们一路送回寓所——她们是表姐妹，与外祖母住在一起——道别时，她们用尽全力拥抱我。年长一点儿的女孩真诚地说："我会夜夜为你祈祷。"我表示谢意。她们一边跑回大楼，一边不停地向我挥手。

我庆幸自己没在她们面前被黑暗拖走：如果我在她们眼前消失，一定会吓坏她们，一晚上的惊吓已经够让她们受的了。而我很高兴自己在变回一件所向披靡的"物体"、被从墙上取下对准新目标之前，至少有片刻时间作为一个"活生生的人"存在，尽管有些笨拙和迷茫。

这次，当黑暗将我带走时……我的记忆完整、清晰而有条理。一切都还在：没有破碎，没有模糊，没有消失。两个黑人女孩与我同在。我记得她们，甚至记得她们讨论刚看过的电影，还有她们跟我说过祖母在学校食堂工作。那里是个源头，我打开了记忆，尽管无法确认所有事情发生的时间。一个烂醉如泥的老头绊倒在公共汽车前……炎热的夏夜，两个咿呀学步的孩子在锈迹斑斑摇摇欲坠的逃生梯上玩耍……孩子们坐在缓慢行驶在布满垃圾的宽阔街道的校车上，透过车窗对准另一个刚从酒铺里出来的孩子练习射击……一个女人看见身后婆娑晃动的影子，加紧了脚步……

每次——我，援助者，救星，上帝的愤怒……不知为何，我总是幸运地在恰当的时间和地点出现：在需要我的地方。但这些地点又是哪儿呢？

我开始逐渐认识到，这是一座城市——我猜不出城市有多大——还有一条河，我隐约记得游过泳……是的，救过孩子（第三个孩子到底怎么样了）。我开始认出一两条街道。有几个夜晚执行使命时，匆匆经过不少楼房，这我也有些印象。尤其是那排拥挤的、破烂不堪的房子，还有几家店铺，几个街角，几座市场，都变得熟悉——甚至有张面孔，时不时……

那么，这座城市就是我的居所。

不对。这是我所在的地方。

他们居住，但我只是存在。其中的区别我无法形容……

◆

一所公寓门外有一个锃亮的标有数字的铜牌——4、2、9；它们在我眼中第一次不仅仅是个图像——我抬起腿，对准门锁下面的插销和榫眼，用脚跟一踹，一下子把那块破门板踢飞，并冲了进去。他们就在里面，夫妻俩坐在沙发上。他瞳孔放大，而她双臂抓痕累累。这种情况我并不陌生。

这次我绝不能视而不见。我要拯救那个婴儿。

这是门厅，门在右手边。虽然关着，但我能听见里面的呜咽声。男人起身，发出怒不可遏的声音，那个女人——一度应是风姿绰约——让他拨打911。我没理会他们两个，现在不能。没时间了，来不及了。

还没推开门，我就闻到一股尿臊味。他湿透了，床垫和毛毯也都湿透了，但令我屏住呼吸的不是这个；而是当我抱起他时他那微弱的哭声；他浑身的淤伤和耷拉下来的左胳膊都该让他尖声哭叫——但他几乎连尖叫的力气都没有了。我甚至不知道自己弄疼他没有。我抱起他，注视着他的双眼。那种眼神我从未见过。

于是，我彻底发疯了。

远处，女人拽着我，冲我拼命地喊叫。男人站在那里，一动不动，脸上全是杀气。但那不算什么。我能对付。我朝他走去，但她一直挡着路，喊叫个不停。她怎么回事？为什么要如此喊叫？她的胳膊又没有断，身上也没有大伤——她更没有那些看似烟头灼伤的痕迹。她使劲拽我抱着孩子的胳膊，差点儿让婴儿从我手中滑落。不错，现在她一动不动了，倒在地上，悄无声息，像那个男人一样。两个都倒在红色中。濡湿的红。妙极了。

又是嘈杂声，喧喧闹闹。人们在喊叫——这个公寓现在挤满了人，他们怎么进来的？警察也来了，很多很多警察——包括之前那个。他盯着我。在一片喧闹声中，他冲我喊道："你在这儿干什么？你到底是谁？"

"无名小卒而已。"我说。我把婴儿递给他。他低头看向孩子，年轻的面庞顿时变得煞白。就在他再次抬头之前，黑暗……

……但是不对劲。这次不同。我几乎一下子就回来了，普通的夜晚，我伫立街头，在一所我从未见过的公寓房外面，两辆警车闪着红灯停在路边。这是个温暖的夜晚，我却在发抖，抖个不停。我脸上似乎有什么东西，我不耐烦地抹了一把。我一直在……哭。

这里没有人需要拯救：这点我很清楚。我沿街往前走，一直不停地走，也许会好过点儿。此时此刻，没有需要我奔赴的地方，没有无助的、绝望的恳求，没有人需要救助，只有逃遁、躲避。只有瞬间的怀疑……我不停自问——我杀死了那两个人吗？最起码我试过了，我恨不得杀死他们。

我双手的关节上都是血痂——我的血和他们的血。我记得在我把那个男人扔出门外之前，他用厨房里的什么东西打了我的后背，那地方现在还在隐隐发痛。我以前从未有时间留意或记起伤痛；这是新鲜事。但今晚最大的伤痛莫过于那个婴儿，被尿浸透、小胳膊耷拉着晃来晃去……正是从那时起我开始哭泣、开始杀戮，不只是为了保护。我居然会哭了，那么，我应该还会别的事。

也许学着思考不是个好主意。我现在思绪很乱，满脑子充斥的全是人脸，声音，闪回的瞬间……一个老头握着把手，挥舞着一个沉重的油漆桶，捶打另一个更老的老头……一个怒目圆睁的流浪汉被一群嬉皮笑脸的男孩围住，其中一个冲过去，抢他购物车里的财物，却被他抓住，按翻在地，他双手掐住男孩的脖子，其他男孩蜂拥而上……一个男人手拿撬轮胎用的铁棍，我去抢时，一个鲜血淋漓、坦胸露背的女人气急败坏地袭击我……

即使这样，即使这样，我仍旧能感觉到"它"在慢慢靠近，一个转瞬即逝的空间，在陌生人群与陌生人群之间，在一次次营救之间，有什么东西正变得越来越清晰，就像黎明前的一刹那，天空迅速放亮，第一抹曙光照到窗前，小鸟在屋顶醒来、发出第一声鸣叫。置身其中，我感觉有了动力，有了意义；一个地方，一种记忆——还有一个名字——甚至还有我自己的黎明，我的归属……

◆

这次醒来，不是在街上，而是在一个陌生的房间，这里能看到天空——因黎明的曙光而变得柔和，但看不到全部，透过高高窄窄的窗户，我看到整个世界还在沉睡。

房间里有八张床，其中三张床上有人裹着毯子，但是不出声，只听见机器"嗡嗡轰轰"的轻响。这是家医院。离我最近的床上躺着一个女人，身子却拧向右边；若非一根管子插在她气管的切口上，还有旁边的监视器挡着，她肯定会侧身蜷成一团。她的呼吸短促无声，上气不接下气，浑身散发着一股霉味。她个头本来很大，但这样躺着显得萎缩了很多，看上去比实际年龄要苍老。床脚挂着的标牌上写着"简·多伊"。我选了把离她最近的椅子坐下。

她丑陋不堪，胳膊又粗又胖，手很小，指头几乎一样大小，简直分辨不出大拇指是哪一根。她的黑发细长柔软，乱成一团，面色十分苍白，衬得脸上的雀斑和麻子如鞭伤般醒目。她的鼻子和脸上的骨头被人打断过，伤得不轻。断骨没有被矫正过来，显然永远也不可能正过来了。但她的表情却异常平静安详，无牵无挂。

我认识她。

那个红色。在红色中，蠕动。不想让它动。声音很刺耳。

我大喊出来："我认识你。"你曾在红色中蠕动着。他踢过你。那个光亮，被我拿走了。

为什么我在这儿？

如我所料，简·多伊对我不理不睬。但片刻后，一个年轻护士闪电般冲进房间，质问我是谁。我本可告诉她，我也常常问自己同样的问题，但我脱口而出说自己是简·多伊的朋友。她立马冲到电话旁，声称"简·多伊"是他们用来给那些不知真实姓名的人用的标签①——很显然，我也不知道她的名字。我本可将电话从墙上、从她手中扯下，但实际上，我就坐在那儿等着。她对着电话讲了一会儿，显得越来越困惑，越来越懊恼，然后她挂掉电话转身瞪着我。

"你这家伙究竟是从哪儿冒出来的？保安说根本没见过像你这样的人。"她皮肤黝黑，高挑纤瘦，有颗精致的小脑袋，一副天生忧郁的面孔。她颇有几分姿色，却因困惑而一脸愤怒。

我说："门口根本没有人。我直接走进来了。"

"有人要遭殃了，"她嘟囔道，看了一下手表，在一个笔记本上做着记录，"哎呀，要掉脑袋的，我发誓。"她稍作镇静，"快走吧，求你了，否则我就去叫保安上来。你不该在这儿。"

我把目光转向简·多伊问道："她是怎么回事？"

护士摇摇头："我觉得这跟你毫不相干。"

我站起身，说："告诉我。"

护士盯着我看了一阵，不知道她究竟看见了什么。"我可以告诉你，但你必须走人，不要惹麻烦。"

"好的。"

"她被人抢劫了。大概十个月或是十一个月以前。她在街上遭人袭击毒打——差点儿丢了性命。警方一直没抓住抢劫犯。她摔倒时，脑袋肯定碰到了什么东西，或许是撞到墙了。有脑损伤，血流不止，从那时起她就成植物人了。"她用手指着她周围的几个，"跟这些人一样。"

"你都不知道她是谁？"

"没人知道。你知道吗？你有什么瞒着我吗？"

嗯，对。是的。

"她会一直这样吗？"

---

①Jane Doe，诉讼程序中对不知姓名的女当事人假设的称呼，代指不明身份的女性或女尸。

护士——她蓝白条相间的胸针上写着"菲利希亚"——皱着眉慢慢向门口退去。"我又一想,或许你最好待在这儿。我去找人来回答你的问题。"

她肯定会带着保安回来的。

我坐下,牢牢盯着那张刻在我记忆源头的丑陋盲目的大脸,试图搞清楚黑暗为什么会将我带到这里。我看着闪烁的监视器,开始思索为什么我对这么多事物都没有"概念",更别说言语了。但我一下子吃不消那么多,当我再次失去这个世界时,依然是一头雾水。

◆

她的名字!她的名字是……

◆

另一条陌生的昏暗街道,一个女孩在我怀中哭泣,无望地挣扎。我是从一个店面里把她抱出来的,沾满污垢的橱窗打着"亚洲按摩"的广告。她看上去只有十三四岁。她在对我说着什么,可我听不懂。

但她并没有看我,而是越过我的肩膀向后张望;我一回头,看到一大群人跟在后面:一对面目狰狞的中年夫妇,两个小伙子——矮矮胖胖,很魁梧,有点儿头重脚轻的样子——还有一个男孩,比我怀中女孩大不了多少,手里拿着一截碎玻璃瓶。

我把女孩放到地上,让她自己站着,但仍扶着她的双肩。一张圆润甜美的面容,眼神却因恐惧而变得癫狂。我指着人行道大声说:"待在这儿!"说了好几遍,直到她似懂非懂温顺地点点头。

我不敢想象在蛮力面前,柔弱的她有多少次用同样的姿势表示屈服。我想拍拍她的肩膀,但她怯怯地躲开了。我没再管她,转身去面对这新一批敌人。

他们个个声嘶力竭地朝我叫嚣,步步紧逼,但似乎只有那个男孩会讲英语。他大咧咧地朝我走来,气势汹汹地挥舞着手中那破瓶子:"把她给我,滚蛋,把我妹妹给我。"

"她不是你妹妹,这里没有你妹妹。"我回答,"她还是个孩子,我要带她走。"周围的邻居,按摩院的伙计,还有好奇的妓女,都已聚集过来,默不作声但充满敌意。我说:"告诉其他人,若他们敢拦着我,我就先用破瓶子敲断你的鼻子,还要把跟你一伙的那两个胖墩儿打个稀巴烂。最好别让他们惹我,否则后果自负。"

说实话,我巴不得警察早点过来,否则事情会乱成一团。我已经出离愤怒了,没有什么比上次看到那个婴儿断掉的胳膊更能让我发疯了。就在那一刻,有些东西发生了改变,确定无疑。此刻我完全不想跟任何人打斗,即使这是我来这儿的意义——全部的意义。我想一个人到什么地方去静一静。我想回医院,坐在简·多伊的床边,看着她,陷入思考。

但那两个彪壮的小伙子正一左一右地慢慢靠过来,想从两侧夹击我,而那个愚蠢的男孩也一蹦一跳地慢慢逼近。女孩原地不动,惊讶得两眼圆睁,嘴里咬着一根手指。她身后是个女人,中年模样,面色严肃,但目光和善。我用眼神示意她保护女孩的安全,我来对付她原来的老板,她微微点头表示同意。

见我明显分心了,那个男孩便看准机会,张开双臂,大呼小叫着冲了过来,呐喊声回荡在低矮的店铺前。我反身绊倒他——破瓶子飞到井盖上摔得粉碎——我一把拽住他衬衫的前襟,往左边一扔,撞上一个亡命徒,两人摔在一起。紧接着,我转身招架另一个，右手掌根砸向他的人中，左手握拳猛击他的心窝。他伸手抓住我企图保持平衡，但还是跌倒了。

很多女人从按摩院里出来，她们各个都很年轻，都穿着毛边短裤和T恤，露出平坦光滑的小腹。大多数在那里围观，有几个跑回了店面，还有两三个溜进一个半遮半掩的小巷。那男孩挣扎着站起来，还往前冲，举着一片锋利的碎玻璃，自己的手都被划破了。我不想对他造成不必要的伤害，但这个家伙似乎不识好歹。我把他手里的碎玻璃踢飞，又一脚踢在他腿上把他扫倒，这样他就不会摔到碎玻璃上。接着我迎上那对中年夫妇，他们赶紧往后退——也许是因为我，但更像是因为街道上由远及近的警灯和警铃。我也退后，终于轻松地舒了口气。

那个女孩还待在原处，年长的女人轻扶着她不停颤抖的双肩。我与那女人四目相望，点头表示感谢，朝巡逻车的方向打了个手势，低着头，慢慢走开。

来了两名警察，其中一名也是亚洲人，用他们自己的语言询问按摩院老板。但是另外一个，年轻的那个，看到了我……向我身后看去……又收回目光，径直朝我走来。穿过喊叫和街上的噪音，我听见他的声音。"你！你待在那别动！"

我其实可以跟那些女孩一样从巷子里逃跑，但我却站在原地未动。他在我面前一尺远的地方站定，用食指指着我的胸口。奇怪的是，他满脸堆笑，但更像是皮笑肉不笑，而非发自内心。他说："这种会面该就此打住了。你究竟是什么人？"

"我不知道。"

"我就知道你会这样说。我打赌你身上也没有能证明身份的证件。"他很激动，不待我回答就一股脑地说道，"该死，我第一次看见你是在商场的枪战中，你就活生生地从我眼皮底下消失了，简直莫名其妙。然后是那个变态女人往河里扔她的孩子——你跳入水中,像电视里的超级英雄一样,一个一个地把他们捞上来——"

我打断他问道:"那个女孩,那个大点儿的。她怎样……她不会有事吧?"

他的脸色变了,指着我的手放了下来。停顿片刻后,用很低沉的声音说:"我们尽力了,你当时要是留下来,就会明白。但你没有——你又消失了,就像该死的电影特效。接下来是那对夫妇和那个婴儿,那两个瘾君子。"这次他的笑容完全不同了,"不错,他们是自找苦吃,但这次你要跟我们进城去调查此事。算你走运,不是谋杀指控,但他们两个现在都住在医院里,你知道吧?"

他们会和简·多伊在一家医院吗?那个婴儿在哪儿呢,我正要问他,他却又道,"现在又是这个。什么意思?你认为自己是蝙蝠侠?独行侠?搜查按摩院,把强奸犯打个屁滚尿流?你现在真的越俎代庖了,小姐,我们需要好好谈谈。你不能这么胡来。"

他从腰带上取手铐。我不由自主地抬起手来,他反而后退一步,手摸向枪套。我开始解释为什么我不能让他逮捕我……

◆

之后是一个明媚的下午,我站在学校操场外街道的对面,正好看见一个男孩用力推倒一个比他小的男孩,然后一路笑着跑开。那小不点儿的新蓝色牛仔裤被摔破了,膝盖也划伤了,哭得死去活来,根本没看到驶来的汽车。其他孩子和路人们看到了,但隔得太远,他们的警告与呐喊淹没在急刹车声中。没有人能及时冲到他身边。

但是我显然会出现。这就是我的本分,出现在应该出现的地方。

我以迅雷不及掩耳之势从侧面冲上去撞开他,和他一起滚到排水沟上,那辆车猛一打转,侧滑个半圆,停在街道远处,车头冲着我们。那个男孩在我怀中,眼睛睁得大大的,像吓破了胆一样,但一点儿都没哭,因为他根本连气都喘不过来。孩子们纷纷向我们跑来,大人们也从学校出来;那个司机在我们旁边跪下,跟那个男孩一样歇斯底里。但是还好。一切都结束了。因为我在。

我的左肩撞到沥青路上,疼,我的头好像碰到了什么,也许是路缘石。就像简·多伊一样。我小心翼翼地起身,一如既往,从欢呼和赞美声中不慌不忙地抽身离去。那个男孩开始放声大哭,我这才长舒了一口气。

简·多伊没哭。她已经有很长时间不哭了。

突然想到她让我很困惑。某种程度上她跟我在一起,这是一种入侵,来自黑暗的入侵,此时此刻有这种感觉仅仅是因为现在没有人需要我的拯救。为什么?我本就是个幽灵,来去无影,又怎会被鬼魂缠上?

她的名字是……呃。 我——

我知道她的名字。

我漫步到桥上,桥下浑浊的河流穿过这座城市,也勾勒出城市的线条。我坐在石头护栏上等待黑暗降临,感觉有种比手拿碎玻璃瓶的男孩更可怕的疲劳侵蚀着我。我变得真实了,在保护童妓时折断了下巴或肋骨;但还不够真实,我弄不明白那个女孩的生活,她的恐惧和痛苦。像任何人一样,我会因为看到半死不活的婴儿而气愤得发疯,拼命追杀虐待他的人——并因这样做而获得可怕的满足——但现在我想……现在我想,让我满足的并不是愤怒和怜悯;我全部的满足感,全部的,都来自那个医院房间,来自那双紧闭的、我不知道颜色的眼睛背后。

我站在桥上往下凝望,看到一对驳船静静划过,就在我下方。我现在跳下去会不会死?一个梦里的人能自杀吗?

黑暗……

◆

那个警察正在四处寻找我的下落。我们再未见过面，但我曾在远处见过他一两次，在这次或那次营救行动——现身——中。

黑暗如影随形，不断裹挟着我，带我去与那些剥削者、虐待狂、行凶抢劫者、强奸犯、性骚扰者、歹徒团伙和杀人犯进行搏斗。再看看我：轻盈、敏捷、无畏，总是赤手空拳，总是单枪匹马，总是战无不胜……但我无法掌控，完全任凭摆布，哪怕是最小的抉择都是取决于她。我现在对此确信无疑。

我的使命——她的使命——似乎一直青睐于解救儿童，而且最近几乎只针对儿童。我越来越多地在按摩院中苏醒——没完没了——还有塞满了十几岁移民童工的卡车，童工都是用大货箱运来的。地下制衣的血汗工厂、路边小餐馆的厨房、城外的生菜农田。在机场，我截住被同村老头拐卖来的两个女孩。在一个地下室，我拧断了一个男人的一条胳膊和一条腿，把他怀孕的女儿和怀孕的孙女从关押多年的房间里放了出来。我现在变得更加干净利落，更蛮横暴力。我少言寡语。没时间了。简·多伊和我，我们有好多事要做，时间不多了。

黑暗中的未知力量变得更加激烈，愤怒，更加亟不可待。有时，我还未做完一件事，就又被再次抓起——从脖子后面，真的，就像拎起一只小猫咪——"扑通"一声扔到另一场危机、另一场恐怖事件、另一场营救中。我尽我所能，做我该做的事，做简·多伊想让我做的事：守护弱者和受伤的人，为他们而战，所向披靡。但挡在黑暗与光明之间的界限在逐渐变薄；太薄了，以至于我能透过它看到下一个任务，透过逐渐变得透明的黑暗看到曙光。逐渐消失……

◆

当时我正忙着营救一对便利店老板夫妇，三个戴滑雪面罩的彪形大汉在店里抢劫。他们个个醉醺醺的，都拿着武器，而店老板刚刚犯了个错误——从柜台后面拖出猎枪。人们乱喊乱叫，一片混乱；还好到目前为止没有伤亡，我把那对老夫妇安全地藏匿起来。警报声越来越近。

强盗也听到了警报声，两个还能走动的歹徒推推搡搡从我身边经过，离开商店。我没怎么在意他们，因为我感觉到一种隐隐的、病态的不适——灵魂深处的恶心像紊乱而恣肆的浪潮在我全身翻江倒海。我走出来，弯着腰靠着墙，大口喘息，无法挺直身子，附近街上还有巡逻车响个不停。不管怎样，我跌跌撞撞地来到了一个安全的地方，躲在几辆大型垃圾车后面，靠在那里直到痉挛消失。不是消失——只是稍微舒服一点儿。无论那是什么，它都不会消失。

太阳刚冒出地平线。我能感觉到黑暗盲目而虚弱地抓住我，却没有足够能量将我带走。现在我属于我自己了。我环视四周，寻找可以支撑的东西，然后起身，摇摇晃晃地从垃圾车后面走出来。

汽车鸣笛声向我逼近，直入耳鼓。我还在琢磨着到底是谁，回头看到一辆蓝白相间的警车。就他一个人，边刹车边怒视着我。"上车，超级英雄，"他喊道，"别让我追你。"

我身体极度透支，完全无力逃跑。我打开前门坐在他旁边。他挑了挑眉毛。"通常我们都把逃生专家关在后面，那里没有门把手。算了，就这样吧。"他突然止住，好奇地盯着我，指尖不停地敲打方向盘，他说："你看上去糟透了。你好像真的病了。"我没有回答。"你不会吐在我车里吧？"

我含糊地说："不会，我不知道。我想不会吧。"

"上周我们除了醉鬼以外什么都没有对付——我的意思是，除了醉鬼之外什么事儿也没有。所以我真的很感激,你知道……"他没把话说完,但仍旧警惕地看着我,"天啊,你看上去糟透了。你是不是吃坏肚子或什么了?"突然间他做出决定,"听着,现在哪儿也别去,我先带你到医院。系好安全带。"

没等我扣上安全带,他便拉响警笛,调头进入车流。他伸手过来,帮我将安全带扣好。他动作太快,我来不及阻止。警笛不响了。他瞥了我一眼,说,"你看上去不像神经病之类的——看上去像一个正常的好姑娘。你是如何投身于这项英雄事业的呢?"

我头晕眼花,汗流不止,感觉真的要吐。我又说一遍:"我不知道。我只是想帮忙,仅此而已。"

"啊哈。值得嘉奖啊。我的意思是,把一家人从河里打捞上来,加上其他事迹,市长应该给你颁发奖章了。拯救受虐儿童,镇压商场枪手——那是我们的工作,你让我们脸上很挂不住。"他用手拍打着方向盘,假装很严厉的样子,"但痛打坏人,那是犯法。不管他们有多坏,你这样做都会给自己惹上大麻烦的。他们起诉了,结果像我这样的人不得不来抓你……更别提要成千上万次地跟我的上司,还有上司的上司,解释为什么你就在现场,我却没动手,所有的现场。该死的,你每次都在。"

我头晕目眩,几乎听不懂他在说什么。事情很不妙,要么发生在我身上,要么是简·多伊。难道他是要带我去她所在的医院?那个警察又开始说话了,他的表情和声音都很严肃,甚至有点儿焦急。他的声音仿佛从很远的地方传来:"你一次次消失,让我伤透脑筋。因为如果你没疯,那么要么你真是所谓的超级英雄,要么就是我疯了。而我不想发疯,你明不明白?"

尽管我一直晕晕乎乎,我还是莫名地为他感到抱歉。我用尽全身力气答道:"也许还有别的选择……别的可能……"即使是同一家医院,如果黑暗不光顾我,我也没办法去到简·多伊寂静的房间——我可不要戴着手铐、被他押着进去,虽然接下来很可能会变成这样。我该怎么办?

"另一种可能?"他的眉毛再次扬起,"好吧,现在你让我绞尽脑汁地去想那到底是一种什么样的可能。"

我没理会他。

他将巡逻车停在一座低矮的灰白楼房前。我看到车辆来来往往,有人拄着拐杖,有人坐在轮椅上——一辆救护车停在前面,另一辆停在停车场。他熄灭引擎,转身直直地看着我。"听着,你受到一大堆人身侵害的指控,所以我想不想逮捕你并不重要,我必须这么做。但我宁愿先跟你谈谈,因为你说的另一种可能……这'另一种可能'意味着我所了解的世界的规律是错误的,彻头彻尾不对,完全不对。我还没有足够的勇气去面对这个,你懂不懂?"

这正是简·多伊所在的医院。我感觉到她就在那里。如此之近,黑暗的拖曳虽然仍然飘忽,但正变得越来越强烈。我知道她在呼唤我。

我一手去抓门把手,小心翼翼,眼睛锁住他的目光。另一只手开始解安全带。

"别——"

我刚要说:"我别无选——"但我没有说完,正如我没有机会夺门而出窜入医院,就在说话的当儿,黑暗抓住了我,从头到脚,让我脱身而去……

◆

再次来到了简·多伊的房间,站在她的床前。

菲利希亚眼看着我凭空出现。

她的沉默与这个房间的死寂融为一体;她的呼吸像那些脖子里

插着送气管的病人一样艰难；那双深邃的大眼睛中流露出无言的恐惧，好像哑巴一样。我能为她做的就是站到一边，给她让道出去。在她哆嗦着从我身边经过的时候，我沙哑地叫出她的名字，但唯一的回答是她轻轻关门和从外面锁门的"咔嗒"声。我想我听到了她的哭泣声，但也有可能我听错了。

　　门的右边有一个盥洗室，里面有为探访者准备的马桶和洗手池。我走进去洗脸——脏兮兮的脸上还带着在便利店搏斗时留下的淤伤——第一次洗脸。然后我花了一些时间研究简·多伊给我制造的面具。镜子中的女人，黑发，和她的一样，但是更长——几乎齐肩——更浓密。回望我的双眼是深灰色的，眼睛周围的皮肤是光滑的浅橄榄色。这张脸，是一个空白的石冢，五官平凡到甚至可以说是无趣：很容易被忽略，擦肩而过，消失在茫茫人海。为什么不呢？这样显然符合简·多伊的初衷。无论是出于怎样本能的恐惧，最先给我身体的人做出了正确的选择。

　　这是一张不错的脸孔。一张有用的脸。不知道以后是否还会看到它。

　　我回到简·多伊的床前。那奇怪的呕吐感还在困扰着我——而且似乎随着简·多伊的呼吸起起落落。她的呼吸变得吃力。她在被子里抽搐，眼睛依然没睁开，煞白的脸上冒着汗。一些跟她相连的机器发出强烈而有规律的噪音，另外一些"喳喳"地发出断断续续的警报：无论她有没有知觉，机器都指出她的身体在承受痛苦。从这些噪声和警报中，我知道了很多事情，明白了一切的缘起。通过自身饱尝的痛苦，她释放了一个礼物——从虚无中赐予我生命，从远处感受危险、恐惧和残酷，派她自己生出的，并非天使的天使去帮忙——这一切对承载它的躯体来说有点太过了。

　　我坐在她旁边，握住她那双沉重而无力的手，黑暗抚摸着我。

　　太多需要做的了。

我的嘴唇冰冷僵硬,说不出话。我所能做的只是看着。

有太多事情需要做,她做不过来。

许多意象闪回,宛如树叶,片片跌入我的脑海。

红色。

濡湿的红色。

我伫立在红色中。

她创造我是为了救她自己,可我来得太迟了。于是我们合力,她和我,拯救他人。我们救了很多人。

我看着门。我渴望每一个细微的声音,叫嚷和警告——或是枪声,甚至是犬吠。菲利希亚会跟那个善良的年轻警察一起回来吗?我真希望能把一切都跟他解释清楚了。

黑暗中隐含着温暖。在我的脑中,在我的皮肤上。是痛的感觉……但不只是痛,还有更多。

电话旁边的墙上挂着一个写了字的白板,还有一个盖上帽的记号笔。我从没写过字——以前没有必要——所以不像我设想的那样写得又快又好,但我毕竟做到了。我用孩童般稚嫩的笔画,写下我在黑暗中所发现的名字,以及另外三个词:我们 谢谢 你们。

然后我回到她床边。

现在走廊里传来了声音——菲利希亚和另一个女人,以及两三个男人。我不知道那个年轻警察是否也在。菲利希亚的钥匙还没有插入锁。他们在害怕一个会魔法、来去无踪的女人吗?

我多么希望有一个属于自己的名字,但一切都无所谓了。我靠上前,拔掉所有的电线,取下所有的管子。怎么这么多?有些机器不出声了,但另外一些开始号叫。

有人在摸索锁眼……现在是钥匙拧动的声音。用手掐住她的脖子不费吹灰之力,我能感受到她的呼吸从指尖流过。

(白文革 译)

詹姆斯·罗林斯

鲜血四溅的竞技场，龙争虎斗、至死方休的角斗士……这熟悉的一幕曾在无数小说与影视节目中上演，只是接下来的故事并非发生在古罗马，两位伤痕累累的武士也与各位想象中不大一致。实际上，还有很多东西不一样，但鲜血、死亡和勇气——这些要素一样也不缺。

詹姆斯·罗林斯，兽医、洞穴探险爱好者、拥有执照的资深潜水教练，更是《纽约时报》榜上有名的畅销书作家。他擅长当代冒险惊悚题材（作品中常常夹杂浓烈的幻想元素），已出版《地下迷宫》《发掘之地》《冰原猎杀》《深渊号》《亚马逊腹地》，以及动不动就要拯救世界的冒险小说"西格玛纵队"系列——其中包括《沙风暴》《圣骨迷踪》《黑色密令》《犹大血脉》。他最近发表的小说有《夺宝奇兵4：水晶头骨王国》的电影小说和"西格玛纵队"的第五部《最后的神谕》。目前他正从事兽医工作，与家人居住在加州首府萨克拉门托市。

THE PIT

斗犬

大狗用牙齿紧紧咬住轮胎秋千的底部，荡在空中。他后腿悬空，离地足有三英尺。头顶上，太阳像一团鲜红的脓疱，悬在蓝得刺眼的天空当中。吊了这么久，大狗的下颌肌肉已然痉挛，就像一个硬邦邦的结。舌头像风干的皮带，从嘴角耷拉出来。在喉咙深处，他尝到黑油和鲜血的味道。

但他还不能松口。

他心里清楚得很。

有两个人在他身后说话。其中一个声音粗哑得像沙砾，大狗知道是训犬师；另一个则是个尖嗓门，每说一个字都要用力吸气。这声音还是头一次听到。

"他吊多久了？"陌生的声音问。

"四十二分钟。"

"我靠！这货真牛逼。但他不是纯种斗犬，对吧？"

"斗犬和拳师狗的杂交。"

"真的假的？知道不？我弄来一条斯塔福德婊子，下个月给他预备的。我跟你说，那可真是条骚婊子。生了狗崽的话，便宜卖给你。"

"配种费要一千。"

"一千美元？你是疯了还是咋地？"

"滚你妈的。上次比赛，是他的第十二场连胜。"

"十二场？你丫扯淡吧？一条狗能连赢十二场？"

训犬师不屑地哼了一声："上次是先下注。他把'冠军'都放倒了。你真该看看那条瘌狗,一身肌肉,遍布伤疤,比布鲁图重了二十二磅,裁判称完重就想中断比赛了。他说咱家的狗简直就是活狗粮!结果布鲁图叫他们开眼了。赔率那么高,那帮孙子可输惨了!"

一阵阴冷生涩的大笑,毫无温情可言。

大狗用眼角余光往外瞧。训犬师站在左边,下身穿着宽松的牛仔裤,上身是白色T恤,露出一胳膊刺青,脑袋剃得精光,露出青色头皮。陌生人则穿着皮夹克,手臂下夹着摩托头盔,两眼四下张望。

"真他妈热,咱们回去吧。"陌生人最后说,"价钱好商量。这周末我有一千进账。"

他们走近了。大狗的侧肋挨了重重一下,但他仍没有松口。这会儿还不行。

"下来吧!"

听到命令,大狗终于松开嘴巴,落在训练场上。他的后腿严重充血,已经失去知觉,但还是转过头看着二人。他抬起肩膀,面冲太阳眯起双眼。训犬师站在那里,手里拎着木球棒。陌生人双手插在皮夹克的口袋里,不由后退了一步。大狗能嗅到陌生人的恐惧——一阵潮湿的辛辣气息,就像浸泡过尿液的杂草。

训犬师可一点儿也不害怕。他一只手挥舞球棒,皱起眉头,不满地沉下脸。他蹲下来,解开坠在狗项圈上的铁板。铁板"砰"的一声,落在硬邦邦的泥地上。

"二十磅重,"训犬师对陌生人说,"这周我要加到三十磅。有助于他的脖子增粗。"

"再粗的话,他就没法转头了。"

"我没想让他转头,粗脖子在比赛中更占优势。"球棒朝铁笼一指,皮靴踢在大狗腰间,"滚回狗窝去,布鲁图!"

大狗咧了咧上唇。他又渴又乏，但还是摇摇晃晃地走了回去。场地后方立着一排栅栏，里面是水泥铺地。他走近时，邻近笼子里的狗抬起头看看他，又闷闷不乐地俯下身去。走到门口，他抬腿撒尿，表明自己的权威。虽然后腿麻木，但他坚持着没有颤抖。他不能显出软弱的一面。

从第一天起，他就学到了这一点。

"赶快进去！"

走进铁笼时，他屁股上挨了一脚。铁笼后面的栏杆上钉着一张铁皮，投下唯一一块阴凉。栅栏门在身后"哐当"一声关闭。

他缓缓地踱过肮脏的地面，走向自己的水盘，低下头，开始舔水。

那两个人朝房子走去，谈话声越来越远，他能听见的最后一个问题是："为什么叫那怪物布鲁图？"

大狗不理他们。记忆就像碎骨头，深深埋进土里。过去两年间，他一直想要遗忘，但记忆始终挥之不去，他可能永远也忘不了。

一开始，他不叫布鲁图。

◆

"过来，本尼！好孩子！"

那是过去的一天，时光如温热的牛奶，香甜、舒适、缓缓流淌，整片空地充满欢乐。黑色的小狗崽蹦蹦跳跳地穿过一望无际的绿色草坪。即使隔着整个院子，他依然闻到了热狗的香气。热狗被那个瘦瘦的男孩拿在手里，藏在身后。男孩背后是一幢大房子，门廊上爬满葡萄藤，周围开着紫色的花。时近黄昏，蜜蜂"嗡嗡"飞舞，青蛙"呱呱"地演奏着大合唱。

"坐下！本尼，坐下！"

小狗一个趔趄，在沾满露水的草地上停下脚步，后腿坐地。他兴奋得直发抖。他想吃热狗，想用舌头舔净男孩手指上的盐巴，想让男孩抓挠他的耳背。他希望这样的日子永远不会结束。

"真是好孩子。"

小手从背后伸出，手指张开。小狗把冰凉的鼻子凑近男孩的手掌心，一口叼住热狗，身子一直往前凑。最终他用后腿摇摇晃晃地站起，身子紧紧贴住男孩。

他和男孩一同倒在草地上。

欢笑，宛如灿烂的阳光。

"小心！茉尼来啦！"男孩的母亲站在门廊上大喊。她看到男孩和小狗摔成一团，笑得前仰后合。她声音亲切，双手温柔，态度和蔼可亲。

就像小狗自己的母亲。

本尼还记得，母亲常用舌头梳理他的额头，用鼻尖轻蹭他的耳朵。在她的怀抱中，他们很安全。十个兄弟姐妹，小爪乱挥，尾巴乱摇，"嘤嘤"哭叫，挤成一团。记忆已经很模糊了。他记不清母亲的脸，只记得她那双温暖的棕色眼睛。他们吃奶时，为了争夺奶头总是相互厮打，母亲则温柔地看着他们。作为一窝中最小的成员，他必须英勇奋战才有奶吃。但那个时候，他不是一个人在战斗。

"茉尼尼尼尼！"男孩尖叫着。

又一只小狗冲进院子，扑到他们身上。她是茉尼，本尼的姐姐。她"汪汪"叫着，随便咬住什么软乎的东西就往外拉——袖子、裤腿、狗尾巴……狗尾巴是她的最爱。在奶头争夺战中，她不知多少次叼住兄弟姐妹的尾巴，把他们拖出战团，让本尼趁机抢占高地。

如今，同样锋利的牙齿紧紧咬住本尼的尾巴尖，把他用力往后拖。本尼一边哀叫，一边使劲儿往前挣——其实不算疼，但他愿意陪着姐姐这么玩。他们三个在院子里滚成一团，直到男孩仰躺在地，举手投降，姐弟俩把他按住，一边一个猛舔他的脸。

"够了，杰森！"大家的新妈妈站在门廊朝他们喊。

"好的，妈妈……"男孩用一只胳膊肘支起身子，被两只小狗夹在中间。

姐弟俩隔着男孩的胸口相互对视，摇着尾巴，垂着舌头，呼呼喘气。那一瞬间，姐姐眼中映出弟弟的身影，其中充满笑意与恶作剧的欣喜。本尼好像看到了自己。

这也是姐弟俩同时被选中的原因。

"这两个，就像同一只豆荚里的两颗豌豆。"老人跪下身子，从窝里一手一个托起姐弟俩凑向来客，"男孩的右耳是白色的，女孩的左耳也一样。互为镜像，天生一对儿，你觉得呢？真不想拆散他们俩呀！"

他真的没能拆散他们。姐姐和弟弟一同来到了新家。

"我可以再玩一会儿吗？"男孩冲着门廊喊。

"免谈，小伙子。你爸马上就回来了。快去洗干净，准备吃晚餐。"

男孩站起身。本尼也兴奋起来，他用跟姐姐长得一模一样的耳朵听到了一切。虽然他不明白其他词是什么意思，但妈妈说的最后一个词，他听懂了。

晚餐！

两只小狗从男孩身边跑开，争先恐后冲向门廊。本尼虽然个头小，速度却快如闪电。他像箭一般穿过庭院，希望自己的晚餐盘已经装满，最好还能有块饼干，留到饭后磨牙用。呃，结果……

——他的尾巴又被咬住了。这次背后偷袭打乱了他的脚步。他的鼻子首当其冲，一下子戳到草地上。他四肢摊开，滑倒在地。

姐姐趁机超过他，率先冲上台阶。

本尼手忙脚乱地爬起来，随后紧追。像往常一样，姐姐又一次靠智慧取胜了，但是没关系，本尼的尾巴依然晃得很开心。

他真希望这种生活永远不要结束。

◆

"要不要把这家伙拉出来？"

"暂时不用！"

布鲁图在水池中央使劲儿扑腾。他后腿蹬水，脚趾尽量张开，前腿用力，好让鼻子露出水面。他的项圈上系着铁链，沉甸甸的，几乎要把他坠到水底。几条乱糟糟的绳子将他困在泳池中间。他的心脏"咚咚"地跳，已经蹦到了嗓子眼。每一次呼吸都像是拼命，喷溅起阵阵水花。

"哟，伙计！你快把他淹死了！"

"这个小水池淹不死他！再过两天他就该上战场了。一场恶战哪！我可得好好调教他。"

他用四肢胡乱地划水，水花刺痛了眼睛。他的视野周围开始陷入黑暗，但他仍能看到训犬师站在一边，只穿泳裤，没穿衬衫，赤裸的前胸上刺着两条相互对峙咆哮的大狗。另有两个男人扯着铁链，不让他接近泳池边缘。

他已筋疲力尽，寒气渗进骨髓，下半身渐渐沉入水中。他用力一挣，结果连头也沉了下去。他猛地吸气，结果呛了一大口水。他又是一阵扑腾，再次把鼻子探出水面。他把肺里的水咳净，却带出了一口胆汁，嘴边的水面上立刻覆盖了一层油花，鼻孔中喷出白沫。

"他不行了，伙计，把他拉出来吧。"

"看他还能挺多久。"训犬师回答，"这贱种撑的时间比平时长多了。"

痛苦继续蔓延，仿佛坠入永恒。布鲁图还在挣扎。与拉扯他的铁链抗争，与自身的体重对抗。他每挣扎几下，头就要浸入水中一次。每吸入一口空气，就要跟着呛进一大口冷水。除了自己"咚咚"的心跳，他什么也听不见了。他的视野逐渐收缩，只剩下一个模糊的圆点。最后，他不动了。更多冷水涌进他的肺。他开始下沉——沉入水底，沉入黑暗。

但在黑暗中，他无法安息。

这黑暗依然让他害怕。

◆

夏季暴风雨敲打着窗棂，震得百叶窗"啪嗒啪嗒"乱响。一声炸雷震动天地，仿佛世界末日降临。大颗的雨点砸在窗户上，闪电劈开了夜空。

本尼与姐姐一同藏在床下。他依偎着姐姐，浑身瑟瑟发抖。茱尼蹲伏下来，支棱着耳朵，探出小鼻子。心跳的回音在她胸中激荡，炸雷每次响起，她都"汪汪狂"叫着反击。本尼却吓得小便失禁，打湿了身下的地毯。他可不如姐姐这般勇敢。

……轰！轰！轰隆隆……

一道闪电照亮了整个房间，驱散了黑暗的阴影。

本尼"呜呜"哀叫，姐姐狂吠不停。

一张小脸从床上探下来，俯身看着他们。是那个男孩。他大头朝下，一根手指压在唇边，"嘘，茱尼！你会把爸爸吵醒的。"

但茱尼不吃他这一套。她还是叫个不停，想要吓退藏身在风暴深处的怪物。男孩翻身下床,趴在地上,伸出手臂,一手一个揽住姐弟俩。本尼满心感激地靠在他怀里。

"呀!……你都吓尿了。"

茱尼扭动着挣脱怀抱,在房间里乱跑。她继续尖叫,尾巴伸直,耳朵翘得老高。

"嘘,别叫!"男孩一手抱着本尼,一手试着抓住茱尼。

走廊对面一扇房门"砰"地开了。脚步声响起。接着,卧室门被推开,两条粗树桩似的光腿走了进来。"杰森,我的好儿子,你害我起了个大早。"

"对不起,爸爸。暴风雨把他们吓坏了。"

一声沉重的叹息。大个子男人一把抓起茱尼,抱着她轻轻摇晃。茱尼伸出舌头舔他的脸,尾巴轻摇敲打他的手臂。可每当天雷滚滚划过,她依然叫个不停。

"他们必须习惯暴风雨。"男人说,"雷雨天气还要持续一整个夏天呢。"

"我带他们去楼下,睡后门廊的沙发。要是我陪着他们……或许能帮他们尽早习惯。"

男人把茱尼递给男孩。

"好吧,儿子,记得多带条毯子。"

"谢谢爸爸。"

一只大手伸过来拍了拍男孩的肩:"好好照顾他们。我为你骄傲。他们长得可真快。"

男孩得用点儿力气,才能抱紧不停扭动的两只小狗,他笑了:"我知道!"

不一会儿,三个伙伴裹着毯子,在发霉的沙发上挤成一团。本尼闻到,在大风和雨水的气息之间,还夹杂着老鼠和鸟粪的味道。但只要他们三个在一起,这就是本尼睡过的最舒服的床。风暴已经停息，大雨依然如注。夜色漆黑，没有丝毫月光，雨点"噼噼啪啪"打在门廊屋顶上。

本尼刚平静下来，眼皮也闭上了。姐姐却突然一跃而起，"呜呜"低吼，颈毛倒竖。她溜出毯子，但没有吵醒男孩。本尼别无选择，只好跟在姐姐身后。

那是……什么？

本尼支起耳朵，左右摇晃。他站在门廊最高一级的台阶上，盯着被暴风雨蹂躏过的庭院。树枝随风摇摆，雨水浇过草坪，泛起阵阵涟漪。

本尼又听到了。

侧院门发出"嘎吱"一声。有人鬼鬼祟祟地小声说话。

外面有人！

姐姐"嗖"的一声跳下门廊。本尼想也不想，紧跟在后。姐弟俩朝院门跑去。

低语声连成字句："小点儿声，傻逼！我看看狗在家没有。"

本尼看到院门打开，两个模糊的人影闪进来。本尼放慢脚步——他闻到了生肉的味道，鲜血淋淋，腥气逼人。

"我跟你说啥来着？"

一道亮光划破黑夜，照在姐姐身上。茱尼停下脚步，本尼追了上来。一个陌生人跪下身子，摊开一只手。浓重的生肉腥气扑面而来。

"想要吗，小崽子？过来，你这小婊子！"

茱尼凑得更近了，尾巴抽搐着夹在肚子下，她有些犹豫不决。

本尼翕动鼻子，闻了又闻。那股味道很诱人，撩拨得他尾随姐姐往前走。

刚到门口，两个黑影就朝他们扑来。一团重物罩住本尼，将他紧紧裹住。他想呼救，却被一只大手捏住嘴巴，惊叫声被捂住，只剩下痛苦的呻吟。他听到姐姐也遭到同样的待遇。

他被人拖走了。

"雷雨之夜最适合外出找活狗粮了,没人会怀疑。'都怪打雷,把小崽子吓得跑丢了。'"

"咱们能赚多少?"

"一只最少五十吧。"

"不赖嘛。"

雷声再度响起。本尼的好日子到头了。

◆

布鲁图走进斗兽场,脑袋垂得很低,双肩高耸,耳朵紧贴头皮,颈毛却根根直立。深呼吸时还是很疼,但他把伤势隐藏得很好。烈火依然在肺脏深处闷燃,泳池的冷水不足以将其浇灭,每一次呼吸反而让它越烧越旺。他小心地吸入周围的气息,仔细品味。

赛场的沙地用耙子梳得干干净净,掩盖了上一场比赛的血迹。这间老货仓里充斥着新鲜足迹,上面沾满脂肪、汽油、水泥粉末,还混杂着小便、汗液以及人与狗的粪便。

斗犬比赛从日落开始打响,将一直持续到深夜。

没有人会中途退场。

直到全场比赛结束。

大狗听到人群一遍又一遍呼喊他的名字:"布鲁图!布鲁图!……伙计,瞧那怪物的蛋蛋……别看他个头小,我亲眼见过布鲁图干倒块头有他两倍大的狗……还撕开对方喉咙……"

布鲁图还在围栏中等待上场时,就有不少人跑到他身边,有的还带着孩子,只为看他一眼。他们指指点点,闪光灯"咔嚓咔嚓"乱闪,晃得他睁不开眼,只能低吼着表示不满。最后,多亏驯犬师挥舞球棒,才把他们统统撵走。

"都滚开!这不是免费展览。如果你们真的喜欢他,就给我滚回去下注!"

随着布鲁图跨过大门,走进斗兽场三英尺高的木栅栏,看台立刻炸了锅。尖叫声、口哨声不绝于耳,间或夹杂着粗野的狂笑和愤怒的叫骂。人声鼎沸,让布鲁图心跳不已。他把爪子深深抠进沙地,全身肌肉绷紧。

他第一个进入斗兽场。

人群外围散布着一只只狗笼,还有围栏隔开。几条巨大的阴影正在笼中躁动不安地踱步。

但没有吠叫声。

因为斗犬们知道,所有力气都要留到斗兽场里。

"你最好别输!"驯犬师嘟囔着,拽了拽挂在大狗项圈上的铁链。明亮的灯光照进兽栏,映着驯犬师的大光头,他手臂上的刺青一览无余,红黑交错,仿佛渗出血迹的瘀青。

一人一狗守在赛场一角,等待着。驯犬师拍了拍大狗的侧腹,然后把湿手在牛仔裤上蹭了蹭。布鲁图的外皮依然潮湿——开赛前,每个驯犬师都要清洗对方的斗犬,确保他们身上不会涂有润滑油或毒药,以免作弊。

他们还在等对手入场。布鲁图察觉到驯犬师很兴奋,脸上挂着一丝嗤笑,牙齿在唇边若隐若现。

栏杆外面,另一个人走到赛场边。布鲁图认得他,他每说一句话都要抽一下鼻子,身上还散发一股浓重的恐惧味道。如果这家伙也是一条狗,早把尾巴夹到身下,喉咙里发出哀号声了。

"我发现一个大块头,比他大多了。"那人走到栏杆边,看着布鲁图说。

"那又怎样?"驯犬师问。

"我见到冈萨雷斯的斗犬了。上帝啊!伙计,你疯了不成?那怪物有斗牛獒的血统。"

驯犬师不屑地耸耸肩,"是啊,可他只有一只眼睛。布鲁图会干倒他,至少能占上风。"他又抖了一下铁链。

那人在栏杆外走来走去,然后又凑过来:"你有没有上下打点过?"

"去你妈的。我打点个屁!"

"我听说那条狗以前是你的——就那个独眼混蛋?"

驯犬师皱了皱眉头:"是啊,以前是。两年前卖给冈萨雷斯了,我以为那死狗活不长。一只眼睛全他妈瞎了,伤口严重感染,所以我卖给了那个西班牙佬,就换了几罐早餐麦片。这是我这辈子做得最傻逼的生意。那条狗给那乡巴佬赚了不少钱,他也没少在我面前显摆,今天就让他好看。"

他猛地一拽铁链,布鲁图的脚都离地了。

"你最好别给我打输了。不然回到家,看老子活烤了你!"

大狗听出字句背后的威胁。尽管不完全明白,但有一句他听懂了:"别打输。"在过去两年间,他见过无数斗犬输掉比赛的下场。有的被一枪爆头,有的被脖子上的铁链绞死,有的在场中被活活撕碎。去年夏天,一条牛头梗咬了驯犬师的腿肚子,结果输了比赛被咬得血肉模糊之后,还被拖出来鞭打。回到训练场,他"呜呜"哀叫着求饶,可是驯犬师浇了他一身汽油,又点了一把火。牛头梗变成一只火球,在场地里一边嚎叫一边转圈,像没头苍蝇似的乱跑,撞得栏杆"梆梆"作响。在场的几个人哈哈大笑,个个前仰后合。

其他斗犬在笼舍里看着这一切,默默无声。

他们全都明白生存的真理:

永远不要打输。

终于，一个瘦高的男人走进场地中间，高高举起一只手臂："斗犬就位！"

斗兽场对面的门打开了，一头庞然巨兽踱进场地，他的训练师——一个壮实的小个子，咧着大嘴笑得正欢，头戴牛仔帽——几乎是被他拖进来的。布鲁图的注意力全集中在对手身上。那是一头獒犬，简直像一座肉山，两耳光秃秃，只剩两个小肿块。他没有尾巴，走向"起跑线"时，每迈一步，脚掌都深深陷进沙地里。

凶兽迈步往前，头却朝一侧歪，好让他的独眼扫过整个场地。他的另一只眼睛是个肉瘤，上面挂着道道伤疤。

场地中间的男人指着沙地上画好的两条线："到这里就位！各位，这是今晚最后一场比赛！是不是等不及了？两位冠军！在此狭路相逢！布鲁图对战暴君凯撒！"

呐喊声，欢呼声，响彻全场。看台护板被无数只脚踩得"咚咚"响。

但布鲁图听到的只有一个名字：

凯撒！

他突然打了个冷战。战栗感传遍全身，连骨头缝都在抖。他竭力保持平静，凝视着面前的对手——他想起来了。

◆

"凯撒，过来！你这杂种，是不是饿坏了？"

上午的阳光之下，本尼被一个陌生人抓在手中。那人站在一块陌生场地中央，手指牢牢扣住狗崽的后颈摇晃个不停。本尼连哭带叫，尿液"哗哗"流出，洒向下方的脏泥地。他看到栅栏后面还有许多大狗，他闻到了他们的气味。姐姐被另一个人抱在怀里，他就是把姐弟俩偷出来的两个人之一。姐姐扯着嗓子，叫个不停。

"叫那小贱人闭嘴！她让他分心了。"

"我可不想看。"那人虽这么说，还是捏住了姐姐的嘴巴。

"哈，有几分胆色。付你一百美元怎么样？狗狗要开饭喽，对吧？"男人手指用力，扣紧本尼的颈背，晃得更厉害，"活狗粮来喽！"

场地对面的阴影里，另一个男人开口叫道："嘿，兄弟！这次雪橇上再加几块砖？"

"再加十五块。"

"十五块？"

"我要让凯撒多长点儿肉，下周还有比赛呢。"

本尼听到一阵撞击声和抓挠声。是个大家伙。

"来啦！"阴影里的男人叫道，"他肯定饿坏了！"

阴影当中，走出来一头凶神恶煞、本尼从没见过的大狗。巨兽胸前套着挽具，口水拖成一条线，从两个嘴角流出。他迈步往前走，指爪抠进黑色的泥土，在他身后，挽具上拖着一架精钢打造的雪橇，上面高高地摞着几层水泥砖块。

抓着本尼的男人在喉咙深处挤出一阵狞笑："他肯定饿疯了！我两天没喂他啦！"

本尼又吓尿了。怪物的目光落在他身上。从那双通红的眼睛里，本尼看到饥饿的野性。怪物的口水流得更多了。

"快点儿拉，凯撒！你不想吃饭吗？"

男人拎着本尼，后退了一步。

巨兽用力拉动雪橇，挽具深深勒进肩膀。他吐出长舌头，嘴边喷出白沫，"嗷嗷"咆哮。雪橇被他拖着压过泥地，发出刺耳的声音，就像尖牙啃在骨头上"吱吱"作响。

本尼的心脏在小胸膛里"咚咚"狂跳。他扭动身子，却逃不出男人的五指山……他也躲不开巨兽凶狠的瞪视。巨犬朝本尼走过来。他恸哭哀诉,大声号啕。

在极度恐慌中,时间一分一秒过去。

巨兽朝他坚定地走来。

终于,男人满意地哼了一声:"很好!把他松开!"

另一个男人跑出阴影,解开皮带扣。怪物肩上的挽具脱落。大狗足下生风,朝场地这面扑来。

男人把手臂往后一扬,猛地将本尼扔出去。狗崽飞上了天,在空中翻了几个筋斗。他已经吓坏了,忘记了喊叫。他在空中继续旋转,瞥了一眼下方狂蹦乱跳的巨兽——还看到自己的姐姐。抱住姐姐的家伙转身想离开,不想看到血腥的一幕。他手上一定是松了劲儿,茱尼把嘴巴挣脱出来,一口狠狠咬中他的大拇指。

本尼已经摔到地上,就势滚翻。这一摔震得他不停喘气。他趴在那里,巨兽转身朝他扑来。情急之下,本尼发挥出他唯一的优势——速度。

他迅速爬起,朝左侧狂奔。大狗来不及转弯,脚下打滑,从他刚才站立的位置蹿了出去。本尼撒腿如飞,跑过训练场,后脚紧追前脚,拼了性命越跑越快。但他听到,巨兽愤怒的咆哮已至身后。

如果他能钻到雪橇下面暂时藏身……

可惜他不熟悉这块场地。他被杂草中的断砖绊了一下脚,失去了平衡,一个肩膀着地,身子滚了出去。他刚支起半边身子,大狗已经逼近。

本尼缩成一团。完了!他露出肚皮,再次小便失禁,他不再抵抗了。大狗龇起嘴唇,露出一口森森利牙。

巨兽突然身子一震,停了下来,不再往前猛冲,接着他发出一声奇怪的惊叫。这头野兽转了个圈,本尼发现,他尾巴上有个东西。

是茱尼!她挣脱了那人的怀抱,跑到怪物身后,使出看家本领——咬尾巴。巨兽转了几个圈，茱尼就是咬住尾巴不松口。这次可不是闹着玩了，她必须咬紧牙关，牢牢咬住不放。大狗为甩掉她，尾巴上血肉横飞，茱尼被他抛来抛去，死也不肯松口。

鲜血喷溅在泥地上。

可是最后，茱尼还是没能敌过巨兽的蛮力。她飞了出去，嘴巴上沾满了血。怪物猛扑上去，把她狠狠按在身下。他的身体挡住了视线，本尼看不到发生了什么——但他听到了。

茱尼发出一声尖厉的惨叫，接着是骨头被嚼碎的"嘎吱"声。

不！

本尼跳了起来，朝怪物猛冲过去。他已没了章法——只剩下红如血、黑如夜的愤恨！他如箭一般冲向巨兽。他看到一截断腿，伤口露出惨白的骨渣。那头怪物按住姐姐，撕扯她的身体。姐姐软绵绵地被他摔来摔去。猩红的热血泼洒开来，涌出巨兽的血盆大口，与唾液混在一处。

见到这一幕，本尼立时坠入了黑暗的深渊，坠入了永远也逃不出去的兽笼。他一头扑向怪物，跳上这巨兽的头。他用爪子抓，用牙齿咬，抠对方的眼珠，想把怪物从姐姐身边赶开。

但他太弱小了。

短粗的大脑袋只一甩，本尼就飞了出去——他已永远迷失在鲜血、愤恨和无尽的绝望之中。

◆

布鲁图瞪着暴君凯撒，这段记忆回来了。过去与现实交织在一起，混成一团猩红的迷雾。他站在"起跑线"前，却完全想不起自己是怎么走过来的。他说不清，站在场地中的究竟是谁。

是布鲁图，还是本尼？

由于姐姐被肢解，本尼免去了惨死的厄运。驯犬师也对这狂暴的小家伙刮目相看："这家伙真是个布鲁图，竟敢单枪匹马挑战暴君凯撒①！速度也挺快。瞧他的假动作，瞧他奔跑起来的架势。是个可造之材，当活狗粮就太浪费了。"

战斗虽短，凯撒却付出了相当大的代价。本尼的后爪子撕开了大狗的眼皮，抓烂了他的眼球，让他的左眼彻底失明。还有尾巴，茱尼咬伤的地方感染溃烂了。驯犬师只好用斧头砍断他的尾巴，为止血，又用烧着的木柴去烫断尾部残根。即便这样，瞎眼和秃尾的伤势依然持续恶化。一周过后，腐肉开始发臭，脓水流了一地，苍蝇像黑色的旋风，挥之不去。最后，一个戴着牛仔帽的陌生人出现，他推着独轮车，同驯犬师做了笔交易。凯撒被拉走了。离开时，他被绑住嘴巴，发着高烧，还不停地哼哼。

没人相信他还能活下去。

可他们都错了。

两条斗犬站在"起跑线"前。凯撒没认出对手是谁。他的独眼中没有智慧的光，只有嗜血的欲望和盲目的狂怒。这头巨兽把铁链挣得笔直，呼呼喘气，爪子深深抠进沙土里。

布鲁图绷紧后腿。旧日仇恨的火焰又在血管中燃烧。他先是低声吠叫，渐渐变成长久的怒吼，杀意从骨髓深处向全身升腾。

瘦高男人举起两只手臂："斗犬，预备！"他猛地挥下手臂，同时人往后退，"杀！"

"哗啦"一声，两边铁链同时松脱。两条大狗同时朝对方猛扑。双方野蛮地号叫着，口沫横飞，"砰"地撞在一处。

布鲁图率先朝凯撒瞎眼的一侧猛攻。他一口咬向对方的秃耳朵，死死叼住。耳朵的软骨撕裂，顿时血流如注，热血漫过他的舌

---

① 在历史上，罗马共和国的凯撒大帝就是被布鲁图领导的元老院成员刺杀身亡的。

头。只是目标太小，没法一直咬住不放。

另一边，凯撒大力反击，利用体重优势压向布鲁图，尖牙咬中他的肩膀。布鲁图松开嘴巴，他发现自己已被对手压在身下。凯撒把他硬生生举起，又狠狠地摔在沙地上。

但布鲁图依然速度飞快。他疯狂地扭动身子，肚子与凯撒的肚子贴在一起。他像兔子似的猛蹬后腿，迫使凯撒松开自己的肩膀。挣脱钳制后，他瞄准头顶上方对手的咽喉。但凯撒早有准备，同一时间将他扑倒。然后，双方嘴对嘴一通撕咬。布鲁图又被凯撒压在身下。

血光四溅。

布鲁图再次后腿猛蹬，同时前爪乱挥，抓向对方柔软的腹部，撕出几道深深的血痕。他又把爪子往前伸，扣住凯撒的下颌，就这样，他连蹬带挠，从凯撒身下逃了出来。接下来，他始终藏在巨兽的左侧——对方瞎眼的一边。

凯撒一时失去了布鲁图的踪迹，于是朝错误的方向扑去，左肋空门大开。布鲁图一口咬住对方后腿，牙齿深深嵌进大腿后侧的筋肉，下颌用力，咬住肌肉大口咀嚼。他用力往后拽，摇晃头颅，加大撕扯的力度。

这一瞬间，在原始的愤怒驱动之下，布鲁图眼前闪过一个小小的身影：她被一张血盆大口咬住，战栗不安，支离破碎。他的眼前一片黑暗。他调动整个身体——全身的肌肉、骨骼和血液——去撕咬，去啃噬。对方后腿上一根厚厚的韧带被他硬生生扯离了脚腕。

凯撒痛号出声，但布鲁图还是不松口，继续拉扯他的后腿。凯撒打了个滚，后背着地。就在这时，布鲁图松开嘴巴，一纵身跳到对手身上。他对准对方暴露出来的咽喉，张开嘴狠狠咬下。利牙扎进脆弱的血肉。他摇晃着头，使劲儿撕咬，嘴里"呜呜"嚎叫，牙齿继续深入。

自那深深的黑暗远处，响起一声呼哨。这是松开嘴巴、返回角落的信号。驯犬师跑了上来。

"松口!"驯犬师一边叫嚷,一边拽住他的项圈。

布鲁图听到了全场的喝彩声,也听到了驯犬师的命令。但这一切还是太过遥远,他依然深深陷在兽栏当中。

热血充斥着他的口腔,涌进他的胸肺,浸湿了场中的沙子。凯撒在他身下抽搐,凶残的咆哮化作声声哭号。但布鲁图充耳不闻。鲜血喷进他空虚的身体,似乎要将他填满。

可是,还不够。

有东西砸在他的肩膀上,一下,又一下,是驯犬师的木球棒。但布鲁图死活不肯松口,依然咬住巨犬的咽喉不放。他再也无法松口,再也无法离开这片兽栏。

木棒砸在背上,裂成碎片。

又有一个声音,穿过纷乱的喧哗,传进他耳中。接着是尖锐又急促的哨声,伴随着震耳欲聋的警笛。强光阵阵闪烁,划破黑暗,让人眼花缭乱。有人大声叫喊,声音似乎经过放大,语气急促,正在下达命令。

"我们是警察!所有人都跪下!双手抱头!"

布鲁图终于抬起头,松开巨犬的咽喉。他的嘴巴撕裂了,凯撒则躺在地上,已经不动了,身下汇成一摊血池。布鲁图抬眼看着周围的混乱场面。众人正纷纷逃离看台。其他斗犬"汪汪"狂叫,沸反盈天。戴着头盔、提着护盾的黑色人影围成一个圈,包围了场地,在斗兽场外围又形成另一个包围圈。透过仓库洞开的大门,只见警车的灯光照亮了夜空。

布鲁图警惕地站在巨犬的尸体之上。

他体会不到杀戮的快感,只有一阵死亡的麻木。

驯犬师站在一步开外,嘴里吐出一串愤怒的音节。他把断掉的球棒狠狠摔在沙地上,伸出一只手朝布鲁图指指点点。

"我说松口,你就该松口!你这哑巴畜生!"

布鲁图目光呆滞,盯着那人比比画画的手,又顺着手臂看向他的脸。从他脸上的表情,布鲁图知道驯犬师看到了什么。他的目光映出了布鲁图的本相。布鲁图正置身于一座兽栏当中:这兽栏,深深埋在沙地之下;这兽栏,他永远也无法挣脱;这兽栏,是充满痛苦与鲜血的地狱。

男人的眼睛瞪大了。他后退一步,凶兽则逼近一步。他不再是一条斗犬,他已彻底化身为狂暴凶残的怪物。

没有任何预警——没有低吼,没有狂吠——布鲁图猛地扑向驯犬师,咬住他的手臂。这条手臂曾摇晃着两只狗崽,把他们当成活狗粮;这条手臂,属于这片沙场中真正的怪物;这条手臂,曾召唤出恐惧的阴影,将狗儿葬身火海。

两排尖牙钳住苍白的手腕,下颌用力收紧,骨骼"嘎吱"作响,在压力之下分崩离析。

男人惨叫起来。

借着眼角余光,布鲁图看到一个戴着头盔的身影朝这边跑来。那人抬起手臂,举起一把黑色的手枪。

枪口喷出一道火光。

紧接而来的,是疼痛。

眼前一花。

黑暗终于再次降临。

◆

布鲁图躺在犬笼冰冷的水泥地上,头枕着前爪,隔着栅栏门往外看。一盏低垂的吊灯照亮了粉白的水泥墙和犬舍栏杆。其他狗在他们的笼子里走来走去,时不时叫唤几声,但布鲁图充耳不闻。

在他身后有一扇小门，走出去就是一块露天的放风场地，外面围着栏杆。但布鲁图从没出去过。他更喜欢躲在阴暗之处。撕裂的嘴巴已经缝合好了，只是喝水时依然会疼。他始终不吃东西。他到这里已有五天了，借由门外照进来的阳光可以算出日期。

偶尔会有人来看他，然后在犬笼门口的黑板上写点什么。穿白大褂的家伙每天给他打两次针。打针时，他们使用一种长长的铁杆，顶端连着套索，把他强行按在墙上。

布鲁图每次都"嗷嗷"狂叫，不停挣扎。他并不是真的生气，他只想独自静静地待着。

那一夜过后，醒来时，他便已经在这里了。

但他的一部分依然留在兽栏当中。

我怎么还活着？

布鲁图知道什么是枪。他认得出枪支恐怖的尺码和外形，闻到过枪油的味道，见识过它们开火后恶臭的硝烟。他见过无数大狗被枪打死，有的死得很快，有的则拖上很久。但当天在斗兽场中，那把手枪只是射出一道线圈，粘在他身上，发出一阵"嘶嘶"声。他的肌肉顿时痉挛了，后背拱起，就像一张弓。

但他活了下来。

这是他最不能容忍的。所以他一直在生闷气，怏怏不快。

胶皮鞋底的拖地声传来，吸引了他的注意力。他没抬头，只是斜了斜眼睛。现在还早了点儿，没到铁杆和针头出现的时间。

"他在这儿。"一个声音说，"动物管制中心已经下了命令，今天上午就对这些狗实施安乐死，这一条也在名单上。听说他当时咬得特别紧，他们用了高压电击枪才让他松嘴。所以我觉得，免死的希望不大。"

布鲁图看到三个人走到犬笼门前。其中一人穿着带拉锁的灰色工作服，身上有消毒水和香烟的味道。

"就是他。真幸运，我们检查时找到了他的身份芯片，这才知道你的地址和电话号码。你说有人在你家后院把他偷走了？"

"就在两年前。"一个高个子男人回答。他穿着西装，脚蹬一双黑皮鞋。

布鲁图支起一只耳朵。这声音有些耳熟。

"还有他姐姐，他们把两只小狗都偷走了。"男人续道，"他们是趁着雷阵雨之夜跑掉的。"

布鲁图抬起头。一个男孩站在两个高个男人中间，朝笼门走近一步。布鲁图与他目光交汇。男孩长大了，变高了，胳膊和腿也变长了，但他的气味没变，还像旧袜子。男孩看着黑暗的犬笼，脸上露出的希望顿时破碎，只剩下阵阵惊慌。

男孩的声音很震惊："本尼？"

震惊！难以置信！布鲁图肚子贴地，身子往后挪。他一边回避，一边发出低沉的、警告似的"呜呜"声。他不愿去回想……尤其不愿想起这个名字。这实在是太残酷了。

男孩扭头看着高个男人："他是本尼，对吧，爸爸？"

"我想是吧。"他伸手一指，"他的右耳是白色的。"声音变得忧虑，"他们对他做了什么？"

身穿工作服的男人摇摇头："他们残酷地折磨他，把他变成了猛兽。"

"不可能恢复了吗？"

那人再次摇头，伸手点点黑板："我们请专家检查了所有狗，她特别指出，这一条的创伤无法复原。"

"可是，爸爸，他是本尼呀……"

布鲁图缩进犬笼深处，竭尽所能藏进黑暗之中。这个名字就像一记鞭子。

男人从工作服的衣兜里掏出一支笔："既然你是他的合法主

人,还跟地下斗犬比赛没有任何瓜葛,那么,除非你签字认可,不然我们不能杀死他。"

"爸爸……"

"杰森,我们只养了本尼两个月,可他们养了他两年。"

"可他还是本尼呀。我认得他。咱们就不能试试吗?"

穿工作服的男人双手抱胸,压低声音警告说:"他十分凶残,随时可能伤人,而且很难管教。他甚至咬伤了斗犬教练。医生最后只好为那人截肢。"

"杰森……"

"我听到了。我会小心的,爸爸。我向你保证。再说应该给他一个机会,不是吗?"

爸爸叹了口气:"我说不准。"

男孩跪下来,与布鲁图四目相对。大狗想转身逃开,可他哪儿也去不了。他紧闭双眼,埋葬许久的记忆又回来了——握住热狗的小手,在草坪上的追逐打闹,阳光灿烂的美好时光……他把这些赶出脑海。这些记忆让他痛苦,让他满心愧疚,他不配拥有这些。在兽栏当中,没有这些记忆的存身之地。

一阵低吼震颤着他的胸口。

男孩还是手把栏杆,看着笼中的怪物,语气里充满无限的幼稚和天真。

"他还是本尼。他还有救。"

布鲁图转过身去,闭上了眼睛。他的心中无比坚定。

孩子,你错了。

◆

布鲁图在后门廊上打盹。一晃三个月过去了,他的伤口已经好了,缝合线拆掉了,食物里也不用再掺药物了。只是在这几个月里,他和这个家庭的关系依然不甚融洽,就像在打冷战。

每天晚上,他们都想哄他进屋,尤其是这些天,叶子黄了,落叶在树下聚成一堆,每天清晨草地上都会结霜。但布鲁图始终睡在门廊上,甚至对那张盖着破毛毯的旧沙发也敬而远之。他与一切东西都保持着距离,即使吃饭时也不准任何人碰他,只要你伸手,他就往后退,还发出威胁的低吼。他控制不住自己。

好在他们不用给他戴口套了。

他的心依然坚如铁石,或许他们已经明白没希望了。他整天盯着对面的院子,只是偶尔有迷路的松鼠在篱笆上蹦蹦跳跳,无所畏惧地竖起尾巴,他才会打起点精神,抬抬耳朵。

后门开了,男孩走上门廊。布鲁图收回爪子,把身子往后挪。

"本尼,你真的不想进来吗?我在厨房里给你搭了张床。"他用手指着大开的房门,"里面很暖和。看啊,我为你准备了好东西。"

男孩朝他伸出手。其实布鲁图早就闻到了熏肉的味道,上面的肥油金黄酥脆,香气扑鼻。但他还是转身离开了。在训练场时,他们也给他喂过活狗粮。自从姐姐死后,布鲁图一直不肯吃人手抛过来的东西,不管自己有多饿。

大狗跳下门廊,躺在下层台阶上。

男孩走近些,坐在他旁边。他们之间还有一段距离。

布鲁图没有拒绝。

他们待了好久。熏肉还在男孩手中,最后,他只好自己咬了一口:"好吧,本尼,我回去做作业了。"

男孩想站起身,但又停了一会儿,小心翼翼地伸手抚摸他的头。布鲁图没有叫,但全身的毛都竖了起来。这也是一种警告。男孩的手缩了回去,站了起来。

"好的。明天见,本尼。"

他没有看着男孩离去,但听到了房门关闭的声音。他很高兴,终于又是单独一个了。他把头枕在爪子上,眼睛盯着庭院。

月亮已经升起,是轮满月,光华泻地。灯光也亮了。房子里传来各种声音,听上去十分遥远。前面的屋子里,电视打开了。他还听到男孩在楼下喊着什么,接着是男孩母亲的回答声。

突然,布鲁图猛地站起,一动不动。他也不清楚自己为什么要起身。他就这么静静地站着,只有耳朵机警地动了几下。

前门传来一阵敲门声。

已经这么晚了……

"我去开门。"母亲答应道。

布鲁图一个激灵,纵身蹿上门廊,跳上旧沙发,身子半蹲。在这个位置,刚好可以透过小窗口看到屋子里。他的视线穿过黑暗的门厅,直接看到点着灯的前客厅。

布鲁图看着女人走到门前,打开房门。

她刚开一条缝,房门就被人猛地撞开,女人摔倒在地。两个男人冲了进来,他们身穿黑衣,头戴面罩,还有一人堵在门口望风。第一个冲进来的男人退回到门厅,他手持一支手枪,对准倒在地上的女人。另外一个闯入者溜向左侧,用枪指着饭厅内的人。

"不许动!"第二个枪手大吼道。

布鲁图身子一僵。这个声音粗如砾石,凶狠无情,他认出这个声音。这一瞬间,他的心脏在胸中狂跳,全身毛发倒竖,怒火熊熊燃烧,令他全身颤抖。

"爸?妈?"男孩的声音从楼上传来。

"杰森!"父亲在饭厅里大声答道,"别下来!"

领头的朝饭厅迈进一步。他举着手枪,晃了晃枪口:"老家伙,你给我坐下!"

"你想干什么？"

枪口朝前伸了伸："哟！我的狗呢？"

"你的狗？"母亲倒在地上问。她声音颤抖，充满恐惧。

"布鲁图！"男人叫喊道。他抬起另一只手，手腕上只剩光秃秃的断肢："那畜生欠我一笔债……谁敢养他谁就欠我的债！实际上，我们打算开个烧烤宴会。"他转向堵在门口的家伙，"你还等什么？快去拿汽油！"

那人转身消失在夜色中。

布鲁图下了门廊，退到篱笆边上。他绷紧了后腿。

"哟！你他妈的把我的狗藏哪儿去了？我知道你把他带走了。"

布鲁图开始冲刺。他使出全身力气，跳上沙发，借势纵身一跃，用头顶撞破了窗户。玻璃碎片四下飞溅。他跳进房间，落在厨房里。碎玻璃还没落地，他便前爪在地板上一按，身体再度跃起。碎玻璃噼里啪啦，溅落在黑白相间的油毡地毯上。

在客厅里，第一个枪手听到声响，赶紧转身，已经太迟了。布鲁图跳进大厅，身形一矮，贴着地板俯冲过来。他窜到枪手脚前，一口咬住脚踝，撕开他的跟腱，顺势将他放倒。这家伙的头一下子磕到胡桃木餐桌角上，身子重重地摔在地上。

另一个男人出现在前门廊，他拖着两个红色的大油桶，正要进屋，看到布鲁图朝自己冲来，眼睛立刻瞪大。他扔掉油桶，转过身，撒腿如飞逃命去了。

一声枪响，在这封闭的房屋中更显震耳欲聋。布鲁图感觉得到，他的前腿中弹了，连骨头都碎了。但他已经朝那个独手人扑了过去——那是他曾经的教练，那个驯犬师。布鲁图像一袋水泥似的砸在他身上，头撞上那人的胸口。他的体重，还有惯性的力量，让驯犬师双脚离地。他俩一同向后飞去。

又是一声枪响。

一阵热风掠过布鲁图的耳朵,天花板上的泥灰如雨簌簌而下。

接着,他俩一起倒在实木地板上。男人后背着地,布鲁图压在他身上。手枪脱出他的手指,滑落到饭厅的椅子下。

驯犬师想把布鲁图踢开,但在他的调教下,大狗已是身经百战。布鲁图闪身躲过膝撞,一声大吼,瞄准了他的咽喉。驯犬师用唯一的手揪住布鲁图的耳朵,可惜的是,这只耳朵已被刚才那一枪削去大半,他这一抓落了空。布鲁图咬住他娇嫩的脖子,牙齿用力,眼看驯犬师就要命丧当场……

身后传来一声大叫:"本尼!住口!"

布鲁图用眼角余光扫了一眼,只见男孩的父亲蹲在餐桌前。他已捡起手枪,瞄准了布鲁图。

"本尼!下来!放开他!"

置身于黑暗的兽栏之中,布鲁图以猖猖咆哮作为回应。他牙齿用力,猎物鲜血横流。他绝不会松口。在他身下,驯犬师惊声尖叫,热血汩汩流出。他挥起拳头没头没脑地向布鲁图打来,布鲁图收紧牙关,血流得更多了。

"本尼,放开他,马上!"

另一个尖利的声音响起,话语里充满恐惧。声音响自楼上:"不要啊,爸爸!"

"杰森,我不能让他杀人。"

"本尼!"男孩尖叫着,"放手啊,本尼!"

布鲁图不理他们。他不是本尼。他明白,兽栏才是自己真正的归宿。他生于斯,死于斯。他的视野开始收缩,黑暗笼罩了周围的一切,他任凭自己坠入那漆黑无底的深渊,但他会把这个男人也拖进去。布鲁图清楚,自己是逃不掉了,但他也不会让驯犬师逃出生天。

是时候结束这一切了。

正当布鲁图陷进深渊，朝黑暗滑去时，有个东西阻止了他，拖住他下坠的身影。没有道理啊！尽管身后什么都没有，但他依然感觉到，有东西在拉他——拉他的尾巴。把他一点一点、缓慢但有力地拖回到地狱边缘。他的理智慢慢回来了，挣脱了绝望的怀抱。他熟悉这个感觉。从心底里熟悉。尽管这股力量似乎并不真实，但他的心融化了，坚冰裂成了碎片。

他想起来了。很久很久以前，这是姐姐的拿手好戏。

她在保护他。

她是自己的守护者。

一直到现在。

一直到永远。

不要啊，本尼……

"不要啊，本尼！"男孩发出同样的叫喊。

布鲁图同时听到两个声音。这两个声音，皆由爱他之人发出，模糊了过去与现实的界限——并非鲜血与黑暗，而是阳光与温暖。

他最后一次因为恐惧而颤抖，他转身离开了兽栏。他松开牙齿，任由男人身子跌落。他拖着一条断腿站在那里。

在他身边，驯兽师在黑色的面罩下咳嗽，呛得说不出话来。父亲端着手枪朝他走去。

布鲁图的断腿摇摇晃晃，他用三条腿着地，一瘸一拐地走开了。

一阵脚步声从身后传来。男孩跑到布鲁图身边，伸出手臂环住他的肩膀。这一次，他没有往后缩，也不再害怕。他浑身颤抖，朝男孩靠去。他需要安慰。他也得到了安慰。

"好孩子，本尼。真是好孩子。"

男孩双膝跪地，紧紧抱住他。

终于……本尼回来了。

（邹运旗　译）

奇幻巨著《冰与火之歌》

《冰与火之歌》是由美国著名科幻奇幻小说家乔治·R.R.马丁（George R.R.Martin）所著的史诗奇幻小说，是当代奇幻文学一部影响深远的里程碑式的作品。

走进冰与火的世界，我想你不会不惊叹于那复杂而真实的人性所产生的神奇魅力；不会不感慨于提利昂丑陋的外表下内心对亲情爱情的纯真渴望、琼恩失去亲情友情最终失去信任的孤独无助；不会不无奈于丹妮莉丝理想治国的美好幻想的破灭；不会不沉迷于席恩从臭佬到临冬城王子到变色龙到临冬城幽灵最后做回席恩这逐渐在迷失中找回自我的心酸历程；不会不震悚于他们内心隐秘世界的强烈涌动与最终体现。这就是"冰与火之歌"的最大特色，关注现实，不作田园牧歌般的描绘。

灰暗天空，苍白雪地，血红火焰，蓝黑海洋，这不是五彩斑斓童话故事的色彩，而是属于现实的颜色，冰冷、血腥、残酷的冰与火之歌！

现已全面上市……